시간의

The Stairway
of Time

계
단

주영하 장편소설

시간의

계단

The Stairway
of Time

1

블라썸

차례 1권

1. 결혼이라는 금빛 사다리

바쉐론 콘스탄틴, 시계 사셨구나.

"어머, 사모님. 그러고 보니 못 보던 시계네요."

"역시 알아보는 사람은 우리 이 대리뿐이네. 내가 이 맛에 은행에 오지. 오호호호."

하얀 치아를 한껏 드러내며 웃는 예주희의 왼쪽 손목이 번쩍였다.

"너 어무 예쁘다. 저도 바쉐론 콘스탄틴 사고 싶었는데, 전 그냥 월급 쟁이라 이걸로 만족하면서 살고 있어요."

연아가 슬쩍 왼쪽 손목을 내보이자 까르띠에 발롱 블루가 빛을 발했다.

"예쁘네. 젊은 아가씨한테는 까르띠에 정도가 어울리지. 바쉐론은 사실 좀 노티 나."

"무슨 말씀이세요. 사모님 품격에 딱인데. 너무너무 우아해 보여요."

"하긴 그렇지? 역시 비싼 건 돈값을 해. 오호호호호."

7

GT타워 27층에 위치한 새한은행 서초동 프리빌리지 프리미어 웰스 매니지먼트 센터, 일명 PPWM센터 상담실에 웃음소리가 높이 울려 퍼졌다.

이름이 길수록 비싸고 좋은 것이라고 하였나. 이름 한번 어마무시하게 거창한 이곳은 은행 고객 중 0.01퍼센트, 총자산 1,000억 이상, 금융자산 100억 이상의 최상위 고객층만을 관리하는 특수 지점이다.

간판도 없거니와 엄중한 보안으로 선별된 고객만이 출입할 수 있는 이곳은 돈으로 쌓아 올린 요새나 다름없다. 갤러리처럼 꾸며진 우아한 응접실에는 클래식 음악이 잔잔하게 흐르고, 상주 바리스타가 직접 원두를 갈아 커피를 내어주는 곳. 강남 바닥을 발아래 깔고 탁 트인 시내 정경을 바라볼 수 있는 곳. 오로지 8,000만 원짜리 시계를 3개월마다 바꾸고, 핑크색 에르메스 버킨백을 시장바구니처럼 들고 다니는 사람들만이 누릴 수 있는 호사이자 특권이다.

예주희도 그중 하나였다. 그녀의 남편은 통증의학과 병원장으로, 자가 소유한 서초역 근처 빌딩 전 층을 병원으로 쓰고 있었다.

어느덧 한 시간이 훌쩍 지났다. 시계를 보니 11시 40분. 곧 점심시간이다. 그럼, 이제 슬슬 시작해볼까.

연아는 월납 1억짜리 해외 펀드 가입 제안서를 슬그머니 꺼내 들었다.

"그나저나 사모님. 저번에 제가 말씀드렸던 거요."

"응? 뭐였지?"

또 모른 척이다. 이 아줌마 주특기.

예주희는 자리에서 일어나려고 주섬주섬 가방을 챙겼다.

"한 달에 1억씩 불입하기로 한 해외 펀드요. 그때 다 설명드렸는데.

지난주 금요일 오후 3시에 이메일까지 보내드렸잖아요. 그제 통화에서도 원장님하고 말씀 나누셨다고, 오늘 가입한다고 하셨고요."

발뺌할 때는 언제, 어디에서, 어떻게를 매우 세세하고 구체적으로 나열해 빠져나갈 구멍을 원천 봉쇄해야 한다.

"그렇긴 한데……."

예주희의 눈이 가늘어졌다.

"다음에 와서 가입하면 안 될까? 나 요 앞에 볼일 있는 걸 깜빡했네."

망할 여편네. 내 이럴 줄 알았지.

"어머. 몇 분 안 걸려요. 안 그래도 저번에도 바쁘다고 말씀하셔서 제가 사인할 부분만 다 표시해놨어요. 사인만 하시면 돼요, 사인만."

연아는 준비한 신청서를 책상 위로 슥 내밀었다. 신청서에는 이름을 적고 사인할 곳이 노란 형광펜으로 표시되어 있었다. 석연치 않은 표정으로 예주희가 펜을 집었다. 아직 확신이 서지 않는 모양이었다. 하지만 오늘도 놓칠 순 없었다. 두 달 후면 성과 평가 시즌이다. 이맘때쯤 기억에 남는 한 건 정도는 크게 터뜨려줘야 승진 대상에 오를 수 있을 터였다. 연아는 예주희의 손에서 뱅글뱅글 도는 볼펜을 바라보며 마른침을 삼켰다.

"……."

결국 예주희가 볼펜을 책상 위에 탁 소리 나게 내려놓았다.

"다음에 할게."

붙여시 같은 아줌마. 한 시간 동안 서울대 간 자식 자랑 실컷 들어줬더니. 대화 값을 내란 말이다, 대화 값을.

"그러실래요? 알겠습니다. 그렇게 하세요."

자리에서 일어나는 예주희를 향해 연아는 조금도 당황한 기색 없이 활짝 웃어 보였다.

PPWM센터 3년 차면 똥 쌀 때도 웃으며 싼다는 말이 있다. 속에서야 열불이 나든, 짜증이 치밀어 오르든, 밀랍으로 만든 웃는 가면을 잽싸게 장착하는 건 식은 죽 먹기다. 게다가 이 센터를 출입할 정도의 고객이면 은행 직원의 마음을 제 손에서 쥐락펴락하는 선수 중의 선수다. 그건 PPWM센터 직원도 마찬가지고. 선수끼리 하는 밀당에 얼굴 붉힐 수야 없지 않은가.

"다음엔 꼭 가입할게. 이 대리, 그럼 나 간다."

"네, 사모님. 살펴 가세요."

예주희가 핑크색 버킨백을 팔에 두르며 돌아섰다.

"아, 맞다. 자기 곧 결혼하지? 12월이랬나?"

갑자기 생각났다는 듯 예주희가 유리문을 밀다 말고 자리로 되돌아왔다.

"네. 3달 후요."

"한창 바쁘겠네."

"은행 다니면서 준비하느라 정신이 없긴 해요."

"식장은 잡았어?"

"네. 신라호텔이요."

"에메랄드 홀?"

"영빈관이요."

두 사람 모두의 입가에 슬며시 미소가 떠올랐다.

지금쯤 예주희는 머릿속에서 열심히 계산기를 두드리고 있겠지. 결혼 상대자의 시부모가 어느 정도 재력에, 어느 정도 사회적 명성을 가진 사람인지.

"신랑 될 사람이 피부과 의사라고 했지? 성일대 출신."

"네."

예주희는 가방을 뒤져 명함을 하나 꺼냈다.

"성일대 출신 의사 와이프 모임 회장 전화번호야."

연아의 얼굴에 진짜배기 웃음이 번졌다.

이거다. 참을성 있게 기다린 보람.

"그럼, 이제 곧 은행 관두고 자기도 여기 고객으로 오는 건가?"

"에이, 그 정도는 아니에요. 압구정에 조그마한 병원 개업했을 뿐인데요, 뭘. 사모님 따라가려면 한참 멀었죠."

이곳에서 와이프의 지위는 남편의 지위와 동일하다. 두 사람 다 남편이 이룬 성과를 모두 제가 이룬 것처럼 말하고 있었으나, 듣는 이도 말하는 이도 아무런 위화감을 느끼지 않았다.

연아는 두 손으로 명함을 받아 책상 위에 고이 내려놓았다. 고개를 들어보니 예주희의 달라진 시선이 느껴졌다. 아랫사람을 대하는 듯한 눈빛이 아니라 동류를 바라보는 눈빛. 같은 세계의 사람으로 인정하는 눈빛. 짜릿한 전율이 전신을 스쳤다.

바로 이거다. 그토록 갖고 싶어 했던 것. 하늘 위 세상으로 오를 금빛 사다리.

"그럼, 우리 다음번에는 모임에서 보자고."

예주희는 싱긋 웃으며 유리문을 열고 상담실을 빠져나갔다. 딸랑, 하며 유리문에 매달린 종이 유난히도 맑고 영롱한 소리를 냈다. 연아는 멀어지는 예주희의 뒷모습을 물끄러미 바라봤다.

이제 정말 얼마 남지 않았다. 3개월 후면 저 대단한 예주희 사모에게 '언니'라고 부를 수 있겠지.

"이연아가 다 잡은 물고기를 놓칠 때도 있네. 웬일이야?"

명함을 들여다보고 있으려니, 어느새 상담실로 들어온 유미애 과장이 심기를 건드렸다.

"내가 그렇게 주의를 줬는데도 사람이 왜 알아듣질 못해? 예주희 사모 완전 여우라고. 가입할 듯 안 할 듯. 안달 난 은행원들 손안에서 가지고 놀며 결국은 시종처럼 부려 먹기만 한다니까."

유미애는 새빨간 립스틱을 바른 입가에 비틀린 미소를 지었다. 넙데데한 얼굴에 90년대에나 할 법한 진한 화장, 목 주위에 프릴이 정신 사납게 매달린 블라우스에 싸구려임이 분명한 검은색 정장 치마까지. 촌스러운 차림이었다.

당신, 외모부터 그렇게 촌티가 줄줄 흐르니 고객들이 싫어하는 거라고.

예주희는 원래 유미애 과장의 고객이었다. 하지만 2년 전 발령받아 온 자신에게 뺏기고 난 후 틈만 나면 '예주희 사모님은', '예전에는 예주희 사모님이'라며 아는 체를 해왔다. 마치 본인이 훨씬 더 예주희에 대해 잘 안다는 듯. 연아는 유미애 과장의 말버릇이 진저리나게 싫었다. 물론 그 마음을 모르는 건 아니다. 2년 후배인 자신에게 자꾸 고객을 뺏기고 있으니. 하지만 어쩌란 말인가. 본인이 촌스러운 게 내 탓인가?

"다 잡은 물고기라니요. 과장님, 무슨 말씀을 그렇게 천박하게 하세요? 우리가 무슨 장사꾼이에요? 낚시꾼이에요?"

유미애의 얼굴이 눌린 찐빵처럼 찌그러졌다.

"PPWM센터에 근무하는 직원이 그렇게 교양머리 없는 소릴 하면 안 되죠."

연아는 정색하며 대놓고 면박을 주었다. 더 이상 대화를 하기 싫다는 뜻이기도 했다.

"너 진짜 웃긴 거 알아? 여기서 100억, 200억이 우스운 고객들만 상 대하니 너도 그런 사람이 된 것 같아? 정신 차려. 우린 그냥 은행원이 야. 은행에서 월급 받고, 싫다는 고객한테 억지로 펀드고 방카고 팔아 치워야 하는 은행원이라고."

아니, 당신만 그냥 은행원이지. 난 곧 의사 와이프가 되어 저 세계에 들어갈 은행원이고.

유미애가 또다시 뭐라 쏘아붙이려는 찰나, 책상 위에 놓인 핸드폰이 요란하게 울렸다. 어머님이 벌써 오신 건가 싶어 핸드폰을 확인했더니 액정 위에는 '어머님'이라는 글자 대신 다른 이름이 보였다. 순간 가슴 이 철렁했다. 본능에 가까운 반응이었다. 단 한 번도 이 인간의 전화를 받아 좋은 일이 없었으니.

그럼에도 받지 않을 도리가 없었다.

"저 전화 좀 받고 올게요."

"왜? 또 나 몰래 빼돌린 고객 전화라 몰래 받아야 해?"

"아니, 개인적인 전화라. 아, 그리고 과장님! 저 점심은 밖에서 먹고 올게요. 시어머니가 근처에 볼일 있어 오셨다고, 같이 식사하자고 하셔 서요."

연아는 끊임없이 울려대는 전화를 손에 쥐고 재빠르게 상담실을 빠져나왔다.

"이번엔 또 무슨 일이야?"

연아는 핸드폰에 대고 속삭이며, 뛰듯이 비상계단을 내려갔다. 사람들의 눈을 피해 통화할 수 있는 유일한 장소였다.

[싸가지 없는 년. 말버릇 좀 봐라.]

가래가 끓는 것처럼 허스키한 목소리가 핸드폰 너머에서 들려왔다.

"내가 년년 하지 말랬지? 그게 조카한테 할 소리야?"

[네 이름이 이년아인데 어쩌라고 이년아!]

몇 마디 하지도 않았건만 벌써 머리 뚜껑이 열리는 기분이었다.

"그렇게 부르지 말라고, 내가 몇 번이나 말했어!"

[시끄럽고. 지금 내 계좌로 500만 보내.]

"또 무슨 사고 친 거야?"

상대측에서는 아무런 대답이 없었다.

"대답을 해보라고! 또 무슨 사고를 친 건데? 뺑소니야? 도박이야? 사기야?"

차츰차츰 부풀어 오르던 분노가 기어이 펑, 하고 터졌다.

[이년이! 야, 이년아! 네가 삼촌을 그따위로 본다 이거지? 아주 간이 배 밖으로 나왔구만? 예전처럼 한 대 맞아야 정신을 차리지. 엉? 돈이나 보내, 망할 년아.]

"내가 왜!"

소리를 빽 지르자 비상계단에 날카로운 메아리가 울려 퍼졌다.

"내가 왜 또 삼촌한테 돈을 보내야 하는데? 이번이 벌써 몇 번째야? 삼촌이 싸질러 놓은 똥 치우는 데 쓴 그 돈! 나 여기서 간이고 쓸개고

다 내놓고 웃음 팔면서 버는 돈이야. 나 이제 결혼해야 해. 한두 푼 드는 게 아니라고. 그런데 내가 왜, 피 같은 돈을 삼촌이 친 사고 수습하는 데 써야 하는데? 내가 왜!"

하도 고래고래 소리를 지르며 기선을 제압했더니 주눅이 든 모양인지 대답이 없었다. 연아는 거친 숨을 몰아쉬었다. 화가 머리끝까지 올라 가슴이 쾅쾅 방망이질 쳤다.

'나도 돈 없어. 이번엔 절대 주지 않을 거야.'

결혼이 당장 3개월 후다. 악착같이 월급을 모았건만 지금 가진 돈으로는 예단비와 혼수도 빠듯해 대출이라도 받아야 할 형편이었다. 예단비로 시댁 쪽에서 해주는 반포동 아파트값의 십 분의 일은 못 해 가더라도, 없는 집안 운운하는 소리는 듣고 싶지 않았다.

[그래. 그럼 누나한테 전화하지, 뭐. 알았다.]

삼촌이 전화를 끊으려 했다.

망할. 여지없이 제일 연약한 살에다 칼을 푹 찔러 넣는다.

"하지 마."

[……]

"하지 말라고."

[……]

"……"

[5분 내로 넣어라.]

연아는 끊긴 핸드폰을 노려보다 계단에 털썩 주저앉았다. 행여나 구김이라도 갈까 신줏단지 모시듯 걸어놓았던 샤넬 치마였건만 신경 쓸 여력이 없었다. 하도 열을 냈더니 머리가 지끈지끈 아팠다.

알면서도 당한다. 매번. 똑같이.

제 손으로 돈 한번 벌어본 적 없는 삼촌, 태광은 남의 돈을 물 쓰듯이 쓰는 데 재주를 타고난 사람이었다. 그는 자신이 장학금과 아르바이트로 모은 돈을 벼룩의 간 빼 먹듯이 쏙쏙 빼가곤 했다. 은행에 입사한 이후로는 그 정도가 더 심해졌다. 아예 대놓고 ATM 취급하며 시도 때도 없이 돈 내놔라 행패를 부렸다. 그동안 태광이 친 사고 수습 비용과 생활비 명목으로 뜯긴 돈만 수천이었다. 넌덜머리가 나고 치가 떨리도록 지긋지긋했다. 가족이라는 이유 하나만으로 얼마나 더 견뎌내야 하는지. 자신을 옭아매는 가족이라는 굴레, 밑 빠진 독에 물 붓기처럼 조금도 나아지지 않는 시궁창 같은 현실이 끔찍했다.

'빨리 벗어나고 싶어.'

연아는 두 손으로 얼굴을 쓸어내렸다. 아무리 생각해도 이 현실을 벗어날 방법은 한 가지뿐이었다.

'결혼만 하면.'

그래. 이번 한 번만이다. 3개월 후면 지금의 생활과는 모두 안녕이다. 연아는 치마에 묻은 먼지를 툭툭 털고는 자리에서 일어났다.

강남역 오피스가에 위치한 일식집을 향해 헐레벌떡 뛰어가며 연아는 연신 시계를 확인했다. 벌써 11시 55분. 태광과 통화하느라 출발이 늦어졌지만 아슬아슬하게 시간을 맞출 수 있을 것 같았다. 엘리베이터를 탄 연아는 거울에 비친 자신의 모습을 살피며 옷매무새를 정리했다.

좋아. 합격.

엘리베이터에서 내려 안내데스크로 향하니 직원이 안쪽 룸으로 안내했다.

"어머니! 죄송해요. 먼저 오시게······."

미닫이문을 열자마자 연아의 얼굴이 굳었다. 문을 열기 전 가장했던 가짜 웃음이 무색해졌다. 방 안에는 예비 시어머니인 정숙과, 예비 시누이인 민경이 나란히 앉아 있었다. 민경이 온다는 이야기는 없었다.

"얘, 한참을 기다렸다. 넌 애가 왜 이렇게 시간관념이 없니? 머리가 나쁜 건지 행동이 굼뜬 건지. 결혼식 날도 이럴 거야?"

방에 들어서기도 전, 정숙의 날카로운 힐난이 비수처럼 꽂혔다.

"죄송해요, 어머니. 제가 미리 나와 있었어야 했는데. 일어나려는데 중요한 고객이 와서 업무 처리해주느라 조금 늦었어요."

연아는 애써 웃음을 지으며 사근사근한 말투로 대답했다. 시계침은 이제 막 12시를 가리키고 있었지만 변명은 속으로 삼켜버렸다.

"엄마. 우린 그 고객보다 중요한 사람이 아닌가 봐. 지금도 막 대하는데 나중에 결혼하면 아주 볼 만하겠는데? 엄마 밥도 안 주고 굶기고 구박하는 거 아냐?"

민경이 핸드폰에서 시선을 떼지 않은 채 정숙의 말을 거들었다.

어떻게 자신들을 기다리게 했다는 사실이 그렇게까지 비약될 수 있는지. 불난 집에 기름을 붓는 건 민경이 항상 하는 역할이었다. 그것도 드럼통으로.

민경의 출현이 결코 평탄하지 않을 점심식사 시간을 예고하는 것 같아 연아는 머리가 지끈거렸다.

"배고프다. 일단 시켜라."

"그래, 엄마. 빨리 시키자. 제일 비싼 거. 언니가 산다고 했지?"

연아는 여전히 가쁜 호흡을 진정시키며 잔을 들어 물 한 모금을 삼켰다. 차가운 물줄기가 냉정과 이성을 되찾아주길 기대할 뿐이었다.

외모뿐만 아니라 인성까지, 혁준을 하나도 닮지 않은 정숙과 민경 모녀. 둘은 머리를 맞대고 메뉴판을 넘기며 뭘 시킬지 고민하고 있었다. 혁준과 결혼하면 가족이 될 두 여자를 물끄러미 바라보고 있자니 연아는 가슴이 답답해져 왔다. 과연 저 두 사람과 잘 지낼 수 있을까. 자신 없었다. 지금이야 늘 돈에 쪼들리는 현실에서 벗어나고픈 열망이 훨씬 더 크지만, 시간이 지나도 이 선택을 후회하지 않을지 의문이었다.

아니다. 이런 생각은 금물이다. 이미 안락하고 윤택한 삶을 선택했고, 감내하리라 마음먹었다.

식사 자리는 예상한 대로 가시방석이 따로 없었다.

"에휴. 결혼은 원래 수준 맞는 사람끼리 해야 하는 건데. 하여간 우리 혁준이는 정이 너무 많아서 탈이야. 결혼까지 정에 휘둘려서 하니, 원."

"아, 엄마. 그러고 보니 엄마 선배 딸. 현아 언니인가? 곧 미국에서 귀국한다고 하지 않았어? 오빠랑 만났었잖아. 1년 정도였나? 그때 엄마도 우리 며느리 소리 달고 다녔고."

두 사람은 시종일관 합심하여 연아를 비꼬거나 타박하거나 무시했고, 연아는 아무 대꾸도 하지 못한 채 그저 바보처럼 헤실거렸다. 결국 디저트로 현미 아이스크림이 나올 때쯤엔 체한 것같이 속이 아파, 화장실에 다녀오겠다며 자리에서 일어났다.

화장실 세면대에 선 연아는 챙겨온 소화제를 가방에서 꺼내 한 번에 마셨다. 가슴을 탁탁, 주먹으로 쳐봐도 꽉 막힌 속은 내려가지 않았다. 거울을 바라보니 백열등 아래 허옇게 둥둥 뜬 얼굴이 초췌했다. 고작 40분을 앉아 있었건만 10년은 늙어버린 기분이었다. 소화제를 챙겨오길 잘했다 싶었다. 반면 시댁과의 식사 자리마다 소화제를 들고 다녀야 하는 현실이 문득 서글퍼졌다.

좀 더 있다 갈까?

그때 화장실 문이 벌컥 열렸다. 들어온 이는 민경이었다.

단 5분의 평화도 허락하지 않는구나.

민경은 연아를 힐끗 쳐다보더니 곧장 세면대로 다가가 거울을 보며 립스틱을 바르기 시작했다. 작은 키에 뚱뚱한 체구, 명품으로 휘감은 옷차림. 볼품없는 모양새였건만 묘하게 귀티가 났다.

"아가씨. 저 먼저 들어갈게요."

연아가 돌아서려던 찰나였다.

"언니, 세현 고등학교 나왔다고 했죠?"

민경은 거울 속 제 모습에 시선을 고정한 채 툭 하니 말을 내뱉었다.

세현 고등학교.

연아는 전신에 소름이 돋으며 머리가 쭈뼛하고 섰다. 의식적으로 잊고 살려 노력했던 이름. 가슴 한구석 가장 어두운 곳에 쑤셔 박고 자물쇠까지 채워버린 기억이었다.

"아, 네…… 맞아요."

대답하는 목소리가 떨렸다. 민경이 한 번 더 흘깃 자신의 안색을 살폈다. 내내 유지하던 포커페이스가 흔들렸다는 걸 알아챘으리라.

"2005년 졸업 맞죠? 내 친구 언니가 거기 나왔어요."

"그, 그래요?"

갑자기 위가 뒤틀리기 시작했다. 먹은 게 체한 걸까. 무언가 뾰족한 것이 배 속을 콕콕 찔러대는 느낌이었다.

"언니 이름 얘기하니까, 언니 안다고 하던데요?"

급기야 토기가 치밀었다. 속이 울렁대며 눈앞이 노래지더니 머리가 빙글빙글 돌았다. 연아는 그대로 화장실 부스 안으로 뛰어들어가 변기에 먹은 걸 쏟아냈다.

"으웩. 윽, 웨엑."

한 차례 쏟아낸 뒤에도 구역질은 멈추지 않았다. 먹은 것도 별반 없어 속에서는 누런 신물이 흘러나왔다.

"체한 거예요?"

걱정하며 등을 두드려주는 건 애초에 바라지도 않았다. 민경은 멀찍이 떨어진 채 팔짱을 끼고 관망할 뿐이었다. 알고 있는 사실을 다시 한번 친절하게 일깨워 주기까지 하며.

"그러니까……."

웃음기 섞인 민경의 목소리가 뒤에서 들려왔다.

"어울리지도 않는 걸 먹으면 체한다니까요."

"자. 그러면 이제 누가 건배사 할래? 아무도 없어? 응? 진짜 아무도 없는 거야? 그럼 내가 하지, 뭐. 자, 다들 잔 드시고 따라 하시죠. 이멤버 리멤버!"

"이멤버 리멤버!"

공중에서 소맥잔이 부딪치며 자잘한 방울들이 튀어 올랐다.

대체 언제 적 이멤버 리멤버인가. 자리를 잘못 앉았다.

화장실에 다녀오니 고 차장 옆만 덩그러니 비어 있었다. 고 차장은 퇴근 시간만 되면 아래 직원들 소맷부리를 잡아당기며 술 마시러 가자고 안달복달하는 5년 차 기러기 아빠였다. 누렇게 때가 낀 와이셔츠에 부스스한 머리, 꾸깃꾸깃한 양복바지까지. 도통 PPWM센터에 어울리지 않는 외양이었건만 실적만은 항상 1등이었다.

어찌 고객들을 구워삶는지 몰라도, 희한하게 한번 고 차장의 상담실에 들어간 고객들은 모두 줄기차게 고 차장만 찾곤 했다. 그래서인지 그는 경쟁에 내몰린 사람답지 않게 항상 느긋하고 여유로웠다. 때로는 모든 것에 초월한 듯 보이기도 했다. 그런 사람이 회식 자리에만 오면 이토록 돌변하는 것이다. 특히 건배사 하는 걸 좋아하는 양반이라 술 한 번, 건배사 한 번, 술 한 번, 건배사 한 번을 반복하다 보면 에브리바디 모두 손잡고 고주망태가 되도록 취하기 일쑤였다.

"캬! 좋다! 이게 야근의 묘미지. 모름지기 극도의 피곤함과 야밤에 조우하는 한잔의 술. 여기에 직장인의 애환이 녹아 들어가 있는 거 아니겠어? 안 그래? 엉? 좋아 죽겠지? 스트레스가 빡 날아가지? 응? 응?"

기차 화통을 삶아 먹은 듯 꽥꽥 질러대는 소리를 옆에서 고스란히 듣고 있자니 스트레스가 빡 쌓일 지경이었다.

"뭐야? 연아 씨는 안 마셔?"

술 강요는 또 어찌나 좋아하시는지.

"속이 안 좋아서요."

"에헤이. 그럼 더 마셔줘야지. 안 좋은 속은 술로 풀라는 옛말도 있잖아."

아니, 대체 누가 그런 개소리를? 당신이 방금 지어내 놓고 옛말은 무슨.

하지만 모두의 눈이 자신을 향하고 있었다. 말은 하지 않지만 모두 '마셔라, 마셔라.' 하는 눈빛을 보내고 있었다. 새침데기, 깍쟁이, 자기 얘기는 털끝만치도 안 하는 개인주의자. 연아는 직원들이 자신을 어떻게 보는지 잘 알고 있었다. 항상 흐트러짐 없는 사람일수록 그 사람이 망가지는 모습을 보고 싶은 게 인간의 심리인지, 직원들은 연아에게 술을 강요하는 고 차장을 은근히 응원했다. 결국 분위기의 압박에 못 이겨 연아가 잔을 들었다.

그대로 원샷.

"우오오오오!"

사람들이 테이블을 두드리면서 소리를 질렀다. 찌릿찌릿하면서도 부드러운 소맥 줄기가 연아의 목구멍을 타고 흘러들었다.

"역시 우리 연아 씨! 잘 마신다! 박수! 박수!"

자리에서 일어나 박수를 유도하는 고 차장의 목소리가 쩌렁쩌렁하게 울려 퍼졌다. 연아는 마지막 한 방울까지 목구멍에 털어 넣은 뒤, 빈 잔을 테이블 위에 내려놓았다. 겨우 한 잔을 막 비워냈을 뿐인데 취기가 올랐다. 몸이 안 좋은 모양인지 술이 잘 받지 않았다.

점심때 토한 이후 내내 빈속이라 그런가.

점심 무렵을 떠올리니 기억 하나가 불쑥 고개를 들이밀었다. 지워버려야지 하면서도 머릿속에 악착같이 들러붙은 목소리는 떨어지질 않았다.

"언니, 세현 고등학교 나왔다고 했죠?"

그 장면이 무한 재생되고 있었다.

민경이 무언가를 알고 떠보려 한 말인지, 순수하게 확인 차원으로 한 말인지 확신이 서지 않았다. 아니, 아니다. 민경은 분명 무언가를 알고 있는 표정이었다. 문제는 어떤 사실을, 얼마나 알고 있느냐 하는 것.

연아는 민경이 내뱉은 말에 대한 충격과 극도의 초조함으로 인해 회사에 돌아와서도 아무것도 할 수 없었다. 덕분에 하루 종일 실수 연발이었다. 회식 자리에 끌려와서도 머릿속을 온통 점령한 생각 때문에 물에 뜬 기름처럼 어울리지 못하고 있었다.

"그래서 내가 아직도 후회하고 있잖아. 돌이켜 보면 내 인생에서 제일 후회하는 일이야. 왜 그때 그 여자를 잡지 않았을까?"

고 차장의 오버스러운 몸짓에 직원들이 웃음을 터뜨렸다.

"그때 그 여자분이랑 결혼했으면 고 차장님 인생이 달라졌을까요?"

"당연하지! 내가 여기서 은행원이나 하고 있겠어? 강남 한복판에 있는 20층짜리 건물 셔터맨이 되어 있겠지."

한 번 더 여직원들이 까르르 웃음을 터뜨렸다.

"그것뿐이겠어? 한 달에 한 번 세입자들 가게 어슬렁대며 월세 수금이나 하고, 해외로 골프 치러 다니는 우아하고 여유로운 생활을 누리고 있겠지. 정말 꿈같은 얘기다. 이렇게 말하고 나니 더 아까운데? 모든 직장인의 꿈, 주님! 건물주님이 될 수 있었던 절호의 기회를 놓치다니."

"에이. 그래도 차장님은 지금 행복하잖아요. 전요, 고등학교 때 공부

안 한 걸 제일 후회해요. 그때 연예인 하겠다고 미쳐서 기획사 쫓아다닌 걸 생각하면. 아후, 공부만 좀 했어도 여기 계약직이 아니라 정직원으로 들어왔을 텐데."

계약직 리셉셔니스트인 장하나가 투덜거렸다. 조금 숙연해진 분위기에 고 차장이 다시 너스레를 떨었다.

"무슨! 고등학교 때로 돌아가면 공부할 거 같아? 똑같아. 절대 안 할걸?"

"지금의 기억을 고스란히 갖고 몸만 그때로 돌아가면 하겠죠. 인생이 요 모양 요 꼴이 된 걸 알 테니 죽어라 열심히 하지 않겠어요?"

"맞아. 그러면 수능 만점도 받을 수 있을 거야."

"암. 서울대도 갔겠지."

사람들이 맞장구를 쳤다.

"과거로 돌아갔는데 공부하겠다는 생각이 다예요? 현재의 기억을 가지고 과거로 돌아가면 적어도 삼성전자 주식을 사거나, 저기 분당이나 판교에 집 한 채 사놔야죠."

"그럼 로또! 로또 번호를 외워놓는 건 어때?"

"아니라니까. 뭐니 뭐니 해도 확실한 정보를 가지고 하는 투자가 최고예요."

그렇게 사람들이 정 과장의 말에 살을 덧붙이고 있을 때였다.

"연아 씨는? 연아 씨는 과거로 돌아가면 뭘 할 거야?"

무리 중 누군가가 물었다.

"네?"

모두가 궁금하다는 표정으로 연아를 바라봤다.

이런, 생각에 빠져 있느라 대화를 놓쳐버렸다.

"뭐라고 하셨어요?"

"연아 씨는 과거로 돌아가면 뭘 할 거냐고."

"왜, 그런 거 하나씩 있잖아요. 바꾸고 싶은 과거 같은 거."

옆에서 장하나가 설명을 거들었다.

과거로 돌아가면 뭘 할 거냐고? 물어 뭐 해. 나한텐 오로지 한 가지 뿐인데.

"전 절대 엮이지 않을 거예요. 무조건 피할 거예요."

"엥? 뭘?"

직원들은 무슨 소리냐고 어리둥절해했지만 연아는 설명 없이 소맥을 벌컥 들이켰다.

과거로 돌아간다면, 만약 그럴 수만 있다면 절대 그 자식과 엮이지 않을 것이다. 무조건 피할 거다.

그 개자식을.

내 인생을 망쳐버린 그 개새끼를.

2. 내 인생을 망친, 개자식

강남역 번화가는 목요일 밤을 즐기는 인파로 북적였다. 연아는 네온 사인이 번쩍이는 화려한 밤거리를 휘청대며 걸었다. 지하철을 탈까 하다 술도 깰 겸 몇 정거장은 그냥 걷기로 했다. 눈앞에 불빛이 일렁이고 땅이 울렁였다. 하지만 아무리 술에 취해도 민경이 한 말은 머릿속을 떠나지 않았다.

'만약 민경이가, 어머님이, 그리고 혁준 씨가 그 사실을 알면 어떻게 될까?'

아마도 결혼은 할 수 없겠지.

아니다, 아니야. 그런 생각 말자. 아직 민경이 어떤 의도로 그런 얘길 했는지, 어떤 사실을 얼마나 알고 있는지 모르지 않는가. 별일 아닐 것이다.

스스로를 달래봤지만 가슴에 낀 먹구름은 가시질 않았다. 그때 손에 든 핸드폰이 울렸다. 윤새였다. 얘기할 사람이 절실했는데 마음이 통한 모양이다.

"윤새야."

[야야야. 내가 진짜, 나 오늘 얼마나 황당한 일 있었는지 아냐? 옆에 있는 사회 선생이 글쎄……. 야, 근데 너 무슨 일 있어? 술 마셨어? 목소리가 왜 그래?]

목소리만 듣고도 기똥차게 알아채는 우리 윤새.

"응."

[어딘데? 목소리가 왜 그렇게 축 처져 있어? 왜 그러는 건데?]

연아가 대답할 새도 없이 윤새는 평소의 말버릇처럼 질문을 다다다다 쏟아냈다.

"그냥 회식. 강남역인데 술도 깰 겸 집까지 걸어가고 있어."

[야, 이 야밤에 위험하게. 얼른 택시 타.]

"……."

[왜 대답이 없어?]

"윤새야. 나 어쩌냐? 나 진짜 큰일 났다."

[왜, 왜? 무슨 일인데?]

연아는 울먹이며 하루 동안 일어났던 일들을 소상히 털어놓았다. 술기운에 두서없이 늘어놓은 이야기가 끝나자 잠자코 듣던 윤새가 진지한 목소리로 말하기 시작했다.

[걔가 무슨 의도로 그런 얘기를 한 건지 모르잖아. 일단 가만히 있어. 네가 오버하고 반응하면 오히려 무슨 일이 있나 파헤치는 빌미를 주는 거나 다름없어. 그리고 사실 저쪽에서 마음먹고 파고들면 네가 무슨 수로 막을래? 오히려 알게 된다면 어떻게 대처해야 할지 생각해야…….]

"아냐. 안 돼. 절대 밝혀져선 안 돼. 우리 시누이가 그 일 알게 되면 나 이 결혼 못 해. 너도 알겠지만 이 결혼에 내 모든 걸 걸었어. 지금 혁준 씨는 내 인생을 바꿀 유일한 희망이야. 혁준 씨 놓칠 수 없다고. 그러니까 나 절대 그 일 들키면 안 돼. 아니, 절대 들킬 수 없어."

무서웠다. 과거의 일을 들킬지 모른다는 생각에 공포심이 일었다. 결국 참았던 눈물이 쏟아졌다. 놓칠 수도 있다 생각하니 곱절은 더 절박해졌다.

"윤새야. 나 그때 그 자식 왜 만났을까? 정말 그 개자식은 내 인생의 오점이야. 그 자식 때문에 내 인생은 완전히 망가졌어."

지나가던 사람들이 핸드폰을 들고 울고 있는 연아를 이상하게 바라봤다. 하지만 가슴 가득 찬 회한을 풀 길이 없었던 연아는, 그러고도 한참이나 더 울음을 토했다.

4층 빌라 꼭대기의 낡은 현관문이 끼익, 하며 열렸다. 열린 문틈으로 희미한 달빛 한 줄기가 스며들어 왔다. 연아는 차가운 마룻바닥에 발을 내디뎠다. 깜깜한 시야 너머로 몸을 웅크리고 있는 거무스름한 형체의 가구들이 눈에 들어왔다. 당장 침대에 뻗어도 모자랄 만큼 온몸이 녹진녹진했다.

연아는 블라우스의 단추를 풀기 시작했다. 부드러운 실크 블라우스가 바닥으로 툭 떨어졌다. 화장실로 곧장 향하려다, 속옷만 입은 채로 몸을 살짝 틀어 화장대 거울에 등을 비춰봤다. 한 손을 등 뒤로 뻗어 맨살을 쓰다듬자, 울퉁불퉁 흉하게 올라온 살이 만져졌다. 어깨에서부터 등 한가운데를 지나 허리까지 길게 이어진 화상 자국. 그것은 붉은 낙인과도 같이 자리하고 있었다. 외면하고 싶어도 절대 지울 수 없는 상처였다.

문득 미닫이창 너머 베란다에 아무렇게나 겹겹이 쌓아둔 상자 중 하나가 눈에 들어왔다. 위에서 두 번째, 누런 테이프로 봉해놓은 상자였다. 연아는 무언가에 이끌리듯 베란다로 향했고, 상자를 바닥에 내려놓은 뒤 물끄러미 바라봤다.

이걸 다시 꺼내 볼 날이 올 줄이야.

차마 태워버리지도 못했던 기억이었다. 상자를 꽁꽁 감싼 누런 테이프는 자신의 가장 아픈 상처를 싸매고 있는 것만 같았다.

연아는 갑자기 충동적인 기분에 휩싸였다. 정신없이 서랍을 뒤져 칼을 찾아 테이프를 뜯어냈다. 벌어진 틈 안에서 무언가 펑, 하고 튀어나올 것만 같았다. 연아는 조심스럽게, 떨리는 손으로 상자를 열었다. 안에는 성적표, 노트, 편지 들이 한가득 들어 있었다. 시간의 때가 묻어 낡고 삭은 것들이었다. 연아는 마지막으로 바닥에 뒤집힌 채 놓여 있던 사진 한 장을 집어 들었다. 고작 그것만으로 심장이 쿵쿵, 요동을 쳤다.

'2학년 12반 학기 말 기념'이라는 글자가 하단에 프린팅되어 있는 단체 사진 속에는 새끼손톱만 한 얼굴들이 줄지어 늘어서 있었다. 그 속에서 찾은 앳된 자신의 얼굴에는 나이와 어울리지 않는 짙은 그늘이 드리워 있었다.

당시 담임이었던 박찬용 선생은 인원 체크를 하며 번호 순서대로 서게 했다. 노진환, 남경훈, 도성재, 민우식, 박우진……. 하지만 '그 자식'은 없었다.

불현듯 가슴에 둔탁한 통증이 느껴졌다. 심장이 꽉 조이는 듯 아팠다. 봉인해놓은 기억들이 풀어져 수면 위로 마구 떠오르려 했다.

연아는 탁, 소리가 나도록 사진을 뒤엎었다.

그만해.

이제 네 얼굴도 기억나지 않아.

2003년 4월. 한낮의 강렬한 햇살이 세현 고등학교 2학년 12반 교실 안을 비췄다. 국어 임아랑 선생은 교단 앞을 서성이며 낭랑한 목소리로 교과서를 읽고 있었다. 아직 학생 태를 채 벗지 못한 임아랑 선생은 민태원의 수필 〈청춘예찬〉을 읽으며, 반복되는 '청춘'이라는 단어의 끝에 악센트를 넣으며 '춘! 춘!'을 외쳤다. 자신의 낭독에 심취한 모양이었다. 하지만 안타깝게도 교과서 구절에 감동한 이는 오직 임아랑 선생뿐이었다. 어디 그게 쉬운 일인가. 공부하는 학생으로서 교과서에 감동하는 일이. 대부분의 학생들은 약 먹은 병아리처럼 꾸벅꾸벅 졸거나 딴짓을 할 뿐이었다.

2분단 뒤에서 두 번째 줄에 앉은 연아는 창밖 운동장을 바라보고 있었다. 유난히도 하늘이 청명한 날이었다. 운동장에는 촌스러운 초록색 체육복을 입은 학생들이 줄 맞춰 팔 벌려 뛰기를 하고 있었다.

"뭘 그렇게 봐?"

누군가가 연아의 책상을 통통 두드리며 말을 걸었다. 건너편 자리에 앉은 호윤이었다.

"그냥 날씨가 좋아서. 하늘 차암 맑다. 딱 체육 하기 좋은 날씨네."

"둔해 빠져서는 참 태평한 소리하고 앉아 있다. 넌 뒤통수도 안 따가워?"

"뒤통수가 왜?"

호윤이 손가락으로 뒤를 가리켰다. 돌아보니 지훈이 팔짱을 낀 채 걸상에 삐딱하게 앉아 노려보고 있었다.

"쟤 한참 전부터 눈에서 레이저 쏘고 있었는데. 어떻게 그걸 모르냐? 너 뒤통수 뚫릴 것 같더라."

지훈과 눈이 마주치자 연아가 눈을 동그랗게 뜨며 '왜?'라는 얼굴을 해 보였다. 그러자 지훈의 인상이 더욱 험악해졌다. '몰라서 물어?'라는 표정이었다.

"뭐야. 쟤 또 왜 저래? 무슨 심사가 뒤틀려서 저렇게 도끼눈을 뜨고 노려보는 거야?"

연아가 입술을 꽉 깨물고는 복화술인 양 웅얼거리자 호윤이 대답했다.

"네가 체육 하는 애들 계속 보고 있어서 그러잖아."

"그게 왜?"

"3반에 최유성 있는 거 몰라? 그리고 네 서방이 질투의 화신인 거 몰라서 물어?"

"아."

그제야 연아는 지훈이 오만상을 쓰며 쏘아 보는 이유를 알 것 같았다. 연아는 손가락으로 밖을 한 번 가리켰다가 엑스 자를 그었다.

'나 유성이 본 거 아니야.'

찰떡같이 알아들은 지훈은 미간의 주름을 펴며 손가락으로 밖을 한 번 가리키고는 자신의 목을 그었다.

'한 번만 더 밖에 보면 죽는다.'

연아가 손가락으로 오케이 사인을 하자 비로소 사납던 표정이 풀어졌다. 급기야 호윤이 시퍼렇게 눈을 뜨고 바라보는데도 입술을 삐쭉 내밀며 뽀뽀 사인을 보내오는 게 아닌가.

"진짜 징글징글한 새끼들. 니들은 민폐의 극치를 달리는 바퀴벌레 한 쌍이야."

호윤이 그러거나 말거나 연아 역시 지훈을 향해 맞뽀뽀의 사인을 날렸다. 부들부들 치를 떠는 호윤을 무시한 채.

"류지훈!"

쩌렁쩌렁한 외침과 함께 2학년 12반 뒷문이 벌컥 열렸다. 교실 뒤편에서 새까만 머리를 맞대고 옹기종기 모여 있던 지훈 일행이 놀라 고개를 번쩍 들었다. 무언가 숨기는 듯 후다닥, 하는 움직임도 이어졌다.

연아는 붉으락푸르락한 얼굴로 허리에 손을 짚고 일행을 향해 걸어갔다. 타깃은 당연히 지훈이었다.

"야, 류지훈. 니 마누라 왔다."

경민이 지훈의 옆구리를 쿡 찌르며 말했다.

"근데 니 마누라 엄청 열 받은 것 같다."

우태 역시 신경 거슬리는 참견을 했다.

"너희, 내가 그렇게 부르지 말랬지."

연아는 경민과 우태를 사납게 한 번 쏘아보고는 다시 지훈을 노려봤다.

"왜, 또?"

지훈은 부러 퉁명하게 말을 내뱉었으나 걸리는 게 있는지 움찔하는 표정이었다. 바로 앞까지 다가온 연아가 기습적으로 지훈의 귀를 잡아당기며 자리에서 일으켜 세웠다.

"아야야야야. 이연아. 너 이거 안 놔?"

"시끄러."

"애들 앞에서 쪽팔리게 이게 무슨 짓이야!"

"넌 오늘 나한테 죽었어."

연아는 지훈의 귀를 있는 힘껏 잡아당기며 본관 건물 뒤로 끌고 갔다. 복도와 계단을 오가는 아이들이 킥킥댔지만, 연아가 뿜어내는 무시무시한 기세에 지훈은 그저 아픈 시늉만 할 뿐이었다.

아이들이 없는 한적한 곳에 도착하자 연아가 지훈의 귀를 잡아떼듯 놓았다. 어찌나 세게 잡아당겼는지 지훈의 귓불과 얼굴까지 새빨갛게 변해 있었다.

"야, 너 왜 이래? 미쳤어?"

지훈이 두 손으로 귀를 감싸곤 소리를 질렀다.

"너야말로 도대체 무슨 짓을 하고 다니는 거야?"

"그건 또 뭔 소리야?"

"모르는 척할래?"

"그렇게 다짜고짜 얘기하면 내가 어떻게 알아들어?"

"5반 권준석한테 무슨 짓 한 거냐고!"

짚이는 게 있는 모양인지 지훈이 눈가를 긁적이며 시선을 회피했다.

"내가 뭘."

"끌고 가서 두드려 팼다며!"

"에이. 그건 아니다. 뭘 두드려 패? 그냥 남자애들끼리 투덕거린 수준……."

"내가 폭력 쓰지 말랬지! 싸우지 말랬잖아. 도대체 왜 그래? 무슨 심사가 꼬여서 그런 건데!"

연아가 발을 동동 구르며 악을 썼다. 쏘아붙이는 기세에 잠시 눌린 듯하였으나, 지훈도 이내 억울한 표정으로 같이 소리치기 시작했다.

"야, 아무것도 모르면서. 아우씨, 그 새끼가 자꾸 너한테 치근덕거리잖아! 발바리 잡종 같은 게."

"그게 치근덕거린 거야? 네 눈에는 참고서 빌려주고 같이 복도에서 얘기 좀 한 게 치근덕거리는 걸로 보여? 그리고 아니, 그렇다고 해서! 막 패면 되는 거야?"

"그래, 살짝 한 대 좀 쳤다. 근데 이게 다 너 때문이잖아!"

"자꾸 어이없는 소리 할래? 뭐가 나 때문이야? 네 주먹으로 때렸지, 내 주먹으로 때렸어?"

"네가 조신하게만 행동했어도 이런 일 없었잖아!"

"뚫린 입이라고 말 그따위로 할래? 뭐 조신? 이게 진짜 보자 보자 하니까. 어디서 그따위 헛소리를 하고 있어! 가서 짐 싸 들고 조선시대로 가! 조신한 여자 만나러 가라고!"

"아. 그 말은 실수야, 실수. 내가 잘못……. 야! 중요한 건 그게 아니잖아!"

주변에 아무도 없으면 뭐 하는가. 아이들은 복도 창가에서 고개를 삐쭉 내밀고, 꽥꽥거리는 두 사람을 흥미롭게 지켜봤다. 호윤과 경민, 우태 역시 고래고래 소리를 지르며 싸우는 두 사람을 4층 복도에서 내려다봤다. 당최 저 민폐 바퀴벌레 한 쌍은 전교생 앞에서 부끄러운 줄도 모른다. 만인이 지켜보는 가운데 틈만 나면 치고받고 애정 싸움이다. 아니, 어쩌면 구경꾼의 존재에 희열을 느끼는 변태들일지도.

"야, 강호윤. 네가 보기엔 쟤네 왜 싸우는 거 같냐? 난 대화를 들으면서도 도통 모르겠다."

"글쎄, 그냥 싸우고 싶어서 싸우는 거 같은데."

경민의 말에 호윤이 심드렁하게 대꾸했다.

"봐봐. 일단 논점이 없어요, 논점이. 아주 그냥 못 싸워서 죽은 귀신들이 들러붙었나. 왜 저렇게 싸워대? 그냥 좀 심플하면 안 돼? 나 네가 좋아 죽겠어. 그래서 네가 다른 남자랑 옷깃만 스쳐도 열통이 터져. 그러니까 앞으로 다른 남자애들하고 친하게 지내지 마. 그 한마디면 되는 거 아냐?"

호윤이 보기엔 논점을 모르는 인간은 여기에도 하나 더 있었다. 아니, 두 명 더.

"아니지. 그거 갖고 되겠냐? 세게 나가줘야 해. 지훈인 너무 물렁물렁하다고. 터프하게 얘기하는 거야! 이렇게 하면 널 가질 수 있을 거라 생각했어. 널 내 여좌로 만들고 싶었쒀!"

호윤의 어이없는 시선도 느끼지 못한 채, 우태는 혼신의 힘을 다해 연기 혼을 불살랐다.

"인마, 그게 아니지. 말끝을 좀 늘어뜨려야지, 이렇게. 다른 남자는 쳐다도 보지 봐아. 안 그러면 당쉰. 부숴버릴 거야아!"

우태의 연기 혼은 어느새 경민에게 옮겨붙어 타오르고 있었다. 역시 고등학교 남자아이들 사이에서 같은 주제로 3분 이상 대화를 이어나가기란 불가능한 일이다. 경민과 우태가 '부숴버리겠쒀, 내 여좌로 만들겠쒀.' 등의 대사에 심취해 목소리를 높이자 호윤이 고개를 절레절레 흔들며 돌아섰다. 이번에도 못 볼 걸 봤다는 듯.

점심시간 종이 울렸다. 일찌감치 점심을 해치운 호윤과 경민, 우태는 곧장 교실을 나섰다. 농구공을 튀기며 운동장으로 향하는데, 저 멀리 계단식 스탠드 끝에 앉아 꽁냥거리는 바퀴벌레 한 쌍이 눈에 들어왔다. 연아는 아이스크림을, 지훈은 사탕을 든 채 붙어 앉아 뭔가를 보며 시시덕대고 있었다.

"뭐 하냐?"

호윤과 경민, 우태는 자못 불량스러운 걸음으로 둘을 향해 다가갔다. 한 시간 전만 해도 죽여라, 살려라 하며 싸우지 않았던가. 그런데 눈앞에 이 꼴은 또 뭔지.

"미술 숙제하다가 연아가 대독이랑 영어 얼굴 그렸는데. 완전 웃겨. 한번 볼래?"

지훈이 세 사람을 향해 노트를 보여주며 키득거렸다. 죽죽 그어놓은 몇 개의 선만으로도 묘하게 특징을 잘 잡아낸 그림이 감탄을 자아냈지만, 두 사람의 행태를 보니 도저히 웃음이 나오지 않았다.

"이번엔 수학 그려볼까?"

"어어, 그려봐. 너 진짜 그림에 소질 있는 거 같아. 천재 아냐?"

지훈이 연아의 작은 머리통을 붙잡고 정수리에 쪽 소리 나게 뽀뽀를 했다.

"정말? 그럼 나 이참에 미술 쪽으로 나가봐?"

"그것도 괜찮아. 난 찬성."

그러더니 또 머리를 맞대고 키득거린다. 똥 씹은 얼굴로 쳐다보는 셋은 안중에도 없는 듯했다.

"아이스크림 먹을래?"

연아가 침을 잔뜩 묻히며 빨아 먹었음이 분명한 아이스크림을 지훈에게 건넸다. '흐익!' 하며 세 사람의 얼굴에 경악의 빛이 스쳤지만 지훈은 잠깐의 망설임도 없이 한입 크게 베어 물었다.

"사탕 먹을래?"

이번에는 지훈이 물고 있던 츄파춥스를 꺼내 연아의 입에 쏙 넣어줬다. 연아는 또 그걸 아무렇지 않게 받아 오물거렸다. 과히 엽기였다.

"앗. 우씨."

"왜왜?"

연아가 인상을 쓰며 사탕을 빼내자, 지훈이 큰일이라도 난 듯 호들갑을 떨었다.

"사탕에 혀 베였나봐. 나, 피나?"

연아가 혀를 쏙 내밀어 보였다.

"응. 살짝 베였네. 피 나온다."

"우잉. 아파."

"그럼 내가 침 발라줄까? 혀로?"

"뭐? 야! 죽을래?"

"크하하하. 장난이야."

얼씨구절씨구 차차차.

"아씨, 토 쏠려. 가자, 가."

"난 눈 좀 씻고 와야겠다. 눈이 썩을 거 같아."

"에이씨, 더러운 것들! 내가 니네 그거 하지 말랬지! 다른 건 다 봐줘도 그건 진짜 못 봐주겠단 말이야! 아이스크림 먹고 싶으면 2개 사라니까, 새끼들아!"

그랬다. 이 민폐 커플은 밥을 시켜도 1인분, 아이스크림을 사도 1개, 음료수를 사도 꼭 1개였다. 그러고는 먹던 걸 상대편 입에 물려주거나, 입 안에 쑤셔 넣었던 수저를 맞부딪혀 가며 나눠 먹는 걸 즐겼다. 추잡스러워도 보통 추잡스러운 게 아니며, 변태스러워도 보통 변태스러운 게 아니었다.

"새끼가 뭐냐, 새끼가! 너 형수님한테 말 그따위로 해라, 응? 연아야, 조심해서 마저 먹어. 난 이거 먹을게."

지훈은 경민을 타박하더니 곧바로 연아의 어깨를 다독이며 희희낙락 모드로 돌변했다. 진정 보는 사람들을 괴롭히는 연애를, 둘이서 그렇게 요란빽적지근하게 해댔다.

류지훈 앤드 이연아.

지랄견 플러스 이년아.

둘은 세현 고등학교에서 알아주는 닭살, 민폐 커플이었다.

그리고 7개월 뒤, 그 자식은.

죽었다.

타다다닥.

경쾌한 키보드 소리.

촤락. 촤락.

서류를 넘기는 소리.

시곗바늘이 숫자 7을 지났으나, 사무실 분위기는 오후 2시를 방불케 했다. 모두 심각한 얼굴로 키보드를 두드려대거나 서류철을 넘겨 보고 있었다. 물론 영혼은 이미 몸을 이탈해 불야성을 이룬 불금의 밤거리를 신나게 달리고 있었지만.

연아 역시 퇴근 후 약속에 엉덩이가 들썩거렸다. 하지만 입사 6년 차라도 상사보다 먼저 PC를 끄려는 순간은 여전히 눈치가 보이는 법이었다.

"자자, 벌써 7시인데 그만 마무리들 하자고. 오늘 다들 약속 있나?"

웬일로 고 차장이 고마울 때가 다 있다. 그래 봐야 약속 없는 직원들 데리고 술 마시러 가고 싶은 것뿐이겠지만. 어쨌든 총대를 멘 그의 한마디에 사무실은 금세 퇴근 모드로 돌변했다. 연아도 때를 놓치지 않고 얼른 PC의 종료 버튼을 눌렀다.

"연아 씨는? 오늘 한잔 어때?"

"죄송하지만, 전 약속 있어서."

오늘은 '금요일'이란 말이다.

"약속? 무슨 약속? 누구랑?"

말하자면, 고 차장의 특기는 회식 자리 만들기뿐만이 아니다. 또 하나의 대표적인 특기가 있었으니, 바로 젊은 직원들 사생활 캐기. 어디에 사냐, 부모님은 뭐 하시냐, 애인은 있느냐, 주말엔 뭐 하냐 등등, 대답하기 꺼림칙한 질문들을 눈치 한 번 보지 않고 퍼붓는다. 딴에는 젊

은 직원들과 스스럼없이 어울리고자 하는 노력이겠지만 받는 쪽으로
서는 달갑지 않았다.

"친구랑요."

"아, 그 방송 기자 친구?"

언제 호윤에 대해 얘기했던 적이 있었나.

"아뇨. 학교 선생님 하는 친구요."

"그래, 그래. 잘 놀다 와. 그럼 연아 씨는 할 수 없고. 장하나 씨, 오늘
한잔 어때?"

"아우, 차장님. 오늘 금요일이잖아요!"

"그러니까 찐하게 한잔 어때?"

아마 오늘도 장하나 일행은 고 차장에게 끌려갈 게 분명했다. 연아는
직원들의 신경이 고 차장의 번개에 쏠려 있는 틈을 타 얼른 은행을 빠
져나왔다. 윤새가 은행 뒷골목에 있는 이자카야에 먼저 자리 잡고 있을
것이다. 엘리베이터에서 내린 연아는 빌딩 출입문을 향해 빠르게 걸어
갔다.

우웅— 우웅—.

핸드폰 진동이 울렸다. 발신자를 보니 혁준이었다. 오늘은 병원 식구
들과 회식이 있다고 했었다. 회식이 끝날 무렵에나 전화를 할 텐데, 너
무 이르게 걸려온 전화가 왠지 모르게 께름칙했다.

"여보세요? 혁준 씨?"

[퇴근했어?]

"응, 방금 전에."

[윤새 씨 만나러 가겠네.]

"지금 근처 이자카야에서 기다리고 있을 거야. 근데 혁준 씬 오늘 병원 식구들하고 회식 있다고 하지 않았어? 파투 난 거야?"

[아니, 그건 아니고.]

혁준의 목소리가 잦아들었다. 평소에도 차분하고 이성적인 사람이라 목소리를 높이는 경우가 많지 않았는데 오늘따라 그의 목소리는 부쩍 가라앉아 있었다.

"그런데 목소리가 왜 그래? 무슨 일 있어?"

[그게…….]

연아의 발밑에서 불안감이 스멀스멀 피어올랐다.

[민경이가 이상한 얘길 하더라고.]

"아, 아가씨가?"

가슴이 철렁했다. 역시 민경은 자신의 과거에 대해 무언가 알고 있는 게 분명했다.

[응. 재미있는 얘기 들으러 간다, 곧 큰 거 하나 빵 터뜨릴 테니 기다려라. 오늘 아침에 이러면서 나갔는데 왠지 너에 대한 얘긴 것 같았어.]

심장이 쾅쾅대고 식은땀이 흘렀다.

"왜? 나에 대한 재밌는 얘기래?"

[그런 건 아닌데. 그 말을 하고 나서는 날 쳐다보더니, '언닌 잘 있지?' 이러더라고.]

불여시. 악마 같은 년.

일부러 그런 거다. 혁준이 이 말을 전할 걸 알고 일부러 그런 말을 덧붙인 거다. 따분하고 심심한 인생에 재밌는 일 하나 생겼다 생각하겠지. 손안에 재밌는 장난감을 쥔 아이처럼, 한낱 유희에 가까운 감정으로 한 사람의 인생을 송두리째 망가뜨릴지도 모를 일을 두 손으로 굴려대며 신나 하겠지.

한 걸음만 내디디면 아득한 나락의 끝, 그 아래로 추락하는 자신의 환영이 눈앞에 아른거렸다.

"에이, 친구들이랑 재밌는 일이 있나 보지, 뭐. 난 아무 일도 없는데?"

연아는 아무렇지 않은 척 애써 떨리는 목소리를 감췄다. 혁준은 미심쩍은 기색을 감추지 못하고 나중에 연락하겠다는 말을 남긴 뒤 전화를 끊었다.

뚜뚜—.

전화가 끊기자 온몸에 힘이 빠졌다.

어찌해야 하나.

잠시 고민하다 연아는 결국 민경에게 문자를 보냈다. 이렇게 하는 것이 민경이 바라는 일임을 알고 있었지만 초조함을 견딜 수 없었다.

「아가씨, 어제는 잘 들어갔어요? 괜히 나 때문에 분위기 망친 건 아닌지 모르겠네. 미안했어요.」

일단은 무난하게 어제의 일을 물었다. 몇 초의 기다림 끝에 대화창의 '1'이 사라지자 심장이 쿵쿵 뛰었다.

「알면 됐어요. 밥 먹고 못 볼 걸 봐서 먹은 게 쏠릴 뻔했지만ㅋㅋ」
「내가 어제 일로 미안해서 그러는데, 혹시 오늘 시간 돼요?」

민경에게 약속이 있다는 걸 알고 한 질문이었다.

「나 오늘 약속 있는데. 아, 맞다. 내가 저번에 얘기했죠? 내 친구 언니. 언니랑 같은 고등학교 졸업한 사람. 그 사람 만나러 가요.」

핸드폰을 쥔 손이 부들부들 떨렸다.

「아, 그래요? 아쉽네. 좋은 시간 보내요. 그런데 나랑 같은 고등학교 졸업했다는 분 이름이 뭐예요? 나도 아는 사람인가 싶어서.」

핸드폰 액정을 뚫어져라 쳐다봤지만 대화창의 '1'은 도통 사라지지 않았다. 1분이 1시간처럼 길게만 느껴졌다. 초조함으로 손바닥에 땀이 배어 나왔다.

「김정혜. 알아요?」

김정혜……?
모르는 이름이었다.

3. 13번째 계단

이자카야 문을 열자 "이랏샤이마세!"라는 주방장의 힘찬 인사 소리가 들려왔다. 좁은 가게 안을 비집고 들어가니 제일 끝자리에 윤새가 앉아 있었다. 먼저 시작한 모양인지 삶은 완두콩을 안주 삼아 사케 잔을 홀짝이고 있었다. 껑충한 키에 짧은 커트 머리, 쌍꺼풀 없이 큰 눈, 시원시원한 이목구비. 어릴 때는 영 선머슴 같더니 이제는 제법 중성적인 매력을 물씬 풍기는 모델의 아우라가 엿보이기도 했다.

익숙한 얼굴을 보니 연아는 왈칵 울음이 터져 나왔다.

"윤새야."

놀란 모양인지 윤새의 눈이 휘둥그레졌다.

"왜 그래? 무슨 일이야?"

"으, 으어엉⋯⋯. 나 어떻게 해. 으어어엉. 나 진짜 이 결혼 못 할 거 같아."

연아는 자리에 앉자마자 펑펑 눈물을 쏟아내며 방금까지의 일들을 털어놓았다. 이야기를 가만히 듣고 있던 윤새는 사케 잔을 벌컥 들이켠 뒤 테이블 위에 탁, 소리 나게 올려놓았다.

"진짜 나쁜 년이네."

끄덕끄덕.

"네가 처음 얘기했을 때부터 마음에 안 들었는데, 어쩜 하는 짓마다 그렇게 못돼 처먹었냐!"

"내 말이."

"이렇게 널 궁지로 몰아붙이고는, 신경 줄이 바짝바짝 마르고 불안에 떠는 걸 지켜보면서 즐거워하다 막판에 빵 터뜨릴 심산이겠지."

윤새는 한참 동안 잔뜩 흥분한 채로 민경의 욕을 하다 제풀에 지쳐 탄식을 내뱉었다.

"하아. 이제 어떻게 해야 하냐?"

"모르겠어."

정말 모르겠다. 어떻게 해야 할지 둘이서 머리를 맞대고 세 시간을 넘게 얘기했지만 해결의 실마리는 보이지 않았다. 하긴, 키를 쥔 건 다른 사람이니 여기서 무슨 답이 나오겠느냐마는.

"그런데 윤새야, 김정혜라고 진짜 기억 안 나?"

기억을 더듬느라 윤새가 이리저리 눈알을 굴렸다.

"응. 전혀 기억 안 나."

"혹시 김정혜가 날 모를 수도 있지 않을까?"

"어떻게 널 모르겠냐. 너 유명인이었잖아."

저도 모르게 내뱉은 말에 윤새가 흠칫하며 곧바로 변명을 늘어놓았다.

"아, 아니, 내 말은…… 꼭 그때 일뿐만 아니라 류지훈 때문이라도 너

45

유명했단 말이야. 류지훈, 걔가 워낙 유명했으니까."

애쓰는 모양이 안되어 연아는 짐짓 아무렇지도 않은 척 말했다.

"그렇지? 맞아. 날 모를 일은 없겠지."

잠깐의 침묵이 흘렀다. 출구 없는 건물 안을 빙글빙글 도는 것 같은 기분에 연아는 속이 답답했다. 윤새 역시 마찬가지인지 "에잇." 하며 사케 잔을 벌컥 들이켰다.

"근데 너, 이 결혼 진짜 해야겠냐?"

잔을 내려놓은 윤새가 화제를 돌렸다.

"당연하지. 청첩장까지 다 찍었는데. 나 이 결혼 못 하면 죽어버릴 거야. 결혼 깨진 거 쪽팔려서가 아니라 나 정말 혁준 씨랑 결혼하고 싶어. 아니, 결혼해야 해. 그동안 삼촌 뒤치다꺼리와 이모 병원비로 은행 다니면서 돈 한 푼 못 모으고, 남은 건 자글자글해진 주름이랑 전세금 몇 천이 전부야. 나 이제 꺾어지는 32살이라고. 혁준 씨가 내 인생의 마지막 벤츠란 말이야. 내가 어디 가서 그런 남잘 만나겠어?"

"야, 야. 너 인생 역전 하려고 결혼하냐? 너 혁준 씨 만난 지 3개월도 안 됐어. 그 사람에 대해 제대로 알지도 못하잖아. 고객으로 만났으니, 네가 그 사람에 대해 아는 게 통장 잔고밖에 더 있어? 너 그 사람 사랑하긴 하는 거야?"

사랑이야 결혼하고 하면 된다. 앞으로 50년, 60년을 같이 살 사람이다. 죽고 못 살던 남녀도 결혼하고 이혼하길 다반사인데, 지금 사랑하느냐 안 하느냐가 뭐가 그리 중하단 말인가.

"결혼에는 사랑보다는 조건이 더 중요해. 사랑은 쉽게 변하지만 조건은 그렇게 쉽게 변하지 않거든. 그리고 조건 보고 결혼하는 게 그렇게 나쁜 거야? 조건에 돈만 해당하는 거 아냐. 인성, 취향, 취미, 가치관, 성장 환경 다 포함되는 거지. 난 그런 모든 조건을 종합적으로 고려해서 혁준 씨 택한 거고. 혁준 씨 좋은 사람이야. 결혼하면 잘 살 자신 있단 말이야."

윤새는 처음부터 이 결혼을 마음에 들어 하지 않았다. 만난 지 한 달 만에 속전속결로 진행된 걸 영 불안해했다.

어느덧 시계는 11시 반을 가리키고 있었다. 줄줄이 이야기를 풀어내며 비운 술병만 3병이었다.

"그만 일어나자. 금요일은 항상 이래. 마음으론 새벽 4시까지 달릴 수 있을 것 같은데 체력이 안 받쳐준다."

"어, 잠깐만. 나 핸드폰이……. 핸드폰 어디다가 놔뒀지?"

또다. 벌써 몇 번째냐, 윤새 너.

"학교에다 놔두고 온 거 아냐? 잘 찾아봐."

연아도 자리를 샅샅이 뒤졌지만 윤새의 핸드폰은 어디에도 보이지 않았다.

"아이씨, 어떻게 해. 진짜 학교에 두고 왔나 봐. 나 내일 2학년 애들 수련회 답사 때문에 제주도 가야 하는데 어쩌냐. 아침에 오 선생 픽업해서 바로 공항 가야 하는데."

"확실해? 학교에 두고 온 거?"

"너랑 문자 주고받은 게 마지막이었으니까. 학교 나오고 나서는 핸드폰 한 기억이 없어."

핸드폰을 달고 사는 보통 사람들과 달리 윤새는 핸드폰을 잘 보지도, 챙기지도 않았다. 그래서 툭하면 잃어버리기 일쑤였다. 이런 식으로 떠나보낸 핸드폰이 올해만 벌써 2개째였다.

"핸드폰 좀 잘 챙기라니까! 내가 못 살아, 정말. 지금 11시 반인데."

"아무래도 나 학교 가서 핸드폰 가져와야겠어. 너도 같이 갈······."

윤새가 무심코 내뱉은 말을 주워 삼켰다. 연아의 얼굴이 어둡게 굳었던 것이다.

"아, 아냐. 나 혼자 갔다 올게. 늦었으니 넌 얼른 집에나 들어가."

윤새는 가방을 챙겨 자리에서 일어났다. 가게 밖으로 나왔더니 9월인데도 뺨에 닿는 바람이 눅눅하고 후텁지근했다.

"나 갈게. 핸드폰 찾으면 연락할 테니 걱정 말고."

윤새는 시원하게 얘기하고는 뒤돌아서 걷기 시작했다.

멀어지는 뒷모습을 보니 마음이 편치 않았다. 여자 혼자 이 밤에 어떻게 학교엘 간단 말인가. 아무리 씩씩한 윤새라도 겁이 날 것이다. 불편한 제 마음 때문에 친구 홀로 가도록 내버려 둘 순 없었다.

"같이 가!"

연아는 결국 윤새를 향해 달려갔다.

택시가 학교 정문 앞에 섰다. 연아는 캄캄한 어둠에 휩싸인 붉은 벽돌 건물을 바라봤다.

세현 고등학교.

무려 14년 만이다. 14년 만에 이런 이유로 학교를 찾게 될 거라곤 생각지 못했다. 14년 전 도망치듯 벗어난 이후로 이 학교와 전혀 관련이 없었던 건 아니었다. 윤새가 모교인 이곳의 체육 선생으로 채용되었기 때문이었다. 하지만 고등학교 시절을 끔찍하게 생각하는 연아를 배려

해 윤새는 학교에 관한 애긴 거의 하지 않았다.

"넌 여기서 기다릴래?"

거리의 문 닫힌 가게 주위로 을씨년스러운 바람이 휭, 하고 불었다. 적막한 골목길에 아무렇게나 방치된 집기류들이 뒤틀린 소리를 냈다.

아니, 싫다. 더 무서워.

"갈 수 있어."

술김이었을 것이다. 이런 용기가 난 건.

윤새는 정문을 지나 곧장 수위실로 향했다. 수위실에는 조그만 TV가 파란 불빛을 내며 켜져 있을 뿐 경비 아저씨의 모습은 보이지 않았다. 수위실 안을 살피다 책상 위에 적힌 메모를 발견한 윤새는 연아의 핸드폰을 빌려 전화를 걸었다.

"아저씨. 저 이윤새 선생이에요. 네네. 교무실에 뭘 좀 두고 와서. 아, 열려 있다고요? 세콤은요? 12시요? 알겠습니다. 감사합니다."

"경비 아저씨는?"

"요 앞에 잠깐 나가셨대. 본관 중앙문은 열려 있고 세콤은 12시 넘어서 한대."

"무슨 세콤을 그렇게 늦게 해? 너무 늦는 거 아냐?"

"우리 학교 야자가 11시 반까지잖냐. 요즘 수학 올림피아드 대비반 운영한다고 11시 반 넘어 끝나는 경우도 종종 있어. 게다가 애들이 좀 깜빡거리냐? 놓고 간 책이나 지갑 같은 거 가지러 다시 오고 어쩌고 하는 애들이 많아서, 아예 학교 싹 비운 다음 하시나 봐."

"야자 같은 거 요즘 시대에는 안 하는 줄 알았는데 여전하구나."

"예전처럼 강제는 아니고 자율이긴 한데 그래도 뭐, 학교가 어디 그렇게 쉽게 변하는 곳이냐?"

윤새가 앞장서자, 연아 역시 주춤주춤 발걸음을 옮기며 어둠에 휩싸인 교정을 둘러봤다. 정면으로 붉은 벽돌의 본관 건물이, 기역 자로 꺾인 왼편으로 별관 건물이 보였다. 건물들과 운동장 사이에는 계단식 스탠드가 자리하고 있었다. 스탠드 중간에는 하얀 석재 지붕이 달린 구령대가, 그 아래로 기물실이니 개수대니 하는 자잘한 부속물들과 화단이 위치해 있었다. 정문에서 왼쪽 길로 가다 보면 운동장 가에 위치한 등나무 벤치가, 벤치를 지나치면 후문과 맞닿은 길이 나왔다. 오른쪽 길은 완만한 경사를 이룬 채 본관 건물로 이어졌다.

낮에 왔더라면, 아니 다른 사람이었다면 감회에 차 바라볼 정경이었다. 하지만 연아에게는 암흑이 내려앉은 학교가 음산하기 이를 데 없었다.

"학교가 왜 특별한 공간인지 알아?"

오래전 누군가가 던진 질문이 떠올랐다.

"대부분의 학교는 공동묘지 위에 세워졌대. 많은 혼들이 떠도는 곳이지. 그 많은 혼들이 생명력이 팔팔 넘치는 나이 대의 에너지와 상성이 맞으면 어떻게 되겠어?"
"어떻게 되는데?"
"펑! 하고 터지는 거야."
"뭐가?"
"뭐든."

"그게 무슨 말이야?"

"그래서 학교는 특별한 곳이라고. 아주 특별한 곳. 생각해봐, 학교
만큼 변하지 않는 곳도 없잖아. 그 많은 혼들이 편안하게 머물러야
하기 때문에 학교는 10년 전이나 지금이나 똑같은 거야."

연아는 완만히 경사진 길을 따라 올랐다. 늦여름, 나무에 매달린 매
미들이 지치지도 않고 울어댔다. 본관 앞에 도착하자 윤새가 건물 중앙
문을 열었다. 삐걱, 하고 통유리 문이 내는 쇳소리가 적막이 감도는 밤
공기를 갈랐다. 중앙 현관을 지나자 양옆으로 복도가 펼쳐졌다. 왼쪽
복도 끄트머리에 교무실이라고 붙인 팻말이 보였다.

"들어갈래?"

연아가 고개를 휘휘 저었다. 윤새 때문에 여기까지 따라오긴 했지만
여기저기 들쑤시고 싶진 않았다. 아니, 되도록 이 학교와 접촉하는 걸
피하고 싶었다. 윤새는 홀로 복도를 따라 교무실로 들어갔다.

술이 깬 줄 알았는데 취기가 여전했다. 가만히 서 있는데도 시야가
느릿하게 돌았다. 술기운 덕분인지 혼자 학교 안에 덩그러니 서 있는데
별달리 무서운 느낌은 들지 않았다.

나참, 별일이 다 있지. 내가 이 시간에 학교에 있게 될 줄이야.

왼쪽 손목을 보니 시계가 11시 55분을 가리키고 있었다.

5분 후면 12시구나.

12시. 문득 머릿속에 번쩍하고 떠오르는 기억이 있었다. 아주 오래전
그냥 한번 해봤던, 하지만 도무지 믿을 수 없었기에 꿈으로 치부하고
말았던 일.

설마, 지금도 될까?

14년 전, 연아와 지훈은 귀신 놀이를 하느라 3층 화장실에 함께 숨어 있었다. 같은 반에 겁 많기로 유명한 효선을 데려오는 건 호윤이 맡았고, 두 사람이 올라오면 연아와 지훈이 중간에서 왁, 하고 놀래 줄 심산이었다. 하지만 아무리 기다려도 두 사람의 기척은 들리지 않았다. 어느새 시각은 자정에 가까워졌다. 처음의 두근거림은 사라진 채 연아는 무서움에 떨고 있었다.

"왜 이렇게 안 오는 거야. 무서워 죽겠는데."

"무섭긴 뭐가 무서워?"

지훈은 심드렁했지만 연아는 당장에 시커먼 무언가가 툭 튀어나올 것만 같았다. 가령, 전교 1등만 하다 2등에게 밀려 자살한 엘리트 귀신이나, 색색의 화장지를 다량 보유한 화장실 휴지 부자 귀신 같은 것.

"아우, 괜히 한다 그랬어. 너네한테 넘어간 내가 바보지. 무서워 죽겠다고!"

"그렇게 무서워?"

"응."

갑자기 지훈이 고개를 푹 숙였다. 잠시 말이 없더니, 천천히 고개를 들며 서늘한 표정을 지었다.

"연아야. 너 내가 아직도 지훈이로……."

"죽을래, 진짜? 하지 마! 하지 말라고!"

"야, 아파, 아파. 그만해. 안 할게!"

"못됐어! 지금 상황에 그러고 싶어?"

"미안. 미안해. 안 그럴게! 잘못했어."

연아가 마구잡이로 휘두르는 주먹을 막으며, 지훈은 하나도 미안하지 않은 얼굴로 히죽거렸다. 화가 덜 풀려 여전히 뾰로통한 얼굴을 하던 연아는 지훈이 몇 번 달래주자 결국 못 이기는 척 마음을 풀었다.

"좀 오싹하긴 하다. 맞다, 너 우리 학교 전설 알지? 13계단. 그 계단이 바로 저거야."

지훈이 턱으로 눈앞의 계단을 가리켰다. 3층에서 4층으로 향하는 계단이었다. 연아가 지훈의 발을 콱 밟았다.

"또 시작할래? 여기서 한마디만 더 하면 죽는다."

"아프잖아. 들어 봐봐. 이거 무서운 얘기 아니야. 원래 저 계단이 12개인데…….'

"하지 마, 하지 마! 하지 말라고!"

연아는 귀를 막은 채 소리를 빽 질렀다.

"무서운 얘기 아니라니까. 밤 12시 정각에 한 단씩 숫자를 소리 내 세면서 저 계단을 오르면 13번째 계단이 나타나는데 그러면 이상한 일이 생긴대."

"이상한 일? 어떤 이상한 일?"

연아는 귀에 댔던 양손을 슬며시 뗐다. 이번 얘기는 그다지 무섭지도 않고, 어떤 일이 일어나는지 궁금하기도 했다.

"학교가 피바다가 된다고 했든가. 아님 누가 죽는다고 했든가. 그랬던 거 같아."

"에이, 그게 뭐야."

"거 봐, 무서운 얘기 아니라고 했잖아. 어때? 무슨 일이 일어나는지 우리가 한번 해볼까?"

지훈이 장난스럽게 웃었다.

"싫어. 안 해. 절대 싫어."

"내가 있잖아. 뭐가 무서워."

지훈은 싫다는 연아의 손을 잡아끌어 기어코 계단 앞에 세웠다. 마침 어디선가 자정을 알리는 종소리가 울렸다. 둘은 천천히 계단을 오르기 시작했다.

댕—.

"하나."

댕—.

"둘."

댕—.

"셋."

종이 한 번 울릴 때마다 계단을 한 단씩 올랐다. 아닌 줄 알면서도 심장이 떨렸다.

정말 피바다가 되는 건 아니겠지?

연아는 커다란 지훈의 손을 꼭 그러쥐었다.

"아홉, 열, 열하나……. 열둘…….."

어, 어라?

연아는 눈앞에 있는 계단을 믿을 수가 없었다.

"여, 열셋……?"

두 사람은 놀란 눈으로 서로를 쳐다보며 13번째 계단을 향해 발을 디뎠다. 계단에서 새하얀 빛이 스멀스멀 새어 나오기 시작했다. 그러다 눈을 뜰 수 없을 만큼 강렬한 빛이 쏟아졌다.

그 이후 무슨 일이 벌어졌는지 아무에게도 말하지 않았다. 하지만 분명 '그 일'은 일어났다. 연아는 새까만 어둠이 아가리를 벌리고 있는 계단을 노려보다, 천천히 발걸음을 옮겼다. 어디선가 시원한 바람이 불어와 목덜미를 스쳤다. 또각. 또각. 조용한 건물 안에 시멘트 바닥을 딛는 구두 소리가 메아리쳐 울렸다.

1층, 2층 그리고 3층.

연아는 맨들한 나무 손잡이를 쓸며 계단을 올라갔다. 오래 삭은 나무와 곰팡이 낀 집기류의 퀴퀴한 내음이 기시감을 주었다. 이윽고 3층에서 발걸음을 멈춘 연아는 4층을 향하는 계단을 가만히 바라봤다.

"12시 정각에 계단을 오르는 거야."

잠시 망설이다 첫 번째 계단에 오른발을 올려놓았다.

"종소리에 맞춰 계단을 오를 때마다 숫자를 하나씩 세야 해."

어디선가 12시를 알리는 종소리가 댕, 하고 울렸다.

"하나, 둘, 셋, 넷…… 여덟, 아홉, 열, 열하나, 열둘."

"그러면 13번째 계단이 나타난대. 그리고 그 순간."

댕, 하고 종소리가 멈췄다.

"여, 열셋……?"

발밑에서 하얀빛이 새어 나왔다. 일렁이던 빛은 연아가 서 있는 자리를 중심으로 점점 크게 번져 나가더니 이윽고 그녀를 덮쳐왔다. 눈을 제대로 뜰 수 없을 만큼 강렬했다. 기억 그대로였다.

이…… 이게 뭐야?

주변의 공기가 울렁거리며 몸을 죄어왔다. 강렬한 빛에, 뒤바뀐 공기의 흐름에 중심을 잡을 수가 없었다. 곧이어 시야가 확 밝아지더니 팟, 하고 끊겨버렸다.

'눈 부셔.'

연아는 손등으로 얼굴을 가린 채 눈을 찡그렸다. 강렬하게 내리쬐는 하얀빛에 실눈조차 뜨기 힘들었다.

띠리리리리리. 띠리리리리리.

어디선가 맹렬하게 종이 울리는 소리가 들렸다.

이 밤에?

화재 경고음인가 싶어 연아는 눈을 떴다.

오.

오 마이…….

오 마이 갓!

말도 안 돼.

일단, 환한 대낮이었다. 계단 사이에서 새어 나온 빛 때문에 환한 것이 아니었다. 한낮의 눈 부신 햇살이 학교 건물 안을 밝히고 있었다.

"야, 죽는다! 너, 거기 안 서?"

"내가 병신이냐? 서라고 서게?"

"기다려! 나도 같이 가!"

"왜 이렇게 느려? 종 쳤어!"

"담 시간 수학이야? 쪽지시험 본다고 하지 않았어?"

눈앞에는 교복을 입은 아이들이 왁자지껄 떠들며 계단을 오르내리고 있었다. 계단참 창가에 기대어 큰 목소리로 수다를 떠는 아이들, 뭐가 그리 급한지 복도를 와당탕 뛰어가는 아이들, 체육복을 입고 계단을 두세 개씩 점프하며 내려가는 아이들. 소란스럽고 활기 넘치는 전형적인 학교 안 풍경이었다.

뭐야? 나 술 먹고 학교 계단에서 그대로 잠든 거야? 그런데 왜 지금까지 아무도 안 깨…….

"이연아! 뭐 해? 종 쳤어. 체육 1분 늦을 때마다 운동장 한 바퀴씩인 거 몰라?"

짧은 머리의 선머슴 같은 여자아이가 연아의 팔을 획 잡아당겼다. 연아는 어어어, 하는 새에 여자아이에게 이끌려 얼결에 계단을 뛰어 내려가기 시작했다.

"우와아악!"

무지막지한 속도였다. 여자아이는 한 손으로는 연아의 팔을 잡아끌고 한 손으로는 난간을 쓸어내리면서 신기에 가까운 계단 내려가기 무공을 펼치고 있었다.

천천히, 천천히 좀! 이러다 넘어지겠어!

"이거 좀 놓고……."

"늦었다니까!"

두 사람뿐만 아니라 한 무리의 아이들이 앞서거니 뒤서거니 하며 함께 계단을 내달렸다. 다다다다, 하는 경쾌한 발걸음 소리가 공기를 울렸다.

"자, 잠깐만!"

"시끄러!"

여자아이는 연아의 주저함에도 아랑곳하지 않고 세게 팔을 끌어당기며 재촉했다. 연아는 이렇게 달려본 게 얼마 만인지 기억도 나지 않았다. 엄청난 속도에 발이 꼬여 넘어지겠다 생각하는데, 뭔가 이상했다.

어라? 근데 왜 이렇게 몸이 가볍지?

여자아이의 계단 내려가는 속도에 맞춰 자신 역시 빠른 박자의 스텝을 밟고 있었다.

다다다다다. 탁탁탁. 다다다다다. 탁탁탁.

몇 번이나 계단 모퉁이를 돌아 내려왔건만 속도에는 변함이 없었고, 발걸음도 몹시 경쾌했다. 드디어 1층 바닥에 도달하자 연아는 자신을 끌고 온 손을 뿌리친 채 차오르는 숨을 몰아쉬었다.

"아까부터 왜 자꾸 꾸물거려!"

선머슴 같던 여자아이가 뒤를 돌아본 순간.

이럴 수가!

입이 떡 벌어졌다. 눈앞의 여자아이는 바로, 고등학교 체육복을 입은 윤새였다.

너 미쳤구나? 그게 다시 입어보고 싶었니?

한마디 하려는데 윤새의 얼굴이 어딘가 모르게 낯설었다. 여전히 껑충한 키에 짧은 머리였지만 화장기 없는 얼굴과 통통한 볼살이 앳돼 보였다. 이상한 기분이 들었다. 그러고 보니 주변 정경도 묘한 위화감을 주고 있었다. 목 뒤에 소름이 오스스 돋았다.

뭐지? 뭐가 이상한데?

"너 진짜 이럴래? 네가 체육의 노총각 히스테리를 학기 초부터 경험해봐야 정신 차리지. 작년에 옆자리 국사 결혼한 뒤로 더 살벌해진 거 안 느껴져?"

윤새는 여전히 종알대며 앞장서 걸었다. 연아는 대답도 않고 연신 주위를 두리번거리며 윤새를 따라 본관 출입구를 빠져나왔다.

"대체 누구랑 엮어줘야 하는 거야? 아랑이랑? 아니다. 나이 차가 너무 많이 나. 아님……."

연아는 윤새의 말을 한 귀로 흘려들으며 발걸음을 옮기다 일순 뒤를 휙 돌아봤다. 중앙 통유리 문에 자신의 모습이 고스란히 비치고 있었다. 또다시 입이 떡하니 벌어졌다.

이게 뭐야? 저, 정말 나야? 정말 이게 나?

연아는 유리문을 향해 한 걸음 더 가까이 다가갔다. 눈앞에 있는 제 모습을 도저히 믿을 수가 없어 서둘러 얼굴과 몸 이곳저곳을 더듬었다.

유리에 뿌옇게 비친 모습은 분명 체육복을 입은 자신이었다. 높이 올려 하나로 묶은 생머리, 동그란 눈에 통통한 볼. 낯설지만 지독히도 익숙한 고등학교 때 모습이었다.

믿을 수 없어. 이건 정말 말도 안 돼. 나 어제 술 먹고 회춘한 거야?

"이연아! 너 내 말 듣고 있어? 야! 너 지금 뭐 하는 거냐? 이제 하다 하다 학기 초라고 외모 체크까지 하겠다는 거야?"

연아가 유리문에 비친 모습을 넋 놓고 바라보자, 윤새가 연아의 팔짱을 끼며 타박했다.

"윤새야. 나 지금 몇 살이야?"

연아는 떨리는 손으로 윤새의 어깨를 붙들었다.

"얼씨구? 미친년. 이제 머리까지 돌았냐? 일단 가자. 가면서 얘기해."

어이없다는 듯 한숨을 푹 내쉰 윤새가 연아의 팔을 막무가내로 잡아당겼다. 둘은 계단식 스탠드를 내려가기 시작했다. 운동장에는 남자아이들이 공을 차며 놀고 있었고, 여자아이들 역시 삼삼오오 모여 수다를 떨고 있었다. 체육 선생은 아직 오지 않은 모양이었다.

"말해봐. 지금 몇 년도야? 며칠이지? 우리 몇 학년, 아니 몇 살이냐고?"

스탠드를 다 내려와 운동장 끄트머리에 서자마자 연아가 윤새를 다그쳤다.

"너 진짜 왜 그래? 지금 2003년이잖아. 오늘은 3월 3일. 그리고 우린 고2. 내년이면 고3이다, 망할."

2003년?

그래. 이건 꿈이다.

너무나, 너무나 생생한 꿈.

그렇지 않고서야 어떻게 과거로 오는 게 가능하단 말인가. 영화도 소설도 아니고.

이건 꿈이야.

"야, 이연아!"

자신을 부르는 목소리에 연아가 반사적으로 고개를 돌렸다.

퍽一!

눈앞에 불꽃이 번쩍였다. 어디선가 날아온 축구공이 정면으로 이마를 강타한 것이다. 엄청난 고통이 머릿속을 찌르르 울리며, 시야가 빙글하고 위로 향했다. 밀쳐진 몸이 뒤로 넘어가며 모든 것이 슬로모션으로 변했다. 달려오는 아이들, 놀란 윤새의 표정, 그리고 그 속에 보이는 어떤 얼굴 하나.

'맞다. 나 그 새끼랑 이게 첫 만남이었지.'

쿵, 하는 소리와 함께 의식이 뚝 끊겼다.

"눈 뜬다."

"정신이 들어? 나 누군지 알겠어?"

새까만 어둠 속을 헤매던 의식이 돌아오는 순간, 소란스러운 소리가 귓가를 먼저 괴롭혔다. 정신이 들자 이마에 둔탁한 통증이 느껴졌다.

"으……."

연아가 무거운 눈꺼풀을 들어 올리자 흐릿한 시야 너머로 얼굴 셋이 나란히 보였다.

윤새, 체육 변장호 선생 그리고…… 류지훈.

류지훈!

연아는 자리에서 벌떡 일어났다. 갑작스러운 움직임에 다시 이마에 불꽃이 튀듯 찌르르한 아픔이 몰려왔다. 연아가 인상을 찡그리며 휘청하자 불쑥 튀어나온 손가락 하나가 연아의 이마를 쿡, 찌르더니 그대로 뒤로 밀어냈다. 어어어, 하는 사이 얼결에 머리가 베개 위에 눕혀졌다.

"누워 있어."

"야! 너 다친 애한테 뭐 하는 짓이야?"

손가락의 주인공을 향해 윤새가 버럭 소리를 질렀다.

"살짝 맞은 거야. 기절한 건 오버지."

"그따위로 말할래? 여자애 얼굴에 상처라도 생기면 어쩌려고?"

"못생긴 얼굴에 이마 좀 주저앉는다고 뭐 크게 달라지겠냐."

저 못된 입, 퉁명스러운 말투, 말끝을 조금 끄는 버릇, 목 안에서 울리는 저음의 목소리. 사람의 오감 중 청각이 가장 또렷하게 과거를 환기시킨다고 했던가. 이제는 얼굴조차 기억나지 않는다 생각했건만, 목소리를 듣자마자 모든 것이 떠올라버렸다. 말도 안 되게.

또래보다 훌쩍 큰 키에 건장한 체격.

맞다. 어깨가 참 넓었었지. 아니, 어깨보다는 몸통 자체가 커 전체적으로 성인 남자만큼 체격이 큰 느낌이었다.

살짝 까만 피부에 가늘게 쭉 찢어진 눈, 오똑한 콧날에 매끈한 턱선, 아무렇게나 흐트러뜨린 까만 머리, 오른쪽 눈가에 있는 작은 점.

쑥스러울 때면 저 점 근처를 긁적이는 게 버릇이었지.

회색 교복 바지에 흰 셔츠, 아무렇게나 둘러맨 넥타이, 꺾어 신은 실내화가 어쩐지 불량스러우면서도 자유분방해 보였다.

난 그런 네 모습이 한없이 부러우면서도 한없이…….

가슴이 먹먹해졌다. 눈앞이 부옇게 흐려졌다.

그런데 왜. 왜 또 나타난 거야? 한동안 꿈에 나타나지 않았었잖아. 그런데 왜 또 찾아온 거야?

지훈과 눈이 마주치자 왈칵 눈물이 고였다. 가슴 깊은 곳에서 아릿한 감정들이 피어나고 있었다.

나타나지 마. 이제 그만 날 놔줘. 잊고 살게 해달란 말이야.

연아는 천천히 눈을 감았다. 다시 잠들어야 했다. 잠들면 이 꿈도 한낱 먼지가 되어 사라질 것이다.

"아야!"

무언가가 이마를 딱콩 때렸다. 찡하게 머리를 울리는 아픔에 연아는 자리에서 튕기듯 일어났다.

"이게 어디서 울면서 아픈 척이야? 충분히 잤어. 이제 일어나서 교실로 올라가."

변장호 선생이 인상을 쓰며 말했다. 연아는 쓰린 이마를 손으로 문질렀다.

'아, 아파.'

잉? 아파? 아프다고? 꿈인데 아플 리가!

연아는 양손으로 자신의 뺨을 철썩철썩 소리 나게 때렸다. 갑작스러운 이상 행동에 지훈과 윤새, 변장호 선생이 놀란 눈으로 바라봤다.

아팠다. 꿈에서 종종 통각을 느낄 때도 있다. 하지만 이렇게 '실제로' 통증이 느껴지진 않았다.

'설마, 꾸⋯⋯ 꿈이 아니야?'

어떻게 이 모든 게 꿈이 아닌 건지 믿을 수가 없었다. 13번째 계단이 진짜 과거로 통하는 시간의 문이었단 말인가? 아냐, 그럴 리 없다. 이건 꿈이다. 꿈. 미치도록 생생한 꿈.

연아는 고개를 돌려 지훈을 바라봤다. 일말의 미안한 마음은 있는 모양인지 지훈이 머쓱한 얼굴로 시선을 피했다.

그 모습을 본 순간.

쿵. 쿵쿵. 쿵쿵쿵쿵.

심장이 마구 뛰기 시작했다. 꿈이거나, 꿈이 아니거나, 해야 할 일은 하나뿐이다. 연아는 재빨리 침대에서 내려왔다. 그러고는 쌩하니 지훈을 지나쳐 양호실 문을 향해 걸어갔다.

"야."

지훈이 팔목을 잡아당겼다. 몸이 핑그르르 돌아 지훈과 마주 섰다.

"괜찮냐?"

제가 물어놓고선 지훈은 시선을 피하며 눈가를 긁적였다.

"응."

연아는 자신이 낼 수 있는 최대한의 차가운 목소리로 대답했다.

꿈이거나, 꿈이 아니거나, 지금 내가 해야 하는 것.

이 자식과 엮이지 않는 것.

연아는 잡힌 손목을 잡아 빼고 후다닥 양호실을 빠져나왔다. 복도를 걷고 있으려니 윤새가 따라붙으며 종알댔다.

"머리 다쳤는데 갑자기 일어나면 어떡해."

"윤새야. 나 저 새끼랑 엮여선 안 돼."

"엥? 그게 무슨 소리야? 너 예전부터 류지훈······."

"윤새야."

네가 말려줘야 해.

"내 말 잘 들어. 나 절대 저 자식이랑 엮이면, 아니 만나서도 안 돼. 무조건 피해야 돼. 알겠지?"

어리둥절한 윤새를 뒤로하고 연아는 재빠르게 계단을 올랐다.

일단은 미치도록 생생한 꿈이라고 생각하자. 아픔이 느껴질 정도로 현실 같은 꿈. 하지만 깨어나는 순간 '아, 정말 생생한 꿈이었어.' 하며 이내 먼지처럼 바스러질 꿈. 과거를 너무나 원망한 나머지 되돌아가 몽땅 바꿔버리고 싶은 열망이 빚어낸 환상.

그러니 꿈에서나마 소망대로 해줄 테다.

절대 엮이지 않기. 무조건 피하기.

연아는 가빠 오는 호흡을 가다듬으며 단호한 얼굴로 발걸음을 옮겼다.

꿈이 아니다.

2학년 12반 교실. 2분단 뒤에서 두 번째 줄에 앉은 연아는 동공이 풀린 눈으로 칠판을 바라봤다.

"살어리 살어리랏다. 청산에 살어리랏다. 자, 여기서 청산은······."

교탁 앞에서 국어 임아랑 선생이 〈청산별곡〉을 구성진 목소리로 읊으며 한 줄씩 해석하고 있었다.

꿈이라면 이렇게 지루할 리가 없다. 시계 초침은 틱, 틱, 하고 1초마다 정확히 흐르고 있었다. 꿈이라면 이렇게 시간이 현실과 똑같이 흐를 리 없다. 공간도 변함없지 않은가. 시간도, 공간도 이리 튀고 저리 튀어야 꿈 아닌가? 게다가 아무리 생각해도 오감이 너무나 생생했다. 닳고 닳아 맨들해진 책상의 나뭇결, 옆자리에 앉은 김재욱의 땀 냄새, 임아랑 선생의 비음 섞인 목소리.

그리고.

철썩!

연아가 다시 뺨을 때렸다.

얼얼한 아픔까지.

"미쳤어?"

옆자리 재욱이 숨을 죽이며 잇새로 말했다. 주위 아이들 몇몇이 힐끔 연아를 돌아봤다. 그러거나 말거나 연아는 턱을 괴고 생각에 잠겼다.

정말 과거로 돌아온 걸까? 13번째 계단이 정말 과거로 통하는 길이었을까? 예전에 비슷한 경험을 한 적이 있다. 지훈과 함께 학교에서 귀신 놀이를 하던 날. 평소 12개였던 계단 위에 13번째 계단이 나타났고, 하얀 불빛이 강렬하게 쏟아졌다. 그리고 분명히 목격했다.

다른 시간의 사람들을.

놀란 마음에 그 계단에서 내려온 순간, 빛 속을 빠져나오며 모든 게 사라졌지만 분명 '본 것'은 사실이었다.

나 정말 과거에 온 거야? 진짜로?

연아는 서둘러 책상 옆에 걸려 있는 가방을 열었다. 앞주머니를 뒤적거리니 핸드폰이 손에 잡혔다.

와우, 이런 구시대 유물을 볼 줄이야.

첫 번째 핸드폰이었던 스카이 실버 슬라이드폰이었다. 연아는 슬라이드를 열고 문자함을 클릭했다. 흑백의 작은 화면에 빽빽하게 담긴 문자들이 나타났다.

「연아야. 오늘 이모가 일찍 나오느라 우리 연아 얼굴도 못 봤네. 등교 잘하고 공부 열심히 해. 화이팅!」

「이연아! 완전 다행! 우리 같은 반임ㅋㅋ」

이모와 윤새의 문자였다. 그리고 다음번 문자를 막 클릭했을 때였다.

"아얏!"

화려한 스핀을 자랑하며 휘리릭 날아온 분필이 연아의 이마 정중앙에 꽂혔다.

이놈의 이마, 남아나질 않겠다. 가뜩이나 낮은데 오늘 여러 번 주저앉는다.

연아가 이마를 문지르며 고개를 드니, 임아랑 선생이 화가 난 표정으로 교탁에서부터 걸어오고 있었다.

"이연아. 일어서."

연아는 반사적으로 자리에서 일어났다. '꿈인데 일어날 필요 없어!'라고 머리로는 생각했지만, 몸은 학창 시절을 정확히 기억하고 있었다.

"수업 시간에 핸드폰 하지 말라고 했지? 압수야. 이리 내."

임아랑 선생이 엄한 눈빛을 지으며 손을 내밀었다. 연아는 슬쩍 부아가 치밀었다.

생각해보니, 나보다 어리지 않나?

대학 졸업 후 바로 채용됐으니 아마도 20대 중반. 연아는 임아랑 선생을 머리부터 발끝까지 훑어봤다. 기억보다 훨씬 앳된 모습이었다.

완전 애기애기하구만.

학생을 혼내는 게 익숙하지 않은 모양인지 잔뜩 긴장한 모양새에, 교사로서의 위엄을 잃지 않으려 애쓰는 기색이 역력했다.

할 수 없지.

연아는 핸드폰을 임아랑 선생의 손 위에 올려놓았다.

"이따 교무실로 찾으러 와."

임아랑 선생은 뒤돌아 다시 교탁으로 향했다. 주위 아이들이 키득거리는 와중에 익숙한 시선이 느껴졌다. 돌아보니 1분단 창가 제일 끝자리에 앉은 지훈이 자신을 바라보며 낄낄대고 있었다. 연아는 울컥하는 마음에 눈을 흘겼다. 그러자 지훈은 되레 '뭐?' 하는 표정으로 바라본다. 빨려 들어갈 것만 같은 새까만 녀석의 눈동자와 마주치자, 그 망할 자식은 책상 위에 턱을 괴고 편하게 자세를 잡기 시작했다. 마치, 본격적으로 쳐다보겠다는 듯.

지훈의 눈썹이 씰룩대며 찢어진 눈이 더 가늘어졌다. 그러고는 입가 한쪽을 쓱 끌어 올려 웃는다. 창밖에서 차가운 바람이 불어오자 그 녀석의 아무렇게나 헝클어진 머리가 휘날렸다. 햇살이 까만 머릿결에 내려앉아 반짝이고 있었다. 눈을 떼야 하는데, 뗄 수가 없었다. 결국 먼저 고개를 돌려버렸다. 하지만 쉬는 시간 종이 울릴 때까지 쏘아대는 그 자식의 눈빛에, 연아는 옆얼굴에 구멍이 뚫릴 것 같은 기분을 내내 느껴야만 했다.

쉬는 시간을 알리는 반가운 종이 울리자 연아는 그대로 책상에 코를 묻고 엎어졌다. 이상했다. 미친 듯이 졸음이 쏟아져 참을 수가 없었다. 입사한 이후 회사에서 낮잠은커녕 졸아본 적도 없건만.

이거 꿈 아닌가? 꿈에서도 졸린 걸까? 분명히 꿈 맞는데 왜 이렇게 졸리지.

의식이 가물가물해지려는데, 어떤 인간이 걸상을 발로 툭 차는 바람에 경기를 일으키며 일어났다. 올려다보니 흐리멍덩한 시야 속으로 지훈이 보였다.

"잠팅이. 또 자냐?"

아이고, 깜짝이야.

잠이 확 달아났다. 지훈의 갑작스러운 등장에 놀란 모양인지 심장이 빠르게 뛰기 시작했다.

"응. 잔다. 그럼 난 마저 잘게. 안녕."

연아는 심장의 반응을 무시한 채 고개를 다시 책상에 파묻어버렸다. 지훈은 옆에 선 채로 꼼짝도 하지 않았다. 눈을 감고 있었지만 머리 위로 드리워진 커다란 그림자가 느껴졌다.

가라 좀. 가란 말이다. '마저 잘게', 하고 '안녕'까지 붙였으면 꺼지란 얘기지.

잠은 이미 달아난 지 오래였다. 맨정신으로 쏟아지는 눈빛을 고스란히 맞으며 엎어져 있으려니 뜬눈으로 가위에 눌릴 것만 같았다.

"아, 맞다. 화장실."

결국 연아가 몸을 일으켰다. 그러고는 내빼려는데, 지훈이 연아의 팔을 붙잡았다. 어찌나 힘이 센지, 몸이 빙글 하고 돌려지며 그 자식의 가슴팍에 코가 닿을 뻔했다.

"이마는?"

"응?"

키 차이 때문에 연아는 목을 한참이나 꺾어 올려다봐야 했다.

"이마는 괜찮냐고. 가뜩이나 못생겼는데 주저앉으면 큰일이잖아."

지훈이 미간을 찌푸렸다.

"응. 아무렇지도 않아. 저언혀. 그럼 난 이만!"

"너, 나 알지?"

우리 학교에 너 모르는 애가 어딨어. 하지만 연아는 그 말을 목구멍으로 삼킨 채, 지훈이 붙든 팔을 빼내려 했다.

"우리 1학년 때……."

"아니, 몰라. 나 너 모른다고."

설핏, 가늘어진 지훈의 눈에 실망의 빛이 스쳤다.

"미안, 급해서."

연아는 지훈의 손을 떨쳐내고 잽싸게 뒷문을 향해 달렸다. 뒤통수에 내리꽂히는 시선이 느껴졌지만 상관할 바 아니었다. 잡혔던 팔이 욱신거리고 가슴이 쿵쾅거렸다.

누가 무식하게 힘만 센 고딩 아니랄까 봐.

막 뒷문을 나서는데 복도 멀리서 윤새가 뛰어오고 있었다.

"야, 이연아! 뛰어!"

"왜?"

"지금 7분 남았으니까!"

어어어, 하는 새에 이번엔 윤새에게 팔이 잡혀 정신없이 복도를 달렸다.

이러다 오늘 일 년 치 운동, 한꺼번에 하는 거 아냐?

정말이지 다이어트가 따로 필요 없는 꿈이었다.

4. 맹렬하게 피해주리라

연아는 뛰어서, 아니 날아서 지하 1층에 도착했다. 멈춰 서서 숨을 몰아쉬고 있으려니 광란의 현장이 눈앞에 펼쳐졌다. 난리도 이런 난리가 없었다. 그것은 쌀 한 줌, 과자 부스러기 하나를 향한 배고픈 자들의 투쟁이요, 먹을 것을 향해 집단 광기가 발산되는 현장이었다.

지하 매점은 전쟁 통에 차려진 식량 배급소를 방불케 했다. 카운터를 향해 주문을 하고 날아온 빵을 잽싸게 캐치해 내는 아이, 계산을 하기 위해 팔꿈치로 앞선 이의 머리통을 찍어 내리는 아이, 못난이를 받아들고는 케첩을 뿌리다 사방팔방 튀겨대는 아이. 18살이면 먹고 뒤돌아서면 배고플 나이라고 했던가. 아이들의 음식을 향한 열망은 상상 이상이었다.

"가자."

비장하게 중얼거린 윤새가 앞뒤로 고개를 돌리고 팔다리 관절을 풀었다. 우드득 하는 소리가 났다. 준비 운동을 마친 윤새는 연아의 팔을 잡고 무리의 틈을 파고들기 시작했다. 팔꿈치로 양옆의 아이들을 밀어 젖히고 틈이 생긴 순간 잽싸게 앞으로 향했다. 연아는 아이들 사이에 갇혀 이리 밀리고 저리 밀렸다. 시큼한 땀 냄새와 싸구려 기름 냄새가 뒤섞인 구토 유발 인자가 코끝을 괴롭혔다. 겨우 판매대 앞에 도달해 얼굴을 삐쭉 내밀자 머리는 잔뜩 산발이 되어 있었다.

"핫도그 2개!"

윤새가 1,000원을 탕, 소리와 함께 판매대에 올리자마자 핫도그 2개가 0.1초도 안 되어 손에 쥐어졌다. 연아와 윤새는 필사적으로 핫도그를 보호하며 혼란의 도가니 속을 겨우 빠져나왔다.

"나 진짜 수업 중에 배고파서 돌아가시는 줄 알았다."

윤새는 감격한 얼굴로 핫도그를 크게 한입 베어 물었다. 빵만 거대하게 부풀어 있고 안에는 새끼손가락만 한 소시지가 들어 있을 게 분명한 핫도그를 보니 연아는 피식, 웃음이 나왔다.

맞아. 이거 진짜 좋아했는데. 윤새랑 쉬는 시간마다 사 먹었지. 정말 맛있었는데.

한입 깨무는데.

"우엑."

연아는 씹었던 핫도그를 바로 뱉어버렸다.

뭐지? 이 쓰레기 맛은?

마치 둘둘 말아놓은 신문지를 씹어 먹는 기분이었다. 빵은 나쁜 돼지 기름에 전 맛이 났고 소시지는 싸구려 인공향료 맛이 났다. 속이 역했다.

이딴 걸 맛있다고 신나게 먹었던 거였어?

"왜? 안 먹어?"

세상 행복한 얼굴로 핫도그를 게걸스럽게 뜯어 먹던 윤새가 의아해했다.

"으, 나 못 먹겠어."

"웬일이냐, 네가. 핫도그라면 자다가도 벌떡 일어나던 애가."

"그럼 내가 먹어도 돼?"

누군가 뒤에서 연아의 핫도그를 덥석 베어 물었다. 돌아보니 다른 남자아이들보다 목 하나만큼 더 큰 호윤이 핫도그를 우물거리고 있었다.

"땡큐."

호윤이다. 어린 시절 호윤의 모습을 보니 낯섦과 반가움에 눈이 휘둥그레졌다. 호윤은 지금보다 훨씬 짧은 머리에 피부가 좀 더 까무잡잡했다. 쌍꺼풀 없이 큰 눈과 시원시원한 이목구비는 지금과 비교해도 크게 다를 바 없었다. 키도 지금과 비슷했다. 하긴 호윤은 지훈보다 키가 더 컸었다. 우리 반에서, 아니 전교생 중 제일 컸었다.

이때부터 넌 완성체였구나.

반장이란 타이틀 때문만이 아니라 묘하게 어른스러운, 아니 어른인 체하길 좋아하는 놈이라 전교생 인기투표를 하면 항상 1, 2등을 달리곤 했었다. 늘 보는 호윤의 얼굴이지만, 어린 시절의 모습을 보니 연아는 감회가 새로웠다.

"강호윤, 이 인간아. 너 그렇게 추잡스러운 짓 할래? 네 돈 주고 사 먹으란 말이다!"

윤새가 호윤의 등짝을 펑펑 후려갈겼다. 체대 입시 준비하는 윤새에게 맞았으니 뼈가 시큰거릴 터였다.

"원래 남의 거 한 입 뺏어 먹는 게 더 맛있는 거 몰라? 옆에서 뺏어 먹는 라면 한 젓가락, 아이스크림 한 입, 그게 더 맛있는 법이라고."

"그니까 추잡스럽단 말을 듣는 거야. 너 지경민하고 송우태하고 다니더니 추잡스러운 병 옮은 거냐?"

"에헤이! 그딴 것들하고 비교를 하면 쓰나. 그리고 너 그거 함부로 휘두르지 마. 그거 흉기라고, 살인 무기."

"뭐? 그거라니! 이 여리여리하고 가냘픈 손목을 보고 그거라니!"

호윤이 등짝을 어루만지며 윤새와 티격태격했다.

호윤이 여기에 있다면 아마도……. 예상대로였다. 한 걸음 떨어진 곳에 지훈이 있었다. 뭐가 마음에 안 드는 건지 잔뜩 찡그린 얼굴이었다. 아무래도 교실에서 모른다고 한 후 줄행랑을 친 게 불만인 모양이었다. 눈이 마주치자마자 지훈이 주머니에 손을 찔러 넣은 채 성큼성큼 다가왔다. 다시 심장이 맹렬하게 뛰기 시작했다. 연아는 들고 있던 핫도그를 호윤의 입에 욱여넣고 매점 밖으로 달려 나갔다.

"우웩. 퉤퉤."

"이연아! 너 어디 가!"

종 치는 소리가 들렸다.

역시 어린 몸이 좋구나. 이렇게 냅다 달릴 수 있으니.

연아는 계단을 두세 개씩 한 번에 밟으며 날쌔게 올라갔다.

급식실에서 5분 만에 점심을 입 안에 밀어 넣고 연아는 혼자 운동장으로 나왔다. 윤새가 따라오겠다고 했지만 혼자서 생각을 정리하고 싶었다.

미친 듯이 생생한 꿈이라고 생각했다. 과거를 바꾸고 싶은 열망이 만들어낸, 작위적일 만큼 생생한 환상이라 생각했다. 하지만 어떻게 사람이 모를 수 있단 말인가. 꿈인지 현실인지. 축구공으로 맞았을 때 느꼈던 통각, 아이들의 시큼한 땀 냄새를 맡았던 후각, 기름에 전 핫도그 맛을 느꼈던 미각. 분명 생생하게 살아 있는 현실 속 제 몸이 느끼는 감각들이었다.

이거 정말 과거야? 미쳤어. 미친 거야. 어떻게 이런 일이.

정말이었다. 13번째 계단은 과거로 통하는 문이었다.

연아는 이제야 비로소 과거에 왔다는 게 실감이 났다. 아니, 이미 무의식중에 깨닫고 있었는지도 모른다. 애써 부정하려 했지만 '핫도그'가 쐐기를 박았다. 하지만 아직 더 큰 현실감이 필요했다. 학교 안에만 있으니 2003년도라는 현실감이 부족했다.

연아는 학교 정문으로 향했다. 경비 아저씨가 지켜보고 있어 나갈 수는 없었지만, 정문에 붙어 선 채 학교 밖 풍경들을 둘러봤다. 정문에서부터 이어진 경사진 내리막길 끝에 작은 가게들이 옹기종이 모여 있었다. 세현 분식, 목화 식당, 모아 문방구, 나래 슈퍼. 모두 옛날 모습 그대로였다. 좁은 골목길에는 세발자전거나 깨진 화분들이 구석구석에 방치되어 있었고, 아이들이 버린 과자 봉지 같은 쓰레기들이 간혹 휘날렸다.

신문이라도 봤으면 좋겠는데.

정문 너머로 내리막길을 기웃거리고 있으려니 경비 아저씨가 연아를 수상쩍게 바라봤다. 잿빛으로 물든 하늘이 때마침 쿠르르, 하며 심상치 않은 소리를 냈다. 비가 오려나 싶어 연아가 하늘을 바라보는데 후드득, 빗방울이 떨어졌다. 한두 방울씩 내리던 빗방울은 삽시간에 거센 빗줄기가 되어 퍼붓기 시작했다.

연아는 손으로 머리를 가리고 운동장 가 등나무 벤치를 향해 뛰어갔다. 비를 고스란히 맞고 있는 것보다는 나았지만, 얼기설기 엮인 등나무 줄기 지붕 사이로 비가 줄줄 새고 있었다. 이대로라면 홀딱 젖을 게 분명했다. 이미 모두 건물 안으로 들어가 버린 듯, 운동장에는 아무도 없었다. 멀리서 종 치는 소리가 들려왔다.

하아, 교실로 돌아가야 하는데.

14년이나 지났지만 파블로프의 개처럼 시작종 소리에 자동적으로 마음이 쪼그라들었다. 연아는 내리는 빗줄기를 물끄러미 바라봤다. 힘찬 빗줄기가 운동장에 닿으며 하얀 수증기가 일었다. 초봄, 아니 늦겨울인데도 눅눅해진 공기는 숨이 막힐 만큼 습도가 높았다.

꿈이 아니야. 어떻게 이 모든 게 꿈일 수 있겠어.

생각하고 있는 사이, 멀리서 누군가가 빠른 속도로 다가왔다.

잿빛 하늘이 심상치 않았다. 쿠르르, 소리를 내며 시동을 거는 것이 곧 한 차례 비를 쏟아부을 것만 같았다. 지훈은 창밖으로 운동장을 내려다봤다. 그의 시선 끝에 연아가 운동장을 가로지르며 학교 정문을 향해 총총 달려가고 있었다.

"이 개자식아! 네가 어떻게 나한테 이럴 수 있어? 네가 어떻게!"

"야, 그럼 매점 가는데 화장실에서 똥 싸는 새끼 기다려줘야겠냐? 그러면 부를 때 중간에 싸던 똥 끊고 나오든가!"

"뭐? 의리라곤 개미 불알만큼도 없는 새끼가! 지금 먹는 거라도 내

뇨. 입에 문 거 뱉으라고!"

"뭐? 이 배 속에 똥만 찬 새끼가!"

교실 뒤에서는 경민과 우태가 게거품을 물며 지나가던 똥개보다도 못한 저차원적인 다툼을 벌이고 있었다. 트레이드 마크인 5 대 5 가르마를 찰랑이는 경민은 키가 작고 마른 체형이었다. 날카로운 눈매와 매부리코 때문에 전체적으로 인상이 뾰족했다. 하는 행동은 좋은 말로 하면 '날렵'하다고 봐줄 수 있겠지만, 실은 촐싹맞기 이를 데 없었다. 반면, 우태는 살집이 있어 덩치가 우람했다. 멀리서 보면 하나의 커다란 덩어리가 움직이는 느낌이었다. 하지만 외모와 달리 겁도 많고 눈물도 많은 평화주의자였다.

이처럼 전혀 다른 외형의 두 사람이었지만 먹성만큼은 엇비슷했다. 그래서 틈만 나면 먹을 걸 두고 싸우기 일쑤였다. 둘을 처음 보는 사람이라면 덩치 차이만 보고 경민을 걱정하겠지만, 아무것도 모르는 소리. 우태의 반의반도 안 되는 경민은 반 전체를 쩌렁쩌렁하게 울리는 목소리부터 이미 우태를 완벽하게 제압하고 있었다. 지훈과 호윤은 고개를 돌려 제 불알친구들을 애써 무시했다.

저 새끼들이랑 불알친구 할 바엔 고자가 되고 말지. 아마 두 놈의 배를 갈라놓으면 심장이고 간이고 허파고 없이 전부 다 위만 가득할 거다.

지훈은 귓가의 소음을 무시한 채 계속 운동장을 내다봤다. 연아는 아까와 마찬가지로 연신 정문을 기웃거리고 있었다. 고개를 돌릴 때마다 말총머리가 리드미컬하게 흔들렸다.

뭘 그렇게 보는 거냐, 너.

키는 작지만 머리가 작고 다리가 길어 꽤 비율이 좋은 연아의 뒷모습을 지훈은 물끄러미 바라봤다. 치마 아래로 매끈하게 뻗은 하얀 다리가 잠시도 가만히 있질 않고 시종일관 왔다 갔다 했다. 풍경 감상을 하듯 넋을 놓고 바라보고 있는데, 일순 하늘에서 비가 한두 방울씩 떨어졌다. 그러더니 곧 폭우처럼 쏟아져 내리기 시작했다. 연아는 어쩔 줄 몰라 하며 발을 동동거렸다.

"쟤, 귀엽지?"

호윤이 지훈의 어깨에 팔을 걸치며 불쑥 말을 던졌다. 호윤의 시선도 지훈과 같은 곳을 향해 있었다. 묘하게, 지훈과 호윤은 취향이 비슷했다. 친한 친구끼리는 말투, 외모, 기호까지 다 비슷해진다더니 여자 취향마저 비슷해질 모양이었다.

호윤의 말에 티격태격 싸우던 경민과 우태가 잽싸게 달려왔다.

"누구, 누구?"

"쟤."

호윤이 가리킨 곳에는 연아가 손으로 머리를 가린 채 등나무 벤치를 향해 쪼르르 달려가고 있었다.

"냄새나는 상판대기 저리 치워라."

지훈이 손가락으로 둘의 얼굴을 밀어냈지만, 경민과 우태는 아랑곳하지 않고 연신 "누구? 누구?"를 외쳤다. 두 짐승의 반짝이는 두 쌍의 눈이 드디어 연아를 찾았다.

"이연아?"

어쩐지 잔뜩 힘 빠진 목소리였다.

"난 오소라나 최인경급은 되는 줄 알았네."

"얼굴이 귀엽긴 한데, 이게 안 되잖아, 이게."

우태가 가슴 부위에 양손을 동그랗게 말았다.

"새끼, 같은 생각이구나."

"당연하지. 얼굴 다음엔 이거 아니겠냐."

경민이 음흉한 미소를 지으며 우태의 양손을 덥석 잡았다. 좀 전까지 죽자사자했던 둘 사이에 창호지 두께만 한 동지애가 피어오르고 있었다.

"왜? 그래도 귀엽잖아."

호윤이 말하자 지훈의 눈이 가늘어졌다.

"그런가?"

"청순한 느낌이고."

흐음, 하고 지훈이 고개를 갸우뚱하고는 삐딱하게 연아를 바라봤다.

귀엽고 청순하다라……. 그래. 귀엽고 청순한.

"못난이."

지훈은 자리에서 일어나 교실 뒷문으로 향했다.

"야! 류지훈, 어디 가? 종 친다고!"

경민의 말에 지훈은 뒤로 손을 휘이휘이 저으며 복도를 내달렸다. 한 손에는 우산을 든 채였다.

하늘에 구멍이라도 뚫렸나 보다. 비는 잠잠해질 기미조차 없어 보였다. 어느새 교복 블라우스와 치마가 수분을 가득 먹어 몸에 끈적하게 달라붙었다. 18살의 자신이라면 뛰어갔을지도 모르지만 32살의 자신은 죽어도 하지 않을 짓이다. 젖는 건 물론이거니와 우울감이 느껴지는 비 자체가 싫었다. 하지만 여기에 언제까지고 서 있을 수는 없는 노릇.

연아는 시야를 확보하기 위해 머리 위에 손으로 차양을 만든 뒤 수위실 처마로 달리기 시작했다. 실내화가 질퍽한 진흙 아래로 푹푹 빠질 때마다 흙탕물이 튀어 올랐다. 쏟아지는 빗줄기 아래에 무방비로 나오자 생각보다 거센 빗방울이 얼굴을 사정없이 때렸다.

그러다 한순간 머리 위로 검은 그림자가 드리워졌다.

'뭐지?'

연아는 눈가에 맺힌 빗물 방울을 손으로 털고는 위를 올려다봤다.

'어.'

바로 옆에 지훈이 우산을 받쳐 들고 서 있었다. 연아의 심장이 또 한 번 쿵 내려앉았다.

"기상청에서는 월급 받고 뭐 하는 거야. 오늘 비 온단 소리 없었는데."

시선을 마주치지 못한 채 내던진 퉁명한 말.

연아는 옆에 선 이를 물끄러미 바라봤다. 우산대를 움켜쥔 팔이 뺨에 닿을 만큼 가까이 와 있었다. 1인용이 분명한 우산을 기울이느라 반대편 어깨가 몽땅 젖어 있었다. 우산을 파고든 빗방울 하나가 지훈의 탄탄한 팔을 타고 또르르 굴러와 팔꿈치에 매달려 있더니 똑, 하고 떨어져 내렸다. 옆에서 풍겨오는 시원한 체향, 가까이에서 느껴지는 체온이 기시감을 불러일으켰다.

"종 쳤는데 운동장에서 뭐 하고 있냐?"

심장의 두근거림이 몸 전체를 웅웅, 울렸다. 단어들과 말투, 음성 따위가 의미를 잃고 조각조각 나 귓가를 맴돌았다. 우산 속에 둘만 갇히니, 잊고 있던 감정들이 선명한 색채를 띠기 시작했다.

"그러고 있으니까 비 맞은 참새 같다."

대답 없는 연아를 두고 지훈이 혼자 중얼거렸다.

"물에 빠진 생쥐거든."

"난 설치류 싫어해."

미친 듯이 설레고, 미친 듯이 떨렸던 18살의 사랑. 이제 막 알에서 깨어난 아기새처럼 내 세상엔 네가 전부였다. 함께한 모든 것들이 환희와 경이로움으로 다가왔었다. 너와 함께라면 신호등을 건너는 순간도, 같이 우산을 쓰며 길을 걸어가는 순간도, 세상 어느 것보다 특별한 색으로 채색되곤 했었다.

넌 내 우주였고, 내 세상의 중심이자 전부였어.

가슴 한 곳이 찌릿하게 아팠다. 먹먹함이 가슴 전체를 뒤덮으며 심장이 조여왔다.

안 돼. 이러면 안 돼. 널 만나면서부터 내 인생은 꼬였어.

그리고 너도.

우리가 만나지 않았다면 너와 날 망가뜨린 그날의 일은 일어나지 않았을지도 몰라.

무게 추가 현실 쪽으로 기울고는 있지만 지금 이게 현실인지 꿈인지 아직 정확히는 모른다. 하지만 이게 현실이라면, 정말 과거 속으로 뛰어든 것이라면 그토록 원했던 일을 할 것이다.

너와 엮이지 않는 것.

널 피하는 것.

연아는 우산에서 빠져나와 빗속을 향해 달렸다.

"우산 쓰고 가라니까!"

뒤에서 내지르는 지훈의 소리가 들렸지만 모르는 척 뛰어갔다. 그저 제 마음의 동요가 세차게 내린 비에 말끔히 씻기길 기도할 뿐이었다.

집요한 놈, 질긴 놈, 찰거머리랑 거머리가 손잡고 형님, 할 놈!

5, 6교시 동안 연아는 옆통수가 화끈거려 자리에 앉아 있을 수가 없었다. 지훈이 수업 시간 내내 몸을 아예 틀고 앉아 바라봤기 때문이었다. 반 아이들이 수군댈 정도로 노골적인 시선이었다. '네가 이래도 날 안 보고 배겨?' 하는 오기마저 느껴졌다.

지훈은 5, 6교시 쉬는 시간이 시작되자마자 무섭게 연아의 자리로 돌진했다. 연아가 복도로 내빼버리면 뒤따라가고, 화장실에 들어가면 사나운 얼굴로 그 앞을 지켰다. 그렇게 오후 시간 내내 밑도 끝도 없는 둘만의 술래잡기를 하자, 지훈도 슬슬 열이 받기 시작했다. 잡아먹겠다는 것도 아니고, 괜찮냐고 물으려던 것뿐이었다. 헌데 다가가기만 하면 파르르 떨며 도망쳐버리니 과히 기분이 좋지 않았다.

공 맞은 게 그렇게 기분이 나빴나? 아니면.

"내 인상이 그렇게 더러워?"

교실 뒤편 창가에 삐딱하게 기대선 채로 지훈이 혼잣말을 했다. 그러자 만화책을 보며 과자를 우적대던 경민과 우태가 대수롭지 않게 말을 받았다.

"쟤 뭐래냐?"

"지 인상이 더럽냐고 묻는데?"

"와, 난 저런 새끼가 제일 싫어. 지 잘생긴 거 알면서 남의 입으로 듣고 싶어 하는 인간."

"근데 냉정하게 얘기해서 잘생긴 거랑 인상 좋은 건 다르지."

"맞네. 저 새끼는 잘생겼는데 인상이 졸라 더럽잖아. 너 그때 기억 안 나냐? 서점에 문제집 사러 간 날. 어떤 꼬맹이가 저 새끼한테 부딪쳐서 넘어졌는데, 일어나서 얼굴 보고 막 울었던 거."

"맞다, 맞다. 그 꼬맹이가 울면서 지 엄마한테 쪼르르 달려가서는 무서운 아저씨가 노려봤다고 했지."

"크하하하. 무서운 아저씨 아니야. '엄마 나쁜 아저찌가 혼내쪄요.' 그랬지. 쟤는 일으켜 주려고 한 건데."

경민과 우태는 급기야 만화책까지 내려놓고 책상을 두들기며 좋아 라 웃어댔다.

저 새끼들한테 위로를 바란 내가 븅신이지.

"야! 송우태, 넌 똥 싸러 간다더니 왜 만화책 처보고 앉아 있냐! 화장 실로 안 꺼져?"

지훈은 쾅, 소리가 나도록 우태의 걸상을 걷어차고는 교실을 빠져나 왔다.

"새끼 성질은! 지가 물어놓고서! 그리고 나 변비란 말이야! 우씨."

뒤에서 우태의 울상 섞인 목소리가 들렸다.

연아는 교무실 앞에 서서 문을 두드렸다. 미닫이문을 여니 교무실의 퀴퀴한 냄새가 코끝에 물씬 풍겨왔다. 빽빽하게 들어찬 철제 사무용 책 상들 위로 서류 더미가 한가득 쌓여 있었고, 뜨문뜨문 앉아 서류철을 넘겨 보는 선생들의 모습이 보였다.

어디 보자, 2학년 때니까. 학생 주임 대머리 독수리. 일명 대독. 박찬용 선생이 담임이었다.

'자리가······.'

놀랍게도 눈은 수많은 책상 중 하나를 금세 찾았다. 무의식이란 참 놀라운 것이다. 깡그리 사라졌다 생각한 기억이 하나씩 수면 위로 떠오른다. 하지만 감탄할 새는 없었다. 연아는 박찬용 선생의 자리로 향하며 주먹을 움켜쥐었다.

"선생님. 저 말씀드릴 게 있어요."

서류를 들여다보던 박찬용 선생이 연아의 목소리에 고개를 들었다.

"이연아. 그래. 무슨 얘긴데?"

"혹시 저 전과할 수 있을까요?"

"전과? 문과에서 이과로?"

"네. 아무리 생각해도 문과 잘못 선택한 것 같아요. 이미 반 배정 끝난 건 알지만 전과하면서 반을 옮길 수 있을까 해서요."

고작 몇 시간이었지만, 확실히 깨달았다. 같은 반인 채로 지훈을 피하기는 힘들었다. 수업 시간을 제외하고서라도 마주칠 일투성이였다. 수학이라면 치가 떨렸지만, 이과로 옮겨서라도 그 자식을 피하는 게 인생에 더 도움이 될 듯싶었다. 이참에 죽도록 열심히 공부해서 의대 가는 것도 나쁘지 않고.

"이과라."

대독은 학생부를 꺼내 휘휘 넘기며 손가락으로 책상을 두드렸다. 몇 해 전까지만 해도 2 대 8로 불리던 박찬용 선생의 별명은 몇 가닥 남은 머리카락마저 빠져버린 후 대독으로 안착했다. 이윽고 연아의 학생부 기록을 찾았는지 대독의 눈길이 한 페이지에 한참이나 머물렀다.

"이거 봐라, 이거 봐. 이놈아! 수학 성적이 이 모양이면서 무슨 이과야? 수학 때문에 내신이고 모의고사고 다 말아먹는 놈이! 꿈도 크다."

쉽지 않을 거라 예상했지만 생각보다 반응이 격했다. 연아는 싸우기 전부터 기가 눌렸다.

"그건 1학년 때 성적이잖아요, 선생님. 지금은 완전히 달라졌다니까요. 본격적으로 정말, 저어엉말 열심히 수학 공부해서 저 의대에 가고 싶어요. 제발 좀 도와주세요. 네에?"

연아는 왜 의대에 가고 싶은지, 얼마나 열심히 수학 공부를 할 각오가 되어 있는지 논리 정연하게 설명하기 시작했다. 이래 봬도 세 치 혀로 몇천 억대 자산가들에게 펀드고 방카고 팔아치우던 6년 차 은행원이다. 연아의 절절한 호소에 대독의 마음이 살짝 움직이는 듯했다.

"네가 정 그렇다면."

대독은 다시 손가락으로 책상을 톡톡 두드렸다. 연아는 긴장감에 꿀꺽 침을 삼키며 대독의 손끝을 바라봤다. 마침내 대독의 손끝이 책상 위에서 멈췄다.

"일단, 문과 이과는 선택과목이 다르니까 분반 시간에 그거라도 이과 거 듣게 해줄게."

"네? 선생님, 선택과목을 옮기는 정도가 아니라, 제 말은 아예 반을……."

대독의 말이 성에 차지 않는 연아가 반박하려 했다.

"반 배정 끝난 지가 언젠데 반을 옮겨? 안 돼! 다음 시간부터 이과 선택과목 들어. 이것도 많이 봐준 거야."

대독은 큰 아량을 베푼 듯이 말하곤 가보라는 듯 손을 휘이휘이 저었다. 더 언쟁을 해봐야 통할 상대가 아니었다. 한번 안 되는 건 하늘이 두 쪽 나도 절대 안 되는 단호박 대독 선생 아닌가. 연아는 할 수 없이 고개를 끄덕이곤 처량한 발걸음으로 교무실을 빠져나왔다.

뭔가 방법이 없을까.

한숨을 쉬며 고개를 드는데 복도 벽에 기대 선 지훈의 모습이 보였다.

지가 내 꼬리야? 왜 이렇게 쫓아다녀?

눈이 마주쳤지만 연아는 알은체도 않고 몸을 돌려 길게 뻗은 복도를 걸어갔다. 하교 시간이라 1층 복도는 오가는 아이들로 부산했다.

"너 몰랐어? 담임 찾아갈 때 하교 시간에 가는 건 소용없어. 점심시간 끝나기 10분 전에 가야지. 점심 먹고 한숨 딱 자고 일어나서 제일 기분 좋을 때가 그 시간이라고. 대독이잖아. 동물들 습성은 다 비슷하거든."

저 혼자 말하고선 지훈이 킬킬거렸다.

그래, 넌 지랄견이었지. 동류니 습성을 잘 알겠네.

지훈이 따라붙자 연아의 등 뒤에서 검은 그림자가 길게 드리워졌다.

무시, 무시해야 해.

연아는 걸음에 좀 더 속도를 냈다. 도망칠 핑계가 없는 상황에서 마주쳐버렸으니 노골적으로 피하고 있음을 온몸으로 알려주는 수밖에 없었다.

"야, 내 말 안 들려?"

안 들려. 안 들린다고. 그리고 앞으로도 쭉 네 말은 안 들릴 예정이야.

"너 설마 아직도 공 맞은 걸로 삐져 있어? 그렇게 세게 찬 거 같진 않은데."

연아가 정신없이 걷고 있는데 지훈이 팔을 잡았다. 악, 소리가 저절로 나올 만큼 무지막지한 힘이었다.

"아, 진짜! 이게 죽을라고. 너 왜 자꾸 내 말 무시하는데?"

드디어 나왔다. 이 자식의 18번. 툭하면 내뱉는 '이게 죽을라고'.

지훈은 거절당한 분노에 어린애처럼 얼굴이 일그러져 있었다. 아니, 이제 보니 분노보다는 투정에 가까웠다. 자신 좀 봐달라고 징징대는 어린애의 투정.

맞아. 너 18살 어린애였지.

'18살 어린애한테 뭘 그렇게 겁내고 있었던 거야?'

그렇게 생각하자 이상하리만큼 마음이 차분하게 가라앉았다. 상대는 이제 고작 18살짜리, 덩치만 큰 어린애다. 사회생활 하면서 산전수전 다 겪고 은행 최상위 고객들을 손바닥 안에서 굴리던 자신이 어린애 하나 마음대로 휘두르지 못할까.

"하지 마."

연아의 목소리에서 냉기가 뚝뚝 흘렀다. 못 알아들은 모양인지 지훈은 한쪽 눈썹을 씰룩이며 어리둥절한 표정을 지었다.

"하지 말라고."

"뭘?"

창가에서 차가운 바람이 불어와 그 녀석의 머리를 헝클어뜨렸다. 바람 때문인지, 뭐가 마음에 안 드는지 그 녀석의 눈이 가늘어졌다.

"나 좋아하지 말라고."

연아는 지훈이 붙든 팔을 냉정하게 떨쳐 냈다. 그리고 할 수 있는 한 가장 냉기가 쌩쌩 이는 모양새로 뒤돌아 걷기 시작했다.

복도를 지나던 몇몇 아이들이 놀란 눈으로 지훈과 연아를 바라봤다. 둘이 실랑이를 할 때부터 주위 아이들이 수군대며 구경을 하고 있었다. 그런데 그 앞에서, 연아는 허세와 자존심으로 똘똘 뭉친 18살 사내놈의 가슴에 생채기를 냈다.

이렇게 공개적으로 얘기했으니 바보 머저리가 아닌 이상에야.

그때 무언가 무섭게 돌진해오는 소리가 들렸다. 곧이어 지훈의 큼지막한 손이 연아의 어깨를 잡아 홱, 하니 돌렸다.

"싫어. 좋아할 건데?"

붉게 상기된 얼굴이었다. 입가에는 흐릿한 미소까지 짓고 있었다. 속 시원해 보이기까지 했다. 예상하지 못했던 반응에 연아의 얼굴이 새빨개졌다.

오래도록 잊고 있었다. 무례하리만큼, 난폭하고 공격적인 고백.

"뭐…… 뭐야, 너."

"뭐긴 뭐야. 좋아할 거라고, 너."

길게 찢어진 지훈의 눈이 가늘어졌다. 입꼬리가 양쪽으로 슬며시 올라가더니 씩 웃어 보인다. 어디선가 또 바람이 불어와 새까만 머리를 헝클었다. 머리 위 살짝 내려앉은 햇빛이 반짝이고 있었다. 연아는 어쩐지 창밖에 펼쳐진 노을빛에 제 얼굴이 붉게 물든 것만 같았다.

차가운 밤공기가 뺨을 사정없이 할퀴었다. 아직 꽁꽁 얼어 있는 학교에도 봄은 오려는지, 가열하게 울어대는 풀벌레 소리가 운동장을 가득 채웠다. 연아는 윤새, 다정과 함께 나무 그늘이 드리워진 담벼락에 바짝 붙어 있었다. 경비 아저씨의 눈치를 보며 담치기를 할 셈이었다.

처음 윤새가 담치기를 하고 라볶이를 먹으러 가자고 했을 때 연아는 단칼에 거절했다. 25살 이후, 야식이라는 걸 먹어본 적이 없었다. 아무리 배가 찢어질 듯 고파도 생수를 들이켜며 지켜왔던 몸매다. 나중에는 버릇이 되어 밤이 되면 입맛도 없거니와, 저녁에 부대끼는 걸 먹으면 오히려 탈이 나곤 했다. 회식 자리에서도 먹는 거라곤 고기 몇 점이 전부. 상추나 깻잎 같은 풀만 뜯어 먹는다고 타박을 들으며 유지해온 철칙이었다.

그런데 어떻게, 이렇게까지 배가 고플 수 있는 건지!

밤이 되자 배 속 장기들이 먹을 걸 달라고 집단 봉기라도 일으킨 것처럼 배가 고팠다. 허기 때문에 눈앞이 노래지고, 손이 벌벌 떨리는 경험은 실로 오랜만이었다. 도저히 제정신으로 앉아 있을 수 없었던 연아는 배 속 헝그리 세포들에게 백기를 든 채 야자실을 몰래 빠져나왔다.

"지금이야."

윤새의 한마디에 연아와 다정이 벽에 파인 홈을 딛고 한 발을 담 위에 올렸다. 그리 높지 않은 담이라 올라만 간다면 뛰어내리는 건 일도 아니었다. 덕분에 담치기는 주로 이 담에서 이루어졌고, 학교 선생들도 이 담 아래서 잠복하며 담치기를 하는 아이들을 속속들이 잡아내곤 했다. 하지만 운이 좋은지 오늘은 아무도 없었다.

성공적으로 담을 뛰어넘은 세 사람은 세현 분식으로 쏜살같이 달렸다.

"잘 먹겠습니다!"

"먹자, 먹어."

"배고파 죽을 것 같아."

세 사람은 보글보글 끓고 있는 라면과 숭덩숭덩 썰어놓은 순대를 무자비한 젓가락질로 공략했다. 아직 채 익지도 않은, 날것에 가까운 것들이었으나 상관치 않았다. 배 속에서 봉기를 일으킨 장기들을 잠재우는 것이 무엇보다 우선이었다.

허겁지겁 라면과 순대, 떡볶이를 들이켜다시피 먹고 나니 허기가 좀 가시는 듯했다. 하지만 여기서 멈출쏘냐. 디저트는 국물에 비벼 먹는 밥인 것을.

"여기 밥 두 공기요!"

윤새가 지체 없이 손을 들어 외치니, 주인아주머니가 김 가루가 솔솔 뿌려진 밥을 가져와 남긴 국물에 후다닥 비벼 줬다. 세 사람은 다시금 그것을 먹어치우느라 냄비 위에 머리를 맞대곤 부지런히 수저를 놀렸다. 새까맣게 탄 냄비 바닥이 드러나자 그제야 배가 찬 연아는 치마 버클을 풀고 벽에 등을 기댔다.

숨쉬기 힘들 정도로, 목구멍이 찰 때까지 먹은 건 참 오랜만이었다. 게다가 매운 걸 먹었더니 불현듯 시원한 맥주 한 모금이 그리워졌다. 매운 기운이 알싸하게 도는 목구멍에 살얼음 낀 맥주가 찌릿하게 넘어가는 순간, 캬!

연아는 맥주에 대한 그리움을 달래며 대신 식어 빠진 사이다를 홀짝였다. 어린 몸뚱어리가 아쉬워지는 순간이었다.

"맞다. 니들 오늘 아침에 학교 오다가 봤냐? 대독 차에 고양이 깔린 거?"

윤새가 입 안 가득 밥을 우물거리며 말을 꺼냈다.

"아니, 난 얘기만 들었어. 오르막길에서 길고양이 차로 쳤다면서?"

"나 그거 생짜로 봤잖아. 친 정도가 아니라, 앞바퀴에 깔렸어. 아우. 고양이 울음소리랑 여기저기 튄 피가 완전 장난 아녔어."

윤새는 그 광경이 머릿속에 떠오른 모양인지 몸서리를 쳤다.

"으악, 정말? 어떻게 해. 고양이 죽었어?"

"당연히 죽었지. 말도 마. 내가 그 고양이 불쌍해가지고."

뒤이어 덧붙인 윤새의 생생한 묘사에 연아 역시 절로 눈살이 찌푸려졌다. 아이들이 왔다 갔다 하며 먹이를 주던 이 근방 유명 고양이라 더욱 마음이 좋지 않았다.

"차는 어떻게 했댕? 차에 깔렸으면 고양이 배가 터져서 차 더러워졌겠당."

다정이 물을 마시며 윤새에게 물었다.

"그건 모르겠고. 근처에 있던 여자애들 막 소리 지르고 울고 난리였어. 진짜 끔찍하더라."

고개를 끄덕이며 윤새와 다정의 이야기를 듣던 연아는 일순 왠지 모를 위화감에 소름이 돋았다. 대화 중 뭔가 귀에 거슬리는 게 있었다.

'뭐지?'

하지만 뭐가 이상한지 선뜻 손에 잡히진 않았다. 둘은 몇 마디 더 주고받더니 어느새 다음 화제로 넘어갔다.

"그런데 너, 도대체 수업 끝나고 교무실에서 류지훈하고 무슨 일이 있었던 거야?"

윤새가 프라이팬에 눌어붙은 밥알을 숟가락으로 긁으며 물었다.

"왜? 무슨 얘기 들은 거 있어?"

"둘이 오늘 하루 종일 숨바꼭질했잖아. 전교생이 지켜보는데."

연아는 푸웃, 하고 머금었던 사이다를 내뿜었다.

"에이, 더럽게."

윤새가 교복에 튄 사이다를 털어내며 중얼거렸다.

"다…… 보고 있었어?"

"안 보려고 해도 보이거든? 류지훈, 걔가 오죽 튀는 애냐. 우리 학교
유명 인사잖아."

윤새 말 대로였다. 류지훈은 세현고에서 손꼽히는 유명 인사 중 하나
였다. 싸움을 잘해서? 잘생겨서? 운동을 잘해서? 집안이 좋아서? 답을
하자면 '예스'이기도 하고 '노'이기도 하다. 지훈은 싸움을 잘하고 잘생
기고 운동도 잘하고 집안도 좋았지만 모두 '제일'은 아니었다. 원래 유
명인의 요소 중 하나가 '제일' 아닌가. 제일 싸움을 잘하는 아이, 제일
잘생긴 아이, 제일 공부를 잘하는 아이.

그럼에도 지훈은 유명인이었다. 전교 1등에다 잘생긴 외모와 어른스
러운 성품으로 인기 순위 1, 2위를 다투는 호윤보다, 주접 브라더스로
개그맨 뺨치게 웃기는 경민과 우태보다, 학교 일진인 진승환보다, 더
유명인이었다.

왜 유명인인가? 이유를 대보라고 하면 딱히 생각나는 것은 없었다.
그저 아이들 모두가 주목하고, 신경 쓰고, 의식하는 존재였다.

굳이 따지자면.

"좀 화려하잖아. 행동 같은 게."

윤새가 숟가락을 쪽쪽 빨며 말했다.

"그래도 허세 같은 건 아니잖앙. 허세 부리는 거라면 오히려 진승환이지. 지가 무슨 조폭 두목인 줄 알고 거들먹거리잖앙."

다정이 밥알을 우물거리며 덧붙였다.

"그치. 딱히 허세를 부리는 것도 아닌데 묘하게 시선을 끄는 게 있지."

이번에도 윤새의 말 그대로였다. 지훈은 화려한 사람이었다. 무슨 행동을 하든지 동작 하나하나에 화려함이 있었다. 그야말로 날개를 활짝 편 공작새처럼, 혹은 암컷을 유혹하는 수컷의 몸짓처럼.

페로몬 향에 이끌리듯 그의 곁에는 아이들이 들끓었다. 무례하고 제멋대로고 성질머리 더럽지만 대부분 도를 넘지 않는 경계선 위의 것이었기에, 그 틈새로 언뜻 보이는 다정함과 섬세함, 속 깊은 행동들은 그만큼 더 빛이 나 보였다. 생각해보면 그 화려함은, 강인한 존재가 내뿜는 일종의 거대한 에너지와 같은 것이었다. 한마디로 그는 넘치는 생명력으로 한없이 반짝이던 사람이었다.

"별거 없었어."

있었어도 별거 아닌 일로 만들어야지.

연아가 입가에 묻은 사이다를 휴지로 슥 닦으며 대답했다.

"정말 별일 아니었엉?"

다정이 윤새와 똑같은 질문을 하자 연아는 이참에 확실히 말해두자 싶었다. 조금의 여지도 생기지 않도록.

"응. 걔랑 나랑 별일이 뭐가 있어. 나랑 정말 아무 사이도 아니고……."

말하던 중 연아는 입을 다물었다. 다정의 입가에 걸린 묘한 웃음기를 알아차렸기 때문이었다. 다정은 웃는 것도 같고 우는 것도 같은 모습이었다. 불안해하면서도 안도한 표정. 다정이 말하지 않았기에, 어떤 티도 내지 않았기에, 고등학생 때는 생각도 못한 부분이었다. 그런데 그게 32살이 된 지금 자신의 눈에는 보였다.

이다정, 설마 너 걜 좋아했던 거였어?

무신경했던 과거의 자신에게 한숨이 나왔다. 이렇게나 티가 나는데, 24시간 붙어 있었는데, 어떻게 모를 수 있었는지.

"그렇구낭⋯⋯."

다정은 명백히 안도하고 있었다. 입맛이 싹 사라지고 머리가 아파 와 연아는 수저를 내려놓았다. 일이 복잡하게 꼬인 느낌이었다.

'하아.'

이런 식으로 과거의 몰랐던 사실을 알게 되리라고는 생각지 못했다.

어느새 늦은 밤이 되었다. 연아는 야자실로 돌아와 종이 칠 때까지 엎드려 숙면을 취하다 학교를 나왔다. 버스 정류장에서 늘 타던 1번 버스를 타고 사당역에서 내린 후, 오른쪽 골목으로 돌아 한참이나 이어지는 오르막길을 부지런히 올랐다. 멀리 골목 끝에 한울 빌라가 어둠에 휩싸여 있었다.

오늘 아침만 해도 저곳에서 출근 준비를 하고 헐레벌떡 뛰어나왔다. 지금 눈앞에 보이는 것보다 훨씬 낡고 금이 간 건물이었다. 연아는 빌라 출입문 앞에서 가방끈을 손으로 매만졌다.

건강한 이모가 있을까? 아직 꼬맹이인 연철이도 있을까?

계단을 오를수록 심장이 무섭게 뛰기 시작했다. 이 모든 게 꿈이라도 상관없었다. 이모의 건강한 모습을 다시 한번 볼 수 있다면. 연아는 떨리는 손으로 403호 현관문 손잡이를 잡았다. 벌써 눈물이 날 것 같았다.

"이모. 나 왔어!"

최대한 평정심을 유지하며 밝은 목소리로 소리쳤다. 미화는 조카들이 집에 들어올 때 큰 소리로 인사하는 걸 좋아했다. 연아와 연철이 이 집에 들어오기 전까지, 줄곧 혼자 살았기 때문이었다.

"왔어? 공부는 열심히 했고?"

거실에서 반기는 소리가 들렸다.

아…… . 기어이 눈물이 주룩 흘렀다.

"으흑. 으어엉엉."

"왜, 왜 그래? 연아야, 무슨 일이야?"

놀란 미화가 연아의 어깨를 붙들었다. 미화의 뺨은 건강하게 혈기가 돌았고, 눈동자 역시 맑고 투명했다. 아프기 전까지 몇십 년째 유지해 왔던 통통한 몸매도 그대로였다.

"학교에서 무슨 일 있었어? 말해봐!"

미화가 새파랗게 질린 얼굴로 소리쳤다. 연아에게 무슨 일이 생겼다 생각했는지 눈은 이미 반쯤 돌아가 있었다.

"아니, 그냥."

"그냥, 뭐?"

"건강한 이모 보는 게 좋아서."

"…… ."

"…… ."

"미친 거냐."

거실에서 TV를 보던 연철이 방으로 걸어가며 얼어붙은 분위기를 쩍

갈랐다.

"진짜야! 진짜 건강한 이모를 보는 게 좋아서 운 거야."

"미친 거 맞는 거 같은데."

뒤이어 쾅, 방문 닫히는 소리가 들렸다.

"에라이!"

미화가 솥뚜껑만 한 손으로 연아의 등짝을 후려갈겼다.

"아얏! 아파, 이모!"

"놀랐잖아! 들어와서 갑자기 펑펑 울며 한다는 말이 뭐? 아이고, 심장 떨려. 잠은 다 잤다, 요년아."

연아에게 꿀밤을 먹인 미화는 "다시 한번만 그따위 짓 해봐라." 하고 중얼거리며 여전히 요란한 소리를 내고 있는 TV 앞으로 향했다. 연아는 그 모습을 웃는 듯 우는 듯 바라봤다.

백번이고, 천번이고 맞아줄 수 있으니까. 이모 지금처럼만 세게 내 등짝 때려주라, 응?

5. 달라진 건 없었다

띠리리리링― 띠리리리링―.

알람 소리가 고막을 터뜨릴 기세로 울려 퍼졌다. 여느 때처럼 한 손을 쭉 펴 협탁 위를 더듬었지만 손에 걸리는 게 없었다. 기운차게 울리는 알람 소리에도 눈꺼풀은 딱풀로 붙여놓은 것처럼 떨어지지 않았다. 그뿐이랴. 누군가에게 흠씬 두들겨 맞은 듯이 온몸이 시큰거렸다.

핸드폰 어딨는 거야.

협탁 위를 몇 번 더 더듬으니, 여전히 부르르 떨고 있는 탁상시계가 손에 잡혔다.

엥? 탁상시계?

이상한 기분에 연아가 눈을 번쩍 떴다. 익숙한 천장이 보이나 싶더니, 이내 낯선 방 안 풍경이 눈에 들어왔다. 오래된 책장에 빽빽하게 꽂혀 있는 교과서와 문제집, 침대 옆에 놓여 있는 커다란 책상, 벽에 걸린 교복.

교복……? 교복?

연아는 벌떡 몸을 일으켜 세웠다. 침대에서 후다닥 내려와 벽거울에 얼굴을 비춰봤다.

오 마이 갓!

퉁퉁 부은 눈, 작은 코, 통통한 입술. 눈코입은 분명 자신이었지만, 어린 시절의 앳된 얼굴이었다.

뭐야? 나 꿈을 시리즈로 꾸는 거야? 왜 아직 과거냐고!

뺨을 철썩철썩 때리고 꼬집어봤지만 아프기만 했다. 정말 꿈이 아니었다. 다리가 후들거려 결국 주저앉고 말았다. 꿈과 현실 사이에서 갈팡질팡하던 무게추가 완전히 현실 쪽으로 기울어버렸다.

그도 그럴 것이.

꿈에서 잠을 잘 리 없지 않냐 말이다!

일상이란 참으로 무서운 것이다. 과거로 왔다는 걸 실감하며 충격에 빠져서도, 교복을 챙겨 입고 학교에 간다. 마치 오래전 멈췄던 시계가 약을 바꿔 끼는 순간 지체 없이 초침을 움직이는 것처럼, 몸은 반복 학습된 행동을 정확하게 기억하고 있었다.

누런 도색이 벗겨진 구형 1번 버스에서 내리자, 교복 입은 아이들의 행렬이 학교 정문으로 향하고 있었다. 그 대열에 자연스럽게 녹아들며 연아는 생각에 잠겼다.

아무리 일평생 꿈속을 헤매듯이 살았어도 꿈과 현실이 어떻게 다른 지는 안다. 보통, 사람이라면 으레 생생한 꿈을 꾸면서도 '아, 이건 꿈이지. 곧 깨어나겠군.' 하며 꿈이란 사실을 인지하지 않는가. 그런데 이건 분명 현실이다. 뺨을 스치는 바람도, 골목길 냄새도, 발을 디디는 감촉도 분명 다 현실이었다.

어떻게 해. 나 진짜 과거로 왔나 봐.

연아는 손톱을 잘근잘근 깨물었다. 어떻게 해야 좋을지 눈앞이 캄캄했다.

다시 돌아갈 수 있을까? 과거로 온 방법이 있으니, 돌아가는 방법도 있을 것이다. 하지만…….

왜? 왜 돌아가야 한단 말인가!

얼렁뚱땅 안드로메다 너머 별나라에 간 것도 아니고, 항생제 없이 목숨의 위험이 난무하던 몇백 년 전 과거로 간 것도 아니다. 심지어 남의 몸에 들어가 기생하는 것은 더더욱 아니다. 그저 14년 전 내 과거로 온 것뿐이다.

어쩌면 이건 일생일대의 행운인지도 모른다. 다시 한번 인생을 사는 것이야말로 모두가 꿈꾸는 소망 아닌가. 다른 관점에서 본다면 인생을 두 번 살 기회가 손안에 쥐어진 셈이다. 게다가 이곳에서 자신은 미래에서 온 사람. 정보가 곧 권력이요, 돈인 사회에서 제 머릿속에는 이미 수많은 정보가 들어 있다. 그것으로 바꿀 수 있는 미래는 무궁무진하다. 연아는 확고하게 결심이 서기 시작했다.

일단 제일 먼저 해야 할 일은 주식부터 사놓는 것이려나.

혼자 오만 가지 상상의 나래를 펼치며 정문을 향해 걸어가고 있으려니, 통학로 한가운데를 차지하고 선 지훈이 보였다.

그래. 가장 먼저 할 일은 두말할 필요도 없다. 바로 저 자식을 내 인생에서 치워놓는 것.

연아는 지훈이 빤히 바라보고 있다는 걸 알면서도 일부러 속력을 내어 그 앞을 지나쳤다.

"야, 이연아."

무시하고 걸으려니 빠르게 쫓아오는 발자국 소리가 들렸다. 키도, 체격도 좋은 녀석이 따라붙으니 느껴지는 압박감이 상당했다.

"귓구멍 막혔어? 내 말 안 들려? 너 그렇게 계속 무시해라."

상대를 해주지 말아야 한다. 화를 내건 정색을 하건, 부정적인 반응보다는 아예 반응을 안 하는 게 더 좋은 거라 들었다. 최대한 깔끔하게, 공기처럼 무시하는 게 최선이다. 연아는 발에 더 힘을 실으며 온몸으로 '나, 너 무시하고 있어.'를 외치며 걸어가고 있었다.

'으잉?'

갑자기 몸이 쭉 위로 들어 올려졌다. 지훈이 연아가 멘 가방의 손잡이를 잡아당겨 가방끈이 겨드랑이를 조이며 몸이 따라 올라간 것이다. 연아는 삽시간에 가방에 우스꽝스럽게 대롱대롱 매달린 꼴이 되어버렸다.

"너 이거 안 놔?"

"이게 죽을라고. 그러니까 사람 말 왜 무시하냐고."

"먼저 무시한 건 너잖아. 나 좋아하지 말라고 했지?"

연아는 일부러 크게 소리를 쳤다. 쪽팔려서라도 가방 손잡이를 놓지 않을까 싶었기 때문이었다. 그 바람에, 지나가던 아이들이 흥미진진한 시선으로 둘을 돌아봤다.

하나 그리하여 통하였느냐? 통하긴 개뿔.

지훈은 별로 신경 쓰지 않는다는 듯 한숨을 내쉬고는 미간에 주름이 가도록 인상을 썼다.

"이미 좋아하는데 어떻게 해."

말은 네가 했는데, 얼굴 빨개지는 건 왜 내 몫인 건데.

뻔뻔스러운 인간. 낯짝 두껍기는 곰 발바닥보다 더한 인간. 어마무시하게 쪽팔리는 말을 던져놓고서 저는 아무렇지 않다는 표정이다. 맞다. 이 인간, 원래 이런 인간이었지. 주위 시선은 쥐똥만큼도 신경 안 쓰고 뭘 해도 부끄러운 줄 모르는 천상천하 유아독존.

"늦었다. 빨리 가자."

지훈은 연아의 가방 손잡이를 바짝 당겨 올린 채 걷기 시작했다. 가방끈에 대롱대롱 매달려 까치발을 딛고 있던 연아도 얼결에 종종걸음으로 끌려갔다.

"놓으라니까! 안 놔? 진짜 안 놓을 거야?"

"거참, 참새같이 쪼그만 게 쨱쨱쨱쨱 되게 시끄럽네."

시큰둥한 얼굴로 귀까지 파는 것이 어디서 개가 짖나 하는 말투다. 연아의 얼굴이 새빨갛게 달아올랐다. 점점 더 많은 아이들이 킥킥대고 있었다.

항상 중간, 평범, 정상적인 삶을 지향해왔거늘.

타인의 시선에 유독 민감한 연아로서는 감당하기 힘든 추한 꼴이었다.

"놔줘, 제발."

"왜? 쪽팔려? 애들 앞에서 쪽 준 거는 네가 먼저잖아."

뭐가 그렇게 웃긴 건지 지훈이 비웃으면서 킥킥거렸다. 저 비열해 보이는 얼굴은 지금이 어느 때보다 즐겁단 뜻이다.

그래서. 그래서! 지금 이대로 학교까지 가겠다는 말이냐! 날더러 이 우스운 꼴로? 아, 정말 난 32살이란 말이다. 타인의 욕망을 욕망하며 살아왔던.

지훈의 표정을 보아하니 도저히 놔줄 것 같지가 않았다. 이럴 때는 한발 물러서는 수밖에 없었다. 죽어도 하고 싶지 않았던 말이지만.

"미안."

"뭐?"

"미안하다고."

"미안하다고? 크흑. 우하하하하."

미안하다는 말에 지훈은 배까지 부여잡고 웃었다. 사실 미안해할 것은 없었다. 쪽을 준들, 네가 쪽팔려 할 인간이냐.

"좋아. 사과 접수."

"사과했으니까 이제 이거 놔줘."

"싫은데? 내가 왜?"

"사과했잖아!"

"내가 언제 사과하면 놔준다 그랬어? 나 그런 말 한 적 없는데?"

기어코 화를 돋운다.

"너 진짜!"

"그럼 놔주는 대신 뭘 해줄 건데?"

"해주긴 뭘 해줘?"

"네가 부탁하는 입장이잖아. 내가 그 부탁 들어주면 대가를 지불해야지."

말도 안 되는 논리에 입이 떡하니 벌어졌다. 하나, 더는 우스꽝스러운 모습으로 구경거리가 될 순 없었다.

"뭘 원하는데!"

연아가 새빨개진 얼굴로 바락 소리를 지르자, 지훈이 똑바로 연아를 쳐다봤다. 입가는 여전히 웃음을 머금고 있었지만 가늘게 찢어진 눈가의 웃음은 사라진 채였다.

"피하지 마."

"뭐?"

"피하지 말라고."

새까만 눈동자가 연아를 응시하고 있었다. 무어라 받아치려 했지만 목구멍이 막힌 듯 아무런 말도 나오지 않았다.

예전부터 그랬지. 때때로 네가 그렇게 진지한 눈을 하면 난 꼼짝도 할 수 없었어.

연아는 어쩔 수 없이 고개를 끄덕였다. 비로소 만족한 듯 지훈이 씩, 하고 웃으며 가방 손잡이를 놔주었다. 그러더니 단단한 팔로 연아의 목을 감싸곤 주위를 둘러보며 "새끼들아, 뭘 보냐? 가자, 가자. 얼른 학교 가자." 하며 연아를 질질 끌고 걷기 시작했다. 이거 당장 놓으라고, 무슨 짓이냐고, 발버둥을 쳐봤자 끌고 가는 힘에 벗어날 재간 따윈 없었다.

"놔주겠다고 했잖아! 약속이 다르잖아!"

"내가 가방끈 놔주겠다고 한 거지, 네 목 놔주겠다고 한 적은 없는데?"

말로나마 저항해봤지만 지훈은 천연덕스럽게 대꾸할 뿐이었다. 그의 가늘게 휘어진 눈은 신이 날 대로 나 보였다.

1교시 쉬는 시간이 끝나갈 무렵, 연아는 연습장 뒷면을 펼치고 자습 시간에 미처 다 적지 못한 목록을 채워가기 시작했다.

그다음으로 뭘 쓰려고 했더라?

눈앞에서 노트가 획 사라졌다. 윤새가 노트를 뺏어 든 것이다.

"이게 뭐냐? 1번 삼성전자, 구글 주식 사기. 2번 판교에 집 사라고 이모한테 얘기해둘 것. 3번 중국 직접 투자 계좌 개설에 대해 알아볼 것. 4번 일단은 공부 열심히……."

"너, 그거 안 내놔?"

연아가 깡충깡충 뛰며 노트를 다시 빼앗으려 해도 팔은 허공을 맴돌 뿐이었다. 윤새는 아래에서 파닥대는 연아를 무시한 채 노트를 하늘 높이 들어 올렸다. 175와의 닿을 수 없는 거리였다.

"앞의 것들이 뭔 소린진 모르겠지만 4번이나 해, 4번이나. 너 요즘 이상해. 무슨 꿍꿍이가 있는 사람 같아."

윤새가 노트를 건네며 수상한 눈초리로 쳐다봤다.

"꿍꿍이는 무슨."

"아침엔 또 뭐야? 너 류지훈이랑 같이 등교했담서."

이럴 줄 알았다. 다들 남 일에 관심은 어찌나 지대하신지.

"그건……."

하지만 변명을 하려 해도 딱히 할 말이 없었다. 질질 끌려오든, 대롱대롱 매달려오든, 과정이 어찌 됐건 간에 나란히 등교한 건 사실이니까.

"저번에 나한테는 그 자식 피해야 한다고, 절대 상종 못 하게 해달라더니. 너 뒤로 호박씨 까기냐? 섭섭하다, 야."

"그런 거 아니야. 지레짐작하지 마."

그때 앞문이 열리더니, 영어 채홍식 선생이 프린트 뭉치를 가지고 들어왔다.

"이것들이 종 친 지가 언젠데. 자리에 안 앉아!"

벼락같은 고함 소리에 아이들이 후다닥 제자리를 찾아 궁둥이를 붙였다. 영어 채홍식 선생으로 말할 것 같으면 일명 개홍식, 세현고의 살아 있는 공포되시겠다. 아드레날린이 뻗쳐 발정 난 망아지처럼 날뛰는 남자아이들을 압제할 수 있는 유일한 사람. 저 막대기로 인당 30대씩 한 반에서만 몽둥이를 1,500번 휘둘러도 지치지 않는 엄청난 체력의 소유자였다.

"저번 시간에 예고한 대로 오늘 쪽지시험 본다. 학년 초 레벨테스트니 알아서들 잘 보도록. 뒤로 넘겨."

채홍식 선생은 교탁 위에 서자마자 들고 온 프린트 뭉치를 뒤로 넘겼다.

언제? 언제 예고했는데!

나이 들어서도 시험은 싫은 법. 하지만 연아는 자신만만한 웃음을 지었다. 이래 봬도 과거 토익 930점 맞은 여자다. 물론 6년 전이긴 하지만. 게다가 사회생활 6년 차. 어린것들보다 인생 경험도 풍부한데 영어 지문의 맥락 하나 눈치로 못 때려 맞출까.

"시험 본다는데 뭘 그렇게 웃어? 공부 많이 했나 보네."

옆자리 김재욱이 경계 어린 눈길을 보냈다. 안경잡이에 얼굴이 허여멀건 이놈에 대한 기억은 범생이, 공부 잘했던 애 정도가 전부다. 방금도 묻는 것이 행여나 저보다 시험을 잘 볼까 봐 걱정하는 눈치다.

"이 정도야 우습지."

연아는 호탕하게 말하며 앞자리 아이가 넘겨주는 프린트물을 잽싸게 낚아챘다.

거짓말.

어떻게, 어떻게 50점을 맞을 수 있냐고!

연아는 부들부들 떨리는 손으로 시험지를 움켜쥐었다. 50점이라는 새빨간 글자가 선명했다. 수학도, 국사도 아닌 영어다. 6년 전에 본 토익을 930점 맞았는데, 어떻게 고2 쪽지시험에 50점이라는 숫자가 나올 수 있는지 이해도, 용납도 되지 않았다. 확실히 나이가 들면서 머리가 굳은 모양이었다. 큰일이다. 이래서야 제2의 인생이 주어진 의미가 없지 않은가.

정신 차려야 해, 이연아.

눈을 부릅뜬 채 충격에 젖어 있으려니, 저음의 목소리가 희롱하듯 연아의 귀를 스쳤다.

"멍충이."

뒤를 홱 돌아보니 지훈이 100점 맞은 시험지를 펼쳐 보이며 어깨를 으쓱이고 있었다.

유치한 놈. 겨우 저딴 걸로 자랑하고 싶을까.

그런데 저도 모르게 씩씩대고 있는 제 모습을 보니 저 자식의 의도가 영 실패한 것 같진 않았다.

정신 차려, 이연아.

저 자식한테 휘둘리지 말고 공부나 하자, 공부나!

몇십 분 후, 수업을 마치는 종소리에 연아는 경기하듯 화들짝 몸을 일으켰다. 그 바람에, 오른쪽 뺨에 들러붙은 노트 한 장이 따라 올라왔다. 서둘러 떼고 보니, 그새 3교시가 끝나버린 걸 깨달았다.

미치겠네, 정말.

또 자버렸다. 어찌 된 몸뚱어리인지 수업 시간만 되면 미친 듯이 잠이 쏟아졌다. 버티려고 안간힘을 써봤지만 짓눌리는 눈꺼풀은 천근만근이었다. 다시 돌아가게 되면 사람들에게 꼭 말해주리라. 고등학생 때로 돌아가면 공부 열심히 할 거라고? 흥. 18살의 몸뚱어리가 그 생각을 처절하게 배반할 것이라고.

흐리멍덩한 시야로 주위를 둘러보니 아이들이 삼삼오오 모여 자리를 이동하고 있었다.

맞다. 4교시는 선택수업이었다. 담임은 선택수업 시간에 2학년 7반으로 이동하라고 알려주었다. 세현 고등학교는 1반부터 7반이 이과, 8반부터 12반이 문과였다. 윤새, 다정과 떨어져 혼자 다른 반 교실로 가려니 낯설고 두려운 마음이 들었다.

3층으로 내려간 연아는 조심스럽게 7반 교실 뒷문을 열었다. 낯선 연아의 등장에 몇몇 아이들이 힐끔거리며 쳐다봤다. 4분단 제일 끝에는 빈 책상이 덩그러니 놓여 있었다. 그 자리는 모두가 피하는 곳이었다. 뒷문을 제대로 닫지 않는 아이들이 많아, 4분단 제일 끝자리는 암묵적인 뒷문 닫기 담당, 일명 문지기 자리로 불렸다. 겨울이면 복도에서 찬바람이 숭숭 들어와 얼어 죽기 딱 좋은 위치기도 했다. 하지만 딱히 대안이 없는 연아는 노트와 필기구를 내려놓고 빈자리에 앉았다.

괜히 이과 반으로 옮겼나.

빙 둘러보니 자신의 반과는 달리 모두가 열공하는 이과 반 분위기에 주눅이 들었다. 그때 뒷문이 우렁찬 소리를 내며 열렸다. 그러더니 누군가 연아의 책상 옆에 〈수학Ⅱ〉 책을 던져놓았다. 누군가 싶어 쳐다봤더니.

세상에나.

"뭐가 그렇게 귀신 본 얼굴이야?"

지훈이 불퉁한 얼굴로 옆자리에 앉는 게 아닌가.

"너, 허…….'"

당황해서 혀가 꼬였다. 연아가 어버버, 하는 사이 지훈은 한쪽 허벅지에 다른 쪽 발을 올려놓고는 〈수학Ⅱ〉를 획획 넘겼다.

"너 전과했어?"

겨우 튀어나온 말이 요거다.

"응."

"왜?"

"너도 전과했잖아."

쿵―. 쿵쿵 쿵쿵쿵쿵.

심장이 북 치듯 울려대고 있었다.

지훈은 큼지막한 손으로 연아의 뒤통수를 잡고는 노트를 향해 살짝 내리눌렀다. 그 바람에 연아의 고개가 노트를 향해 푹 숙어졌다.

"공부나 해."

지훈이 눈을 가늘게 뜨고 웃었다.

잠시 후 수학 선생이 들어오고 곧바로 수업이 진행되었다. 연아는 덜렁 노트만 펼쳐놓은 나무 책상을 손으로 쓸었다. 어제 갑자기 전과하는 바람에 교과서를 살 시간이 없었다. 흘깃 곁눈질을 하니 지훈이 풀이

과정을 빼곡하게 적어 내려가고 있었다. 그러다 연아의 시선을 눈치챈
듯 교과서를 중간으로 밀어놓았다.

"자."

"됐어."

맹렬하게 피하리라, 절대 엮이지 않으리라 다짐했건만. 옆자리에 앉
은 걸로 모자라 책까지 얻어 보게 생겼다.

연아의 거부에도 지훈은 아랑곳하지 않고 걸상을 옆으로 당겨 앉았
다. 연아는 펼쳐진 교과서에는 눈길도 주지 않고 꼿꼿하게 칠판에 시선
을 고정했다. 제가 내뱉은 말도 있고, 무엇보다 교과서를 보는 게 왠지
지훈에게 지는 것 같은 느낌이 들었기 때문이었다.

"쪽팔릴 것 없어. 그냥 봐."

에이씨, 그래. 지는 거 아니다. 결심했잖아. 공부 열심히 해서 제2의
인생 살기로.

연아도 결국 걸상을 지훈의 곁에 바짝 붙였다. 바로 옆에서 익숙한
체향이 은은하게 풍겨왔다. 필기를 하고 책장을 넘기느라 서로의 팔이
스치듯 닿았다.

정신 차려, 이연아.

혼미해지는 정신을 붙들기 위해 고개를 흔드는데 문득 옆얼굴을 뚫
을 것 같은 시선이 느껴졌다. 한 뼘도 안 되는 거리에서 지훈이 턱을 괴
고 쳐다보고 있었다.

"뭐야, 너. 왜 그렇게 봐."

"이제 안 피하네?"

지훈이 능글맞게 이죽거렸다.

"피하고 싶어도 여기서 어떻게 피해. 수업 시간인데. 그리고 네 약속은 파기야. 네가 먼저 안 지켰어. 나 안 놔줬잖아."

"아침에 내가 한 말 귓등으로 들었냐? 너 가방 내려준다는 약속은 지켰잖아, 멍충아."

아 놔. 나 32살이란 말이다! 18살한테 멍충이란 얘기 들을 군번 아니라고.

소리쳐 봤자, 아침 내내 했던 짓은 세숫대야에 코 박고 죽는 게 나을 만큼 쪽팔리고 멍청한 짓이었다. 그렇게 자학하고 있으려니 손가락 하나가 연아의 이마를 콕 찍어 뒤로 밀었다.

"멍충이. 못난이."

이게 진짜. 어린놈이 건방지게!

"졸라 귀엽다니까."

지훈의 새까만 눈동자가 다시 똑바로 박혀 들어왔다.

쿵쿵쿵.

아플 만큼 심장이 반응한다.

이건 아니야.

"공부나 해."

연아는 시선을 돌리고 부러 퉁명스럽게 말을 내뱉었다. 지훈은 그러고도 한참 동안 연아의 옆얼굴을 쏘아보더니 "류지훈 똑바로 앉아."라는 선생의 말에 그제야 자세를 바로 했다. 나름 속닥였다 생각했는데 아이들은 안테나를 세워 듣고 있었던 모양인지, 자기들끼리 키득거렸다.

"근데 너, 속눈썹 되게 길다. 눈 그렇게 내리까니까 더 길어 보여."

나직한 그의 목소리에 연아의 몸에 전류가 지나간 듯 전율이 흘렀다.

14년 전, 옆자리에 앉은 지훈이 18살이었던 자신에게 했던 말이었다. 이틀 동안 정신없이 피해 다니며 조금은 변했으리라 생각했건만 과거는 여전히 그대로였다.

그렇게, 달라진 건 아무것도 없었다.

"이모, 제발 내 말 좀 들으라고. 그냥 사기꾼한테 속았다 생각하고, 아니 버리는 돈이라고 생각하고 사라니까."

[얘 좀 봐. 1,000만 원이 애들 껌값도 아니고. 널 뭘 믿고 그 돈을 거기다 투자해?]

"나중에 나한테 고맙다고 큰절을 할 거야. 지금 사놓으면 나중에 한 주당 200만 원까지 오른다니까! 정기예금에 넣어둔 거 있잖아. 그거 깨서 사라고."

[그거 5퍼센트 특판 금리 나왔을 때 가입한 거야. 가뜩이나 금리 낮아서 이자도 쥐꼬리만 한데 그걸 왜 깨? 안 돼!]

머리가 아팠다. 삼성전자 주식을 사라는 말은 씨알도 안 먹혔다.

"그럼 판교에 땅이라도 좀 사 봐. 대출받아서라도."

[얘가 진짜 왜 이래? 너 어디서 무슨 소릴 듣고 이래? 학생이 공부나 할 것이지, 어디서 쓸데없는 거 주워들어서는.]

그 후로도 아침밥 잘 먹고 웬 헛소리냐, 공부 스트레스에 정신이 회까닥한 거 아니냐, 몇 번 더 핀잔을 주더니 손님이 왔다며 말도 없이 전화를 끊어버렸다. 이래서야 1, 2번도 힘들게 생겼다. 과거로 오면 미래

따윈 마음먹은 대로 바꿀 수 있을 거라 생각했으나 뭐 하나 뜻대로 되는 게 없었다.

연아가 한숨을 쉬며 막 화장실 부스를 나가려는데, 여자아이들 두세 명이 수다를 떨며 들어오는 소리가 들렸다. 은밀하게 전화하느라 1층 교원 화장실로 숨어들었는데 여길 찾는 아이들이 또 있었던 것이다.

"나도 좀 줘봐, 그 립글로스. 색깔 예쁘더라."

"자, 여기."

"마스카라도."

"마스카라? 나 저번에 산 거?"

"응."

익숙한 목소리였다.

"이다정 그년 어떻게 엿 먹이지? 오늘도 봤지? 류지훈이랑 강호윤 앞에서 눈 크게 뜨고 예쁜 척하는 거. 재수 없어 죽겠어."

"그니까. 어제는 나랑 복도에서 부딪혔는데 그냥 미안, 이러고 웃으면서 지나가더라고. 진짜 아후, 옛날엔 눈 마주치기만 해도 벌벌 떨던 게."

'오소라!'

번뜩 목소리의 주인공이 떠올랐다.

오소라, 진선미, 황예은. 소위 논다 하는 세현고 유명 날라리들이었다. 셋 다 공부보다는 외모를 꾸미는 데 훨씬 관심이 많았고, 대학생들이나 근처 남고 양아치들과도 자주 어울렸다. 특히, 키도 크고 늘씬한데다 화려한 이목구비를 자랑하는 오소라는 이 일대 얼짱으로도 유명했다. 그리고 셋 모두 다정을 아주 못마땅해했다.

윤새와 연아는 옆 동네 서운 중학교를 나왔지만 다정은 이 근처 문경 중학교 출신이었다. 다정이 중학교 시절 오소라 일행에게 왕따를 당했다는 얘기를 연아도 들은 적이 있었다.

사실 다정은 윤새와 연아를 제외하고는, 다른 여자아이들과 사이좋은 편은 아니었다. 아담한 키에 커다란 눈망울, 앙증맞은 코와 새빨간 입술. 인형 같은 외모를 지닌 다정은 노상 거울을 달고 살았다. 또 자신이 예쁘다는 걸 스스로도 잘 알고 있었다. 대화를 하다 보면 은연중에 그런 마음이 배어 나왔는데, 여자아이들 입장에서는 썩 아니꼽게 보였을 것이다. 게다가 간드러지는 눈웃음, 백치미가 흐르는 맹한 말투는 인형 같은 외모와 더불어 남자아이들 사이에서 일종의 팬덤을 형성하게끔 했다. 그랬으니 인기에 필요 이상으로 민감한 오소라 일행에게는 눈엣가시나 다름없었을 터였다.

"이윤새만 아니었어도 진작에 밟아버리는 건데."

이를 악물고 말하는 오소라의 목소리가 섬뜩했다.

이다정, 이연아, 이윤새. 세 사람은 1학년 때 번호가 16번, 17번, 18번으로 쪼르르 붙게 되는 바람에 절친이 되었다. 체대 입시를 준비하는 윤새는 화통한 성격, 선머슴 같은 외모와 큰 키 때문에 인기가 많았다. 다정이 그런 윤새와 친해지자 오소라 일행은 더 이상 다정을 건드리지 못하게 된 것이다.

"아, 맞다. 너네 그 얘기 들었어?"

남들보다 한 옥타브 높은 독특한 목소리. 황예은이었다.

"뭐?"

"내가 어제 가람단 15기 졸업한 오빠들하고 술 마시다가 좀 재밌는 얘길 들었는데……."

연아는 귀를 쫑긋했지만 예은이 목소리를 낮췄다. 화장실에 다른 사람이 있는 것을 모를 텐데도 뭔가 중요한 이야기인지 예은은 두 사람에게 한참이나 작게 속삭였다. 궁금해진 연아가 화장실 문에 귀를 바짝 댔지만 간혹 들리는 감탄사 외에 주고받는 말소리는 거의 들리지 않았다.

"너 그거 진짜야?"

오소라와 진선미의 목소리가 상기되어 있었다.

"응. 우리 학교 교복이었대. 형진 오빠, 우리 교복 입고도 자주 만났었잖아. 빨간 체크무늬 치마는 이 근방에 우리 학교밖에 없고."

"누군지는 모르고?"

"응. 그건 모른대."

"형진 오빠 한번 만나봐야겠다. 이거 좀 재밌는데?"

오소라의 목소리에 잔혹한 즐거움이 서려 있었다. 그 순간 이상한 기시감이 연아의 머릿속에서 회오리쳤다. 구석에 꽁꽁 싸매 놓은 어두운 기억이 끌려 나오는 듯한 감각이었다. 분명, 14년 전 똑같은 상황에서 이들의 이야기를 엿들은 적이 있었다. 그때는 다정에 대한 험담을 늘어놓는 저들에게 울컥한 나머지 다른 얘기에는 큰 의미를 두지 않았다. 무슨 뜻인지 이해할 수 없는 알쏭달쏭한 말이었기에 그냥 지나쳐버렸다. 하지만 지금은 어쩐지 이 얘기가 범상치 않게 들렸다.

오소라 일행이 나간 뒤 연아는 슬그머니 문을 열고 화장실을 빠져나왔다. 아이들의 얘기가 귓가에서 맴돌았지만 딱히 유추해낼 수 있는 게 없었다. 별수 없이 일단 이 일은 머리 한구석에 밀어두기로 했다. 지금은 오소라 일행의 이야기를 추측하는 것보다 더 중요한 일이 있으니까.

시간을 보니 다음 수업 시간까지 5분밖에 남지 않았다. 연아는 빠르게 복도를 걸어가기 시작했다. 쉬는 시간이라 복도는 오가는 아이들로 북적였다.

김정혜.

연아는 김정혜를 찾아볼 생각이었다. 민경은 김정혜가 연아와 같은 년도에 학교를 졸업했다고 얘기했다. 실질적으로 연아는 학교를 졸업한 적이 없지만, 어쨌거나 학교를 같이 다녔다는 이야기다. 딱히 그 애에게 할 말이 있는 건 아니지만 얼굴만은 봐두고 싶었다. 어쩌면 오다가다 마주친, 얼굴만 아는 사이일지도 모르는 것 아닌가.

연아가 막 계단을 향해 걸어 올라가려던 참이었다. 빨간 머리끈으로 머리를 올려 묶은 여자아이와 단발머리 여자아이가 연아를 앞서 계단을 올라가고 있었다.

"너 왜 그렇게 기를 쓰고 앞자리에 앉으려고 한 거야?"

"눈이 나빠서 뒷자리에서는 칠판이 잘 안 보이거든."

"나중에 자리 바꿀 텐데, 뭘."

"아냐. 우리 반 담임, 한번 자리 정하면 일 년 내내 그 자리인 거 몰라?"

"에에? 그랬어?"

둘은 계단을 막고 세월아 네월아, 느림보 거북이처럼 계단을 오르고 있었다.

거참, 느리네.

연아가 생각하는데 누군가 뒤에서.

"김정혜."

이름을 불렀다.

김정혜? 김정혜가 이 근처에 있어?

놀란 연아가 두리번거리는 사이, 두 여자아이가 천천히 뒤로 몸을 틀었다. 얼굴이 보이려는데 느닷없이 새하얀 빛이 쏟아져 내렸다.

'눈 부셔.'

눈앞에 정경이 울렁거리며 새하얀 빛 안으로 몽땅 빨려 들어갔다.

팟, 하며 주위가 깜깜해졌다.

다리에 힘이 빠지며 연아는 계단에 털썩 주저앉았다.

이, 이건 또 뭐야?

새하얀 빛 때문에 눈앞이 핑글핑글 돌아 아무것도 보이지 않았다. 어지러움이 잠잠해지자 흐릿한 시야로 칠흑같이 어두운 학교 풍경이 나타났다. 팔에 소름이 돋고 뒷목에는 서늘한 한기가 스쳤다.

"이연아! 어디에 있어!"

아래층에서 쿵쾅거리는 소리와 함께 윤새의 목소리가 건물 안에 메아리쳐 울렸다. 돌아보니 윤새와 경비 아저씨가 스위치를 올려 불을 밝혀가며 계단을 올라오고 있었다.

"히익! 너 여기 있었어? 없어져서 놀랐잖아!"

"아니, 이 밤에 여기서 도대체 뭐 하고 있었던 거요?"

연아를 본 둘은 새파랗게 질린 얼굴로 달려왔다.

"여, 여기가 어디야?"

연아의 목소리가 형편없이 떨렸다. 속이 울렁거리며 토할 것 같은 역한 기운이 목구멍을 타고 올라왔다.

"어디긴 어디야, 학교지. 핸드폰 찾으러 학교 왔잖아."

연아가 제 손목을 바라봤다. 까르띠에 발롱 블루의 시계 침이 12시를 막 지나고 있었다.

6. 나 정말 갔다 왔나 봐

밤을 꼴딱 새우고야 말았다. 토요일에 이렇게 일찍 눈을 뜬 건 오랜만이었다. 아니, 처음부터 아예 자질 못했으니 눈을 떴다는 말은 부적절하다. 수백 번 생각해도 결론은 하나였다. 술에 취해 잠시 꿈을 꾼 것이다. 단지, 현실이라 믿었을 정도로 생생한 꿈이었을 뿐.

애초에 말도 안 되는 소리다. 학교 괴담이 시간 여행을 하는 방법이라니. 13번째 계단을 오르면 과거로 간다니. 그저 술기운에 계단에서 잠이 들었던 게 분명했다. 하지만 여전히 이상한 점이 있었다. 윤새가 자신을 발견했을 때 막 12시를 지나고 있었다. 종이 12번 울리는 소리를 들으며 계단을 올라갔으니 잠을 잘 시간 따윈 없었다. 생각할수록 대바늘로 쑤시는 것처럼 머리가 아팠다.

결국 연아는 핸드폰 연락처 목록에서 이름 하나를 찾았다. 이대로 집 구석에 있다가는 기어이 미쳐버릴지도 몰랐다. 윤새가 아침 비행기를 타고 제주도로 날아가 버렸으니, 다른 대화 상대가 필요했다.

「강호윤」

핸드폰 액정 위에 이름이 떴다. 연아는 잠시 망설이다 통화 버튼을 눌렀다. 통화 연결음이 한참 울리더니 숨찬 목소리가 들려왔다.

[허, 헉헉…… . 여보세요?]

"운동 중이야?"

[어. 헉…… 헉.]

"아직도 삐져 있어?"

연아는 최대한 아무렇지 않은 목소리를 가장하며 물었다.

[헉. 왜 전화했어? 파혼이라도 했어?]

"야, 강호윤!"

[파혼하면 그때 전화하랬잖아. 그전엔 너랑 얘기 안 해.]

가슴이 서늘해졌다. 그냥 하는 소리라는 걸 알면서도 서운했다. 연아는 핸드폰을 향해 긴 한숨을 내쉬었다.

"너까지 이러지 마. 나 요새 진짜 많이 힘들어."

[왜, 무슨 일 있는 거야?]

"응……."

수화기 저편의 상대는 거센 숨소리만 뿜어낼 뿐 아무런 말이 없었다. 잠시 후 짧은 한마디가 들려왔다.

[지금 어딘데?]

딩동.

초인종이 울렸다. 현관문 앞에는 앞머리가 촉촉하게 젖은 호윤이 서 있었다. 운동을 마치고 씻자마자 달려온 모양이었다. 호윤은 한차례 연아를 쏘아본 후 곧장 식탁으로 가 포장 도시락을 풀어놓았다.

"아침부터 무슨 운동이야."

"……."

"왜? 무슨 운동 했는지도 못 물어?"

"관심 좀 가져라. 나 토요일 아침마다 스쿼시 하러 다니잖아."

"아, 맞다. 그런데 운동하는데 핸드폰은 왜……."

아, 내 전화 기다리고 있었구나.

연아는 아무 말 없이 지그시 바라보는 호윤의 시선을 피하며 뒷머리를 긁적였다.

며칠 전 연아는 자신의 결혼에 대해 시종일관 탐탁지 않아 하는 호윤에게 울컥한 나머지 결국 한마디 하고야 말았다. 사실 호윤이 먼저 시작한 언쟁이었다. 결혼을 앞둔 저에게 성급한 결정이다, 결혼하고 후회할 거다, 하며 충고를 가장한 악담을 늘어놓더니 급기야 결정타를 던진 것이다.

"돈 때문이야?"

그 말에 연아가 네가 친구냐며, 결혼식에 오지도 말라고 쏘아붙이자, 호윤은 파혼할 때까지 연락하지 말라는 말로 응수했다. 늘 하던 일상적인 투닥거림과는 다른 싸움이었다. 둘은 항상 다투고 난 뒤 아무 일 없다는 듯 다시 만났지만, 이번에는 서로 연락을 하지 않았다. 하지만 그

동안 호윤도 마음이 편치는 않았던 모양이었다.

"얼른 앉아. 아침 아직 못 먹었을 거 아냐."

누가 주인인지 모르겠다.

연아가 식탁 의자를 빼고 앉자, 호윤은 도시락을 앞으로 밀어주더니 오른손에 젓가락까지 쥐여주었다. 연아는 왈칵 눈물이 쏟아질 것 같았다.

결혼 때문에 나 너랑 어색해지고 싶지 않단 말이야.

고등학교 시절, 연아와 호윤은 특별히 친한 사이는 아니었다. 그저 호윤이 지훈의 친구였기 때문에 무리 중 하나로 어울렸을 뿐이었다. 그런 두 사람이 고등학교 때의 사건 이후로 연락이 끊긴 건 당연한 일이었다.

오랜 시간이 흐르고 호윤을 다시 만난 건 3년 전이었다. 당시 KBC 경제부 방송 기자인 호윤은 '저금리 시대의 투자 방법'이라는 주제로 인터뷰를 해줄 은행 VIP 창구 직원을 찾고 있었다. 은행 홍보부 직원은 연아에게 인터뷰를 해보겠냐는 제안을 했고 두 사람은 그때 다시 만나게 되었다.

인터뷰가 끝나고 앞으로 볼일은 없을 줄 알았건만 예상과 달리 호윤은 지속적으로 연락을 해왔다. 연아는 윤새 외에 고등학교 동창들과는 연락을 끊고 살았기에 처음엔 이래저래 연락도 만남도 피했었다. 하지만 호윤은 부담스럽지 않은 선에서 꾸준히 우연을 가장한 만남을 시도해왔고 연아가 불편해하는 이야기 역시 단 한 번도 입 밖에 꺼내지 않았다. 그리하여 지금까지 줄곧, 윤새를 제외하고는 가장 친한 친구로 지내왔던 것이다.

"왜 또 그런 얼굴이야?"

젓가락을 내려놓는 소리가 들렸다. 고개를 들어보니 호윤이 걱정스러운 눈으로 바라보고 있었다. 민경과의 일, 과거로 돌아갔던 꿈. 머릿속에서 할 말이 마구 뒤엉켰지만, 연아는 호윤에게 어떻게 말을 꺼내야 할지 몰랐다. 이야기할 상대가 간절해 그에게 전화를 건 것이었지만 막상 마주하고 보니 어디서부터 어디까지 말해야 할지 알 수가 없었다.

"호윤아. 나 어떻게 해?"

"무슨 일인데?"

연아는 호윤에게 민경과 있었던 일에 대해 자세히 풀어놓았다. 어쩌면 민경이 고등학교 때 사건을 알게 될지도 모른다는 이야기까지.

이야기를 다 들은 호윤은 젓가락으로 반찬을 집으며 "잘됐네." 따위의 말을 중얼거렸다. 아무리 결혼에 반대한다고 해도 그렇지. 한 차례 싸우고서도 전혀 달라지지 않은 호윤의 태도에 연아는 울컥 화가 났다.

"뭐? 잘됐다고? 해줄 말이 그게 다야?"

"그런 거 아니야. 저번에도 얘기했듯이 난 이 결혼 아니라고 본다. 내가 3개월 전에 해외 연수만 안 갔어도 너 이 결혼, 생각도 못하게 했을 거야."

"뭐?"

시선을 내리깔며 밥 먹기에 열중하던 호윤이 젓가락을 내려놓았다. 호윤의 말투가 전과는 미묘하게 달라져 있었다. 비꼬거나 가볍게 던지는 말들이 아니었다. 안 그래도 진중한 녀석이 저리 말하니, 둘 사이 공기의 밀도가 한층 높아진 느낌이었다.

"후회해."

"……."

"3개월 전에 좋다고 연수 간 거. 행운이고 기회라 생각했는데, 이렇게 큰 독이 되어 돌아올 줄 몰랐어."

연아는 아무 말도 할 수 없었다. 묵직한 공기가 목구멍을 틀어막는 느낌이었다. 식탁 위에 올려둔 손이 떨렸다.

너와 나 사이에, 뭘 어쩌자고.

무거운 분위기를 눈치챘는지 호윤이 싱긋하고 웃었다.

"근데 으이그, 칠푼아. 이건 또 어디서 다친 거야?"

호윤이 손을 뻗어 연아의 앞머리를 살짝 치웠다.

"응? 뭐가?"

놀란 연아가 몸을 움츠리며 앞머리를 매만졌다.

"이마에 상처. 빨간데? 쓸린 거 아니, 어디 맞은 건가? 살짝 부어 있네."

"나 다친 적 없는……."

망치로 뒤통수를 얻어맞은 것 같은 충격이 머리를 강타했다. 연아는 의자를 밀치고 일어나 후다닥 화장실로 향했다. 앞머리를 위로 올리고 세면대 거울에 비춰 보니, 정말이었다. 이마가 빨갛게 부어 있었다.

이럴 수가. 말도 안 돼.

"밥 먹다 말고 갑자기 왜 그래?"

호윤이 화장실 문가에 서서는, 세면대 앞에서 넋을 놓고 있는 연아를 수상쩍게 바라봤다.

"호윤아……."

나 정말 과거에 갔다 왔나 봐.

연아는 소파에 쪼그리고 앉아 애꿎은 손톱만 물어뜯었다.

"너, 우리 어떻게 친해졌는지 기억해?"

연아가 묻자, 호윤이 눈알을 굴리며 기억을 더듬었다.

"딱히 계기랄까, 사건 같은 건 기억 안 나고. 네가 체육 시간에 지훈…… 아니 우리가 차고 놀던 공에 맞았잖아. 그때 이후로 네가 지훈…… 아니 우리를 엄청 피해 다녔었어. 말 걸려고 하면 쏜살같이 도망가고."

호윤은 말하는 중간중간 지훈의 이름을 꺼내지 않기 위해 애를 썼다.

"아니야. 그거 아니잖아."

그건, 내가 어제 과거로 돌아간 다음에 했던 짓이고.

"내가 너네가 찬 공에 맞은 이후로 우리 바로 친해졌잖아. 윤새, 다정이, 나랑 너네 패거리랑."

이게 원래의 기억이었다. 공에 맞아 기절한 뒤 양호실에 실려 가고, 그걸 핑계로 지훈에게 이것저것 먹을 걸 뜯어내며 그렇게 친해졌었다.

"무슨 소리야. 너 얼마나 도망 다녔는데. 한동안 내내 숨바꼭질했었잖아. 그것 땜에 지훈이가 우리한테 자기 인상이 그렇게 더럽냐고 묻기까지 했었어."

믿을 수가 없었다. 뒤바뀐 기억도, 이마에 선명한 상처 자국도. 생각을 정리하고자 호윤을 집 밖으로 몰아내고 연아는 한참 동안 고민에 휩싸였다. 과거에 다녀왔다는 증거가 두 개나 남아있었다. 이제 더는 꿈일 거라 부정할 수 없었다. 그렇다면 어쩌면, 정말 어쩌면 바꿀 수 있을지도 모른다. 과거를.

아주 미세하게나마 과거가 바뀌었으니까.

띠리리링. 갑자기 울린 핸드폰 벨소리에 연아는 화들짝 정신이 들었다. 액정 위에 떠 있는 이름은 그다지 반갑지 않은 인물이었다. 하지만 이번에도 역시 받지 않을 도리가 없었다.

"아가씨, 웬일이에요?"

[왜 전화했냐는 얘기네. 전화 받자마자 그렇게 얘기하면 나, 기분 나빠요.]

실수다. 진땀이 쭉 흘렀다.

"아…… 아니, 아니, 그게 아니고 반가워서 그래요. 아가씨가 먼저 나한테 전화한 거 처음이잖아요."

[나 언니 집 근처인데 잠깐 시간 돼요?]

"그럼요. 어디로 갈까요?"

[여기 사당역 앞에 있는 카페예요. 도착하면 연락 줘요.]

전화를 끊고 나니 눈앞에 똬리를 틀고 있는 현실이 무섭게 다가왔다. 과거에 갔다는 사실보다 더 시급하게 해결해야 할 문제였다. 연아는 전화를 끊자마자 서둘러 가방을 챙겨 들었다.

7. 그 자식이 죽었다

"여기까지 웬일이에요? 근처에 볼일 있었어요?"

연아가 생긋 웃으며 맞은편 의자에 앉았다. 허겁지겁 나왔는데도, 잠시 기다린 게 영 못마땅한지 민경은 잔뜩 인상을 쓰고 있었다.

"언니 보러 왔죠."

내뱉는 한마디, 한마디가 살얼음판이다.

"하하, 고맙네요. 그나저나 혁준 씨랑 어머니 없이 우리 둘이 만나는 건 처음이죠? 우리 자주 이렇게 만나고 해요."

살갑게 말을 건넸으나, 돌아오는 건 얼굴 가득 어이없다는 표정이었다.

"인사치레는 됐고요, 나 할 말 있어서 왔어요."

"……할 말요?"

본론을 꺼내지도 않았는데 심장이 덜컥 내려앉았다. 그 뒤에 나올 말을 이미 몽땅 다 들은 것처럼 가슴이 콱 막혔다.

"사실 어제 내가, 좀 재밌는 얘길 들어서요. 제 친구 언니, 그 김정혜라는 언니 만났거든요."

연아는 입이 바짝바짝 말랐다. 마른침 삼키는 모습을 들킬까 물잔을 향해 손을 뻗는데, 손이 덜덜 떨리고 있었다. 그걸 본 듯 민경이 입가에 비릿한 웃음을 지었다. 어디선가 생선 썩는 것 같은 냄새가 풍겨왔다.

"무슨…… 얘긴데요?"

"있잖아요, 언니."

민경이 의자에 기댔던 등을 떼고 연아를 향해 몸을 숙였다. 민경의 두 눈에는 이채가 번뜩였다. 재밌는 장난감을 쥔 아이의 잔혹한 얼굴이었다.

"언니 고2 때, 학교에서 사고가 나서 남자애 한 명이 죽었다면서요?"

"……"

"언니 이름 얘기하니까 바로 그 사고 얘기하던데요? 학교에서 언니 제법 유명했다면서요?"

블록처럼 쌓아 올렸던 세상이 와르르 무너져 내렸다. 그토록 꼭꼭 아귀를 맞춰가며 쌓아 올렸던 성벽이, 무너져도 부서져도 인내심을 가지고 차곡차곡 쌓아 올렸던 평범한 생활이, 꿈이, 미래가 모래성보다 더 허무하게 부서져 버렸다.

"그런데 한 가지 내가 잘못 알았어요. 그 김정혜란 사람이 언니보다 한 살 위더라고요. 그때 사고 때문에 한바탕 난리가 났었는데, 수능 직후라 고3은 단축 수업을 했대요. 게다가 바로 특차 준비 때문에 원서 쓰느라 바빴고, 학교에서도 그 사건 유야무야 덮으려고 하도 쉬쉬거려서 자기는 그 사건에 대해 잘 모른다고 하더라고요. 하지만 '이연아'라는 이름은 사건 얘기가 나올 때마다 거론돼서 안다, 이렇게 얘기하던데요?"

그제야 참았던 숨이 토해져 나왔다. 막혔던 혈관이 뚫리며 핏기가 온몸을 순환하는 것 같았다.

연아의 얼굴을 살피던 민경이 꺄르르 소리 내어 웃기 시작했다.

"아하하하. 언니 정말 재밌다. 얼굴이 파래졌다 노래졌다 빨개졌다. 무슨 신호등도 아니고 내가 스위치만 켜면 그렇게 변해요?"

"내가 무슨……. 언제 그랬다고요."

"언니."

민경이 웃음을 멈추곤 연아를 빤히 바라봤다.

"그렇게 대놓고 안심하지 말아요."

"안심은 내가 언제……. 그리고 안심할 게 뭐가 있……."

"대체 감추고 있는 비밀이 뭐예요?"

자비 없는 냉혈한 비수가 날아들었다.

"네?"

"내가 그 사건이 뭔지 알고 싶다고 하니까, 정혜 언니가 알아봐 준다고 했어요. 남한테서 듣기 전에 언니가 나한테 먼저 얘기해준다면, 나도 더 이상 캐지 않을게요."

"……."

"아무래도 남의 버전보다는 자기 버전이 좀 더 유리하지 않겠어요?"

흥미진진함이 가득한 민경의 눈동자가 연아의 가슴을 후벼팠다.

지금 내가 실토할지, 하지 않을지를 두고 내기를 하며 속으로 즐거워하겠지.

연아는 천천히 눈을 감았다 떴다. 눈앞에 둥그런 민경의 얼굴이 보였다.

네 뜻대로 되진 않을 거야.

"사건이 있긴 했죠. 하지만 난 아무 상관도 없으니 아가씨께 해 드릴 이야기는 없네요."

시끌벅적한 사당역 밤거리. 연아는 넋이 나간 채 길을 걷고 있었다. 두 눈에서는 마스카라로 범벅된 검은 눈물이 주룩주룩 흘러내렸다. 지나가던 사람들이 힐끔대며 연아를 바라봤다. 헝클어진 머리에 검은 눈물 자국과 번진 립스틱, 엉망이 된 추한 몰골의 여자는 구경거리가 되기에 충분했다. 민경 앞에서 그렇게 호기롭게 얘기해놓고서는 뒤돌아서자마자 터져 나오는 눈물을 연아는 감당할 수 없었다.

내 인생에 행운은 무슨 행운이고, 기회는 무슨 기회야. 이 지랄 맞은 인생에. 과거가 미세하게 바뀌긴 했지만 그날의 사건은 변함이 없었다. 여전히 사고는 발생했고 그 개자식은 죽어버렸다.

연아는 과거로 간 자신이 왜 더 매몰차게 지훈을 멀리하지 못했는지, 당황하여 질질 끌려만 다녔는지 스스로가 원망스러웠다. 이래선 18살 때의 자신과 전혀 다를 게 없었다. 무자비하게, 난폭할 만큼 정신없이 자신을 몰아붙이던 지훈의 모습. 그런 그에게 마구 휘둘렸던 어린 시절. 그 자식을 만났다는 놀라움에, 과거에 왔다는 당혹감에 자칫 잊을 뻔했다.

그 새끼가 어떤 새끼인지.

2003년 10월.

"잘 들어."

지훈이 책상을 걷어차며 자리에서 일어났다. 장난기가 배제된 서늘한 음성에 교실이 순식간에 조용해졌다.

"앞으로 너, 내 눈에 띄면 죽여버린다."

지훈의 손가락이 교실 앞에 서 있던 연아를 정확하게 가리켰다. 느닷없이 또 웬 횡포인가 싶어 연아는 쌕쌕거리며 숨을 몰아쉬었다.

"너 갑자기 왜 그래? 애들 앞에서."

낮게 읊조린 연아가 지훈에게 다가가 소맷부리를 잡았다. 쏟아지는 시선을 견디기 힘들어 복도로 끌어내 조용히 얘기할 셈이었다.

"씨발, 이거 안 놔? 더러운 손을 어디다 갖다 대!"

고함 소리가 교실 안에 울려 퍼지는 동시에 연아의 몸이 크게 휘청였다. 지훈이 손을 뿌리치며 연아를 거의 밀다시피 한 것이다. 볼썽사납게 넘어지지 않고 가까스로 균형을 잡은 게 천만다행이었다.

벌써 2주째였다.

지훈은 2주 전 비 내리던 밤, 연아를 찾아와 이상한 말을 늘어놓더니 사흘간 결석을 했다. 아무리 전화를 해도 받지 않았고, 찾아가도 문도 열어주지 않았다. 사흘 후 등교한 지훈을 봤을 때 연아는 놀라 숨이 막혔다. 그동안 무슨 일이 있었는지 잔뜩 피폐해진 모습에 귀신같이 살벌한 얼굴을 하고 있었다.

하지만 그것보다 더 충격적이었던 건 지훈의 태도였다. 지훈은 완전히 달라져 있었다. 아무리 말을 붙여도 무시했다. 아니, 무시한 것 이상이었다. 딱딱하게 굳은 얼굴로 피하며 아예 없는 사람처럼 대하기 시작했다.

처음에는 그런 지훈에게 발을 동동 구르며 화를 냈다. 왜 그러냐고, 말이라도 하라고, 다그쳐봤지만 지훈은 입을 꾹 다물고 눈길 한 번 주지 않았다. 결국 제게 단단히 삐진 일이 있는 건가, 며칠 놔두면 괜찮아지겠거니 하는 생각에 같이 무시하고 있다가 이 사달이 벌어진 것이다. 싸움이야 늘상 있는 일이었지만 이렇게까지 험하게 군 적은 없었다.

지훈에게 뿌리쳐진 충격에 연아는 정신이 아연했다.

눈에 띄면 가만히 두지 않겠다니. 너 대체 무슨 생각하는 거야. 나한테 왜 이래.

연아는 분노를 가득 담아 지훈을 노려봤다. 2주 만에 보는 지훈의 새까만 눈동자에는 경멸과 혐오, 분노가 맹렬하게 휘몰아치고 있었다. 고개를 돌려버린 지훈은 "야야, 너 이연아한테 왜 그래? 미쳤어?"하며 말리는 호윤과 경민, 우태를 무시하고 곧장 뒷문을 빠져나갔다.

아이들이 변하는 건 일주일이면 충분했다.

지훈의 폭탄선언 이후, 연아는 자신을 둘러싼 시선들이 조금씩 변하는 걸 느낄 수 있었다. 남자아이들의 괴롭힘은 노골적이고 폭력적이었으며, 여자아이들의 괴롭힘은 은밀하고 집요했다. 학교 남자아이들의 리더 격이었던 지훈의 공개적인 외면에 일부 불량스러운 남자아이들과 오소라 일행은 연아를 타깃으로 잡은 듯했다. 점차 강도가 높아가는 아이들의 괴롭힘은 류지훈, 그가 지배하는 자그마한 세계 속에서 그의 비호 없이 연아란 존재는 아무것도 아님을 여실히 증명했다.

폭탄선언 일주일 후, 음악 시간을 앞두고 연아는 혼자 음악실로 이동하는 중이었다. 반대편에서 남자아이 하나가 복도를 달려오고 있었다.

피해가겠거니 생각하는데 남자아이가 어깨를 세게 치고 지나갔다. 몸이 뒤로 젖혀지며 어깨에 시큰한 통증이 느껴졌다.

아, 정말 되는 일이 하나도 없어.

그런 생각도 잠시, 또 다른 남자아이가 반대편에서 달려왔다. 이번에는 명백하게 자신을 노리는 움직임이었다. 역시나 또 세게 어깨를 강타했다. 이번엔 정말 넘어질 뻔했다.

겨우 중심을 잡은 연아는 뒤돌아 어깨를 치고 간 남자아이 두 명을 매섭게 노려봤다. 복도 끝에 서서 뭐가 웃긴지 저희들끼리 킬킬대고 있었다. 그러다 일순 퍽, 하는 엄청난 충격에 연아의 몸이 결국 뒤로 넘어가버렸다. 얼른 손을 짚었지만 시멘트 바닥에 엉덩이를 찧고 말았다. 눌린 손목이 시큰거리고 엉덩이에 얼얼한 아픔이 몰려왔다. 세 번째로 어깨를 치고 지나간 것은 학교에서 질 나쁘기로 유명한 진승환이었다. 그러나 범인이 누군지 보다 훌러덩 올라가 버린 치마가 더 큰 문제였다.

연아가 새빨개진 얼굴로 서둘러 치마를 내렸지만 진승환을 비롯한 남자아이 몇몇이 노골적인 시선으로 그녀의 하얀 허벅다리를 내려다보고 있었다. 자기들끼리 뭐라 속닥이며 손바닥을 마주치는 모습에 연아는 분노가 치밀었다. 하지만 분노를 폭발할 새도 없이 오싹함이 밀려왔다.

저들의 시선. 18살, 출렁이는 에너지를 견디지 못하는 남자아이들의 눈 속에 욕망이 깃들어 있었다.

화장실에서 간단히 세수를 마친 연아는 세면대 거울에 비친 제 얼굴을 바라봤다. 허연 불빛 아래 우울감 짙은 얼굴이 둥둥 떠 있었다.

윤새야, 빨리 와.

윤새는 높이뛰기 연습을 하던 중 발목을 삐끗하는 바람에 오전 수업만 듣고 물리치료를 받으러 다니고 있었다. 윤새마저 없으니 정말 혼자가 되어버린 기분이었다. 다정과 사이가 틀어진 지는 벌써 한참 전이다. 아니, 다정이 혼자 다닐지언정 윤새와 연아를 피했다는 게 맞을 것이다.

왕따라…….

부정하고 싶었지만 부정할 수가 없었다. 지금도 화장실에서 여자아이들을 만날까 무서워, 쉬는 시간 내내 엎드려 있다 종 치기 바로 전에야 온 것 아닌가. 연아는 이 상황이 어이없어 헛웃음만 나왔다.

그때 누군가 화장실에 들어오는 소리가 들렸다. 연아는 얼른 제일 끝 부스로 들어가 문을 잠그고 몸을 숨겼다. 깔깔대는 웃음소리를 들어보니 오소라 일행인 듯했다.

"아우, 고소해. 속이 뻥 뚫린다, 야."

뭐가 고소한 건지 듣지 않아도 알 것 같았다.

"이년아 그년, 류지훈이랑 사귀는 동안 기고만장해서 하늘 높은 줄 모르더니."

"맞아. 류지훈 아니면 쥐뿔도 아닌 게. 그동안 그렇게 날뛰더니 쌤통이다."

난 날뛴 적 없어. 날뛴 건 류지훈이지.

근거 없는 험담에 슬그머니 부아가 치밀었다.

"이윤새는 학교에 없고, 이다정이랑도 따로 다니더라. 이제 뭐 왕따지, 왕따. 그동안 류지훈 패거리에 둘러싸여 여왕 행세하는 꼴 역겹고 토 나왔는데, 진짜 너무 고소하지 않아?"

셋은 서로 맞아, 맞아, 맞장구를 치며 신나게 웃고 있었다. 더 이상 참고 들어줄 수가 없었다.

내가 주눅 든 건 류지훈 때문이지, 니 딴 년들한테 주눅 든 게 아니란 말이다!

머리끝까지 화가 오른 연아가 부스 문을 열고 나가려는데, 오소라가 다시 입을 열었다.

"그 청순한 얼굴로 뒤에서 그런 짓 하고 다닐 줄 누가 알았겠어? 다 자업자득이지."

이건 또 무슨 소리지?

연아가 귀를 화장실 문에 바짝 갖다 댐과 동시에.

"입 다물어."

화장실 안에 서릿발처럼 차갑고 음산한 음성이 울려 퍼졌다.

"류지훈, 너 미쳤어? 여기 여자 화장실이야!"

갑작스러운 지훈의 등장에 오소라 일행이 질겁하며 소리쳤다.

"닥쳐. 그리고 입조심 해."

무시무시한 기세에 셋의 움직임이 순식간에 조용해졌다.

"그 싸구려 아가리 함부로 놀리다가 나한테 또 걸리면……"

흡사 맹수가 으르렁거리는 듯한 말투였다.

"턱을 부숴버릴 테니까."

그러고는 곧장 발걸음 소리가 멀어졌다.

이건 또 뭐야.

연아는 오소라 일행이 화장실을 나갈 때까지 망연하게 화장실 부스 안에 서 있을 수밖에 없었다.

시간이 지나도 상황은 변함없었다. 악화되지 않는 게 그나마 다행이라면 다행이었다. 모든 사태를 알아챈 윤새가 길길이 날뛰었지만 한번 고착화된 아이들의 태도는 달라지지 않았다.

병원에 가지 않겠다는 윤새의 등을 겨우 떠민 후, 연아는 소각장 공터를 맴돌고 있었다. 그나마 인적이 드물어 아이들과 마주치지 않는 장소였다. 점심시간에 이곳을 찾는 아이들은 거의 없었다. 하릴없이 애꿎은 돌멩이만 차고 있는데, 저 멀리서 쓰레기통을 들고 다가오는 지훈이 보였다. 가슴이 덜컹 내려앉았다. 지훈과 일대일로 마주치는 상황은 실로 오랜만이었다.

연아를 보자마자 지훈은 인상을 구기더니 휙 뒤돌았다. 연아는 때를 놓칠세라 달려가 지훈의 팔을 붙잡았다.

"나랑 얘기 좀 해."

차분히 말하려 했건만 목소리가 떨렸다.

"좋은 말로 할 때 놔라."

"싫어. 나 오늘은 네가 왜 이러는지 제대로 들어야겠어."

"내가 놓으라고 했다!"

"너 도대체 나한테 왜 이래? 갑자기 왜 이러는 거냐고!"

"이게 겁대가리 없이! 그냥 확."

그때 지훈의 반대편 손에 감긴 붕대가 눈에 띄었다. 그러고 보니 주먹도 새빨갛게 부어 있고, 입가엔 피딱지가 앉아 있었다.

"다쳤어? 아님 누구랑 싸운 거야?"

연아의 말에 지훈의 얼굴이 이상하게 굳더니 혼자 욕설을 퍼붓기 시작했다.

"너 지금 뭐 하냐? 네가 그걸 왜 물어? 너랑 무슨 상관이라고! 신경 꺼. 내 눈앞에서도 꺼지고!"

"야, 류지훈! 너 정말······."

연아가 지훈의 팔을 다시 힘주어 잡자마자 지훈이 잡힌 팔을 세게 뿌리쳤다. 생각보다 거센 힘에 연아는 휘청하다 결국 뒤로 넘어졌다. 하지만 지훈은 아무런 동요가 없었다. 땅에 떨어져 아무에게나 밟힌 쓰레기를 보듯 경멸 가득한 눈으로 내려다볼 뿐이었다. 연아는 이를 앙다물고는 바닥에서 일어났다.

"나한테 왜 이러는데? 너 이러는 이유가 뭔데! 말을 해줘야 할 거 아냐, 말을!"

악다구니를 쓰며 주먹을 옴켜쥐고 지훈을 마구 때렸다.

"이게 진짜 죽을라고!"

지훈이 짜증스러운 표정으로 연아의 주먹을 한 손으로 붙잡았다.

"나한테 왜 이러는 거냐고! 대체 왜! 왜!"

"몰라서 물어!"

거센 고함 소리에 연아의 몸이 움찔했다. 빈 공터를 가득 울릴 만큼 쩌렁쩌렁한 목소리였다. 차오르는 분노를 참지 못하겠는지, 지훈은 완전히 새빨개진 얼굴로 씩씩거렸다.

"에이, 씨발!"

그러더니 쓰레기통을 냅다 바닥으로 집어 던졌다.

와장창. 지훈이 바닥에 던진 네모난 파란색 쓰레기통이 산산조각 났다.

"꺅!"

연아는 팔로 머리를 감싸며 주저앉았다. 바로 옆에서 깨진 탓에 쓰레기통 조각들이 다리에 튀어 올랐다. 다른 아이들 앞이라면 몰라도 지훈은 이제껏 연아 앞에서 난폭하게 군 적이 없었다. 그랬기에 쓰레기통을 부수는 모습이 너무도 충격적이었다. 지훈은 그러고도 분이 풀리지 않는 듯 담장 벽면을 발로 몇 차례나 차더니, 흉흉한 눈빛으로 연아의 두 팔을 움켜쥐었다.

"너, 나 알아서 피해 다녀. 험한 꼴 안 당하고 싶으면. 나…… 아씨, 진짜 나 간신히 참고 있거든?"

고스란히 느껴지는 혐오와 경멸의 눈빛에, 연아의 두 눈에 눈물이 가득 차올랐다.

"아, 짜증 나!"

지훈은 욕설을 퍼부으며 몇 번이고 주먹으로 벽을 쳤다.

그만해, 그만하라고. 너 그 주먹 다쳤잖아.

한 번 흘러내린 눈물은 도무지 그치질 않았다. 연아는 결국 오후 수업을 빠지고 양호실에 누워 있다 교실로 들어갔다. 반 분위기가 뒤숭숭했다. 모두들 자신을 탐탁지 않게 쳐다보는 기분이었다.

연아가 찜찜한 마음으로 자리에 앉으려는데 교실 앞문이 부서질 듯 요란하게 열렸다. 반사적으로 쳐다보니 10반 진승환이 다가오고 있었다. 지난번 복도에서 연아의 어깨를 치고 갔던, 여러모로 질 안 좋기로 소문난 아이였다.

"아우씨, 내가 쪽팔려서."

가까이 다가온 진승환은 시뻘겋게 달아오른 얼굴로 주위의 책상과 걸상에 마구 발길질을 했다. 화를 주체하지 못하는 모습이었다. 여자아이들이 "꺄." 하고 가느다란 비명을 질러대며 순식간에 흩어졌다. 연아는 쓰러진 책상들 가운데 오도카니 앉아 매서운 눈빛으로 진승환을 올려다봤다. 누구에게 쥐어 터졌는지 안 그래도 형편없는 얼굴은 불그죽죽한 명투성이였다.

"아우, 내가 이딴 년 땜에."

우당탕. 탕—.

진승환은 몇 번이고 쓰러진 걸상과 책상을 걷어차며 행패를 부렸다. 아이들이 말려도 아랑곳하지 않고, 차마 입에 담기 힘든 욕설까지 퍼부었다. 생전 처음 느껴보는 치욕과 모멸 속에서 연아는 분노가 차오르기 시작했다. 끝없이 침잠하던 내부에서 누군가에 대한 살심이 일었다.

이 모든 건 류지훈, 그 개자식 때문이다. 날 왕따로 만든 것도, 그래서 진승환같이 형편없는 자식에게 이런 꼴을 당하게 만든 것도. 평온하던 학교생활을 찌그러뜨려 똥통에 거꾸로 처박은 것도.

류지훈 개자식. 죽여버릴 거야.

이젠 그 자식이 돌아선 이유가 궁금하지도 않았다. 새까만 절망으로 뒤덮인 날들을 보내고 나니 남는 건 증오와 독기뿐이었다.

그렇게 한 달이 더 흘렀다.

그날은 11월 15일 토요일. 수능시험이 끝난 지 열흘 후였다. 고3이 썰물처럼 빠져나가고 덩달아 학교 전체가 묘한 해방감에 들떠 있었다.

연아는 모두가 하교한 시간, 소각장으로 발걸음을 옮겼다. 소각장 공터에 있는 체육 창고에서 비품을 정리하라는 변장호 선생의 지시가 내려진 것이다.

연아는 군데군데 칠이 벗겨진 자그마한 석재 건물로 다가갔다. 곳곳이 산화된 녹슨 철문에는 자물쇠가 열린 채 달랑거리며 매달려 있었다. 연아는 문을 열고 체육 창고 안으로 들어섰다. 갇힌 공간을 떠돌던 탁한 먼지와 함께 퀴퀴하고 습한 냄새가 코를 찔렀다. 애초에 기대조차 하지 않았지만 역시 아무도 없었다. 분명히 같이 청소하라고 했건만, 아이들은 모두 내뺀 모양이었다. 평일도 아닌 토요일이었으니 그럴 만도 했다.

한숨을 내쉰 연아는 천천히 내부를 둘러봤다. 문 바로 옆에 높다랗게 위치한 책상과 걸상 더미들, 겹겹이 쌓인 매트. 한쪽 벽면을 차지한 철제 선반에는 사용하지 않는 온갖 체육용품들이 빽빽하게 들어차 있었다. 철문 반대편에는 체육관으로 향하는 문이 있었다.

'도대체 뭘 치우라는 거야.'

치워도 그만, 안 치워도 그만인 곳. 변장호 선생도 체육 창고가 놀랍도록 깨끗해지길 기대하진 않을 것이다. 팔을 걷어붙인 채, 연아는 큰 바구니에 배구공을 하나씩 담기 시작했다. 답답한 공기 때문에 문을 열어놓을까도 싶었지만 매서운 한파에 엄두가 나지 않았다.

공을 다 채운 바구니를 반대편 문가에 둘 요량으로 끌고 가던 중 바구니 한 귀퉁이가 반대편 문 옆에 위태롭게 서 있던 철제 선반을 툭, 하고 쳤다.

"어어어어!"

얼른 두 손으로 기울어지려는 선반을 붙잡았지만, 체육용품들이 우르르 떨어졌다. 연아는 선반을 다시 제 위치로 돌려놓은 후 이리저리 살폈다. 철제 다리 중 하나가 나가 있었다. 선반은 뒤편의 벽에 기대어 아슬아슬하게 균형을 잡고 서 있는 상태였다.

아, 정말 되는 게 하나도 없어.

연아는 신경질적으로 머리를 쓸어 넘기며 떨어진 체육용품들을 선반 위 제자리에 올려놓았다. 올려놓는 도중에도 선반은 부서진 다리 쪽으로 몇 번이나 흔들거렸다. 그렇게 한참을 바지런히 몸을 움직이던 중이었다. 난데없이 등 뒤에서 찰칵거리는 소리가 들렸다. 체육 창고 문에 매달려 있던 자물쇠를 잠그는 소리였다. 놀란 연아가 달려가 손잡이를 잡아당겼지만, 덜컹거릴 뿐 문은 열리지 않았다.

"여기 사람 있어요! 사람 있다고요!"

당황한 연아가 문을 쾅쾅 두드리며 소리쳐 봤지만 발걸음은 자박이는 소리를 내며 멀어져만 갔다. 누군가가 고의로 자신이 안에 있는 걸 알면서도 문을 잠근 게 분명했다. 핸드폰은 교실에 놓고 온 가방 안에 있었다.

반대편 체육관 쪽 문 손잡이를 당겨봤지만 언제나처럼 잠겨 있었다. 작은 창문이 있긴 했지만 녹슨 쇠창살이 달려 있어 빠져나갈 수는 없었다.

"누구 없어요! 여기 사람이 갇혔다고요!"

하교 시간이 지난 터라 학교는 텅 비어 있었다. 쇠창살 사이로 고개를 내밀고 소리쳐 봤지만 바깥은 고요하기만 했다. 불안과 공포가 스멀스멀 온몸을 휘감기 시작했다.

도대체 누구야? 누가 문을 잠근 거야?

결국 연아는 넋이 빠진 얼굴로 바닥에 주저앉고 말았다.

그 상태로 얼마나 시간이 지났을까. 컴컴한 공간에 있다 보니 시간의 흐름을 느낄 순 없었지만 어느 순간, 텅 빈 배 속에서 꼬르륵하는 소리가 들렸다.

'배고파.'

바닥에 닿은 엉덩이가 저려와 자세를 바꾸려 하는데, 소란스러운 말소리와 함께 녹슨 철문이 쇳소리를 내며 열렸다.

'아……!'

반가움은 잠시뿐이었다. 체육 창고 안으로 들어선 것은 진승환과 몇몇 남자아이들이었다. 그들도 연아가 있을 거라 예상치 못했는지 눈이 휘둥그레졌다.

"야, 이게 누구야? 이년아 아냐? 왜 여기 있냐?"

승환이 입가에 비열한 웃음을 짓고 건들거리며 다가왔다. 손에는 불붙은 담배가 들려 있었다. 몰래 담배를 피우러 들어온 모양이었다. 다른 남자아이들도 하나둘씩 담배에 불을 붙이고 있었다.

"그, 그게. 누가 나 있는지 모르고 체육 창고 문을 잠갔는지. 어쨌거나 나, 난 나가 볼게."

연아는 엉망이 된 얼굴로 자리에서 일어났다. 생각한 것보다 오래 앉아 있었던 모양인지 순간 머리가 핑 돌았다. 가까스로 몸의 중심을 잡고 무리를 지나 문으로 향하는데, 승환이 연아의 팔을 낚아챘다.

"어딜 가려고."

그의 얼굴에는 징글징글한 미소가 번져 있었다.

"왜 이래. 이거 놔. 나 나갈 거야."

"누구 맘대로."

승환이 연아의 팔을 잡아당겼다. 그 바람에, 몸이 휘청거리다 졸지에 승환의 품에 안기는 모양새가 되었다. 주위에 있던 남자아이들이 휘파

람을 불며 낄낄댔다.

"이거 놔. 놓으라고!"

안간힘을 쓰며 잡힌 팔을 빼내 보려 했지만 연아의 힘으로는 역부족
이었다.

"왜 난리야? 좀 놀자는데."

"놓으라고!"

"너, 사람 가리냐? 아무 남자하고나 잘 붙어먹으면서 왜 이래."

"그게 무슨 소리야?"

연아의 눈에 눈물이 차오르기 시작했다.

"심심한데 잘됐다. 야, 우리 재밌는 거 하자. 너 디카 꺼내 봐."

위협, 악행 따위를 단순한 장난이라 생각하는 무리의 눈빛에 잔혹함
이 서려 있었다. 오싹, 연아의 전신에 소름이 돋았다. 무서운 상황이 머
릿속에 선명하게 그려지기 시작했다.

"야, 잡아봐. 입 막을 거 없냐?"

승환의 말에 남자아이들이 연아의 팔을 양쪽에서 붙잡았다. 한 아이
는 뒤에서 연아의 입을 틀어막았다. 엄청난 공포가 순식간에 몰아닥쳤
다. 새까만 절벽 아래로 떨어지는 느낌이었다.

끔찍하고, 끔찍하고, 끔찍했다.

연아의 두 눈에서 눈물이 줄줄 엉망으로 흘러내렸다.

"아아, 악! 읍, 읍…… 으읍!"

연아가 몸을 뒤틀며 발버둥을 쳤다. 남자아이들이 단단히 붙들었지만
정신이 돈 것처럼 날뛰며 발광하는 연아를 완전히 제압할 순 없었다.

"이게 진짜. 가만 안 있어? 맞고 할래, 그냥 할래?"

"으읍. 윽! 컥……. 놔! 놓으라고!"

별안간 붙들렸던 한쪽 팔이 쑥 빠지며 몸이 크게 기우뚱했다. 관성을 이기지 못한 연아의 몸이 뒤로 넘어가면서 의자 모서리에 부딪혔다.

퍽—.

쿠웅—.

연아의 머릿속이 찌리리 울렸다. 뒤통수에 엄청난 고통이 몰려오며 눈앞이 새까맣게 변했다.

"왜 이래? 야, 이연아! 정신 좀 차려봐."

승환이 연아의 뺨을 찰싹찰싹 때렸다. 연아는 눈을 뜨고 싶었지만 전신이 돌덩이에 눌린 듯 꼼짝도 할 수 없었다.

"주…… 죽은 거 아냐?"

"야이 씨발, 재수 없는 소리 할래?"

한 아이가 떨리는 손을 연아의 코끝에 갖다 댔다.

"숨을 안 쉬어."

"야, 가자, 가자! 빨리!"

우당탕, 발걸음 소리가 멀어졌다. 그 와중에도 자신들이 왔다 간 흔적은 남기고 싶지 않은 모양인지 자물쇠를 잠그는 소리가 들렸다.

"빨리, 빨리. 원래대로 잠가놔."

시야가 흐릿해졌다. 멀어지는 의식의 끈을 잡아보려 했지만 연아는 까무룩 정신을 잃고 말았다.

'수, 숨 막혀.'

뒤통수에서 아릿한 통증을 느끼며 무거운 눈꺼풀을 겨우 들어 올리자 세상에, 눈앞에 매캐한 연기가 자욱했다.

연아는 무거운 팔다리를 움직여 겨우 자리에 앉았다. 주변을 둘러보니 구석에 방치된 포대 자루에서 연기와 함께 시뻘건 불길이 치솟고 있었다. 놀란 연아가 문으로 달려가 손잡이를 잡아당겨 봤지만 열리지 않았다. 반대편 체육관으로 향하는 문도 마찬가지였다. 제가 처한 상황, 죽음에 대한 공포가 뚜렷이 다가왔다.

"살려주세요! 여기 사람 있어요! 누구 없어요? 불났다고요! 사람이 갇혀 있어요!"

손잡이를 힘껏 잡아당기고 문을 두들기며 소리를 질러봤지만 아무런 대답이 없었다. 연아는 부들부들 떨리는 다리를 겨우 움직여 창문으로 향했다. 여기라면, 바깥에 누가 있다면, 제 목소리를 들을 수 있을 거라 생각했다. 쇠창살을 붙잡고 고개를 내밀 수 있는 만큼 내민 뒤 연아가 고래고래 소리를 질렀다.

"누구 없어요? 제발 살려주세요!"

따가운 연기와 공포심에 눈물이 앞을 가렸다. 흐릿한 시야로 공터 너머 본관 건물의 귀퉁이가 보였지만 사람의 흔적은 찾을 수 없었다.

"살려……. 켁켁. 살려주세요!"

무서웠다. 끔찍했다. 칠흑같이 어두운 공포의 그림자가 전신을 뒤덮었다. 온몸이 사시나무 떨듯 떨리고, 몸 안의 피가 빠져나가는 것 같았다. 심장이 터질 듯이 요동치고, 눈앞이 새까매졌다.

진짜 나 이렇게 죽는 건가? 불에 타서?

연아가 절망에 빠진 그때였다. 연기와 눈물로 시야가 뒤덮인 가운데 휙 지나가는 사람의 형체가 포착됐다.

"저기요! 저기요! 여기 사람 있어요! 불났어요! 살려주세요!"

연아는 그 형체를 향해 정신없이 소리쳤다. 쇠창살 너머로 손까지 뻗어 가며 필사적으로 제 존재를 상대에게 알렸다. 눈앞은 여전히 흐릿했지만 교복을 입은 남자아이 같았다. 남자아이는 연아의 소리를 들었는지 잠시 가던 걸음을 주춤했다. 그러고는 두리번거리더니 체육 창고 창문을 바라봤다.

눈이 마주쳤다. 뿌연 시야 너머로 생각보다 가까운 거리에서 남자아이가 연아를 바라보고 있었다.

'살았다.'

하지만 남자아이는 몇 초간 망설이더니 곧 몸을 돌렸다.

믿을 수가 없었다. 분명 눈이 마주쳤는데.

"콜록. 저기요! 켁, 켁……. 가지 말아요! 불났다니까요! 살려줘요!"

목이 터져라 외쳐봤지만 남자아이의 뒷모습은 점차 멀어졌다. 그때였다. 남자아이의 핸드폰 벨소리가 요란하게 울렸다.

개 짖는 벨소리였다.

연아는 머리를 후려치는 충격에 그대로 굳어버렸다. 심장이 얼어붙는 것만 같았다. 익숙한 벨소리. 바로 지훈의 핸드폰 벨소리였다. 자신뿐 아니라 전교생이 다 알고 있었다. 지훈의 핸드폰 벨소리가 '개 짖는 소리'라는 걸. 장난으로 설정한 개 짖는 벨소리에 아이들이 깔깔대며 역시 지랄견답다고 박장대소했던 기억이 머리를 스쳤다. 분노, 절망, 배신, 치욕. 미칠 듯한 감정이 연아의 머릿속을 송두리째 점령했다.

"야, 이 개자식아! 네가 어떻게 나한테 이럴 수 있어! 네가 어떻게 나한테!"

가슴이 갈기갈기 찢어졌다. 날카로운 꼬챙이 같은 것이 심장을 후벼 파고 있었다. 연아는 쇠창살을 주먹과 이마로 쾅쾅 내리찧었다. 찢어진 손과 까진 이마에서 피가 배어 나와도 아픈 줄 몰랐다.

"개자식아! 너 용서 안 해. 죽을 때까지, 아니 죽어서도 저주할 거야!"

치솟는 증오심에 악다구니를 써댔다. 그사이 거센 불길이 활활 타오르며 검은 연기를 내뿜었다. 들이마신 연기에 점점 정신이 혼미해졌다.

나 이대로 죽는 걸까.

개자식. 죽으면…… 반드시 복수할 거야.

가물거리며 의식이 점차 멀어졌다. 새까만 회오리 속으로 의식이 빨려 들어가는 도중 희미하게 개 짖는 벨소리가 한 번 더 들려왔다.

기계음 소리와 함께 연아가 천천히 눈을 떴다. 가장 먼저 보인 건 병원의 하얀 천장. 다음으로 눈물범벅이 된 둥그런 미화의 얼굴이 보였다.

"여, 연아야! 정신이 들어? 이모 알아보겠어? 어…… 어쩌다 우리 연아가……. 흐윽. 흑."

"누나. 으헝……. 으어어엉. 누나……. 흐윽."

"연아야! 여, 연아야. 으흑. 괜찮아. 이젠……. 괜찮아."

미화와 연철, 윤새는 통곡하는 것으로 죽다 살아난 연아에 대한 반가움을 대신 표현했다.

연아는 중환자실에서 꼬박 열흘 동안 의식이 없었다. 의사는 연기를

145

더 마셨더라면 죽었을 거라는 말까지 덧붙였다. 그래서 연아는 그 후로 한참 더 지나서야 충격적인 이야기를 들을 수 있었다. 연아의 상태를 염려한 미화와 윤새가 당분간은 입을 다물기로 했기 때문이었다.

그것은 바로, 지훈의 사망 소식이었다.

겨우 운신할 수 있게 된 연아에게 윤새는 쭈뼛거리며 소식을 알렸다.

"주, 죽어? 류지훈이?"

"응."

"어떻게……?"

"어떻게라니, 체육 창고에서 난 불 때문에……. 너랑 지훈이 둘 다 창고 바닥에 쓰러져 있었는데, 지훈인 불길에 휩싸인 선반에 깔리는 바람에……."

숨이 멎을 것만 같았다. 누군가가 망치로 뒤통수를 후려갈긴 듯 머리가 멍했다. 지훈이 죽었다니 믿을 수가 없었다. 아니, 살려달라고 절규하는 자신을 외면한 채 도망간 놈이 왜 다시 체육 창고로 돌아왔단 말인가.

"그럼 난……?"

"넌 창고에서 반쯤 빠져나와 있었어. 덕택에 연기를 덜 들이마신 것 같아. 아마, 본능적으로 기어 나왔었나 봐."

"문이 잠겨 있었을 텐데?"

"아냐. 체육관 쪽 문이 열려 있었어. 넌 그 문으로 반쯤 빠져나온 채 쓰러져 있었고."

반대편 문이 열려 있었다? 내가 너무 당황해서 열려 있는 줄을 몰

146

랐나?

"연아야, 근데 저기…… 학교에서 이 사건 가지고 이상한 소문이 좀 많이 퍼졌어. 네가 나중에 학교 와서 놀랄까 봐 미리 말해두는 건데……"

"뭔데?"

점점 멍해지는 정신을 부여잡으며 연아가 되물었다. 윤새는 말하기 곤란한 듯 뒷머리를 긁적이다 겨우 털어놓았다. 윤새의 말을 종합하자면, 학교에 떠도는 소문은 이러했다. 토요일 오후, 연아는 자신을 괴롭히는 지훈을 인적이 드문 체육 창고로 불렀다. 당시 연아는 지훈을 기다리며 몰래 담배를 피우고 있었다고 한다. 이윽고 지훈이 도착하고, 말싸움으로 시작된 둘의 다툼은 점점 격앙되어 갔다.

"애들은 네가 그때 피우다 버린 담뱃불이 포대 자루에 옮겨붙으며 불이 난 거라고 생각해."

"말도 안 돼. 내가 담배를 왜 피워? 내가 담배를 피울 리가 없잖아."

"나도 그렇게 생각하는데 너도 알잖아, 사람들은 때론 근거도 없이 아무 말이나 막 만들어내는 거."

지훈은 불량하기는 했으나 담배는 절대 피우지 않았다. 그러다 보니 화재 원인이 담배꽁초라는 게 밝혀지자 아이들은 담배의 진원지를 연아에게서 찾은 것이다.

"그래서?"

"그러니까 이건 정말 소문이야, 그냥 소문. 애들은 불이 생각 외로 심해지자, 네가 먼저 체육관 쪽 문으로 빠져나가려 했을 거라고 말했어. 그러면서 지훈이랑 실랑이가 벌어졌을 거라고, 둘이서 문 앞에서 몸싸

움을 하다 불붙은 선반이 넘어갔을 거라고, 그러다 그 선반에 지훈이가
깔린 거라고 쑥덕대고 있어."

연아는 뭐라 할 말이 없었다. 한 사람이 죽고 한 사람이 의식 없이 누
워 있는 사이, 아이들은 사건의 당사자들을 두 번 죽일 소문을 만들어
내고 있었다.

"학교 애들 전부 다 너랑 지훈이랑 죽일 듯이 싸웠다는 걸 아니까 원
한 싸움 때문에 이 사달이 난 거라 생각하는 거지. 아우, 내가 진짜 소
문낸 게 누군지 알아내면 반쯤 죽여놓을 텐데!"

윤새는 분통이 터지는지 벌건 얼굴로 씩씩거렸다.

"게다가 무슨 얘기까지 나도는지 알아? 네가 일부러 선반을 쓰러뜨
려 지훈이를 깔리게 한 거래. 그래서 지금, 열흘 동안 의식 없이 병원에
누워 있는 게 아니라 의식 없는 척을 하고 있는 거다. 이런 얘기까지 해
댄다고!"

윤새는 제가 더 분한지 씩씩 숨을 몰아쉬며, 주먹으로 가슴을 쳐대기
까지 했다.

"내가 어떻게 지훈이를……. 난 그런 적 없어."

"당연하지! 네가 어떻게 계획적으로 지훈이를 해쳐."

"아니, 그게 아니라 난 체육 창고에서 지훈이를 만난 적도 없다고."

윤새가 눈을 동그랗게 떴다.

"뭐라고? 그럼 대체 창고에서 무슨 일이 있었던 거야? 당사자인 네
가 의식이 없는 채로 병원에 있으니 소문만 무성했단 말이야. 나라도
빨리 애들한테 해명해야……."

"체육 창고에 갇혀……."

말을 시작하던 연아가 도중 입을 다물었다. 체육 창고 얘길 하자면 진승환 일행에게 당할 뻔했던 얘기까지 꺼내야 하는데 그런 치부를 드러내고 싶지 않았다.

"갇혀? 갇혀서 뭐?"

윤새가 연아를 채근했다. 연아는 잠시 고민하다 진승환 일행의 이야기를 빼고 털어놓기로 했다.

"체육 창고에 있는데, 누군가 문을 잠갔어. 아니, 어쩌면 지훈이가 잠근 건지도 모르겠어."

"뭐? 류지훈이?"

"확실하진 않아. 아무튼, 그리고 불이 나기 시작했어. 아마 내가 들어가기 전에 누군가 제대로 안 꺼진 담배꽁초를 거기 버린 게 아닐까 싶어. 그게 포대 자루에 옮겨붙은 거고. 불길이 너무 심해져서 난 창고 창문을 통해 살려달라고 소리쳤어. 그런데 그때 지훈일 봤어. 제발 구해달라고 소리쳤는데 구경만 하고 있었어. 살려달라고 소리쳤는데, 그 소리 듣고 눈까지 마주쳤는데…… 도망가버렸어."

이것이, 자신이 알고 있는 진실이었다. 입 밖으로 소리 내어 말하고 나니 휘몰아치는 분노에 전신이 부들부들 떨렸다.

나쁜 새끼, 어떻게…….

"서, 설마. 지훈이랑 네 사이가 틀어지긴 했지만, 그래도 어떻게…….
아냐, 오해가 있었을 거야. 분명!"

"내 눈으로 똑똑히 봤어. 류지훈 맞아."

시야는 흐릿했지만 마주친 얼굴은 분명 지훈이었다. 핸드폰 벨소리도 그의 것이었다.

"하지만 지훈인 창고에서 죽었잖아. 그럼 다시 돌아온 거 아냐?"

연아는 체육 창고에서 의식이 사라질 무렵, 다시 한번 더 들렸던 개 짖는 벨소리를 기억해냈다.

"불이 번지니 나중에서야 이러다 살인 방조죄로 처벌받을지 모르겠다는 생각이 들어 돌아왔겠지. 내가 기어서 빠져나간 줄도 모르고. 그러다가 선반에 깔렸을 테고……."

말하는 내내 심장이 잘게 조각나는 것 같았다. 연아는 가슴을 움켜쥐었다. 갑자기 호흡이 가빠오며 숨이 쉬어지지 않았다.

"연아야! 연아야, 왜 그래? 정신 차려!"

"으, 으…… 으으, 윽."

심장이 터져 나갈 것 같았다. 연아는 가슴을 뾰족한 손톱으로 마구 할퀴었다. 단추가 떨어져 나가고 벌어진 환자복 사이로 맨살이 드러나자 생살마저 쥐어뜯기 시작했다.

"연아야, 이러지 마! 정신 차려! 선생님! 여기 좀요! 도와주세요!"

윤새가 연아를 말리며 도움을 요청했지만 그동안에도 연아는 발광을 멈추지 않았다. 가슴에 생채기가 나며 기어이 피가 주르륵 흘렀다. 이대로…… 이대로 생살을 몽땅 뜯어내고, 그 안에 든 심장을 잡아 내동댕이치고 싶은 심정이었다.

개자식…… 죽어버리다니. 그러고 죽어버리다니……!

복수도 못 했는데 그렇게 죽어버리다니.

연아는 침대 위에서 몸부림치다 그만 시멘트 맨바닥에 떨어졌다. 전신에 지독한 아픔이 몰려왔지만 계속해서 구르며 가슴을 할퀴었다.

"으, 어어…… 어억! 으헉. 아아악!"

짐승같이 울부짖으며 바닥을 뒹굴었다. 사지가 침대 다리와 서랍장 모서리에 사정없이 부딪혔다.

"연아야! 이러지 마! 제발 정신 좀 차려!"

"으아아아아악! 아아아악!"

사람이 내는 음성이라 믿을 수 없을 만큼 기괴한 소리가 목에서 흘러나왔다. 윤새가 사람들을 이끌고 올 때까지 연아는 그렇게 공벌레처럼 웅크리곤 데굴데굴 바닥을 굴렀다. 옷은 모두 뜯겨 나가 가슴이 다 드러나 있었고, 그곳엔 피 묻은 살이 흉하게 덜렁거리고 있었다.

경찰이 다시 찾아왔을 때, 연아는 윤새에게 말한 대로 진술했고 사건은 유야무야 마무리됐다. 고3들의 입시 준비를 위해 뒤숭숭한 분위기를 빨리 가라앉히려는 학교 측이 압력을 가했을 것이다. 담뱃불을 버린 범인은 끝까지 찾을 수 없었다.

연아는 12월의 어느 날, 학교에 자퇴서를 제출했고, 집 안에 틀어박혀 몇 개월을 보냈다. 그다음 해가 되어서야 검정고시를 보자 마음을 먹었고, 수능에 한 번 실패하고 나서야 중위권 대학에 입학할 수 있었다.

화재 사건과 지훈의 죽음은 연아의 내면에 깊은 상흔을 남겼다. 성격, 가치관, 성향. 모든 것이 변했다. 밝고 아름다운 세상 따위는 이제 없었다. 연아에게 세상은 위험하고 무섭고 두려운 곳이었다. 피해의식도 점점 강해졌다. 왜 하필 자신에게 이런 일이 닥쳤는지, 대상을 알 수 없는 누군가를 항상 원망하고 저주했다.

그렇게 연아의 인생은 그 사건을 기점으로 완전히 뒤틀려버렸다.

8. 매미가 울어서 여름은 뜨겁다

　연아는 골목 초입에 서서 가파른 오르막길을 바라봤다. 14년 동안 발버둥을 치며 잊으려 했다. 사건을 상기시키는 그 어떤 행동도, 관련된 물건도 의식적으로 피했다. 오랜만에 묻어두었던 과거를 떠올리니, 바로 어제 겪은 일처럼 생생한 아픔이 느껴졌다. 연아는 흘러내린 눈물과 눈가에 번진 마스카라를 손등으로 닦아냈다.

　분명 꿈이 아니었어. 난 과거에 다녀왔던 거야.

　그렇다면 결론은 볼 것도 없이 하나였다. 과거로 가는 것. 과거로 가서 그 사건을 막는 것. 그게 지금 할 수 있는 최선의 방법이었다.

　연아는 뒤돌아 사당역을 향해 걷기 시작했다. 한 번 해봤으니, 두 번째도 가능할지 모른다.

　토요일 밤. 어둠에 휩싸인 학교는 한층 더 괴기스러운 분위기를 내뿜고 있었다. 혼자 학교에 들어갈 용기가 좀처럼 나지 않아, 연아는 편의점에서 사 온 소주를 병째 들이켰다.

"캬아."

알싸한 알코올이 찌릿찌릿하게 내장을 훑고 지나갔다. 몇 분 후, 취기에 머리가 몽롱해지자 제법 용기가 생기는 것 같았다. 손목에 매달린 시곗바늘은 이제 막 11시 40분을 가리키고 있었다. 연아는 담치기를 하던 담벼락으로 향했다.

역시나.

캄캄한 어둠 속에서 담벼락을 손으로 더듬거리자 허벅지쯤 되는 높이에 홈이 만져졌다. 발가락 정도 깊이의 홈은 역사와 전통을 자랑하는 담치기용 발판이었다. 연아는 그곳에 발을 디디고 담 위에 얹어놓은 손에 힘을 줬다. 쑥하고 몸이 올라간다.

역시 머리보다 몸이 더 정확하게 기억하고 있었다.

가뿐하게 담을 넘은 연아는 수위실을 피해 조심스레 본관 건물로 이동했다. 예상대로 중앙문은 잠겨 있었다. 연아는 건물 뒤편으로 돌아가 1층 복도 창문을 하나씩 열어봤다. 지난번 윤새는 아이들을 다 내보내고, 12시가 넘어야 세콤을 한다고 했다. 이번 주는 전국수학학력 경시대회 대비 때문에 토요일에도 늦게까지 야자실을 개방한다고도 했다. 창문 중 하나가 열려 있다면, 그리로 들어갈 수 있다면 아마 몇 분간의 여유가 주어질지도 모른다.

그렇게 바라며 창문을 열어보던 중, 하나가 쇠 긁는 소리를 내며 열렸다.

빙고.

연아는 희미하게 웃으며 창문을 넘어 1층 복도에 내려섰다. 술을 들이켰다고 해도 한밤중의 학교는 스산하고 공포스럽기 그지없었다. 시계는 벌써 11시 55분을 가리키고 있었다. 연아는 몸을 한껏 웅크린 채 1층 복도를 지나 계단을 오르기 시작했다.

1층, 2층 그리고 3층.

심장이 터질 듯이 쿵쾅거렸다. 어느새 3층에서 4층으로 향하는 계단 앞에 도달했다. 어디선가 시계 종소리가 묵직하게 울렸다. 종소리에 맞춰 연아는 첫 번째 계단 위에 한 발을 올려놓았다.

댕—.

"하나."

댕—.

"둘."

댕—.

"셋."

…….

댕—.

"열둘……."

그리고.

종소리가 멈췄다.

하얀빛이 쏟아질 것이라 생각해 두 눈을 꾹 감았지만, 눈꺼풀 너머로 전해지는 빛의 파동은 없었다. 연아는 살포시 눈을 떴다.

이럴 수가.

아직 12번째 계단 위 그대로였다. 하얀 스니커즈를 신은 두 발이 마지막 12번째 계단 위에 가지런히 놓여 있었다. 13번째 계단이 나타나지 않은 것이다. 연아는 12번째 계단 위에서 쿵쿵 뛰어봤다.

뭐야? 왜 안 되는 거야?

발을 구르고 계단을 여러 차례 오르락내리락했지만 아무런 변화가 없었다.

뭐가 잘못된 거지? 왜 안 되는 거야! 설마 나 그때 귀신에게 홀렸던 건가?

주위를 이리저리 둘러보는데, 스멀스멀 두려움이 밀려왔다. 창밖에서 들어온 푸르스름한 빛이 계단과 복도를 향해 비치고 있었고, 적막이 감도는 건물 안에서 사물들이 뒤틀리는 소리가 간혹 들려왔다. 그야말로 기기괴괴했다.

연아는 계단 아래로 발을 내디뎠다. 심장이 쿵쾅쿵쾅 위아래로 요동쳤다. 어디선가 팍, 하는 소리가 들렸다. 돌아봐도 주위에는 아무것도 없었다. 9월 초순이라 후텁지근한 열기는 그대로였건만, 오싹한 기운에 팔에 오스스 소름이 돋았다. 천천히 계단을 내려가던 발걸음이 빨라지는 순간.

이야옹—.

"꺄아아악!"

어디선가 고양이 울음소리가 들리자 연아는 기겁하며 있는 힘껏 1층을 향해 달아났다.

딸랑. 상담실 문에 매달린 종소리가 경쾌하게 울렸다.

"어멋! 양 사모님, 오랜만이세요. 어쩜 이렇게 더 젊어지셨을까? 대체 어디서 관리받으시는 거예요? 피부에서 광채가 나네요. 오호호호호호."

기막히게 종소리를 알아들은 유미애가 옆방에서 용수철처럼 튀어나왔다. 상담실에 들어선 이는 대법관 남편을 둔 양정수 사모였다. 유미애는 한 톤 높인 작위적인 목소리로 연아의 멘트를 그대로 베껴 나불댔다. 하지만 연아는 양정수를 향해 눈인사만 했을 뿐 여전히 책상에 턱을 괴고 깊은 생각에 빠져 있었다. 연아의 반응에 유미애는 과한 액션이 민망한 듯 어색한 웃음을 지으며 양정수를 자신의 방으로 안내했다.

연아는 양정수의 뒷모습을 무감하게 바라보며 하얀 종이 위에 펜을 톡톡 두드렸다.

도대체 뭐가 잘못된 걸까?

밤을 꼴딱 새우며 생각해봤지만 답이 나오지 않았다. 분명 12시라는 조건도, 숫자를 세면서 계단을 올라가는 것도 지난번과 똑같았다.

그런데 왜 안 됐던 걸까?

그때 책상 위에 놓아두었던 핸드폰이 부르르 몸을 떨었다. 그 모양새가 왠지 비위에 거슬리는 걸 보니 달갑지 않은 연락일 성싶었다. 연아는 언짢은 얼굴로 핸드폰을 열었다.

「이제 그만 털어놓으시죠?」

곧장 핸드폰을 탁 소리 나게 엎어버렸다.

'털어놓으시죠'라니. 민경은 지금의 상황을 즐기고 있는 게 분명했다. 연아는 핸드폰 모서리를 매만지며 입술을 깨물었다. 잠시 고민하다 문자판을 꾹꾹 눌러 답장을 보냈다.

「저번에 말씀드렸잖아요. 난 비밀 같은 거 없다고요. 그 일도 나랑 상관없고요.」

핸드폰은 한참 동안 울리지 않았다. 하지만 그 너머로 민경의 비웃음 소리가 들리는 듯했다. 꽤 오랜 시간이 흐르고 나서야 다시 핸드폰이 방정맞게 몸을 떨었다.

「시간 드릴게요. 넉넉하게 다음 주 금요일까지.」

연아는 책상에 팔꿈치를 댄 채 머리를 쥐어뜯었다.

넉넉하게 시간을 준다고? 그동안 날 피 말려 죽일 심산이겠지.

가슴으로 새까만 먹구름이 몰려왔다. 운명을 가를 시계 초침이 틱, 하고 움직이는 환청이 들렸다. 하지만 방법은 있었다. 그사이에 과거를 바꾸면 된다. 문제는 과거로 갈 방법을 찾아야 한다는 건데.

핸드폰이 다시 울렸다. 이번에는 반가운 인물, 윤새였다.

"윤새야!"

[이 반응은 또 뭐야? 무슨 일 있었어?]

"너 혹시 우리 학교 괴담 기억나?"

윤새는 한동안 말이 없었다.

황당하겠지. 제주도 잘 갔다 왔다, 제주도는 이러이러한 게 좋더라, 그래도 피곤해 죽겠다, 어디 가서 뭘 샀다. 쟁여놓은 이야기가 수십 개 일 텐데.

[그건 또 뭔 소리냐?]

결국 연아가 먼저 설명을 덧붙였다.

"왜 그런 거 있잖아. 밤 12시가 되면 학교 운동장에 있는 이순신 동상이 한 바퀴 돈다든가."

[우리 학교 이순신 동상 없잖아.]

"액자 속 유관순 여사가 피눈물을 흘린다든가."

[그것도 없는 걸로 알고 있다만.]

"자정에 학교 계단을 올라가면 13개가 된다든가."

[그러고 보니 그건 들어본 거 같아.]

"진짜? 얘기 좀 해봐."

[음. 보름달이 뜨는 날.]

보름달이라. 자신이 알고 있는 괴담 속에 보름달 이야기는 없었다.

"그래서? 계속해봐."

[보름달이 뜨는 날, 밤 12시 정각에 종소리에 맞춰 12개의 계단을 하나씩 소리 내어 올라가면, 종이 멈추는 순간 13번째 계단이 나타난댔나? 그담은 뭐더라? 학교가 피바다가 된다고 했던가, 13번째 계단을 밟은 사람이 죽는다고 했었나, 뭐 그런 거였는데.]

"잘 좀 생각해봐. 나한테 엄청 중요한 거야."

[괴담이 엄청 중요할 게 뭐…… 아, 맞다! 13번째 계단을 밟은 사람은 그대로 땅속으로 꺼져 영영 사라진다고 했어.]

땅속으로 영영 사라진다라. 그 표현은 과거 속으로 사라진다는 말일지도 모른다. 이 학교 괴담은 시간 여행을 은유적으로 표현하고 있는 것이 분명했다.

"고마워! 미안하지만 제주도 이야기는 다음에 들려줘. 내가 좀 급해서. 정말 미안."

마음 급한 연아는 사과를 하고 서둘러 전화를 끊었다.

보름달이 언제 뜨지?

핸드폰으로 검색해보니 이틀 후다.

그런데 과거로 돌아갔던 그날…… 보름달이 떴었던가?

"으아아아아아악!"

겁에 질려 학교를 뛰쳐나온 연아는 언덕길 아래에 멈춰 서서야 숨을 몰아쉬었다. 이번에도 실패였다. 구두 뒷굽을 딱딱 부딪친다는 조건은 아니었다.

연아는 주머니에서 노트를 꺼냈다. 노트에는 그동안 윤새와 호윤을 통해 전해 들은 13번째 계단 괴담의 갖가지 버전들이 적혀 있었다. 한 번은 보름달이 뜬 날이라 했고, 또 한 번은 고양이 울음소리가 들려야 한다고 했고, 아니면 구두 뒷굽을 딱딱 부딪쳐야 한다고 했다. 연아는 다섯 번째 줄을 빨간 볼펜으로 죽죽 그었다. 구두 뒷굽이라니. 어디선가 들어본 거 같아서 '유레카!' 했더니, 〈오즈의 마법사〉에서 도로시가 집에 돌아갈 때 쓰는 방법이었다.

연아는 두근대는 심장 박동을 진정시키며 허리를 펴고 일어섰다. 학교 언덕길 아래 올망졸망 모여 있는 가게들은 이미 문을 닫은 지 오래였고, 골목에는 스산한 바람이 불었다. 연아는 무서운 마음을 떨쳐버리려 핸드폰을 꺼내 호윤에게 전화를 걸었다. 이 시간에 깨어있는 건 호윤이 유일했다.

[여보세요.]

"다른 버전, 또 없어?"

[후.]

핸드폰 너머로 깊은 한숨 소리가 들렸다.

"없냐고. 그때 얘기한 게 다야?"

[친한 애들한테는 다 물어봤지.]

연아는 아직도 씩씩대는 호흡을 가다듬으며 발걸음을 옮겼다.

"선도부 애들한테도?"

[그럼.]

"선배들한테는?"

[…….]

"물어봐 줘."

[너 도대체 요즘 왜 이러는 거야?]

"……."

[말 안 할 거야? 나도 그럼 이제 못 도와줘.]

"호윤아, 제발. 이거 진짜 나한테 중요한 거야. 내 인생이 달린 거라고."

[대체 무슨 일이길래 그러는데. 너 정말 이상한 거 알아? 전화를 해도, 만나도 온종일 학교 괴담 얘기뿐이고. 그게 네 인생에 왜 그렇게 중요한 건데?]

호윤의 목소리가 차분하게 가라앉은 걸 보니 화가 나도 엄청 난 모양이었다.

"다음에, 다음에 꼭 얘기해줄게."

[……알았어.]

호윤의 목소리에 체념이 묻어났다. 연아가 절대 가르쳐줄 마음이 없다는 걸 그도 아는 것이다.

'호윤아, 미안해. 아마……'

말해줘도 못 믿을 거야. 네가 들으면 미쳤다고 소리 지를 거야. 하지만 난 너무 절박해.

잔잔한 재즈 음악이 흐르는 제이스 빌딩 35층 스카이라운지에서, 연아는 반도 채 먹지 못한 스테이크 접시를 포크로 톡톡 두드리고 있었다.

"여기 별로야? 왜 그렇게 못 먹어?"

혁준의 목소리에 연아는 저 멀리 안드로메다로 향하던 생각의 꼬리를 겨우 잡아챘다.

"응? 아니. 오늘 입맛이 별로 없네."

"회사 일이 힘들어? 무슨 신경 쓰이는 일 있어?"

"아니, 그런 거 없어. 혁준 씨도 얼마 못 먹었네. 얼른 먹자."

연아는 나이프로 고기를 썰고는 보란 듯이 입에 넣었다. 조금 식긴 했지만 여전히 향긋한 풍미가 입 안 가득 맴돌았다.

"이모님 혹시 다시 안 좋아지신 거야?"

"아냐. 이모는 똑같으시지, 뭐. 할머니 댁에서 잘 요양하고 계셔."

"그런데 왜 그래? 너 요즘 진짜 이상해. 먼저 연락하는 법도 없고 만나도 내내 얼빠진 얼굴이고."

"그냥 결혼 준비 때문에. 은행 다니면서 준비하려니 쉽지 않네."

"혹시 민경이랑 문제 있는 거야?"

혁준이 포크를 내려놓곤 진지한 얼굴로 물었다. 지금껏 아무 일도 없다고, 별일 아니라고 씩 웃어 보이던 연아도 이번에는 그러질 못했다.

"아니. 그런 거 없는데."

대답하는 목소리가 갈라져 나왔다.

"네가 민경이 별로 안 좋아하는 거 알아."

여보세요. 내가 아니라 민경이가 날 안 좋아하는 거, 아니 미워하는 거지.

"그게 아니……."

"그런데 네가 민경이보다 나이도 2살이나 많잖아. 좀 숙이고 대할 수 없어?"

"혁준 씨. 나도 내 나름 숙이고 있는 거 알잖아. 그런데도 아가씨가 계속 날 못마땅해하고 있는 거 몰라서 그래? 내 잘못이 아니라고."

혁준이 그동안 결혼을 허락받기 위해 얼마나 노력했는지 알고 있다. 자신을 그다지 달가워하지 않는 정숙과 민경을 설득하기 위해 얼마나 맘고생을 했는지도. 하지만 결국 그가 한 노력들은 지친 마음이 되어 두 사람 모두에게 화살처럼 돌아왔다.

"누가 먼저 잘못했느냐 그런 걸 따지려는 게 아니잖아. 걔가 좀 철이 없고 말을 함부로 한다는 건 나도 알아. 하지만 너까지 덩달아 그렇게 행동하진 않았으면 좋겠다는 거지. 넌 그러려니 하면서 손윗사람다운 행동을 하란 거야. 어른스럽게."

어른스럽게? 도대체 어른스러운 행동이 뭔데. 부당한 취급을 당연하게 받아들이는 거? 자신을 병신 취급하는 사람 앞에서도 바보처럼 헤실거리는 거? 그건 어른이 아니라 하녀가 되라는 이야기인 것 같은데.

"그럼 난 아가씨가 뭘 해도 헤헤, 하면서 다 이해해야 해? 내가 아가씨보다 나이가 많으니까? 아가씨가 나한테 무슨 말을 하더라도?"

"그런 뜻이 아니잖아. 너 오늘 왜 이래? 사람 피곤하게."

혁준이 목소리를 높였다. 주위 테이블에 있던 사람들이 귀를 쫑긋 세우는 것이 느껴졌다. 연아는 혁준에게 한 번을 대든 적이 없었다. 지고 들어가는 결혼이라 입 다물고 살려 했다. 철없는 시누이도, 저를 마음에 들어 하지 않는 시어머니도 모두 이 결혼을 위해 감수해야 할 업보라고 생각했다. 그런데 이게 괜찮은 선택일까? 과연 제대로 된 길을 걷고 있는 걸까?

하지만 연아는 곧바로 그런 생각들을 접어버리고 말았다. 결혼에 하등 도움이 되지 않는 생각들이다.

"미안, 미안해. 혁준 씨. 난 그냥 아가씨와 잘 지내고 싶어서 그런 말한 거야. 잘 안 되니까 나도 답답해서."

"됐다. 그만하자. 나 오늘 정말 피곤해."

혁준은 싸늘한 얼굴로 포크를 내려놓곤 냅킨으로 입가를 닦았다.

"기분 상했어? 미안, 내가 정말 미안해."

"너 가끔씩 잊어버리는 것 같아. 내가 널 왜 선택했는지."

문제 안 일으킬 것 같아서.

혁준이 프러포즈를 한 날, 그가 한 달달한 말들과 화려한 미사여구 뒤에 숨은 뜻이었다.

"엄마나 민경이랑 관련된 건, 네가 좀 알아서 잘할 수 없어?"

목구멍에 까끌거리는 게 걸린 듯 아무런 말도 나오지 않았다. 혁준은 깊게 한숨을 내쉬곤 안경을 벗고 관자놀이를 꾹꾹 눌렀다.

"나 먼저 일어날게."

"혁준 씨."

"결혼 전에도 이런데, 결혼해서는 어떨까 싶다."

혁준은 옆 의자에 걸쳐둔 재킷을 챙겨 자리에서 일어났다. 그러곤 고개를 숙이고 있는 연아를 내버려 둔 채 뒤돌아 걷기 시작했다. 성난 발걸음 소리가 점차 멀어졌다. 사람들은 혼자 남겨진 연아를 불쌍한 눈초리로 바라보며 쑥덕이고 있었다.

"괜찮아?"

호윤이 차가운 캔맥주를 뺨에 가져다 대자 연아가 움찔했다. 호윤의 아파트 산책로 벤치에 나란히 앉아 두 사람은 캔 뚜껑을 땄다. 한 모금 마시니, 시원한 물줄기가 짜릿하게 목구멍을 타고 내려갔다.

"응? 뭐가?"

"무슨 일 있는 얼굴이잖아."

귀신 같은 놈.

연아는 대답 대신 차가운 캔맥주를 홀짝거렸다. 혁준과 헤어지고 울적한 마음에 연아는 윤새에게 전화를 걸었다. 하지만 윤새가 전화를 받자마자 학년 주임 선생과 한바탕했다고 서두를 꺼내는 바람에 연아는 되레 위로만 하다 전화를 끊었다. 결국, 연아는 답답한 마음에 결혼 상담은 차마 할 수도 없는 호윤을 찾아왔다. 결혼 애긴 꺼내지 않고, 캔맥주나 마실 생각이었건만 호윤은 표정만으로 이미 모든 걸 알아챈 모양이었다.

"무슨 일은. 아무 일도 없어."

어차피 털어놔 봤자 좋은 소리도 못 들을 거. 연아는 호윤과 또 싸우고 싶지 않았다.

"이마에 딱 써 있는데 뭘."

"뭐라고?"

"권혁준 씨랑 싸웠다고."

정말 글씨가 써 있다는 듯 호윤이 연아의 이마를 꾹꾹 눌렀다.

"그렇게 티가 나?"

"우리가 뭐 한두 해 본 사이야? 무슨 일이야? 말해봐. 오늘은 아무 소리 안 하고 다 들어줄게."

호윤의 부드러운 음성이 늦여름 더위를 달래주는 바람을 타고 실려 왔다. 연아는 빈 맥주 캔을 만지작거리며 조심스레 입을 열었다.

"호윤아."

"왜?"

"이 결혼, 네가 생각할 때 그렇게 아니야?"

질문의 무게를 아는지라, 이번에는 호윤도 가타부타하는 말을 선뜻 내뱉지 못했다.

"그럼 반대로 물어보자. 넌 이 결혼, 하는 게 맞는 거라 생각해? 왜 하고 싶은데?"

"그냥……. 그냥 행복해지고 싶어서. 그냥 평범하게 사랑하고 사랑받으면서 그렇게 살고 싶어서."

그런데 언제부터였을까. 언제부터 이렇게 아등바등 위로 올라가기 위해 발버둥 치는 삶을 살게 된 걸까. 심지어 결혼마저 그 수단이 되어 버리다니.

"그럼 넌 이 결혼을 하면 행복해지고, 안 하면 불행해지는 거야?"

한숨을 쉬고는, 연아가 고개를 흔들었다.

"모르겠어. 그걸 모르겠어서 괴로워. 지금 선택이 맞는 건지, 틀린 건지. 혹시나 시간이 지나고 난 뒤 후회하는 건 아닐지."

이전에는 한 번도 의심하지 않았던 부분이었다. 혁준과 결혼하는 것이 행복해지는 길이라 굳건히 믿었었다. 아니, 설령 의심이 든다 해도 의도적으로 무시했었다. 하지만 지금 내면에 있는 어떤 기준 같은 것이 흔들리고 있었다.

"왜 갑자기 그런 생각이 든 건데? 이제까지 그런 고민 안 했잖아."

"너한텐 얘기 안 했지만 갑자기 든 생각은 아니야. 그냥 결혼 전이라 마음이 심란한 거라 생각하려 했는데 자꾸 이런 생각이 들어. 지금 이 선택이 잘못된 선택이면 어쩌나. 또다시 잘못된 선택 때문에 인생이 망가져 버리면 어쩌나."

그동안 부정하려고 애썼다. 하지만 입 밖으로 내뱉고 나니, 고민은 더욱 뚜렷한 형체를 갖춰가고 있었다.

"잘못된 선택이라. 선택, 물론 중요하지. 특히 결혼 같은 인생의 중대사는 더욱 신중하게 선택해야 하고. 그런데……."

"그런데?"

"한순간의 선택으로 인생이 행복해지고, 불행해지고가 결정된다면 도대체 사람의 의지라는 게 왜 필요한 건데?"

"뭐?"

"그렇잖아. 한 가지 불행한 사건, 잘못된 선택. 그걸로 삶이 통째로 바뀐다면 삶을 위해 노력하는 사람의 의지가 도대체 왜 필요한 거냐고."

"그, 그게 무슨 말이야?"

"선택은 사건이나 사고 같은 거잖아. 일회적인 거고. 한순간 벌어지는 우발적인 거야. 인생을 선으로 표현했을 때 선 어디쯤을 가리키는 점 같은 거라고. 물론 그 점이 매우 크면, 그 점을 기점으로 선이 크게 휘거나 다른 방향으로 뻗어 나갈 수도 있어. 하지만 그것보다는 선의 방향을 이끄는 너의 의지가 더 중요하지 않을까? 선택 후 아니, 선택과 관련 없이 '어떻게' 살고 싶다 하는 의지 말이야."

"······."

"행복해지고 싶어? 그러면 넌 어떤 의지를 가지고 있는데? 어떤 노력을 해왔는데? 혹시 그 어떤 의지도 없이, 결혼이 가져다주는 조건만으로 행복해지고 싶은 거 아니야? 그러다 그 조건들이 없어지면 넌 또다시 불행해지는 거고?"

아······.

머릿속에서 종이 울렸다. 연아는 아무 말도 하지 않았다. 아니, 할 수 없었다. 더 생각하면 제 삶이 통째로 흔들릴 것 같은 예감에 연아는 애써 생각의 꼬리를 잘라냈다.

"모르겠다. 나한테 그런 의지가 있는지."

뭐라고 한마디 더 할 줄 알았건만 호윤은 아무 말 없었다. 그저 안타까운 눈빛으로 연아를 바라볼 뿐이었다. 연아는 빈 맥주캔을 만지작거리다 우그러뜨렸다. 가볍게 맥주를 마시며 우울한 마음을 덜어내고 싶었건만, 마음이 한층 더 무거워진 것 같았다.

"나 갈게. 늦었다. 오늘 얘기 들어줘서 고마웠어. 걱정해준 것도 고
맙고."

연아는 속에 없는 말을 하며 벤치에서 일어나 가방을 챙겼다.

"그런 거 아닌데."

무겁고 진중한 음성이 귓가에 울려 퍼졌다.

"응?"

"네 걱정보다, 나도 너에게 내 의지를 관철시키고 싶어서 한 말인데."

맴— 맴— 맴—.

찌륵, 찌륵.

단지 내 나무 사이에 몸을 숨긴 매미들이 맹렬하게 울어댔다.

"그게…… 무슨 말이야?"

연아가 떨리는 목소리로 물었다.

"곁에 친구로 남아있으면서 조용히 행복을 빌어주고. 이런 거 나 못
해 먹겠다고."

맴— 맴— 맴— 맴—.

문득 안도현 시인의 〈매미〉라는 시가 떠올랐다. 아니, 〈여름〉이라는
시던가? 아니다.

〈사랑〉이다, 〈사랑〉.

매번 헷갈린다. 무척이나 좋아한 시였는데.

"계속 후회했거든."

"……."

"너한테 말 못 했던 거."

어디선가 후텁지근한 바람이 불어왔다. 캔맥주에 송골송골 맺혀 있던 물방울이 손에 뚝 떨어졌다.

"만약에 내가 지훈이보다 먼저 너 좋다고 말했으면, 우린 어떤 사이가 되었을까?"

"강호윤. 뭐야, 갑자기."

"내가 지훈이보다 먼저 너 좋다고 말했더라면 우리는 달라졌을까."

"……."

"난 내내 그걸 후회했어."

맴— 맴— 맴— 맴—.

"이번에는 그렇게 후회하고 싶지 않아."

지독히도 시끄러운 매미 소리가 늦여름의 마지막 열기를 달구고 있었다.

9. 동풍이 불어오면 오른발 먼저

「출근하는 길이야? 나도 출근 중.」

「오늘 날씨, 참 좋다. 아침저녁으로는 날씨가 제법 선선해졌어.」

「벌써 점심시간이네. 샌드위치로 대충 때우지 말고 밥 먹어. 저번에 보니까 살 빠진 거 같더라.」

「……계속 씹을 거야?」

그럼! 어떻게 아무렇지 않을 수 있겠어?

연아는 아침부터 규칙적으로 울리는 핸드폰을 무시했다, 아니 무시하려 했다. 어젯밤 호윤은 고백이라는 걸 했다. 14년 전부터, 지훈이보다 먼저, 좋아했었단다. 후텁지근하게 불어오는 바람에도 오싹 소름이 돋았다. 한참 동안 그의 얘기를 들으면서 연아는 한마디 대답도 하지 못했다. 머릿속에는 내내 같은 생각만이 부유했다.

너와 나 사이에, 뭘 어쩌자고. 이제 와서 뭘 어쩌자고.

책상 위의 핸드폰이 다시 부르르 진동했다.

「그럼 할 수 없지. 학교 괴담 다른 버전 얘기해주려고 했는데…….」

연아는 잠시 망설이다 전화를 걸었다.

[여보세요.]

호윤의 목소리에 웃음기가 묻어 있었다.

"말해줘, 새로운 버전은 또 뭔지."

[너 섭하게 이럴 거야? 14년 묵은 감정을 이렇게 박대할 수 있는 거냐고.]

어떻게 반응을 해야 하나. 받아줄 수 없다면 확실하게 거절하는 게 맞았다.

"너 혼자 키워온 감정이잖아."

[와, 방금 그 말, 가슴 아프다. 알아. 그 감정 너한테 책임 없어. 내 감정뿐이란 걸 알아. 그치만 나도 이제 가만히 안 있으려고.]

"그래서 방금 학교 괴담으로 나 유인한 거야?"

[응. 그런데 알면서도 속아주는 것 같아 오히려 고마운데?]

능글맞은 놈. 원래부터 그랬지만 어쩌 그 정도가 한층 더 업그레이드된 것 같았다. 이 문제를 빨리 넘어가고 싶었던 연아는 호윤을 재촉했다.

"빨리 얘기부터 해봐, 학교 괴담."

[알았어. 네 말대로 선도부 선배한테 물어봤거든. 정재용 선배, 기억하지? 우리보다 한 학년 위였던. 그 선배 버전은 또 다르더라고. 근데 그 선배가 좀 이상한 얘길 하더라.]

"이상한 얘기?"

[응. '얼마 전에도 누가 이거 물어보던데 요즘 유행이야?' 이러던데?]

"누가 물어봤대?"

[글쎄, 그거야 나도 모르지.]

서늘한 한기가 연아를 감쌌다. 13번째 계단과 관련된 학교 괴담에 대해 묻는 사람이 또 있다니. 하필이면 자신과 같은 시기라 더욱 불길한 기분이 들었다. 하지만 일단 호윤에게 학교 괴담에 대해 듣는 것이 먼저였다.

"아무튼, 네가 들은 얘기 해봐. 새로운 버전."

[그러니까…….]

시계가 11시 58분을 가리키고 있었다.

연아는 핸드폰을 확인했다. 풍향 앱에는 동쪽에서 불어온 바람에 깃발이 펄럭펄럭 날리고 있는 그림이 표시되어 있었다.

[밤 12시. 동쪽에서 바람이 불어오는 날.]

"동쪽 바람?"

[응. 그날 12시 종이 울릴 때, 종소리에 맞춰 숫자를 하나씩 세면서 계단을 오르면, 오른발을 뻗었을 때 13번째 계단이 나타난대.]

"뭐? 오른발?"

[응, 오른발.]

  캄캄한 계단 앞에서 연아는 기억을 떠올렸다. 술에 취해 처음 이 계단 앞에 온 날, 그러니까 처음 과거로 간 날. 자신은 분명 오른발을 내디뎠었다.

  오늘의 조건은 두 가지다. 동쪽 바람 그리고 오른발.

  댕—.

  학교 괘종 소리가 신호탄이 된 듯 연아는 오른발을 뻗어 계단에 올라섰다.

  하나, 둘, 셋, 넷……

  열, 열하나, 열둘.

  그리고.

  열……셋!

  계단에서 하얀빛이 일렁이며 새어 나오기 시작했다.

  '돼, 됐다!'

  새하얀 빛은 곧 연아를 향해 가득히 내리쬐었다. 연아는 눈을 질끈 감았다. 발이 허공에 동동 뜬 채 무한한 공간 속으로 빨려 들어가는 느낌이었다. 빛에 휘감겨 온몸의 감각이 사라지려는 찰나, 소란스러운 소리가 차츰 귓가에 울려 퍼졌다.

  쿵쾅거리는 발걸음 소리, 고래고래 악을 쓰는 소리, 도란도란 얘기를 나누는 소리. 익숙한 소리였다.

  '나, 설마 진짜 성공한 거야?'

  심장이 두근거렸다. 연아는 꽉 감은 눈꺼풀을 천천히 들어 올렸다.

빛으로 희뿌옇던 시야가 점차 선명해지자 눈앞에는 예의 시끌벅적한 학교 정경이 펼쳐졌다.

세상에. 드디어.

'왔다! 과거로 왔어!'

과거로 오는 방법을 마침내 알아낸 것이다. 저번처럼 얼결에 오게 된 것이 아니니 계획대로 차분하게 행동해야 한다. 가장 중요한 건 뭣보다…….

아, 몰라, 몰라. 일단은 성공이다! 드디어 성공!

"예에스!"

연아는 오두방정을 떨며 계단에서 펄쩍 뛰었다. 그런데 이상하게 오른손이 부자연스러웠다. 연아는 고개를 돌려 옆을 바라봤다. 아니, 정확히 말하자면 옆보다 조금 위, 아니 그보다 더 위. 그곳엔 지훈이 연아의 손을 잡은 채 황당한 얼굴로 내려다보고 있었다.

큼지막한 손이었다. 지훈은 어릴 때부터 줄곧 운동을 해온 터라, 다른 사람보다 유달리 팔다리가 길고 손이 컸다. 세상 모든 해악으로부터 지켜줄 것만 같았던, 어리지만 단단한 손이었다.

놀란 연아는 냉큼 제 손을 잡아 뺐다. 잡혔던 손이 불에 덴 것처럼 뜨거웠다. 그러자 지훈의 눈이 가늘어졌다. 삐딱하게 바라보는 자세에 불량함이 가득했다.

뭐지? 지금 몇 월 며칠인 거지? 이 자식하고 사귀기 전인가? 아니면 사귀고 난 후인가? 손을 잡고 있었던 걸 보니 서로의 마음은 확인한 상태인 것 같은데.

과거로 오면 어떻게 해야 할지 차분하게 생각할 셈이었다. 하지만 그럴 여유도 없이 곧장 지훈과 맞닥뜨리자 연아는 크게 당황했다. 그때 한 무리의 아이들이 우르르 둘을 지나쳐 계단을 올라갔다.

"넌 항상 한 박자가 느리다니까. 혜영이가 들어가고 난 다음, 네가 바로 들어가야지. 축제까지 이제 한 달 반 남았는데 어쩔 거야."

축제까지 한 달 반. 축제가 6월 초순쯤이니 지금은 4월 중순이라는 말이다. 그렇다면 아직 사귀기 전이었다.

연아는 고개를 치켜들고 지훈을 노려봤다.

"너 뭐야? 왜 은근슬쩍 손을 잡아?"

"역시 한 번을 그냥 넘어가질 않아. 꼬치꼬치 따지기는. 네 손이 빈손이라 외로워 보이길래 좀 잡았다."

어디서 구렁이 담 넘어가듯 하려고!

지훈의 커다란 입가에 능글능글한 미소가 퍼졌다.

나, 속지 않아.

지난번엔 너무 갑작스럽게 과거로 오는 바람에 이리저리 끌려다니고 말았다. 처음 만났을 때의 다정하고 눈부신 미소를 보니 앙금이 풀려 버리고 말았던 거다. 14년을 미워하고, 잊으려고 노력했다. 그러다 보니 그에 대한 기억이라곤 화내고, 싸우던 시절뿐이었다. 그런데 그만 기억과는 전혀 다른 모습을 보자 당황했던 게 분명했다.

연아는 애써 나쁜 기억들을 떠올렸다. 함부로 대하고 모멸감을 주었던 기억, 화재 현장에 홀로 남겨 두고 도망쳤던 그날의 기억, 이후 완전히 뒤틀려버린 자신의 인생까지.

내 인생을 망가뜨려 놓고 넌 어떻게 이렇게 환하게 웃을 수 있는 건데.

연아는 얼굴에서 표정을 지웠다. 진상 고객을 대할 때처럼 굳은 얼굴과 차가운 눈빛으로 지훈을 바라봤다.

"우리 얘기 좀 해."

"와, 드디어 마음이 생긴 건가."

너스레를 떠는 지훈을 뒤로하고 연아는 대꾸 없이 계단을 오르기 시작했다. 조금 들뜬 듯 가벼운 발걸음 소리가 뒤에서 들려왔다. 연아와 지훈은 미술실 안으로 들어와 문을 닫았다. 미술실의 커다란 창 안으로 반짝이는 노란 햇살이 한가득 내리쬐고 있었다.

"이햐. 뭘 또 이런 데까지 데려와? 대체 무슨 얘길 하려고. 분위기 좋은데?"

쉴 새 없이 조잘대는 저 입. 5층 미술실까지 오는 내내 지훈은 "뭐야, 어디 가는 건데?" "나 마음의 준비해야 하는 거야?"라며 연아의 뒤통수에 대고 혼잣말을 했다.

"류지훈."

너 그렇게 말 많은 놈 아니잖아.

18살 자신은 몰랐겠지만 32살 이연아의 눈에는 또렷이 보였다. 좋아하는 여자아이에게서 무슨 말이 나올까, 긴장한 마음에 주절대는 것임을. 이름이 불리자 지훈은 "왜?"하며 연아를 바라봤다. 연아는 자신을 응시하는 검은 눈동자를 자세히 들여다봤다.

그래, 넌 그저 겁먹은 어린애일 뿐이야.

"할 말 있어서 여기까지 부른 거야."

"그 얘긴 아까 들었고."

"네가 나 좋아해 주는 거 고맙게 생각해."

"그러니까 이제 사귀자고? 모처럼 똑똑한 생각 했네."

지훈이 씩, 하고 웃었다. 예상대로, 낯짝이 곰 발바닥만큼 두꺼운 놈이라 좋아해 줘서 고맙다는 말에 당황조차 않는다.

"아니, 분명히 말하지만 난 너랑 사귈 마음 없어. 우리 고등학생이야. 너도 나중에 크면 알겠지만 이 시기에는 지금밖에 할 수 없는 일들이 있어. 우리에겐 그게 공부고. 내년이면 고3이야. 연애 따위로 이 시기를 헛되게 보내고 싶지 않아."

지훈의 이마가 살짝 찌푸려졌다.

"단정적으로 말하자면, 난 너랑 사귈 마음이 전혀, 1도 없다는 거야. 난 정말 공부……."

"누가 사귀자고 했어?"

말을 자른 지훈이 심드렁한 얼굴로 귀를 팠다. 거절당한 것에 대한 분노나 실망 따위는 전혀 느껴지지 않았다.

"내 말은 난 너랑……."

지훈이 다시 말을 잘랐다.

"그러니까 누가 사귀자고 했냐고. 넌 무슨 애가, 내가 주지도 않은 김칫국을 사발로 원샷 하냐."

뭐라 쏘아붙이려던 연아는 그 자리에서 굳어버렸다.

지훈이 사귀자고 안 했던가?

"그, 그게……. 너! 너, 나 좋다며? 좋아할 거라며!"

연아가 새빨개진 얼굴로 소리쳤다.

아우, 쪽팔려. 쪽팔려!

"그게 사귀자는 말은 아니잖아."

지훈은 또다시 심드렁하게 대꾸했다. 저리 나오니 심각하게 여기까지 와서 얘기하자 한 자신이 민망해진다.

"왜? 못난이, 오빠랑 사귀고 싶었어? 크흐흐. 진작 말을 하지. 심각하게 고민해볼 텐데."

그러고는 저 혼자 신나게 웃어댔다. 연아는 지훈의 이런 반응은 생각도 하지 못했다.

"하여간 나 공부해야 하니까. 그, 그런 줄 알라고."

여전히 시큰둥한 표정. 귀찮다는 듯 귀를 긁적이는 게 하나도 새겨들은 얼굴이 아니었다.

"알아들었어?"

연아가 목소리를 조금 높였다.

"응, 알았어. 너 공부해야 한다고."

지훈은 여상한 말투로 대답했다.

우씨. 단호하게 잘라내려 했는데 어쩌다 보니 결론은 나 공부해야 돼, 이거 하나다. 어째 일이 이상하게 돌아가는 것 같다.

연아는 "나 먼저 간다." 하고 짧게 인사한 후, 미술실을 빠져나왔다. 뒤에서 지훈이 바짝 따라붙는 기색이 느껴졌다.

다다다닥. 저벅저벅.

다다다닥. 저벅저벅.

신장 차이가 나다 보니, 힘껏 걷는다고 걸었는데 고작 몇 걸음만에 따라잡혀 버렸다. 대차게 너랑 안 사귈 거라고 선언한 마당에 뭔가 위신이 안 서는 상황이었다.

계단을 내려가던 연아가 발걸음을 멈췄다. 뒤따르던 지훈도 그대로 멈춰 섰다.

"먼저 가. 누가 뒤에서 따라오는 거 신경 쓰여."

"할 말 있다고 여기까지 데려온 게 너잖아. 책임져. 날 다시 데려다 놓으라고."

말도 안 되는 이유에 연아가 지훈을 노려봤다. 지훈이 한 계단 위에 있는 터라, 안 그래도 큰 녀석을 한참이나 올려다봐야 했다.

"자꾸 억지 부리지 좀 마. 네 입으로 사귀자고 한 적 없다고 했잖아. 그럼 날 좀 냅두라고!"

"데려왔으니 데려다 놓으라는 게 뭐? 이연아. 근데 배 안 고프냐? 점심시간 10분 남았는데 매점 가서 빵 사 먹을래?"

기어이 연아의 머리 뚜껑이 펑, 하고 열렸다.

나 대체 누구한테 얘기했던 거니, 엉?

"너 도대체 내 말을 뭘로 아는 거야? 네가 못 알아들은 것 같으니까 더 쉽게 얘기해줄게. 나 좋아하지 마. 나, 너 싫다고. 그러니까 더 이상 치근덕거리지 말고, 제발 꺼져줘."

연아는 얼음이 뚝뚝 떨어질 것만 같은 말투로 야멸차게 쏘아붙였다. 은행원으로 6년 가까이 지내다 보니, 남한테 상처 주는 말, 독한 말 못 해 본 지 참 오래되었다. 언제 어디서나 자동 장착되는 '을'의 마인드에 안 좋은 말 돌려 하기 습관은 몸에 밴 듯 익숙했다. 그래서 한참이나 어린 애한테 독한 말을 퍼부으려니 마음이 찜찜했다.

상대가 지훈이라서가 아니라, 상처 주는 말을 하는 것 자체가 마음이 영 불편했다. 옛말에도 있지 않은가. 얻어맞은 놈은 발 뻗고 자도, 때린 놈은 발 뻗고 못 잔다고. 그렇다고 다시 휘둘린 순 없었다. 이참에 냉정하게, 모질게 끊어내야 했다.

연아는 일부러 오래전 기억을 떠올렸다.

이 인간한테 속지 말자. 지금 저렇게 웃고 있어도 등에 칼 꽂을 자식이야. 언제든지 배신할 인간. 날 죽게 내버려 둔 새끼라고.

"뭔 소리야. 매점이나 가자. 시간 얼마 안 남았어."

차가운 일침에도 아랑곳없이 지훈은 연아의 손을 잡아채곤 계단을 내려가기 시작했다.

"이거 놔! 이거 안 놔?"

"아우, 진짜. 쪼그만 게 되게 파닥거리네. 그만 좀 튕겨. 뭐든 과하면 안 좋은 거다, 너."

"이 미친 자식이? 놓으라고! 놓으란 말이야!"

연아가 잡힌 손목을 빼내려 바동거렸다. 지훈이 그리 세게 잡고 있지 않았는지 의외로 손목이 쉽게 빠졌다. 그러자 연아의 상체가 크게 기우뚱했다.

어, 어…… 어!

계단 위였다. 그것도 거의 꼭대기에 가까울 만큼 높은.

뒷머리부터 몸이 크게 기울며 시야가 빙글 돌았다. 놀라며 손을 뻗어 오는 지훈의 모습이 슬로모션으로 보이더니 곧 눈 안 가득 하얀 천장이 들어왔다.

이렇게 과거가 바뀌는 건가? 계단에서 뒤로 떨어져 죽거나 심하게 다쳐서?

'괜히 왔다.'

그 순간, 쿵! 바닥에 부딪히는 소리가 울려 퍼졌다.

살면서, 민폐라는 걸 끼쳐본 적이 없다 자부했다. 하지만 연아 주위에는 민폐인들이 잔뜩이었다. 대표적으로 삼촌 김태광. 연아가 10살, 연철이 3살 되던 해. 부모님이 사고로 돌아가시고, 이모인 미화의 집으로 들어간 순간부터 연아는 태광의 밥이었다. 배가 **빵빵**했던 돼지 저금통을 가지고 달아난 것도, 아르바이트비를 훔쳐 간 것도 태광이었다. 어디 태광뿐이랴? 동생 연철도 못지않았다. 25살이나 처먹은 자식이 제 손으로 아르바이트 한 번 해본 적 없이 학비고, 생활비고 꼬박꼬박 타 갔다. 최근엔 여자 아이돌 사진 찍기에 빠져 고가의 카메라를 사야 한다며 손을 벌리고 있으니, 연아로서는 기가 찰 노릇이었다.

가족뿐만 아니다. 대학에서든, 은행에서든 주위엔 민폐 캐릭터가 꼭 한 명씩 있었다. 연아에게 달라붙어 기생하며 돈 혹은 기를 쪽쪽 빨아 가는 인간들. 그리하여 이윤새 선생이 친히 명명하지 않았던가. 연아에게서 풍기는 향기, 민폐형 인간들을 불러 모으는 기운. 그것은 바로 '호구' 페로몬이라고.

침대에 누워 있는 지훈을 보니 연아는 저도 민폐형 인간이 된 것 같아 씁쓸했다. 그랬다. 계단에서 뒤로 추락하던 연아를 살려준 건 지훈이었다. 지훈은 연아를 감싸 안은 채 몸을 돌려 계단에서 떨어졌고 그대로 맨바닥에 세게 부딪혔다. 지훈이 쿠션 역할을 해준 덕분에 연아는 작은 타박상으로 끝날 수 있었지만, 시멘트 바닥에 내동댕이쳐진 지훈은 결국 팔 인대가 늘어나고 말았다.

맨바닥에서 신음하고 있는 지훈을 보고 연아는 혼비백산 난리를 쳤다. 선생을 부르고 119 응급차를 타고 병원에 오는 내내 새파랗게 질린 얼굴로 몸을 떨었다. 병원에 도착해서 팔 인대가 늘어난 것뿐이라는 진단을 받고 나서야 눈물이 주룩 흘렀다.

"뭐야, 나 걱정했어? 울지 마. 너 우는 거 열라 웃겨."

팔에 깁스를 한 지훈이 킬킬거렸지만, 연아는 도저히 눈을 흘길 수 없었다. 누군가를 다치게 했다는 사실이 엄청난 공포로 다가왔다. 행여나 머리라도 다쳤을까, 어디 한 군데 되돌릴 수 없을 만큼 상했을까 무섭고 두려웠다. 자신의 기억 속에서도 지훈은 팔을 다쳤지만 그때는 자신 때문이 아니었다. 농구를 하다 옆 반 아이들과 싸우느라 팔 인대가 늘어났었다. 지훈이 다쳤다는 사실에는 변함없었지만 왜, 누구 때문에 다쳤는지에 대한 과거가 바뀐 것이다.

"진짜 큰일 날 뻔했어, 자식들아! 왜 위험하게 계단에서 장난을 쳐? 팔이기 망정이지, 머리 다쳤으면 어쩔 뻔했어, 엉?"

"그래도 계단에서 떨어졌는데, 이것밖에 안 다친 게 용하대잖아요. 저 진짜 웬만한 일에는 몸에 기스도 안 나는 우량 품종이 맞긴 한가 봐요."

"시끄러, 이 자식아! 지금 이 상황에 농담이 나와?"

대독이 성질을 내며 고개를 획획 돌리자 몇 가닥 남지 않은 머리털이 반작용으로 획획 휘날렸다.

"죄송합니다."

연아가 기어들어 갈 듯한 목소리로 사과했다.

"됐다. 일부러 그런 것도 아닌데. 아무튼 어머님께 연락드렸는데, 어머님은 지금……."

"아, 그러실 필요 없다니까요."

오른쪽 팔에 반깁스를 한 지훈이 시큰둥하게 대독의 말을 잘랐다.

"다쳤는데 어떻게 연락을 안 하냐, 이 자식아."

"그래서 엄마가 온대요?"

대독이 곤란한 얼굴로 입을 다물었다.

"기사 아저씨 오시겠죠. 걱정 마세요."

"누구 도와줄 사람은 있어? 오른팔이라서 힘들 텐데."

"저기 있잖아요. 저어기 고개 숙이고 있는 애."

지훈이 턱짓으로 연아를 가리켰다.

"그래. 앞으로 연아가 좀 도와줘라. 어쨌건 너 때문에 지훈이가 다친 거니까."

대독이 그렇게 쐐기를 박자 연아는 작디작은 목소리로 "네." 하고 대답할 수밖에 없었다.

"이연아. 나 물 좀."

대독의 말이 끝나기 무섭게 지훈은 부려 먹어도 좋다는 허락을 받은 양 당당하게 물을 주문했다. 연아는 마지못해 정수기에서 물을 받아 종이컵을 지훈에게 대령했다. 지훈은 종이컵과 연아의 손을 동시에 잡았다. 연아가 표정을 구기자 지훈은 그것을 보며 뭐가 그리 좋은지 저 혼자 킬킬거렸다.

정색하고 피하려고 했건만 일이 이상하게 되어버렸다. 자신을 구하려다 이리 다쳐버렸으니 도의적 차원에서 지훈을 외면할 수 없었다. 과거를 바꾸려 했건만 되레 더 단단히 엮여버렸다. 역시 그리 쉬운 일은 아니란 얘긴가.

다음 수업 때문에 대독이 자리를 뜨자, 넓은 병실에 둘만 덩그러니

남게 되었다. 불편한 침묵이 흐르며 공기가 답답해졌다.

"이연아."

지훈이 멀찍이 서 있던 연아를 불렀다.

"응? 왜? 뭐 필요한 거 있어?"

"이리 와봐."

지훈이 침대에 누운 채 왼손을 까딱였다. 연아는 침대 옆으로 딱 한 걸음, 다가섰다.

"좀 더 가까이."

한 발자국 더.

"아, 가까이라고 했잖아!"

답답했는지 지훈이 버럭 소리를 질렀다.

참을성 없는 놈 같으니.

연아가 가까이 서는 순간, 지훈의 왼쪽 팔이 불쑥 뻗어왔다. 그러더니 연아의 머리를 쓸어 넘긴다. 순식간에 일어난 일이었다.

"그런 얼굴 하지 마. 괜찮으니까. 나 무식하게 튼튼하잖아. 금방 나을 거야."

커다랗고 거친 손으로 쓸어 넘긴다고는 믿을 수 없을 만큼 부드러운 손길이었다. 여지없이 자신을 똑바로 응시하는 새까만 눈동자. 속을 알 수 없는 30대 남자들에게서는 찾아볼 수 없는 꾸밈없고 솔직한 눈동자였다. 지훈은 알고 있는 것이었다. 아파서 낑낑대는 와중에도, 킬킬대면서도, 자신이 속으로 얼마나 이 상황을 무서워하고 있는지를.

연아의 가슴 언저리로 간질간질한 기운이 몰려왔다.

아니야, 이연아. 정신 차려.

연아는 매몰차게 지훈의 손을 뿌리쳤다.

"하지 마. 나 때문에 다친 거니까 일상 생활하는 데 불편함 없도록 도와줄게. 그렇다고 나한테 이런 행동 해도 좋다는 뜻은 아니야. 두 번 다시 함부로 나 만지고 그런 짓 하지 마."

"뭐가 또 마음에 안 들어서 다시 쌩하고 찬바람이 불까."

서릿발 날리는 말투에도 아랑곳하지 않고, 지훈은 자리에 드러누우며 얼굴 가득 미소를 지었다.

인간이 어떻게 이렇게까지 퇴행할 수 있는 거냐!

다음 날부터 지훈은 유아기로 돌아간 듯 혼자서는 아무것도 할 줄 모르는 '류지훈 어린이'가 되었다. 기사 아저씨가 운전해주는 차를 타고 연아의 집 앞까지 와 납치하듯 태우고 등교하더니, 하루 종일 찰싹 들러붙어 떨어질 줄 몰랐다. 조금이라도 연아가 다른 데 주의를 팔려 하면.

"야, 이연아!"

지훈의 서슬 퍼런 목소리가 연아의 뒤통수를 때렸다. '왜 또!' 하고 연아가 성질내며 다가가면 책을 못 펴겠느니, 필기를 대신 해달라느니, 물을 마시고 싶다느니 하며 어리광질이었다.

"점심 먹으러 가자."

4교시 마치는 종이 울리자 지훈이 깁스한 팔을 보란 듯이 내보이며 다가왔다.

저 자식, 이제 밥까지 떠먹여 달라 할 기세다.

"나 밥 먹여줘야지."

젠장. 설마가 진짜가 될 줄이야.

"왼손으로 먹어. 그 정돈 할 수 있잖아."

연아가 퉁명스럽게 대꾸했다.

"나 왼손 전혀 못 써. 대대손손 오리지널 정통 오른손잡이야."

"말도 안 돼. 헛소리 좀 하지 마."

"진짜야. 이거 봐."

지훈이 교복 셔츠의 오른쪽 칼라를 가리켰다. 정말인지 왼쪽은 멀쩡한데 오른쪽만 반쯤 접혀 있었다.

"그럼 강호윤한테 먹여달라고 해."

연아는 자기도 모르게 손을 뻗어 접힌 오른쪽 칼라를 살살 내려주며 말했다. 그런데 대답이 없다. 고개를 들자 지훈이 조금 놀란 눈으로 자신을 내려다보고 있었다. 능글맞고, 거만하고, 제멋대로인 녀석이 '순수하게' 놀라는 얼굴은 처음이었다.

"아, 뭐. 응……."

그러고는 조금 붉어진 얼굴로 고개를 돌린다.

'응'이라니, 류지훈이 대번에 말을 듣다니. 이런 희귀한 일이…….

그렇게 생각한 것도 잠시, 이내 지훈은 버럭 소리를 지르며 말을 바꿨다.

"강호윤이 떠주는 걸 먹으라고? 먹다가 쏟려서 안 돼. 그리고 이 팔은 강호윤이 아니라 너 땜에 다친 거잖아. 네가 책임을 져야지."

결국 지훈의 무리와 윤새, 다정까지 합세해 다 함께 우르르 급식실로 향했다.

연아는 식판에 반찬과 밥, 국을 아무렇게나 담아 지훈의 앞에 내려놓았다.

"왼손으로 먹도록 노력해봐. 정 안 되면 도와줄게."

차갑게 말을 내뱉고는 연아 역시 수저를 들었다.

"뭐야? 이연아, 너 류지훈 좋아해?"

말이 떨어지기 무섭게 연아가 경민을 싸늘하게 노려봤다.

"헛소리 말고 먹기나 해."

대차게 쏘아주자, 우태까지 지훈의 식판을 들여다보곤 고개를 갸우뚱거렸다.

"근데 어쩜 이렇게 얘가 좋아하는 반찬만 잘도 골라 왔대."

푸흡—. 연아는 입 안에 머금었던 밥알들을 뿜고 말았다.

"에이씨. 더럽게!"

"저것들 붙어 다니더니 더러운 것도 똑같아졌어."

경민과 우태가 투덜거리며 밥알을 튕겨냈다.

"괜찮아? 물 마실래?"

윤새가 컵을 밀어주자, 연아가 물을 들이켜며 지훈의 식판을 곁눈질했다. 소시지 달걀부침, 채소를 골라낸 햄 케첩 볶음, 국물 없이 건더기만 있는 콩나물국.

자신도 모르게 지훈의 식성대로 반찬을 담아 온 것이다. 식은땀이 흘렀다. 무심코 지훈이 좋아하는 반찬을 가지고 온 것도 놀랐지만 이런 기억이 무의식 속에 남아있었다는 게 더 놀라웠다. 옆에서 뚫어져라 쳐다보는 지훈의 시선이 느껴졌다. 무시하려 했지만 수저도 들지 않고 식판 한 번, 얼굴 한 번, 또다시 식판 한 번, 얼굴 한 번을 반복하고 있었다.

저게 무슨 표정이더라.

생경한 표정이었다.

"야, 떠먹여 달라잖아. 그냥 먹여주고 끝내. 하여간 개자식, 이런 꼴 보게 할 거면 따로 먹자고 하지, 왜 우리까지 끌고 와서 눈 버리게 하냐."

식판에 담긴 밥을 푹푹 퍼먹으며 경민이 투덜댔다.

"그니까. 가뜩이나 밤에 공부한다고 눈도 나빠지고 있는데, 시력에 독을 뿌려라!"

이미 제 앞의 식판을 깨끗하게 비우고 호윤의 식판을 향해 수저를 뻗으며 우태가 말을 보탰다.

"웃기시네. 새꺄! 네가 무슨 밤에 공부를 한다고? 맨날 게임한다고 모니터에 얼굴 갖다 대고 있으니 눈이 나빠지지!"

"야, 지경민. 너도 맨날 게임하잖아! 그리고 난 프로게이머 될 거라고. 이거 다 미래를 위한 투자거든?"

"헛소리 말고. 하여간 류지훈, 이연아. 앞으로 니네 둘은 저 구석에 앉아서 알콩달콩 먹어라. 야, 강호윤. 눈 더러워지기 전에 빨리 먹고 가자, 가."

연신 타박하는 경민과 우태의 말에도 아랑곳하지 않고 지훈은 그저 가만히 연아만 바라봤다. 둘 사이의 신경전이 불편했던 모양인지 호윤이 수저를 집어 들었다.

"내가 먹여줄까? 왼손 전혀 못 쓰겠어?"

"미친 새끼! 네가 떠주는 걸 내가 왜 먹냐!"

지훈이 버럭하더니 왼손으로 잽싸게 수저를 잡아챘다.

너, 대대손손 정통 오리지널 오른손잡이라며? 지금 왼손 쓰는 걸 보니 넌 다른 핏줄인 거 같은데?

지훈은 왼손으로 수저를 잡곤 어설프게 밥을 떴다. 하나 입가로 채 가져가기도 전에 밥알들이 우수수 떨어졌다.

"아씨, 왜 안 돼."

보란 듯이 지훈의 행동은 갈수록 더욱 어설퍼졌다.

일부러 그러는 거다. 분명.

연아는 결국 지훈의 손에서 수저를 뺏은 다음, 밥을 뜨고 반찬을 올려 지훈의 입가로 가져갔다. 지훈이 그제야 눈을 가늘게 뜨고 씩 웃더니 날름 받아먹는다.

이번 한 번만이야. 나 때문에 다친 거니까. 나으면 얄짤 없어. 넌, 살려달라고 애원하는 날 매몰차게 버리고 간 쓰레기 같은 자식이니까.

그것만 기억할 거야.

한 숟갈, 다시 한 숟갈. 빠르게, 체하지 않을 정도의 속도로 밥을 떠먹여 주었다. 빨리 먹여주고 일어나고 싶었다. 그러다 문득 지훈의 입가에 묻은 빨간 양념이 눈에 띄었다. 연아는 습관적으로 테이블 위 티슈를 뽑아 닦아주었다. 또다시 지훈의 얼굴에 생경한 표정이 떠올랐다.

젠장. 이모가 아플 때 밥 먹여드린 버릇이 나온 것뿐인데.

"이연아."

웃음기가 사라진 목소리로 지훈이 불렀다.

"왜?"

시선을 피하며 연아가 수저 위에 반찬을 올려놓았다. 소시지 부침에 빨간 양념을 털어낸 김치 반 조각.

"이러니까 너 꼭……."

"나 너네 엄마 아니야."

지긋지긋하다. 엄마 같은 여자 찾는 남자들.

"뭔 소리야. 요양원 돌보미 아줌마 같다고."

지훈이 깔깔대고 웃었다.

저놈의 자식이. 꽃다운 32살한테 아줌마라니!

지훈은 경민과 우태, 호윤과 잠시 뭐라 지껄이더니 다시 연아를 향해 "아." 하고 입을 벌렸다. 습관이란 참 무섭다. 연아는 반사적으로 미리 준비해놓은 한 숟갈을 가져가고 말았다. 그러자 지훈은 좋다고 날름 받아먹는다.

"이연아. 너 그때 했던 말 취소해라. 류지훈하고 상종도 안 하겠다고 결심한 거."

"맞아. 내일이면. 아니 내일이랄 것도 없겠엉. 오후면 너네 애정 행각 전교에 소문 다 나겠당."

윤새와 다정이 어이없다는 듯 연아를 슬쩍 노려봤다. 연아는 아니라고 부정하는 얼굴로 어깨를 한 번 으쓱했지만, 묘하게 가슴 언저리가 간질간질해오는 것은 어쩔 수가 없었다.

10. 진짜 진짜 싫어해

"들어봐봐."

수업 종이 치자 3분단 제일 끝자리로 여자아이들이 벌 떼같이 모여들었다. 저마다 눈에는 호기심을 넝쿨째 매달고 있었다. 의기양양한 얼굴로 주위를 둘러본 최자현이 몰려든 아이들을 보며 만족스러운 미소를 지었다.

"빨리 얘기해봐. 그다음, 그래서 어떻게 됐어?"

재촉하는 박서정의 얼굴에 궁금증이 가득했다. 손에 든 하늘색 하이테크 펜을 빙빙 돌리다, 못 참겠다는 듯 책상을 콩콩 두드리기까지 했다. 다른 아이들도 또랑또랑한 눈빛으로 다음 이야기를 조르고 있었다.

"다음 날, 아이스크림 먹는 사진을 디카로 찍어서 싸이에 올려놨어. 니네 그거 알지? 카메라를 높이 올려 들고 내려찍듯이 찍어야 잘 나오는 거. 각도가 중요해, 각도가. 요렇게 턱을 당기고 눈을 부릅뜨는 게 포인트지. 이건 내가 나중에 얘기 끝나고 다시 설명해줄게."

아이들이 존경스러운 눈빛으로 최자현을 바라봤다.

"그랬더니 일촌 신청이 바로 들어온 거야! 내가 사진 올리자마자 기다렸다는 듯이."

"정말?"

"그리고 댓글로 '아이스크림 먹고 싶었나 보다. 신나 보이네.' 이렇게 달아놨더라고. 이게 무슨 뜻인 거 같아? 역시 나한테 마음이 있는 거 같지?"

최자현의 말에 아이들은 영어 시간에도 발휘하지 못했던 독해 능력을 저마다 뽐내기 시작했다.

"일단 너 사진 올리자마자 바로 일촌 신청한 게 제일 수상해. 사진 올리길 기다렸다는 건 내내 네 싸이를 들락날락했다는 거니까."

그게 아니. 기막힌 우연으로 타이밍이 맞은 것뿐이지.

"댓글까지 바로 달았다면서! '아이스크림 먹고 싶었나 보다.' 이건 자기가 사주고 싶다는 뜻 아냐?"

아니지! 그냥 단순히 그런가 보다, 생각한 것뿐이라니까.

"'신나 보이네.' 이 말도 수상해. 귀엽다거나 예쁘다는 말은 너무 속 보이니까 이렇게 쓴 거 같은데? 만약 진짜 아이스크림에 대한 얘길 하고 싶었다면 '아이스크림 맛있어 보이네.'라고 썼겠지. 근데 '신나 보이네.'는 아이스크림이 아니라 너한테 초점을 맞춘 얘기잖아!"

지금 화제에 오른 사람은 바로, 최자현이 짝사랑하는 대학생 과외 선생 장영태였다. 여자아이들은 최자현의 러브 스토리를 매일매일 업데이트 받으며 신나 했다. 연아는 솜털이 보송보송한 아기들의 삽질을 한 발자국 떨어진 곳에서 지켜보고 있었다.

자신도 저런 때가 있었다. 남자아이들의 행동에 온갖 해석과 의미를 부여해가며 친구들과 밤새 얘기하던 시절.

하지만 아가들아, 나이 들어보니 알겠더라. 남자들은 그렇게 복잡한 존재가 아니란다. 그냥 그때 일촌 신청을 하고 싶어서 한 거고, 그냥 그렇게 댓글을 쓰고 싶어서 쓴 것뿐이야. 지금 말해봐야 무슨 소용이 있으리. 굳이 저들의 핑크빛 찬란한 마음에 미리 먹칠할 필요는 없었다. 다 때가 되면 자연스럽게 알게 되는 법. 물론 그때까지 무수한 절망의 나날들을 보내야겠지만.

연아가 그런 생각을 하거나 말거나, 최자현은 장영태와의 러브 스토리를 늘어놓는 데 여념이 없었다.

최자현으로 말할 것 같으면 세현고 최고의 '금사빠'. 예전에는 분명 영어 채홍식 선생이었고, 그다음에는 체육 변장호 선생, 그리고 그다음에는 재성 학원 꽃미남 강태한 선생이었던 걸로 기억하는데. 아무튼 최자현이 어찌나 실감 나고 재밌게 이야기를 하는지, 듣다 보면 상대와 깊이 사랑하는 느낌이 들 정도였다.

저것도 진짜 재주다, 재주.

"그럼 너, 영어는 끝난 거야?"

누군가가 자현을 향해 물었다. 영어는 채홍식 선생을 말하는 거였다.

"그래, 그래. 너 예전에 영어 미행까지 했었잖아. 집 알아낸다고. 그 후에 어떻게 됐어?"

"아아. 어어, 그거? 그냥 중간에 놓쳤지, 뭐. 야, 홍식 씨는 이미 내 마음속에서 끝났다니까. 그나저나 영태 오빠가……."

자현이 얼버무리며 다시 장영태 이야기를 끄집어냈다. 연아는 자현의 얼굴에 순간 당혹스러움이 스친 것을 놓치지 않았다. 그 모습이 어쩐지 이상해 연아가 고개를 갸우뚱거리던 그때였다.

"저거 류지훈 아냐?"

"그러네. 하여간 미친 자식, 저거 지랄견 맞다니까. 어떻게 저럴 수가 있냐?"

창밖을 내다보는 아이들 입에서 지훈의 이름이 등장했다. 귀를 쫑긋 세우며 연아는 창가로 향했다.

또 무슨 사고를 쳤길래 지랄견이라는 말이 나오는…… 세상에! 진짜 미친 거 아냐?

연아는 저도 모르게 상체를 창밖으로 쑥 내밀었다. 깁스를 한 채 운동장에서 공을 차며 뛰어다니는 놈을 '미친놈' 외에 달리 뭐라 부르겠는가. 자신 때문에 팔을 다쳤다는 이유로 사흘 내리 온갖 시중을 들었건만, 저렇게 대책 없이 축구를 하는 모습을 보니 머리꼭지가 도는 기분이었다.

그래, 네가 이러니까 지랄견이지. 지랄 만렙짜리인 아메리칸 핏불테리어 귀싸대기 연타로 날리는 지랄견.

'넌 오늘 죽었어.'

연아가 씩씩거리며 교실을 빠져나갔다.

연아는 축구를 하는 남자아이들 무리 속으로 성큼성큼 걸어 들어갔다. 그러고는 땀내 폴폴 나는 지훈에게로 다가가 귓불을 덥석 잡았다.

"아야야야야. 너 이거 안 놔?"

"못된 망아지한테는 몽둥이가 약이지. 내가 그동안 너한테 너무 잘해줬어."

"이거 안 놔? 애들 앞에서 쪽팔리게 무슨 짓이야?"

"너야말로 대체 무슨 짓이야? 어떻게 깁스를 하고 축구를 해? 이러니까 지랄견이지!"

"아파, 아파. 이연아, 이거 놓고 얘기해!"

지훈이 사정했지만, 연아는 봐주지 않았다. 오히려 더 세게 귓불을 잡아당기며 운동장 밖으로 지훈을 끌고 갔다. 담벼락 나무 그늘 아래 서자 연아는 그제야 지훈을 귓불을 놓아주었다. 물론 그 직전에 세게 당기는 것도 잊지 않았다.

"아야야."

지훈이 한 번 더 크게 엄살을 떨었다.

"이제 며칠만 있으면 깁스 푸는데 그새를 못 참고 축구야?"

"팔 다쳐서 농구를 못 하니까. 대신 다리는 멀쩡하잖아."

"지금 그걸 말이라고 해?"

"고작 팔 다쳤다고 교실에 가만히 죽치고 앉아 있어야겠어?"

불통한 지훈을 보자 연아는 말문이 막혔다.

네가 가만히 죽치고 앉아 있었다고? 쉬는 시간마다 꼬리에 불붙은 망아지마냥 뛰어다닌 건 다른 누구였니? 그래, 너 18살이었지. 아드레날린이 뻗쳐 잠도 못 자는 나이.

연아는 머리가 욱신거렸다. 이 자식이 빨리 나아야 시종 노릇도 그만할 수 있을 텐데, 이러다가 인대가 늘어난 팔이 제대로 낫지 않는다면 그 핑계로 얼마나 더 끌려다닐지 모를 일이었다.

"죽치고가 아니라 죽은 듯이 앉아 있어야지! 그리고 고작 다친 팔 때문에 내가 지금 며칠째 너 수발들고 있거든? 너 자꾸 네 몸 하나 간수

못 하고 이따위로 굴면, 나 이제 너 도와주는 거 못 해. 아니, 안 해."

"알았어, 알았다고. 그러니까 이제 고만 성질내."

지훈은 씨익 웃으며 연아의 머리를 마구 헝클어뜨렸다. 어지간히 뛰어다닌 모양인지 앞머리가 온통 땀에 젖어 있었다. 뒤에서부터 내리쬔 눈 부신 햇살이 그 녀석의 머릿결과 얼굴선에서 반짝이며 부서졌다. 담장 밖에서 넘어온 라일락 꽃향기가 바람을 타고 실려 왔다.

피해야지, 엮이지 않을 거야. 매일같이 다짐하며 애써 흉하게 일그러진 기억만을 되새기는데도 순간순간 무너질 때가 있었다. 타오르는 불꽃처럼 화려하고, 4월의 싱싱한 풀잎처럼 생명력 넘치는 그의 모습을 볼 때면 더욱 견디기 힘들었다. 불현듯 가슴속 저 아래에서 화가 들끓기 시작했다. 이렇게 환하게 날 보고 웃으면서, 그땐 왜 그랬는데. 대체 나한테 왜 그랬는데.

"내가 하지 말랬지."

연아는 정색하며 머리 위에 올려진 지훈의 손을 쳐냈다.

"왜 또?"

"함부로 나 만지지 말라고 했잖아. 왜 이렇게 내 말을 안 듣는 건데? 내가 그렇게 우스워?"

결국 소리를 빽 지르고 말았다.

"이연아, 너 갑자기 왜 그래?"

"내가 우스우니까 네가 이따위로 행동하는 거잖아!"

"우습지 않아. 내가 언제 널 우습게 봤는데. 너, 나한텐 어려운 사람이야. 너 화내고 성질내는 타이밍을 몰라서, 나 내내 네 눈치만 보고 있잖아."

대답하는 지훈의 목소리에서 웃음기가 사라져 있었다. 하지만 이상하게도 한번 시작된 화는 멈출 수 없는 기관차처럼 폭주하고 만다. 속에서 치솟은 화를 어찌 멈출지 몰라서. 혹은 이렇게나 다정하던 너와 폭력적이던 너 사이의 괴리감에. 혹은 이렇게 눈부시던 네가 형편없는 이유로 죽어버려서.

연아는 지금 어디로 향하는지 모를 분노를 쏟아내고 있었다.

"네가 나 때문에 다친 건 미안하게 생각해. 그런데 지난 사흘간 너 쫓아다니면서 너무 지쳤어. 너한테 그만 휘둘리고 싶어. 그리고 정말 진지하게 얘기하는 건데."

말을 끊은 연아는 고개를 들어 지훈을 똑바로 쳐다봤다.

"정말…… . 앞으론 정말 너랑 안 엮였으면 좋겠어. 같은 반이지만 될 수 있는 한 마주치지 말고 말도 섞지 말자."

멍하니 선 지훈을 뒤로하고 연아는 돌아서서 걷기 시작했다. 하지만 곧 달려온 지훈이 억센 손으로 연아를 돌려세웠다.

"야, 이연아. 너 웃긴다. 너 지금 핀트 잘못 잡았어. 내가 팔 다친 채로 축구해서 화난 거 아니잖아! 어디에서 뺨 맞고 와 나한테 화풀이하는 건데?"

지훈이 시뻘겋게 달아오른 얼굴로 소리 질렀다.

그냥 화가 나. 과거의 너한테, 지금의 너한테, 미래의 너한테 모두 화가 나. 날 불이 난 체육 창고에 내버려 둔 채 도망가고, 복수하기도 전에 마음대로 죽어버린 자식이, 뭐가 좋다고 이렇게 해맑게 웃고 있는지. 문득문득 감당하기 힘들 만큼 화가 난다고.

"화풀이? 내가 너 아니면 화낼 일이 뭐가 있는데? 나 너한테 화내고 있는 거 맞아."

"나한테 이렇게까지 화낼 이유가 없잖아! 뭐, 팔 다쳤는데 축구한 건 미안해. 그거 가지고 화낸 거는 알겠지만 갑자기 마주치지 말자, 엮이지 말자는 뭔 소린데?"

"갑자기라니? 너 이제껏 내 말을 뭐로 들은 거야? 나 처음 너 볼 때부터 줄기차게 얘기했어. 나한테 말도 걸지 말고, 마주치지 말자고. 네가 날 얼마나 우습게 알기에 갑자기란 소릴 해?"

"같은 반인데 어떻게 말도 안 하고 마주치지도 않냐? 말이 되는 소릴 해!"

"그러니까 의도적으로 피하자고! 나 정말 너 싫어! 꼴도 보기 싫다고!"

연아는 저도 모르게 치가 떨리는 표정을 짓고는 흠칫하며 지훈을 바라봤다. 사정없이 찌푸려진 지훈의 미간이 그가 얼마나 화가 치밀었는지 여실히 보여주고 있었다. 반면 커다랗게 벌어진 동공은 그가 받은 상처의 깊이를 짐작게 했다. 잠시 멈칫하던 지훈은 담벼락에 퍽퍽 발길질을 하기 시작했다.

"에이씨! 이게 귀엽다, 귀엽다 봐주니까. 어디까지 기어오르려고 그래!"

"뭐? 귀엽다, 귀엽다 봐줘? 말 그따위로 할래? 어린놈의 자식이 싹통머리가 없어!"

"뭐? 어린놈? 싹통머리? 너 진짜 나 여기서 뒤집어지는 꼴 보고 싶어?"

"왜 그 말이 싫어? 때와 장소를 못 가리고 설치는 게 어린애지, 그럼 뭐야! 나 참, 내가 이런 어린애랑 뭘 하겠다고!"

연아도 지훈 못지않게 고래고래 소리를 질렀다.

눈앞의 지훈은 아무것도 모르는 상태니, 화풀이가 지나쳤나 싶은 마음이 슬쩍 들었지만 이제 와 물러설 수도 없었다. 게다가 단단히 결심하지 않았는가. 저 자식과의 인연을 확실히 끊겠노라고.

"아무튼 아까도 말했지만 앞으로……."

"걱정 마. 마주치지도, 말 걸지도 않을 테니."

지훈은 쌩하게 돌아서서 학교 건물을 향해 걸어갔다.

'으아. 늦었다.'

연아는 정신없이 강남역 한복판을 내달리고 있었다. 교복 재킷에 넣어둔 핸드폰이 쉴 새 없이 울렸다. '어디냐, 교대 시간 지난 지가 언젠데 왜 아직도 안 오냐.'는 편의점 알바생의 독촉 전화였다.

18살의 연아는 학교에 비밀로 한 채 강남역 인근 편의점에서 아르바이트를 하고 있었다. 야자가 없는 토요일 오후와 일요일 풀타임, 자율야자를 하는 화요일과 목요일 밤 시간이었다.

생각해보니 고등학교에 진학한 이후로 아르바이트를 쉬어본 적이 없었다. 까마득하게 잊고 있다 윤새와 야자실에 내려가던 중, 알바생의 독촉 전화를 받은 것이다. 시각은 어느새 7시 10분을 지나고 있었다. 4월인데도 7시가 넘으니 강남역 거리는 벌써 오색찬란한 네온사인으로 번쩍이고 있었다.

연아가 바쁜 걸음으로 강남역 중심가에서 골목 안으로 들어가던 중이었다. 후미진 골목에서 언뜻 낯익은 뒷모습이 보였다. '누구지?' 하는 순간 번뜩이며 얼굴이 떠올랐다.

최자현이었다.

자현은 고등학생답지 않은 옷차림에 화장까지 하고 주위를 두리번 거리더니 이내 어둑한 골목으로 몸을 숨겼다.

'여기서 뭐 하는 거지?'

따라가서 알은 척이라도 해볼까 싶었지만, 재킷 안의 핸드폰이 다시 맹렬하게 울렸다. 선택의 여지가 없었다. 연아는 편의점을 향해 냉큼 달려갔다.

"늦어서 죄송합니다."

유리문을 밀자 종소리가 땡그랑, 하고 울렸다. 카운터에는 연아보다 두세 살 많아 보이는 남자가 인상을 찌푸리고 있었다.

"10분이나 늦었잖아. 300원 내놔. 옷 갈아입을 시간 동안 기다릴 거까지 치면 350원."

역시나. 이름은 기억나지 않지만 조금이라도 늦으면 칼같이 시급을 분할 계산해달라던 놈이었던 것은 생생히 떠올랐다.

"알았어요. 드릴게요."

남자는 짜증을 내며 편의점 직원용 조끼를 벗어 던졌다. 연아는 편의점 구석에 있는 물품 보관실로 들어가 평상복으로 갈아입고 나왔다.

이 옷차림도 정말 오랜만이다. 청치마에 분홍색 폴로 카디건. 이 카디건 정품으로 하나만 사달라고 이모를 그렇게 졸라댔었는데. 감회가 새로웠다.

연아가 조끼를 두르고 카운터에 서자 남자는 인사도 없이 편의점을 빠져나갔다.

물어볼 틈도 없이 가버리네.

3년을 꼬박 편의점에서 일했지만, 너무 옛일이다 보니 계산이나 마
감하는 방법이 가물가물했다.

　땡그랑.

　"어서 오세요!"

　다시 한번 말하지만 몸에 밴 습관은 무서웠다. 유리문에 달린 종이
울리자 연아는 저도 모르게 큰 목소리로 인사를 했다. 시끄럽다 했더니
남자아이들 서넛이 우르르 편의점 안으로 들어오고 있었다. 어설픈 차
림이 딱 봐도 밤거리에 놀러 나온 핏덩이들이었다.

　"디스 하나."

　노랗게 머리를 염색한 남자아이가 카운터에 1,500원을 올려놓았다.
연아는 넓적한 지폐와 빙그르르 돌고 있는 동전을 무심히 바라봤다.

　어린놈의 새끼들이.

　"신분증이요."

　"얘 뭐래냐?"

　연아의 요구에 남자아이들은 어이없다는 표정을 지었다.

　"신분증 달라고요. 미성년자한테는 담배 판매 안 합니다."

　지극히 사무적인 말투로 팩트만 던지기. 6년 차 은행원으로서 진상
고객을 거절하는 방법이었다.

　"아, 진짜 짜증 나게 하네."

　"딱 보면 몰라? 미성년자 아닌 거. 그냥 계산이나 하라고."

　남자아이들이 건들대며 카운터로 몰려왔다. 과장된 몸짓과 위협적인
말투를 보아하니 예상치 못한 반격에 당황한 것 같았다.

　"신분증 주시기 전엔 안 됩니다."

"야, 내 말 안 들려? 그냥 계산이나 하라니까. 편의점 알바 주제에 이 게 어디서."

노랑머리 남자아이가 한껏 건방진 말투로 협박했다. 여기저기 피어 싱까지 한 걸 보니 동네에서 꽤나 논다 하는 애들인 것 같았다.

"계속 이러면 경찰 부릅니다. 신분증 주시고 담배 사가든지, 아니면 곱게 나가시죠."

"나 참, 웃긴 년이네. 야, 너 어디 학교야? 보아하니 너도 고딩이구만, 이게 어디서 어른 흉내야? 경찰을 불러? 맘대로 해. 경찰 부르라고!"

노랑머리가 악을 쓰며 카운터를 쾅 내리치자, 편의점 안에 있던 사람 들이 웅성거렸다. 상황이 심상치 않다 생각했는지 물건을 고르다 말고 그대로 밖으로 나가기도 했다. 연아도 슬그머니 불안해졌다. 강남 한복 판에 있는 편의점. 술 취한 취객들이 어우러져 언제 어디서 사고가 나 도 이상하지 않은 곳이었다.

"왜, 왜 소리를 질러요! 시, 신분증 보여달라고요. 그전에는 담배 못 줘요."

하지만 쪽팔리게 한번 내뱉은 말을 주워 담을 수는 없는 노릇이었다.

"너, 우리가 누군지 알고 이래? 보자, 너 세현고 다니지?"

연아는 피가 얼어붙는 느낌이었다.

"아, 아니……."

"푸하하하하. 야, 맞나 보다. 그냥 찔러봤는데. 몇 학년? 1학년? 2학 년? 알바하는 거 보니 3학년은 아닐 테고."

노랑머리가 연아의 얼굴을 응시했다. 얼굴을 기억하겠다는 듯 하나 하나 눈에 새기는 행동이었다.

"싸이 몇 번 타면 다 나온다. 나중에 오빠들한테 험한 꼴 당하고 싶지 않으면 조용히 담배 계산해라."

노랑머리의 입가에 여유로우면서도 잔인한 미소가 어른거렸다.

젠장, 이 자식들아. 내가 아무리 돈 벌려고 별짓 다 하고 살았지만 적어도 고딩들 협박에 굴복하며 남부끄럽게 살진 않았다고.

"싫어. 신분증 내놓기 전에는 절대 담배 안 팔아."

노랑머리의 얼굴이 형편없이 일그러지는가 싶더니 쾅, 하고 카운터를 세게 내리쳤다.

"야, 너 죽고 싶어?"

노랑머리가 와락, 연아의 멱살을 잡아 올렸다. 가까이 다가온 노랑머리의 얼굴은 분노로 새빨개져 있었다. 연아는 왈칵 눈물이 차올랐다. 당장 이 날뛰는 망아지들한테 한 대 얻어맞을 것만 같았다.

그때 유리문이 땡그랑, 소리를 내며 열렸다.

"죽고 싶은 건 너겠지."

구원자의 목소리였다.

그러지 말라고. 여느 흔한 연애 소설에나 나올 법한 타이밍에 구원자처럼 나타나지 말란 말이다. 속으로는 그렇게 말하면서도 연아는 눈물이 그렁한 눈으로 지훈을 바라봤다. 팔에 깁스를 한 채 건들거리며 다가오는 그의 모습은 흡사 전쟁을 치르고 돌아온 전투력 만렙의 상이용사처럼 보였다.

솔직히 말하자면 그래, 반가웠다. 이 쥐방울만 한 꼬맹이들한테 쥐어 터질까 무서워 질질 짜고 있는 타이밍에 잘도 나타나 줘서 고마웠다. 반면 걱정이 되기도 했다. 이 패거리는 4명이나 되는데, 지훈은 팔을 다쳤다. 아무리 성질이 개 같은 놈이지만 1 대 4는 불리할 텐데. 누가 경찰에 신고는 안 해주나.

오만가지 생각이 연아의 머릿속에서 소용돌이쳤다.

"아, 형!"

갑자기 노랑머리가 지훈을 보곤 반갑게 인사했다.

"김성호, 너 오랜만이다. 요새 얼굴 보기 힘들더니 여기서 노냐?"

"예. 형 오랜만이에요."

"형 그런데 팔은 왜 다쳤어요?"

"싸우다 다치신 거예요?"

노랑머리 패거리는 지훈을 보고 '형, 형.' 하며 반갑게 인사했다. 눈물이 쏙 들어간 채 연아는 이들의 해후를 지켜봤다. 상황이 예상과는 많이 다르게 흘러갔다.

"그런데 아시는 사이에요, 두 분?"

노랑머리가 연아를 가리키며 난데없는 존대를 했다. 손까지 공손하게 모아가면서 말이다.

"응. 같은 반."

같은 반. 지극히 정확한 관계의 표현이었지만, 연아는 어쩐지 그 말이 차갑게 느껴졌다.

"형 하고 같은 반이셨구나. 누님, 전 김성호라고 지훈이 형 중학교 후배예요. 아까는 여러모로 죄송했습니다. 그럼 형 나중에 연락 줘요."

노랑머리와 일행들은 지훈에게 꾸벅 인사를 하곤 편의점을 빠져나갔다. 나가는 와중, 노랑머리는 손가락을 세워 입술에 대곤 쉿, 하는 걸 잊지 않았다.

나도 쪽팔려서 자세한 얘긴 안 할 거라고!

연아도 속으로 소리쳤다.

황당하리만큼 간단한 상황 정리에 연아는 어안이 벙벙했다. 5분 만에 장르가 학원 폭력물에서 로맨스로, 로맨스에서 코미디로 재깍재깍 잘도 바뀌었다.

"난 다 봤다."

"뭘?"

"너 운 거."

"내, 내가 언제! 아니거든? 그냥 하품하다가 눈물 고인 거야."

"완전 쫄아서. 눈 주위가 새빨개진 주제에 거짓말은."

지훈이 진열대에 놓인 음료수를 만지면서 킬킬거렸다.

"아니거든!"

"다 봤다니까아."

지훈이 "흐음." 하는 소리를 내며 놀리듯 말끝을 늘였다.

"아니라니까! 아니라고 하는데 왜 자꾸……."

"너 서운해하는 거."

"내가 서운해하긴 뭘 서운해해!"

"성호한테 같은 반 애라고 했을 때 서운해했잖아."

연아는 아무 말도 할 수가 없었다. 정곡이 찔려 그 자리에 얼어붙고 말았다.

"좋아하는 애라고 얘기 안 해서 서운했어?"

지훈은 딸기 첨가물이 든 음료를 카운터에 올려놓으며 물었다. 새까만 눈동자가 연아를 똑바로 응시했다. 머릿속, 뱃속, 그리고 가슴속 깊은 속내까지 갈퀴로 파헤칠 것만 같은 눈동자였다.

"전혀. 우리 같은 반 맞는데 내가 왜 서운해."

연아는 딸기 음료를 빼앗아 들고는 바코드를 찍었다.

"이연아."

지훈의 부름에도, 대답하지 않았다.

"넌 말이야, 다 좋은데 솔직하지 못한 게 문제야."

18살짜리한테서 문제 운운하는 소릴 들으니 기가 찼다.

"내가 뭘!"

연아는 퉁명스럽게 내지르며 지훈을 똑바로 바라봤다. 또다시 새까만 눈동자가 자신을 옭아매고 있었다.

"너도 나 싫지 않잖아."

"뭐? 얘가 무슨 소리래? 나 너 싫다고 했……."

연아가 말을 채 끝마치기도 전에 지훈이 연아의 손을 홱 잡아끌었다. 지훈의 얼굴이 코앞까지 다가왔다. 숨이 막히며 심장이 쿵쾅쿵쾅 방망이질하기 시작했다. 어떤 표정을 지어야 할지 알 수가 없었다. 아니, 얼굴 근육이 제멋대로 움직이는 느낌이었다.

지훈은 어리벙벙한 표정의 연아를 가만히 내려다보더니 씩 웃음 지었다.

"거봐, 맞잖아."

당황한 연아가 손을 빼내고는 허둥지둥했다.

"맞긴 뭐가 맞아. 헛소리 그만해. 근데 여긴 왜 왔어? 절대 마주치지도 않고, 말도 안 건다며."

연아는 괜스레 물품들을 정리하며 화제를 전환했다.

"아깐 열 받아서 한 소리고."

불과 몇 시간 전 일이건만, 머릿속에서 지운 듯 태평한 말투였다. 지훈은 음료 뚜껑을 따곤 인공 딸기향이 풍기는 음료를 들이켰다. 그 모습을 보니 연아는 절로 헛웃음이 나왔다.

너 참 세상 편하게 산다. 일차원적이라서 좋겠구나.

"알바 언제까지야?"

"알아서 뭐 하게."

"집에 가야지."

"그래. 집에 가야지. 넌 너네 집, 난 우리 집."

"데려다줄게. 넌 내가 여기까지 왜 왔다고 생각하는 건데? 빨리 몇 시까진지나 말해!"

연아의 말이 마음에 안 드는지 지훈이 인상을 찌푸렸다. 연아는 뭐라 쏘아대고 싶었건만 지치고 힘도 없었다. 무엇보다 아무리 얘기해봤자 쇠귀에 경 읽기만도 못했다.

"11시."

"너무 늦잖아."

지훈이 또 인상을 사정없이 구겼다.

"그러니까 가라고. 앞으로 3시간 반이나 남았어."

"멍충아. 늦어서 위험하다고."

지훈은 빈 플라스틱 병으로 연아의 머리를 통, 하고 쳤다.

"이따 데리러 올게."

"3시간이나 어디서 뭘……!"

연아의 말이 끝나기도 전에 유리문이 땡그랑 소리를 내며 열리고 닫했다. 연아는 지훈이 사라진 유리문을 한참이나 쳐다봤다. 땡그랑 하는 종소리가 이명처럼 쉴 새 없이 귓가에 울려 퍼지는 것 같았다.

"들어가 볼게요."

편의점을 나오자 선선한 공기가 기분 좋게 몸을 감쌌다. 거리는 울긋 불긋한 불빛과 취객들의 고함 소리로 불야성을 이루고 있었다. 조금은 촌스럽고 지저분한 모습이었다.

연아는 바로 걸음을 떼지 않고 편의점 앞에서 미적거리며 주위를 슬쩍 둘러봤다. 지훈의 모습은 보이지 않았다. 슬그머니 서운한 마음이 들자, 연아는 화들짝 놀라며 고개를 가로저었다. 시계추처럼 왔다 갔다 하는 제 마음을 자신도 이해하지 못했다. 처참하게 일그러진 과거를 생 각하면 미칠 듯이, 찢어 죽여도 시원치 않을 만큼 미웠다. 하지만 환하 게 웃는 모습을 볼 때면 죽어버린 이에 대한, 옛정에 대한 그리움이 살 포시 고개를 들었다. 덕분에 이랬다저랬다 자신이 봐도 사이코같이 행 동하고 있었다.

이런데도 넌 용케 내가 좋다는 말이 나오는구나. 지금의 난 18살 때 와 너무나 달라져 있는데.

연아가 생각에 잠긴 그때 골목 저 멀리서 지훈이 날랜 몸짓으로 뛰 어왔다.

"허억…… 헉헉. 하아, 다행이다. 먼저 가버리면 어쩌나 싶었어."

"너 기다린 거 아니거든?"

지훈이 웃으며 연아의 머리를 헝클어뜨렸다.

"상관없어."

둘은 누가 먼저랄 것도 없이 강남역을 향해 걷기 시작했다. 한 발자국쯤 떨어진 채 딱히 손을 잡지도, 옆에서 나란히 걷지도 않았다. 강남역에서 지하철을 타고 사당역에 내려 골목 어귀에 들어설 때까지도 지훈은 잡다한 얘기만 할 뿐이었다.

"근데 너, 진짜 나 기억 안 나?"

가파른 계단을 오르며 지훈이 물었다.

"뭘?"

"작년. 1학년 때."

선뜻 생각나지 않아 연아는 고개를 갸웃거렸다.

"나 사실 1학년 때부터 너 알고 있었다?"

서서히 기억이 떠오르기 시작했다. 이 얘기를 들은 적이 있었다. 지금처럼 함께 걷고 있던 순간이었다.

"입학식하고 얼마 안 있어서니까 작년 3월 중순쯤이었던 거 같다. 꽃샘추위 와서 엄청 추울 때였어."

연아의 머릿속에도 어렴풋이 그 날의 정경이 그려지기 시작했다. 3월이 되었음에도 세상이 꽁꽁 얼어붙은 듯 칼바람이 매섭게 몰아치던 날이었다. 며칠 전 내린 눈으로 길마저 꽝꽝 얼어붙어 몹시 미끄러웠다.

"평소보다 일찍 나와서 등교하는 애들도 몇 명 없었어. 그날 엄마랑 싸워서 기분이 엄청 더러웠거든? 그런데 빨간 목도리를 한 여자애가 뒤에서 막 뛰어와 날 치고 지나가는 거야. 미안하다는 말도 없이. 덕분에 기분이 더 더러워졌지."

"……."

"근데 그 빨간 목도리가 학교로 올라가는 오르막길에서 미끄러진 거야. 뒤로 발라당 넘어진 것도 웃겼는데, 오르막길이라 데굴데굴 굴러떨어지기까지 했어."

기억난다. 내 인생 최악의 날 중 하나.

"나 그날 웃다 죽는 줄 알았다. 진짜 미친 듯이 웃었거든."

이것도 기억난다. 아픈 것도 모를 만큼 쪽팔려 죽을 것 같았는데, 뒤에서 미친 듯이 웃던 어떤 인간.

"크하하. 정말 너어어어무 웃긴 거야. 다른 애들은 몰라도 난 바로 뒤에서 정통으로 봤거든. 네가 발라당 넘어지고 데굴데굴 구르던 장면."

"그래서 인간아. 그렇게 웃냐? 난 쪽팔려 죽는 줄 알았는데. 입학하고 나서 며칠 안 됐지만 정말 그 일로 전학 갈 뻔했다고! 근데 2학년 올라와서 그런 추한 꼴을 보인 빨간 목도리가 나라는 걸 알게 됐으니 너도 참 황당했겠……."

"아니, 넌 내 말을 뭘로 들은 거야. 나 1학년 때부터 너 알고 있었다니까."

"뭐?"

"그날 이후로 네가 쭉 눈에 보이더라고. 너 계속 그 빨간 목도리하고 다녔었잖아. 학교 안에서도 내내 그냥 보였어, 네가."

쿵―.

심장이 내려앉았다.

"아니, 사실 안 보려고 해도 안 볼 수가 있어야지. 쪼그만 게 여기저기 엄청 빨빨거리면서 돌아다녔잖아. 이윤새, 이다정이랑."

쿵. 쿵. 쿵쿵. 쿵쿵. 쿵쿵쿵쿵. 심장이 마구 날뛰기 시작했다.

"쉬는 시간마다 매점에 가고, 점심때면 스탠드에 앉아 큰 소리로 떠들고, 허구한 날 야자 빼먹고 세현 분식 다니고. 하여간 너 엄청 돌아다녔어. 하루에도 눈에 몇 번씩 보였으니, 뭐."

지훈은 그것이 연아의 탓인 양 툴툴댔다.

"그런 얘기 왜 하는 건데."

어느새 두 사람은 한울 빌라 앞에 도착해 있었다. 흐릿한 가로등 불빛이 두 사람을 비췄다.

"다 왔다."

지훈이 한울 빌라를 한번 쳐다보고는 커다란 손으로 연아의 머리를 헝클어뜨렸다.

"하지 말라니까!"

"머리 이렇게 부스스하게 하고 있으면 개 같아. 그 말티, 말티 뭐 하는 개."

연아는 '네 별명이 지랄견인데, 나까지 개로 만들 셈이냐.' 따지려 했다.

"귀여워."

지훈이 활짝 웃었다.

"아, 개가 아니라 강아지. 눈 큰 강아지."

흐릿한 불빛 아래서도 눈부시게 빛나는 미소였다.

"가. 나 들어갈 거야."

연아는 시선을 피한 채 몸을 돌렸다. 가슴이 너무 뛰어 속이 울렁댔다. 지훈이 "잘 자고 학교에서 보자." 하곤 뒤돌아 골목길을 걸어가는 소리가 들렸다.

"아, 그때부터 널 좋아했는진 모르겠는데, 2학년 때 같은 반이 될까 싶어 문과 선택한 건 맞아!"

녀석의 목소리가 골목길에 왕왕 울려 퍼졌다. 연아의 머릿속에 이후 지훈이 덧붙였던 말이 떠올랐다.

"만약 진짜 2학년 때 같은 반이 된다면, 그건 운명이라고 생각했어."

사람의 적응력은 참으로 놀랍다. 과거로 온 지 며칠이나 됐다고 매일 좀비같이 일어나 습관처럼 등교 준비를 했다. 한동안은 아침에 눈을 뜨면 여기가 진짜 2003년인지 혼란스러웠건만, 어느새 몸과 마음이 2003년도로 자동 세팅되어버렸다.

연아는 감은 머리를 말리지도 못하고 집을 나섰다. 축축한 머리끝에서 물기가 방울이 되어 떨어졌다. 어젯밤 지훈과 헤어지고 집에 들어온 후, 한숨도 잘 수가 없었다. 머릿속에 내내 그 녀석의 얼굴이 떠올랐다 사라지기를 반복했다. 이대로라면 또 대책 없이 끌려다니기만 할 것 같았다. 그래서 지훈을 피하기 위해 평소보다 20분 정도 빨리 집을 나왔다.

버스에서 내려 학교를 향해 걸어가던 중 평소 쓰던 펜이 다 닳았다는 사실이 기억났다. 연아는 방향을 바꿔 모아 문방구로 들어갔다.

"이게 어디서 거짓말을 해? 너 몇 학년 몇 반이야? 엉? 너네 담임 좀 봬야겠다. 좋게 넘어가려고 했더니 끝까지 발뺌이네."

문을 열자 문방구 주인아주머니의 날카로운 목소리가 귓가를 때렸다. 호피 무늬 티셔츠에 꼬불꼬불 파마머리를 한 주인아주머니는 화를 주체하지 못한 채 씩씩대고 있었고, 그 앞에는 여자아이 하나가 고개를 숙이고 있었다. 무슨 일인가 싶어 펜을 고르는 척, 다가갔더니 여자아이의 옆모습이 언뜻 보였다. 머리카락이 가늘어 살짝만 고개를 돌려도 찰랑이는 단발머리, 들창코에 강아지처럼 축 처진 눈썹. 전체적으로 선해 보이는 인상을 가진 같은 반 박서정이었다. 최자현과 항상 붙어 다니는 아이로 존재감은 없지만 멍청하리만큼 착하다고 알려져 있었다.

"아줌마, 정말 훔친 거 아니에요. 그 하이테크 펜, 그제 다른 문방구에서 산 거라고요. 정말이에요. 믿어주세요."

"야! 네 교복 재킷 주머니에 떡하니 이 펜 꽂혀 있었잖아! 그제 산 거라면서 왜 주머니에 꽂아두냐고?"

"어제 쓰다가…… 넣어놓은 거예요. 정말이라고요……."

상황을 보아하니 서정은 저 하늘색 하이테크 펜을 훔쳤다고 의심받고 있는 것 같았다. 괜한 일에 휘말리기 싫어서 뒤돌아서려는데 어떤 장면 하나가 연아의 머릿속에 번뜩였다. 어제 최자현이 반 아이들을 모아놓고 장영태와의 러브스토리를 얘기할 때 박서정도 무리 중에 있었다. 그때 분명 서정은 저 하늘색 하이테크 펜을 손으로 빙글빙글 돌리며 자현을 재촉했다.

아, 정말 과거로 온 동안은 얌전히 지내려 했는데.

고개를 숙인 채 눈물을 그렁그렁 매달고 있는 서정의 모습이 처연했다. 연아는 두 사람을 향해 다가갔다.

"아줌마. 쟤 말, 맞아요. 그거 훔친 거 아니에요. 제가 분명히 봤어요. 어제 쟤, 저 펜 쓰고 있었거든요."

예상치 못한 인물의 등장에 두 사람이 동시에 돌아봤다.

"뭐? 증거 있어? 너네 둘이 짜고 이러는 건지 내가 어떻게 알아?"

주인아주머니는 연아까지 싸잡아 도둑 취급을 했다.

"아줌마야말로 증거 있어요? 얘가 그 펜 훔치는 장면 봤어요?"

"이 펜이 얘 교복 재킷에 꽂혀 있었다니까! 그게 바로 증거지 뭐야?"

역시, 훔치는 결정적인 장면은 보지 못한 모양이었다. 그러면서 다짜고짜 도둑 취급이라니.

"정 믿지 못하시겠다면 얘 짝 데리고 올까요? 걘 확실히 알 거 아니에요. 얘가 그 펜 어제도 쓰고 있었는지 아닌지."

주인아주머니는 입을 앙다문 채 아무 말도 하지 못했다.

"펜 이리 주세요. 오늘 일은 조용히 넘어가자고요. 안 그러면 진짜 학교에 소문낼 거예요. 아무 죄도 없는 학생을 도둑으로 몰고 갔다고요."

결국 주인아주머니는 못마땅하게 하늘색 하이테크 펜을 서정에게 건넸다. 연아도 아주머니의 심정을 모르진 않았다. 이 시기 2,000원이나 하던 하이테크 펜이 학생들 사이에서 얼마나 인기가 있었는지, 얼마나 많은 아이들이 죄의식 없이 학교 앞 문방구에서 펜을 훔쳤는지 잘 알고 있기 때문이었다.

"고마워……."

연아와 함께 문방구를 나온 서정이 인사의 말을 건넸다.

"아냐. 그리고 너도 아니면 아니라고 분명히 말을 해야지. 그렇게 도둑 취급당하고 있는데 어설프게 대응하면 어떻게 해?"

"이런 일은 처음이라…… 당황했어……. 너 아니었으면 진짜 큰일 날 뻔했다. 고마워……."

서정은 축 처진 눈을 더 끌어내리며 해맑게 웃었다. 딱히 친하지 않왔던 사이였기에 그것으로 대화가 끊겼다. 따로 가기도 뭣해 두 사람은 말없이 나란히 걷기만 했다.

"그런데…… 너 요 며칠 좀 다른 사람 같아."

서정이 불쑥 입을 열었다.

"나?"

뜨끔한 연아의 목소리가 삑사리 났다.

"응……. 예전에는 뭐랄까, 다른 애들한테 관심 없었잖아……? 항상 윤새, 다정이랑만 다니고, 류지훈 무리하고만 어울리고. 난 사실…… 너랑 친해지고 싶었거든. 근데 딱히 계기랄까 그런 게 없었어."

서정의 말을 듣고 생각해보니, 18살 당시 자신은 내내 지훈과 붙어 다니느라 윤새, 다정 외에 다른 친한 여자아이들이 없었다. 그래서 지훈이 등을 돌렸을 때 쉽게 여자아이들 사이에서 왕따가 되었는지도 모른다. 지훈과 딱 붙어 다니던 과거의 자신이, 여자아이들에게는 남자친구를 등에 업고 여왕 행세를 하는 것처럼 보였겠다는 생각이 들었다.

"일부러 그런 건 아닌데. 미안. 앞으로 친하게 지내자."

"조…… 좋아!"

서정이 빨개진 얼굴로 싱긋 웃었다. 연아는 서정의 얼굴을 물끄러미 바라봤다. 처진 눈이 강아지처럼 무척이나 선해 보였다. 말투마저 느릿느릿했다. 착하고 순진한 아이다. 그래, 이 아이와 조금 친해진다고 크게 달라질 게 있을까.

연아는 서정을 향해 해맑게 웃었다. 18살 자신에게 또 다른 친구를 선물해주고 싶었다.

11. 바뀐 기억

"너도 들어봐. 진짜 좋다니까."

윤새가 연아에게 이어폰을 건넸다.

"알아, 알아."

"성시경 님의 목소리는 왜 이렇게 감미로운 거니? 들어도 들어도 질리지가 않아. 아마 평생 안 질릴 거야."

응. 너 일편단심이더라. 14년 후에도 넌 성시경 열혈 빠순이거든.

윤새는 성시경의 〈희재〉를 들으며 몽롱하게 눈을 감았다.

그래, 이때쯤이었다. 윤새가 성시경에게 제대로 입덕한 게. 2001년 발매된 성시경의 첫 앨범이 공전의 히트를 치는 동안에도 시큰둥하던 윤새는 〈희재〉로 완전히 그의 팬이 됐다.

"나! 나 들을랭."

윤새가 다정에게 이어폰을 건넸다. 둘은 곧 함께 꿈결 같은 얼굴로 노래에 흠뻑 젖어들었다. 그때 음악실 뒷문이 열리며 서정이 쭈뼛거리며 들어왔다. 연아가 윤새, 다정과 함께 있는 걸 보고는 잠깐 주춤하더니, 이내 결연한 얼굴로 다가왔다.

"연아야…… 저기…….."

"응, 서정아. 무슨 일이야?"

"저기……."

"왜? 무슨 일인데?"

서정이 말을 망설이자 연아가 재촉했다.

"류지훈이……."

또 무슨 사고를 친 걸까.

"지훈이가 왜?"

"지금 싸우고 난리가 났어……. 애들도 구경하느라 다 몰려가 있고. 난 그냥 너도 알아야 할 것 같아서……."

"왜? 무슨 일로? 누구랑?"

"왜인지는 모르겠고, 권준석이랑……."

어렴풋이 예전 기억이 떠올랐다.

맞다. 4월 중순쯤이었다. 자신에게 치근댄다는 말 같지 않은 이유로 지훈은 권준석과 치고받고 싸웠었다. 뒤늦게 그 사실을 알고 지훈과 한참을 다퉜었지. 하지만 자신이 둘이 싸웠다는 걸 알게 된 건 싸움이 끝나고 난 이후였다. 그런데 과거가 달라지고 있었다. 설마, 박서정과 친해졌기 때문인가?

연아는 서정의 얼굴을 바라보다 자리를 박차고 일어났다. 윤새도 연아를 따라 일어서며 물었다.

"권준석이랑? 어디서? 어디서 싸우는데?"

"소각장에서…….."

"누가 이기고 있엉?"

다정도 질문을 보탰다.

"그건 잘 모르겠어…….."

"야, 빨리 가보자. 어서."

윤새가 연아의 팔을 잡아채며 달려가기 시작했다. 문득 등줄기를 훑어내리는 위화감에 연아는 고개를 갸웃했다.

뭐지? 뭐가 이상한 거지? 전에도 비슷한 위화감을 느낀 적이 있었는데 언제인지 선뜻 기억이 나지 않았다. 하지만 지금은 깊이 생각할 겨를이 없었다. 일단 소각장에 가는 게 우선이다.

"연아야, 나도 같이 강!"

뒤에서 다정의 목소리가 들렸지만 연아와 윤새는 소각장으로 내달리기 바빴다.

소각장에 도착하니, 구경하는 무리들 가운데 분기에 찬 지훈의 목소리가 울려 퍼지고 있었다. 연아는 가쁘게 숨을 몰아쉬며 빙 둘러싼 아이들의 틈바구니를 헤집고 들어갔다.

"야, 이 개새끼야! 다시 한번 더 지껄여봐. 뭐가 어쩌고저쩨!"

"그만해, 류지훈. 얘 이러다가 죽어!"

90킬로그램에 육박하는 우람한 덩치의 우태가 지훈을 말렸지만, 미친 개처럼 날뛰는 그를 진정시키기엔 역부족이었다.

"송우태, 너 이거 안 놔? 나 저 자식 오늘 여기서 죽여버릴 거야. 다신 입 함부로 못 놀리게 저 아가리 찢어놓을 거라고! 놔!"

"지, 진짜라고! 거짓말 아냐. 믿어줘! 분명히 그 얘기 들었단 말이야."

퉁퉁 부은 얼굴로 권준석이 사정했다.

"닥쳐!"

무시무시한 고함 소리가 공터를 쩌렁쩌렁 울렸다. 어찌나 섬뜩한지 권준석뿐만 아니라 주위에 있던 아이들까지 얼음처럼 얼어붙고 말았다.

생각 이상이었다. 이렇게 온 학교를 뒤집어 놓을 만큼 큰 싸움이었는지도, 지훈이 이렇게 미친 사람처럼 날뛰었는지도 몰랐다. 권준석과 한바탕 바닥을 뒹굴기라도 했는지 지훈의 교복 재킷과 바지가 흙투성이였다. 입술도 찢겨 있었고 주먹은 빨갛게 부어 있었다. 무엇보다 눈. 눈이 완전히 미친놈처럼 돌아가 있었다.

밀어놓았던 옛 기억들이 스멀스멀 떠올랐다. 권준석이라면 예전에 자신과 참고서 얘기를 했던 아이다. 고작 그것을 가지고 지훈은 준석을 향해 이렇게 무지막지한 폭력을 행사하고 있는 것이다. 자신에게도 똑같았다. 저렇게 포악하고 잔인하게 몰아붙였었지.

연아는 치미는 혐오감에 몸이 떨렸다. 순간 무리 속을 헤집던 지훈의 눈이 연아를 찾아냈다. 마주친 눈 속에는 흉포함이 가득했다. 연아는 시선을 피하곤 그대로 뒤돌아 걸어갔다. 쫓아오는 소리가 들렸지만 걸음을 멈추지 않았다. 치가 떨렸다.

"이연아."

휙 하고 연아의 몸이 돌아갔다. 한바탕 싸움을 치르고 온 지훈의 눈이 잔혹함으로 번들거렸다. 세게 잡힌 연아의 팔이 욱신거렸다.

"너, 나한테 할 말 없어?"

지훈이 거친 숨을 몰아쉬었다. 연아의 팔을 움켜잡은 손가락이 살갗을 파고들었다. 소름이 끼칠 만큼 무서웠다.

"놔…… 줘."

"나한테 할 말 없냐고!"

지훈은 가까스로 분노를 억누르는 목소리였다.

"어, 없어. 놔줘. 드…… 들어가 봐야 해."

연아의 목소리가 형편없이 떨렸다. 그동안 잊었다, 완전히 사라졌다 생각했건만 18살의 이연아는 아직도 제 속에 남아있었다.

"너, 왜 그래?"

그제야 연아의 상태가 이상하다 생각했는지 지훈이 분노를 누그러 뜨리며 인상을 찌푸렸다.

"놔줘……. 이거 놔!"

"이연아, 너 말하기 싫어서 이러는 거야?"

"놔! 이거 놔, 개자식아!"

연아는 새파랗게 질린 얼굴로 덜덜 떨면서 지훈의 팔을 뿌리쳤다.

"네가 나한테 이럴 때야? 설명을 하든, 변명을 하든 나한테 무슨 말이라도 좀 해보라고!"

분노와 공포가 동시에 몰아쳤다. 오래된 일이라 생각했건만 과거는 너무도 생생하게 살아 숨 쉬고 있었다.

잔악하고 무도한 폭군. 그래, 넌 이 학교라는 작은 공간 속 포악한 지배자였지. 무슨 일이든 네 뜻대로. 다른 사람의 마음은 생각지도 않고 좋아하는 감정을 강요하거나, 질리는 순간 바로 나락으로 패대기쳐 버리는. 왜, 다시 너에게 휘둘렸을까? 단순히 날 향해 웃어줬다는 이유만으로 왜 그렇게 너에게 관대했을까?

넌 날 지옥 불에 던져 넣은 화차 같은 인간인데.

"난…… 네가 이럴 때마다 너무, 너무 무서워."

지훈의 눈동자가 흔들렸으나, 연아는 무시한 채 뒤돌아 빠르게 걷기 시작했다. 저 눈동자가 자신을 좇지 않는 곳으로 가고만 싶었다.

침대 머리맡에 둔 핸드폰이 끊임없이 울렸지만 연아는 받지 않았다. 베개 속에 얼굴을 파묻은 채 잠을 이루지 못하고 뒤척거렸다. 지훈의 태도에 옛 상처가 곪아 터졌기 때문이었다.

전화가 끊기더니 문자가 연달아 날아왔다.

꼴도 보기 싫어.

연아는 다시 몸을 틀어 누웠다.

탁―.

그때 창문에 무언가 부딪히는 소리가 났다.

'뭐지?'

연아가 몸을 일으켜 귀를 쫑긋했으나, 더 이상 들리는 소리는 없었다. 잘못 들은 건가 싶어 자리에 누우려는데, 또 한 번 작은 무언가가 창문에 부딪혔다.

탁―.

연아는 침대에 가만히 앉아 귀를 기울였다. 곧 다시 소리가 들렸다.

탁―.

제 방 창문을 향해 돌을 던지는 소리였다. 연아는 이불을 치우고 침대에서 일어나 창문을 열어젖혔다. 주홍색 가로등 불빛 아래에 교복을 입은 지훈이 돌멩이를 들고 던지려는 포즈로 서 있었다. 눈이 마주치자 민망한 듯 슬그머니 손을 내려놓았다.

이런다고 용서할 줄 알아?

연아는 쾅, 하고 창문을 힘껏 닫았다.

"밤새 기다릴 거다. 나와."

창문 밖에서 지훈의 목소리가 들렸지만 이불을 머리끝까지 끌어 올려버렸다.

다음 날 아침. 빌라 출입문을 나서던 연아는 기이한 광경에 경악했다. 지훈이 가방을 끌어안은 채 계단에 쪼그리고 앉아 자고 있었던 것이다. 연아는 서둘러 지훈의 어깨를 흔들었다.

"너 여기서 뭐 하는 거야? 설마 진짜 밤새 기다린 거야?"

부스스한 몰골의 지훈이 실눈을 뜨고 주위를 두리번거렸다. 금방 정신이 들진 않는 모양인지 '여기가 어디지?' 하는 표정이었다. 그러다 연아를 보자마자 눈에 생기가 돌았다.

"기다린다고 했잖아. 나쁜 년, 진짜 안 나왔어."

지훈은 자리에서 일어나더니 교복 바지를 툭툭 털고 가방을 한쪽 어깨에 멨다.

"진짜 기다릴 줄은 몰랐어. 당연히 갔을 줄 알았지."

"내 말 뭘로 들은 거야? 내가 언제 허튼소리 하는 거 봤어?"

지훈은 기다린 게 억울한지 와락 성질을 냈다. 그리고 몇 발짝 걸어가다 뒤돌아 소리쳤다.

"야, 학교 안 갈 거야? 빨리 와!"

연아는 생각지도 못한 상황에 귀신에 홀린 기분으로 뒤따라 걸었다. 불편한 밤을 보냈던 지훈은 고개를 양옆으로 꺾으며 우드득 소리를 내고 어깨를 빙빙 돌렸다. 눌린 머리가 신경 쓰이는지 중간중간 뒷머리를 헝클어뜨리기도 했다.

지훈이 별안간 홱 뒤돌았다.

"왜?"

"무슨 일이 있어도, 너 내 거라는 사실은 변함없다."

"뭔 소리야, 아침부터."

"변하는 건 없다고. 우리 이대로 사귀는 거야. 알겠어?"

묘한 말투였다. 연아에게 하는 말인 것같이 포장하고 있었지만 스스로에게 하는 다짐처럼도 들렸다.

"미쳤어? 갑자기 왜 이래? 내가 언제 너랑 사귀……."

"아무리 생각해도 답이 없어. 난 네가 좋아서 미칠 것 같거든."

연아의 얼굴이 달아올랐다. 간지러운 말은 잘 못 하는 녀석이 아침 댓바람부터 이상한 소리를 해댄다.

쿠웅. 연아의 심장이 아플 정도로 강하게 뛰었다.

"난 내가 직접 보지 않은 이상 안 믿어. 그 어떤 것도."

맴― 맴― 맴― 맴―.

환청일까. 4월의 푸른 봄날이었건만, 어디선가 매미가 시끄럽게 울어대는 소리가 들렸다. 뜨거운 기운을 가득 품은 맹렬한 소리였다.

얼결에 지훈과 나란히 등교해버리고 말았다. 아직 마음이 완전히 풀린 건 아니었지만, 연아는 지훈과 시시껄렁한 이야기를 주고받으며 함께 통학로를 따라 걸었다.

"아, 한자 숙제 하기 싫다. 그 많은 걸 언제 다 하냐."

투덜대는 지훈에게 한마디 잔소리를 하려는데, 조금 앞선 곳에 천천히 걷고 있는 여자아이의 뒷모습이 보였다. 느릿느릿한 걸음이었다. 고개를 숙이고 중얼중얼하는 것이 단어장이라도 외우는 모양이었다. 그런데 뒷모습이 조금 익숙했다.

'어디서 봤더라?'

불현듯 전광석화같이 떠오르는 장면이 있었다. 처음 과거에 왔을 때, 현재로 돌아가기 전 마주쳤던 빨간 머리끈 여자아이였다. 오늘도 여지없이 빨간 머리끈으로 머리를 올려 묶고 있었다.

"저기요!"

연아가 부르는 소리에 여자아이가 천천히 뒤돌기 시작했다. 순간, 어디선가 새하얀 빛이 쏟아져 내렸다.

'눈 부셔.'

시야가 빙글빙글 돌았다. 눈앞의 사물이 너울거리며 우그러지더니 빛 속으로 몽땅 빨려 들어갔다. 이윽고 눈을 찌르는 듯 강렬한 빛이 시야를 점령했다.

그러곤 암전이었다.

전신에서 힘이 쭉 빠졌다. 눈앞에 수많은 불빛이 날아다녔다. 수분을 가득 머금은 끈끈한 공기에 연아는 숨이 턱 막혔다.

"허어억. 헉. 헉……."

목구멍에 꽉 막혀 있던 숨이 겨우 토해져 나왔다. 속이 울렁거리고 토기가 치밀었다. 지난번 돌아올 때보다 훨씬 더 격렬한 반응이었다.

저번보다 과거에 있었던 시일이 길어서 일지도 모르겠다. 이번에도 그 빨간 머리끈 여자아이와 마주친 후, 돌아오고 말았다.

연아는 처음 빨간 머리끈을 봤던 순간을 떠올렸다. 그때 자신은 1층에서 계단을 향해 막 걸어 올라가려던 참이었다. 자신보다 조금 앞에 빨간 머리끈으로 머리를 묶은 여자아이가 계단을 천천히 올라가고 있었다. 걸음이 느리다고 생각하는데 누군가 뒤에서 "김정혜." 하고 이름을 불렀다. 김정혜가 여기 있나 자신이 두리번거리는 순간, 빨간 머리끈이 몸을 돌리기 시작했고 동시에 새하얀 빛이 쏟아져 내렸다.

김정혜.

단순히 자신의 과거를 민경에게 폭로할지도 모를 사람이라 생각했는데, 뭔가 다른 관련이 있는 듯했다.

그나저나 정신이 드니 또다시 오싹한 기분이 들었다. 한밤중의 학교는 어딘가 뒤틀린 모습이었다. 무서워진 연아는 빠르게 건물 밖으로 나서며 핸드폰을 꺼내 들었다. 통화 목록에서 호윤을 찾기 위해서였다. 그런데 최근 통화 목록에 낯선 이름 하나가 보였다.

「박서정」

서정과는 고등학교 이후로 연락한 적이 한 번도 없었다. 연아는 눈앞의 이름을 믿을 수가 없었다.

그 순간.

갑자기 낯선 기억들이 몰려왔다.

창밖으로 새파란 아침이 찾아왔다. 침대에 쪼그려 앉은 채 밤을 새운 연아는 머릿속 뒤바뀐 기억에 몸을 떨었다.

박서정.

바뀐 기억 속, 축 처진 눈이 선해 보이던 그 아이는 화재 사건 이후에도 연아와 간간이 연락하는 사이가 되어 있었다. 자주 어울리는 건 아니지만 1년에 한두 번씩이나마 만났다. 모아 문방구 사건 이후로 연아와 서정은 그런대로 친하게 지내왔던 것이다. 게다가 며칠 전 서정은 첫째 아이가 태어났다며 연락을 해왔다. 핸드폰 통화 목록에 있는 서정의 이름을 본 순간, 모든 것이 원래 존재했던 기억처럼 제자리를 찾았다.

시계가 7시를 가리키자 연아는 출근 준비를 위해 욕실로 향했다. 머리 위로 쏟아지는 차가운 물을 맞으며 머릿속을 정리했다.

일단 가장 먼저 박서정을 만나봐야 했다. 자신이 바꾼 과거. 그 과거와 대면해 보고 싶었다. 뒤바뀐 기억대로 현실 또한 그렇게 바뀌어 있는지 직접 눈으로 확인하고 싶었다.

"왜, 왜 이러세요……."

"왜긴. 예쁜 아가씨 맛있는 저녁 사주고 싶어서 묻는 건데, 뭘 그렇게 정색해? 그러지 말고 핸드폰 번호 알려줘 봐."

리셉션에 있는 장하나의 얼굴이 새하얗게 질렸다. 장하나 앞에는 PPWM센터 최고 진상 중 하나인 돈 많은 양아치 장성재가 건들거리고 있었다.

"호의는 감사하지만 마음만 받겠습니다."

"진짜 이 아가씨가, 누굴 아무 여자한테나 찝쩍대는 날건달로 아나. 자꾸 이럴 거야? 이렇게 고객 호의 무시해도 되는 거야? 고마워서 그런다잖아, 고마워서!"

장성재가 목소리를 높였다. 장하나가 좀처럼 핸드폰 번호를 알려주지 않자 약이 오른 것이다. 응접실에는 유미애를 비롯한 PPWM센터 책임자들이 오갔지만 아무도 장성재를 말리지 않았다. 그저 한 발자국 떨어져 인상을 찌푸리다 상담실 안으로 피할 뿐이었다.

그도 그럴 것이 명동 일대에서 돈놀이를 하는 장성재는 PPWM센터 최고의 현금 부자로, 은행에 맡겨놓은 현금만 수백억이 넘는 VVIP였다. 거기다 얼마 전 연예인 모모 씨와 이혼한 후 이 여자, 저 여자 마구 건드리고 다니는 난봉꾼으로도 이름이 드높았다.

"그, 그게……."

장하나가 핸드폰을 쥔 손을 꼼지락거렸다. 울음을 터뜨리기 일보 직전이었다.

"그래. 이러니 얼마나 예뻐. 핸드폰 이리 줘봐. 부담 갖지 말고 그냥 오빠 동생 하면서 지내자고."

장성재가 장하나의 핸드폰을 향해 손을 뻗으려 했다.

"고객님."

차분한 목소리와 함께 장성재의 손목이 덥석 잡혔다. 목소리의 주인공은 소란을 듣고 응접실로 나온 연아였다.

"뭐야, 넌 또?"

장성재가 인상을 찌푸리며 연아를 돌아봤다.

"이연아 대리입니다. 사장님께서 곤란하실 것 같아 주제넘게 끼어들었어요."

"곤란?"

"지금 저쪽 방에 경찰청장님이 계신데 밖에서 큰 소리가 난 걸 들으시더니 무슨 일이냐고, 나가봐야 하지 않겠냐고, 성추행이라도 벌어진 줄 오해하고 계시더라고요."

"뭐, 뭣? 성추행? 지금 나더러……."

"그래서 제가 대신 나와 보니 인품 좋기로 소문이 자자한 우리 장 사장님이 계시지 않겠어요? 역시 경찰청장님께서 '작은 소란'을 '성추행'으로 오인하신 모양입니다."

연아는 생글생글 웃는 얼굴로 움켜쥔 손에 힘을 주었다. 형편없이 일그러진 얼굴로 장성재가 팔을 뿌리쳤다.

"장 사장님, 저희가 오해한 거 맞죠?"

장성재는 대답이 없었다. 그저 콧김을 내뿜으며 분을 삭이느라 거세게 숨을 몰아쉴 뿐이었다. 한참 후에야 그는 입을 열었다.

"너, 지금 한 짓 후회하게 될 거야."

그러곤 씩씩대며 출입구를 향해 걸어갔다. 연아는 그의 뒷모습을 향해 가운뎃손가락을 살포시 들어 보였다가 장성재가 뒤를 돌자 얼른 손을 내리고 빙긋 웃었다.

"대리님……."

장성재가 사라지자 하나의 눈에서 눈물이 뚝 떨어졌다.

"뭐 하는 거야? 아직 고객님들 계신 거 안 보여? 얼른 화장실 가서 눈물 닦고 와."

"······."

"어서."

화장실로 향하는 하나의 옹송그린 뒷모습이 애처로웠다. PPWM센터에서 돈 많은 인간들을 상대하다 보면 별의별 꼴을 다 당한다. 높은 지위와 가진 자산만큼 인격이 훌륭한 고객들도 많았지만, 돈과 권력의 힘을 믿고 온갖 횡포를 일삼는 소시오패스들도 많았다.

지긋지긋한 인간들.

6년 동안 그런 인간들을 봐오며 많이 무던해졌다 생각했다. 사람들이 돈과 권력을 가지려는 이유는 간단하다. 자유를 갖기 위해서. 가지고 싶은 걸 다 가질 수 있는 자유, 마음대로 행동할 수 있는 자유. 돈 많은 사람들이 가진 그런 권리가 당연하다 생각했건만, 오늘은 저 추악한 냄새가 견디기 힘들었다.

"고 차장님. 잔액 증명서 결재 좀······."

고 차장의 방으로 들어서던 연아가 입을 다물었다. 의자에 앉아 있는 고 차장의 얼굴이 심상치 않아 보였기 때문이다.

"무슨 일 있으세요?"

결재판을 책상 위에 내려놓으며 연아가 물었다.

"일은 무슨. 오늘 비가 와서 그런가? 기분이 센티하네."

우중충한 구름이 드리운 하늘에서 폭우가 쏟아져 내리고 있었다. 휘몰아치는 바람으로 창문이 덜컹댔다. 아직 7시가 안 된 시각이었지만 바깥은 벌써 짙은 어둠에 휩싸여 있었다.

"그러네요."

연아도 고 차장을 따라 통유리창 너머로 비 내리는 도시의 정경을 구경했다. 하늘이 뚫린 듯 쏟아지는 비에 발아래 도시가 흐물흐물하게 녹아내렸다.

이런 날은 우산을 써도 다 젖겠는데.

불쑥, 학교에서 내린 소나기에 쫄딱 젖었던 일이 생각났다. 우산을 받쳐주던 지훈의 모습도 덩달아 떠올랐다.

1인용 우산을 내 쪽으로 기울이느라 반대편 어깨가 몽땅 젖어 있었지.

뺨에 닿을 만큼 가까이 전해지던 체온도, 옆에서 풍겨오던 시원한 체향도 생생하게 느껴졌다. 순간 소름이 돋았다. 14년 전에 죽은 아이다. 다시 떠올려서 뭘 하겠다는…….

"연아 씨, 뭘 그렇게 생각해?"

"아무것도 아녜요. 그냥 비가 참 많이 온다고요. 차장님 말씀이 맞네요. 비 때문인지 왠지 모르게 센티해지네요. 그럼 가보겠습니다."

"……저기, 연아 씨. 오늘 술 한잔할래요?"

연아는 오늘 저녁 서정을 만나볼 생각이었다. 고 차장의 번개에 따라간 적은 한 번도 없었다. 하지만 고 차장의 눈을 보자 도저히 거절할 수가 없었다.

쨍―.

맥주잔이 부딪치며 영롱한 소리를 냈다. 두 사람은 회사 근처 수제 맥줏집에 자리를 잡았다. 번개를 제안한 고 차장은 평소와 달리 별말이 없었다.

"고 차장님, 무슨 일 있으세요?"

"그냥 연아 씨랑 둘이 술 마시는 건 처음인 것 같아서."

"그런 말씀 마세요. 유부남이랑 둘이서 술 마셨다가 무슨 소문이 어떻게 날지 알고. 저 나름 큰 리스크 감수한 거라고요. 차장님 얼굴이 너무 안 좋아 보여서."

"고맙네. 그리고 괜찮을 거야. 나 이제 유부남 아니니까."

"네? 뭐라고요?"

목 안에 털어 넣은 땅콩이 걸려 연아가 캑캑거렸다.

"여기 물."

고 차장이 물 잔을 밀어주었다. 연아는 벌컥벌컥 물을 마시면서도 고 차장의 얼굴에서 눈을 떼지 못했다.

"커헉. 무슨 말이세요? 유부남이 아니라니."

"이혼했어. 6개월 전에."

속으로는 기절할 만큼 놀랐지만 겉으로 드러내지 않으려 애썼다. 듣는 상대가 격렬하게 반응한다면 말한 사람은 분명 이렇게 느낄 테니까. 아, 역시 이혼은 큰일이구나. 난 저 사람이 저렇게 놀랄 만큼 충격적인 일을 겪은 거구나. 그러면 더 슬퍼지니까.

연아는 이혼을 한 것은 아니지만, 그것 못지않은 큰일을 겪었기에 그런 심정을 잘 알았다. 연아는 아무렇지 않은 척, 고 차장의 맥주잔에 자신의 잔을 맞부딪쳤다.

"고마워."

"뭐가요?"

"얘기 듣고도 아무렇지 않게 반응해줘서."

"이혼이 큰일이긴 하죠. 하지만 누구든 겪을 수 있는 일이고, 아니 사

231

실 차장님의 선택에 제가 큰일이다 뭐다 말할 주제도 못 되죠. 그저 최선의 선택이었길 바랄 뿐이에요. 앞으로 행복하게 잘 사셨으면 좋겠어요."

"정말 고마워. 비가 오니 괜스레 마음이 안 좋아져서……. 연아 씨가 이런 자리 별로 안 좋아하는 거 알면서 그냥 한번 떼 써봤어."

고 차장은 맥주잔을 살짝 입에만 갖다 댄 뒤 바로 내려놓았다. 술보다는 얘기를 털어놓을 사람이 더 필요했던 것 같아 보였다.

"시끌벅적한 술자리를 안 좋아하는 거지, 이렇게 가끔 조용하게 한잔하는 건 저도 좋아해요."

연아는 유리 볼에 담긴 땅콩을 손으로 만지작거리며 고 차장이 먼저 입을 열기를 기다렸다. 선뜻 이야기가 나오지 않는지 맥주로 목을 몇 번 더 축이고서야 고 차장은 "그……." 하면서 입을 뗐다.

"사실 오래전부터 가족도 아니었어. 5년 전 애 엄마가 애들 데리고 캐나다로 간 이후 한국에는 두 번이나 왔으려나? 내가 가려고 해도 차라리 돈 한 푼 보내주는 걸 더 좋아했으니. 하루 한 번이던 연락은 일주일에 한 번으로 줄고, 급기야 한 달에 한 번 연락할까 말까 한 관계가 되어버리더군. 그래도 나는 그게 우리 가족이 행복하게 사는 방법이라 생각했는데……."

연아는 지점에서나 술자리에서 고 차장이 종종 장난스럽게 했던 말들이 떠올랐다.

"우리 마누라는 내가 가는 거 안 좋아해. 돈 보내주는 걸 훨씬 더 좋아하지."

"우리 아들내미, 딸내미 얼굴 본 지가 까마득하다."

자조적인 농담이라 생각했을 뿐, 진짜 아프고 쓰린 속내였는지는 몰랐다.

"6개월 전에 와이프가 먼저 이혼하자고 하더군. 양육비며 재산분할이며 다 하고 났더니, 남는 건 달랑 서울에 있는 전셋집 하나더라고."

"어쩐지 그때쯤 고 차장님 얼굴이 유독 안 좋아 보인다 싶었어요."

고 차장이 피식 웃었다.

"역시, 내 예감은 틀리지 않았어."

"뭐가요?"

"오늘 내가 왜 연아 씨랑 술 한잔하자고 했는지 알아?"

"왜요?"

"비도 오고 우울해서 누군가에게 털어놓고 싶은데, 딱 연아 씨가 떠오르더라고."

"제가요?"

"연아 씨, 남들한테 무관심하고 정 없는 것처럼 보이지만, 사실은 누구보다 정 많고 어려운 사람 못 지나친다는 거 알아."

"아니에요. 차장님이 사람을 잘못 봐도 한참……."

"오늘도 그랬다며? 난 외부에 있느라 못 봤지만, 장하나 씨가 개 같은 장성재한테 당하고 있을 때, 다들 두고만 보는데 연아 씨가 나서서 도와줬다며."

"딱히 도와주려던 건 아니었어요. 하도 시끄러워서 그랬을 뿐이에요."

"쑥스러워하기는."

고 차장이 허허 웃으며 맥주잔을 들이켰다.

"그보단 고 차장님 맘고생 많으셨겠어요, 6개월 동안. 전 기러기 아빠지만 굉장히 잘 지내신다고 생각했는데."

"그게 참, 보이는 게 다가 아니더라고. 자신이 진실이라 믿는 게 진실이 아닐 수 있단 말이지."

"네?"

"난 내 눈에 보이는 게 진실이라 생각했는데, 그 사람의 입장에서는 전혀 다른 진실이 있더라고. 내가 행복했다 생각하던 시절이 우리 와이프에게는 지옥이었던 것처럼. 우리 와이프가 이혼하자고 하면서 이런 얘길 하더라."

"……."

"연애할 때부터 말이지, 난 우리 와이프 생일날엔 꼭 꽃을 사줬어. 연애하고 처음 맞는 생일날 그냥 꽃집을 지나다 아무 생각 없이 꽃을 한 다발 샀는데, 우리 와이프가 너무너무 좋아했거든. 그렇게 좋아하는 건 처음 봤어. 그래서 연애 2년, 결혼 8년, 도합 10년 동안 난 매년 와이프 생일날 꽃을 선물했어."

"……."

"그런데 말이지, 이혼하네 마네 하면서 크게 싸울 때 우리 와이프가 그러더라고. 생일 때마다 선물이랍시고 가져오는 꽃이 그렇게 지긋지긋했대."

"아……."

"먹지도 못하는 거, 왜 죽자고 생일 때마다 가져오냐고. 그렇게 싫다는 티를 냈는데 왜 모르냐고. 난 전혀 몰랐어. 와이프가 그렇게 싫어했는지. 내 기억에는 꽃 선물 받고 너무 행복해하던 모습만 남아있거든.

웃음이 나오더라. 같은 일을 어떻게 이렇게 다르게 기억할 수 있는지."

　고 차장은 맥주잔을 내려놓으며 시선을 돌렸다. 그의 옆얼굴이 더없이 쓸쓸해 보였다.

12. 소문

"사람은 자신이 보고 싶은 것만 보게 되더군. 그게 진실을 보는 눈
을 가리는데도 말이야. 내가 이 8년 결혼 생활에 마침표를 찍으며
깨달은 점이야."

　이상하게도 고 차장의 말은 다음날까지 연아의 머릿속을 계속 맴돌
았다. 그와 함께 혹시 14년 전 사건에도 또 다른 진실이 존재하지 않을
까 하는 의문이 떠올랐다. 생각하는 것조차 너무나 끔찍해서, 단 한 번
도 그 사건에 대해 누군가와 얘길 해본 적이 없었다. 그 오랜 시간 동안
기억이 제멋대로 변질된 건 아닐까. 연아는 문득 두려워졌다.
　지점에서의 정신없는 하루가 시작되자, 그런 생각은 이내 머릿속에
서 사라졌다. 점심시간 무렵 서정에게서 아이 사진이 전송되어 왔고,
연아는 만나러 가겠다는 약속을 했다. 다행히도 서정이 있는 산후조리
원은 저녁에도 외부인의 면회가 가능했다.

연아는 먼저 퇴근하겠다며 양해를 구한 뒤 지점을 빠져나왔다. 백화
점에 들러 간단히 선물을 산 연아의 발걸음이 점점 빨라졌다. 과거로
인해 바뀌어버린 현재와의 첫 대면이었다. 가슴속에서 묘한 기대감이
부풀어 오르고 있었다.

저 멀리, 해 질 녘 고즈넉한 분위기에 휩싸인 산후조리원 건물이 보
였다. 엘리베이터를 타고 올라가자 유리 보안문이 나타났다. 그 너머
에는 여전한 단발머리에 얼굴이 퉁퉁 부은 서정이 산부복을 입고 손을
흔들고 있었다.

"서정아."

"연아야……."

양쪽 눈이 축 처진 선한 얼굴이 환하게 웃고 있었다. 연아의 가슴에
몽글몽글 아지랑이 같은 감정이 피어났다. 잠들어 있는 서정의 아이를
본 후 두 사람은 면회실로 자리를 옮겼다. 선물로 산 배냇저고리를 건
네곤 연아는 서정과 마주 앉아 한참 동안 출산과 육아, 결혼에 대한 이
야기를 나눴다. 다행히 서정은 행복한 결혼 생활을 하고 있었다.

"나…… 네가 이렇게 찾아올 줄은 생각도 못했어. 고마워……."

"아냐. 얼굴 본 지 너무 오래돼서 이참에 보고 싶었어."

"12월에 결혼한다고 했지? 꼭 갈게……. 그때쯤은 아기도 데리고 나
갈 수 있을 거야."

"에이, 백일도 안 된 애를 데리고 어떻게 와? 괜찮아."

"아니야. 꼭 가야지. 네 결혼식인데 무조건 갈 거야! 연아야, 정말
난…… 네가 결혼하게 돼서 너무 좋아……. 난 정말 네가 그 일 때문

에……."

서정의 눈가가 붉어졌다.

"에구, 내가 주책맞게 왜 이러지? 애 낳고 눈물만 많아졌나 봐…….
너, 이러는 거 싫어하는 거 아는데."

"아냐. 괜찮아. 진짜야."

"이제 다 괜찮은 거지……?"

서정은 몹시 조심스러운 말투였다. 괜찮냐고 묻는 말에 '무엇이'가
빠져 있었지만, 두 사람 모두 무슨 얘길 하는지 알고 있었다.

"그럼 당연하지. 그게 언제 적 일인데."

"네가 그때 얘기는 입에만 올려도 경기를 일으켜서 그동안 말 못 했
지만…… 정말 네 걱정 많이 했어. 화재 때문에 죽을 뻔한 것도 모자
라 그런 말도 안 되는 이상한 소문까지 돌아서……. 정말 입에 담을 수
도 없는 그런 헛소문이 어떻게 났는지……."

"걱정 마. 다 잊었어, 완전히. 뭐, 입에 담을 수 없을 정도는 아니었
지. 상황만 놓고 보면 그렇게 생각할 수도 있으니까. 신경 안 써. 말 그
대로 헛소문이잖아."

당시 체육 창고 화재 사건을 둘러싸고 아이들은 여러 가지 소문을
만들어냈다. 연아가 담배꽁초를 버렸다는 소문, 일부러 선반을 넘어뜨
려 지훈을 죽게 했다는 소문. 연아 입장에서야 억울한 소문이지만, 상
상력이 풍부한 18살 아이들의 입장에서는 그런 말들을 만들어낼 법도
했다.

"너도 참 속도 좋다. 아니, 너그럽다. 그런 소문이 났는데도 그게 쉽
게 용서가 돼? 나라면 죽을 때까지 못 잊을……."

갑자기 서정이 입을 다물었다. 얼굴에는 낭패한 기색이 역력했다.

"뭐, 그 정도까지야. 세월이 약이니까."

"연아야. 근데 너 그 소문, 알고 있었어?"

서정은 눈에 띄게 당황했다.

이제껏 화재 사건 소문에 대해 얘기를 주고받고 있었는데, 갑자기 소문 알고 있었냐느니. 연아는 느닷없이 바뀌어버린 서정의 태도가 이해되지 않았다.

"당연하지. 윤새가 나 병원에 있을 때 말해줬는데."

"윤새가? 이상하다……."

서정이 혼란스러운 얼굴로 눈동자를 굴렸다.

"뭐가 이상해? 14년 전에 나 병원에 있을 때 와서 말해줬어. 내가 학교에 돌아와서 들으면 놀랄 테니 미리 얘기해준다고 하면서."

"그게 이상하다고. 분명 윤새는 너한테 얘기하지 말라고 몇 번이나 신신당부했는데……. 작년 동창회에서도 이렇게 얘기했어. '너 연아랑 간혹 연락하는 거 안다. 그런데 그 소문에 대한 얘기는 절대 하지 마라. 이제 겨우 맘 잡고 제대로 인생 살고 있는 애다.' 하면서."

"그게 무슨 소리야? 너 무슨 소문 얘기하는 거야?"

"무슨 소문이라니, 한 가지밖에 더 있어?"

"한 가지?"

"원조 교제 소문."

망치로 내리친 듯, 엄청난 충격이 연아의 뒷머리를 강타했다. 말을 꺼내고 싶은데 칼날을 삼킨 듯 아무 말도 나오지 않았다.

"너…… 설마 몰랐어?"

서정의 얼굴이 새하얗게 변했다.

"모, 몰랐어."

"소문 알고 있었다며?"

"체육 창고 화재 사건 관련한 소문인 줄 알았어. 내가 담배꽁초를 버렸다는 소문. 일부러 선반을 넘어뜨려 지훈이를 죽게 했다는 소문."

낭패한 표정으로 서정이 혀를 찼다. 서로 다른 소문에 대해 얘기하고 있었던 것이다.

"서정아. 얘기해줘, 자세히."

서정은 입을 꽉 다문 채 시선을 피했다.

"서정아."

"나 말 못 해……. 너 지금 잘살고 있잖아. 14년 전 얘기가 뭐가 중요해? 그냥 잊어……. 지금처럼 다 잊고, 알려고도 하지 마. 알 필요 없는 얘기야. 이제 와 알아서 뭐 해? 너 기분만 나쁠 뿐이야. 그러니까……."

"서정아. 당사자인 내가 소문에 대해 모른다는 게 말이 돼?"

"너 들어서 좋을 게 하나도 없는 얘기라서 그래……. 들으면…… 후회할 거야……."

"그건 내가 판단해."

서정은 한동안 말이 없었다. 단호한 연아의 눈빛에 서정은 그러고도 한참을 우물쭈물하다 겨우 입을 열었다.

"나랑 윤새가 소문을 알게 된 건 화재 사건이 일어난 뒤였어……. 언제부터 그 소문이 떠돌았는지 우리도 정확히 몰라. 내 생각으로는 화재가 일어나기 한참 전부터, 아마 몇 달 전부터 그런 소문이 돌았던 거 같아……. 나랑 윤새는 너랑 친해서 애들이 얘기하지 않은 탓에 한참 뒤에나 알게 된 거고."

"그러니까 화재 사건이 일어나기 몇 달 전부터 내가 원조 교제를 한다는 소문이 학교에 돌고 있었단 거야?"

"응……."

"증거는? 아무 증거나 이유 없이 그런 소문이 돌았을 리 없잖아."

"모르겠어……. 난 너무 늦게 그 얘길 들어서. 그리고 그땐 체육 창고 화재 사건 때문에 넌 죽을 뻔하고 지훈인…… 죽고. 너무 많은 사건이 한꺼번에 벌어져서 경황이……."

"네가 알고 있는 얘기가 있을 거잖아. 그거라도 해줘. 부탁이야."

연아의 목소리가 부들부들 떨렸다.

"그게, 네가 돈 많은 나이 든 남자와 원조 교제한다는……. 같이 있는 모습을 봤다는 얘기도 있었고……."

연아는 말문이 막혔다. 그런 소문이 돌고 있었을 거라곤 상상도 하지 못했다. 14년 전, 자신은 생각보다 훨씬 더 끔찍한 소용돌이의 중심에 놓여 있었다.

"미안해, 서정아. 나 이만 가봐야겠다. 너 아이 낳은 거 축하해주러 와서 괜히 이상한 얘기나 하게 해서 정말 미안해. 몸조리 잘하고, 또 연락할게."

연아는 서둘러 가방을 챙겼다. 서정이 불안한 눈빛으로 배웅했지만 억지로나마 웃는 모습을 보여줄 수가 없었다.

"강호윤, 너라면서. 애들 입 다물도록 시킨 게. 왜 이렇게까지 날 바보로 만든 거야!"

연아가 거실을 서성이며 핸드폰에 대고 원망의 말을 늘어놓았다. 윤새에게 먼저 전화해 따져 묻는 동안, 호윤이 소문에 대해 입 다물자 주도했다는 사실을 알게 되었다.

[알 필요 없다고 생각했어. 다 끝난 일인데, 괜한 얘길 해서 네 맘 상하게 하고 싶지 않았어. 윤새도, 서정이도, 나도 다 같은 생각이었어.]

"그래도 그렇지. 14년을 어떻게…… 어떻게 날 이런 병신으로 만들어, 어떻게!"

[이연아. 우리가 왜 그랬는지 모르겠어? 다 널 위해서, 널 위해서 그런 거야.]

"뭐가 날 진정으로 위하는 건지 그걸 왜 네가 판단해!"

고작 몇 평도 안 되는 거실을 왔다 갔다 하느라 숨이 찬 게 아니었다. 분노와 흥분으로 가슴이 떨리고 숨이 턱 끝까지 차올랐다.

[너 윤새한테 화재 관련한 소문을 듣고도 힘들어했어. 아픈 애한테 괜한 말을 했다고, 윤새가 얼마나 후회했는지 알아? 그래서 내가 이 소문은 입 다물자고 얘기했어.]

"그래도!"

[너 상처받을까 봐. 안 그래도 피투성이가 돼서 갈기갈기 찢어진 마음에 우리가 소금까지 뿌릴까 봐. 걱정되고, 걱정돼서 그런 건 줄 정말 몰라서 그래?]

호윤의 목소리도 점점 격앙되고 있었다.

"그런 걸 왜 니네가 걱정해! 왜 니네가 판단하냐고!"

이해는 되었다. 호윤과 윤새, 서정이 원조 교제 소문을 듣고 어떤 마음으로 입 다물자 했을지. 하지만 상처받은 마음이 모난 화살이 되어 호윤에게 향했다.

[내 욕심도! 내 욕심도 있었어. 내가 힘들어서 그랬어. 너 상처받고 힘들어하는 거 더 이상 볼 수가 없었어.]

"……."

[알잖아. 내 마음 어떤지, 그리고 얼마나 오래된 마음인지.]

"……."

[너, 지키고 싶었어.]

"……."

[연아야…….]

연아의 심장이 쿵 내려앉았다. 점점 잠기는 호윤의 목소리에는 번민이 가득 차 있었다. 그 말이 얼마나 큰 진심을 담고 있는지, 얼마나 해묵은 감정을 담고 있는지 여실히 느낄 수 있었다.

"강호윤, 정신 차려. 나 곧 결혼할 사람이야. 너 이러는 거 도의적으로도 옳지 않아. 제발 헛소리 좀 그만해. 내가 기어코 널 끊어내야겠니?"

그래서 더욱 독하게 말했다.

[…….]

"나랑 계속 친구로라도 남고 싶으면 다신 그런 말 하지 마. 알겠어?"

[와. 대놓고 들으니 아프네.]

연아 역시 가슴이 따끔거렸다. 남의 가슴을 칼로 찌르고 나니 제 가슴은 이미 칼로 후벼 파여 있었다.

"……."

[……진짜 아프다.]

"너랑 나 사이에 죽어버린 그 새끼가 있는 한 네 마음 받아줄 일 절대 없어. 맘 정리되면 연락해."

전화를 끊고 난 후, 연아는 다리에 힘이 풀려 소파에 쓰러지듯 주저 앉았다. 눈가가 시큰한 것이 당장에라도 울음이 터져 나올 것만 같았다. 호윤에게 단 한 번도 설렌 적이 없다고는 말할 수 없었다. 어쩌면 호윤의 말대로 지훈만 없었다면 어른이 되어 다시 만난 후 연애 감정이 싹텄을지도 모른다.

연아는 갑자기 지훈이 원망스러워졌다.

류지훈, 개자식.

예전에도, 지금도 넌 내 인생에 도움이 안 돼.

침대에 누운 채 얼마나 시간이 흘렀을까. 잠들어버리고 싶었지만, 그러긴커녕 원조 교제 소문에 대한 충격에, 그리고 점점 노골적으로 다가오는 호윤의 감정에 연아는 머리가 깨질 듯이 아팠다. 핸드폰을 켜보니 벌써 자정이 넘은 지 오래였다. 벽면 창문으로 새파란 가로등 불빛이 들어오고 있었다.

어떻게든 잠을 청해보려 연아가 몸을 틀었다.

탁―.

무언가가 부딪히는 소리가 났다.

잘못 들은 건가 싶어 누우려는데, 다시 창문 두드리는 소리가 났다.

탁―.

이번엔 자리에서 일어나 침대에 가만히 앉았다. 가슴이 두근거리기 시작했다.

탁—.

연아는 침대에서 일어나 창가로 걸어갔다. 그 옛날, 누군가가 자주 하던 짓이었다. 가끔 이유도 없이 연아의 집 앞에 찾아와 이렇게 창문을 향해 작은 돌을 던졌다. 창문으로 향하는 손끝이 떨렸다. 문을 열면 그 누군가가 서 있을 것만 같은 기분이었다.

연아가 창문을 열었다. 가로등 불빛을 얼굴에 드리운 누군가가 그 자리에서 자신을 올려다보고 있었다.

연아는 문가에 쪼그리고 앉은 호윤에게 따뜻한 커피가 담긴 머그잔을 내밀었다.

"이 야밤에 너 집 안까지는 못 들여."

"알아."

싱긋 웃으며 머그잔을 받아 든 호윤이 작게 몸을 떨었다. 9월 말이 다가오자 아침, 저녁으로 제법 차가운 바람이 불었다. 커피를 홀짝이면서 둘은 아무 말이 없었다.

"뭐 하는 짓이야? 핸드폰 놔두고."

몇 시간 전 퍼부은 말이 못내 미안했던 연아가 먼저 침묵을 깨뜨렸다.

"낭만적이잖아. 예전 기억도 떠오르고."

"참나. 너 오래전 일이라고 막 미화시키고 그러는 거 아니다. 너네가 언제 그렇게 얌전히 창문을 두드렸다고. 야밤에 류지훈, 너, 지경민, 송우태 몽땅 몰려와서는 담벼락 타고 올라와 창문에 대고 나오라고 소리질렀던 거 기억 안 나? 덕분에 이 빌라 사람들 몽땅 깨우고 그랬잖아."

"네가 전화를 안 받았었잖아. 몇십 통은 더 했을 텐데."

"자정도 넘은 시간이었어. 당연히 자고 있었지."

"류지훈, 그 자식이 난리였으니까. 네가 전화를 안 받는다, 무슨 일이라도 난 것 같다, 아니면 삐진 거 같은 데 가봐야 하는 거 아니냐, 하면서 PC방에 있는 우리를 억지로 끌고 우르르……."

과거의 기억과 함께 자연스럽게 언급된 지훈의 이야기에 아차, 싶었는지 호윤이 입을 다물었다.

"거봐, 이게 너와 나 사이야. 작은 추억 하나에도 류지훈이 중간에 껴 있는."

"그거 말고 새로운 기억도 많잖아."

"그래도 우리 사이에 가장 유의미한 기억은 그때 그 시절이야."

"이제부터 더 유의미한 관계를 만들어 가면 되지, 뭐."

"강호윤."

연아는 부러, 쌀쌀맞은 목소리로 이름을 불렀다. 호윤은 태연하게 말을 이었다.

"많이 생각해봤어. 정말 우린 가능성이 없는 건가? 그런데 있잖아, 너 나 거절할 때 이유가 뭐였는지 알아?"

"지훈이 때문에……."

"그러니까 네 감정이 문제가 아니라, 지훈이가 거절의 이유였어. 그거, 나 싫다는 얘기는 아닌 거잖아."

"그건!"

"너도 나한테 아주 마음 없는 건 아니잖아. 내 말 틀려?"

흔들리는 마음, 흔들리는 눈빛을 호윤이 알아차리지 못했을 리가 없었다.

"나 3개월 후에 결혼해."

"아직 한 건 아니잖아."

"나, 그 사람 사랑해."

"진짜 사랑하는 거 아니잖아."

"강호윤. 너 대체 왜 이래?"

연아가 자리에서 일어나며 목소리를 높였다. 심장이 쿵쿵 요동쳤다. 호윤도 느긋하게 자리에서 따라 일어났다. 가뜩이나 큰 녀석이 일어나자 가로등 불빛이 가려져 앞이 어두웠다.

호윤이 나직하게 말했다.

"이제 그만 잊자."

목적어가 빠져 있었지만 두 사람 다 누구를 지칭하는지 알고 있었다.

"우리 이제 그만 놓아주자고."

"……."

"네 탓 아니야."

"내 탓이라고 생각한 적 없어. 그 자식 죽은 거 내 탓이라고 생각해서 못 잊는 거 아니라고. 내 인생까지 망가뜨린 그 자식이 너무 원망스러워서, 그래서 못 잊는……."

그래, 그래서 못 잊는 것뿐이다. 너무 원망스러워서, 너무 미워서.

"연아야. 네가 이때까지 뭘 부정하고 싶어서 지훈이를 원망하고 미워했는지 알아. 지훈이 죽음, 제대로 받아들이기 힘들었겠지."

"무슨 소리야? 내가 그 자식의 죽음에 죄책감이라도 느낀다는 거야? 아님, 그 새끼를 못 잊기라도 한다는 거야?"

무언가가 내면을 흔들어댔지만 연아는 애써 외면했다.

죄책감이라니, 상처라니. 아니다. 지훈은 그저 자신의 인생을 망가뜨리고 죽어버린 개자식일 뿐이다.

"연아야, 네 탓 아니야."

"……."

"네 탓 아니라고."

불빛이, 바람이 어지럽게 일렁였다.

"참 사람이라는 게 신기해. 타인의 불행이나 죽음 같은, 자신이 어찌할 수 없는 일에도 자꾸 자기 탓을 하는 걸 보면. 내가 다르게 행동했더라면, 내가 말렸더라면 그 일은 발생하지 않았을 텐데 하면서. 그렇게 인과관계를 거슬러 올라가다 보면, 내가 태어나지 말았어야 했다는 결론까지 도달하는데 말이야."

"……."

"그게 네가 앞으로 나가는 데 방해가 되면 안 돼. 이제 너 스스로에게 벌은 그만 줘. 그만하면 됐어. 너 이제 행복해져도 돼."

귀가 먹먹해졌다. 호윤이 내뱉은 단어가 하나하나씩 조각나 흩어지고 있었다. 한데 뭉쳐 어떤 의미를 가질 수 있는 단어들을, 연아는 의도적으로 산산조각 내버렸다.

"그게 대체 무슨 소리야. 네 말 무슨 뜻인지 못 알아듣겠어."

연아는 싸늘하게 호윤의 시선을 외면했다. 호윤의 말이 날카로운 꼬챙이처럼 내부를 쿡쿡 찔렀지만 아픔을 참아내며 덮어뒀다. 불편한 침묵이 흘렀다. 내내 눈길을 피하는 연아가 안쓰러웠는지 호윤이 백기를 들었다.

"나 그럼 가볼게. 늦었다. 얼른 들어가서 자."

호윤은 한참이나 아래에 있는 연아의 머리를 부드럽게 쓰다듬었다. 따뜻하고 커다란 손이었다. 손을 뗀 호윤은 골목을 천천히 걸어가다 뒤를 홱 돌아봤다.

"아, 그리고 내일 저녁 시간 비워놔."

"나 내일은 약속……."

"오소라 보러 갈 거야."

"뭐?"

"네 말이 맞아. 널 위한다는 명목으로 네 일을 내 마음대로 덮었어. 너 그 소문 알고 싶잖아. 그래서 제일 잘 아는 사람을 찾았어."

"오, 오소라가 그 소문에 대해 제일 잘 아는 사람이야? 퍼뜨린 게 걔야?"

"그것까진 몰라. 하지만 꽤나 초반부터 그 소문에 대해 알고 있었고, 아마도 소문이 퍼져나가는 데 일조한 사람 중 하나인 건 사실일 테니까."

"……."

"가기 싫으면 안 가도 돼. 내가 듣고 너한테 전해줄게."

연아는 떨리는 손을 움켜쥐었다. 14년이나 지났건만 아픈 과거를 대면하는 것은 보통 용기로는 부족했다. 하지만 깊은 동굴 안에 감춰진 걸 찾으려면 그 동굴 속으로 발을 내디뎌야 했다.

"갈래. 나도 갈 거야."

가로등 불빛에서 벗어나 검은 인영이 된 호윤이, 웃고 있는지 찌푸리고 있는지는 알 수 없었다.

「이제 하루 남은 거 알죠?」

반포 지점에 서류를 받으러 잠시 다녀오는 길, 민경의 문자가 도착했다. 연아는 핸드폰 화면을 끄며 PPWM센터 응접실로 향했다. 내일까지 14년 전 화재 사건에 대해 털어놓지 않는다면 김정혜를 만나러 가겠다는 소리다. 그때 이후 한순간도 잊은 적 없건만 이리 친절히 카운팅까지 해주신다. 가뜩이나 심란한 마당에 민경의 문자는 어지러운 속을 후벼 팠다.

"다녀왔습니다."

연아가 응접실 안으로 들어서자 직원들의 시선이 쏟아졌다. 쳐다보는 눈초리가 심상치 않았다.

"무슨 일 있어?"

연아가 리셉션에 있는 장하나에게 물었다.

"그, 그게……."

장하나는 파리하게 질린 얼굴로 눈을 마주치지 못한 채 손가락을 꼼지락거렸다. 마침 지점장실 문이 열리고 장성재가 건들대며 나왔다. 그러다 연아를 발견하곤 움찔했다. 뒤따라 나오던 지점장도 장성재와 같은 반응이었다. 얼마 전 일을 고자질이라도 한 건가 싶어 연아가 쏘아봤더니, 장성재가 비열하게 웃으며 다가왔다.

"내가 너 후회하게 될 거라고 했지? 그러게 얌전히 있을 것이지 이렇게 빌미를 주면 어쩌시나."

장성재는 그 말만을 남긴 채 지점장을 향해 "가볼게요." 하며 출입문을 나섰다. 벌레가 몸을 타고 기어가는 것 같은 불길한 느낌이 연아의

250

전신을 감쌌다.

"이 대리, 잠깐 나 좀 보지."

딱딱한 목소리로 말을 내뱉는 지점장의 뒷모습도 예사롭지 않았다. 연아는 응접실에 드문드문 서 있는 다른 직원들을 향해 '무슨 일 있어?'라는 표정을 했지만 모두들 외면한 채 흠흠, 헛기침을 하며 흩어질 뿐이었다. 결국 연아는 영문도 모른 채 지점장실의 문을 열었다.

"거기 앉지."

실적 좋은 그녀를 향해 '우리 센터의 보배'라며 항상 치켜세워 주던 지점장이었건만, 목소리에 쌩하니 한기가 돌았다.

"무슨 일이세요?"

"이 대리, 실은 말이지. 내가 방금 장성재 고객한테서 이상한 얘길 들었어."

"어떤 얘긴데요?"

보나 마나 이상한 소리일 테지만 심장이 기분 나쁘게 두근거렸다.

"사실 여부를 떠나, 이런 소문이 이 대리한테 얼마나 치명적인 줄 알아? 우리 센터에도 마찬가지고."

"무슨 일인데요? 지점장님, 그냥 말씀을 해주세요."

"고발이 들어왔어. 자네하고 고 차장이 불륜 관계라고 하더군. 그런 부도덕한 직원들이 있는 은행과 거래 못 하겠다고, 당장 인사 조치하지 않으면 직접 은행장님을 찾아가서 얘기하겠다면서."

기가 막혔다. 너무나 어이가 없어 연아는 말이 나오지 않았다.

"그걸 믿으시는 거예요? 장성재 저 사람, 얼마 전에 장하나 씨를 추행하려다가 제가 망신 준 일로 앙심을 품고 보복하려는 거예요. 증거 있대요? 증거도 없이 어떻게 이런 헛소문을…….."

"장성재 씨가 자네하고 고 차장 단둘이 술집에서 술 마시는 걸 봤다고 하던데."

"그건 사실이지만 고작 그 일로 불륜 운운……."

연아가 항변하려 했지만 지점장이 말을 끊었다.

"그게 다가 아냐. 얼마 전 장성재 씨가 응접실서 다른 사모님들이 하는 얘길 들었는데, 누군가 고 차장이 우리 지점 직원과 모텔에 들어가는 걸 봤다고 했다는 거야."

"그래서 그게 저라고요? 말도 안 돼요! 고 차장님 불러서 물어보세요. 게다가 고 차장님은 이……."

목소리를 높이던 연아가 입을 다물었다. 고 차장이 이혼했다는 얘길 제삼자인 자신이 함부로 떠들 순 없었다. 은행은 보수적인 조직이기에, 이혼 사실이 밝혀지면 승진을 앞둔 고 차장의 인사에 불리하게 작용할 수도 있었다.

"고 차장은 오늘부터 이틀간 승진자 시험 중이라, 연수원에 있어서 연락이 안 돼. 시험이 끝나면 직접 해명을 들어볼 생각이야. 하지만 이 대리, 사실이든 아니든 이런 소문 정말 좋지 않다고. 은행원의 품위 훼손으로 징계까지 받을 수 있는 사안이야. 게다가 이 대리 곧 결혼할 사람이잖아."

지점장은 소문이 연아의 잘못된 행실에서 비롯된 것인 양 책망하고 있었다. 연아는 점점 더 기가 막혔다. 사실이 아니건만, 누군가 악의적인 의도로 만든 소문에 자신이 왜 책임을 져야 한단 말인가.

"저는 한치의 잘못도 없습니다. 부끄러운 짓 한 적도 없고요. 고 차장님 오시면 전부 다 해명하실 거예요."

연아는 주먹을 꽉 움켜쥔 채 지점장실을 빠져나왔다. 연아가 나오자 직원들은 각자의 상담실로 부산스럽게 흩어졌다. 오가는 이야기가 궁금해서 엿들으러 나온 모양이었다.

"누군 시집 다 갔네. 그렇게 잘난 척하더니."

안 봐도 알 수 있었다. 목소리의 주인공이 유미애라는 걸.

이틀 후에 고 차장이 돌아오면 진실이 밝혀지겠지만 그때까지 저 눈초리들을 참아낼 수 있을지 의문이었다. 연아는 분노와 함께 회의감이 들었다. 고작 이런 조직에서 6년을 몸 바쳐 일했던가. 단둘이서 술을 마신 건 분명 실수였다. 하지만 그로 인해 고 차장과 모텔에 갔다는 누명까지 쓰게 되다니. 그 소문은 사실일까? 사실이라면 대체 상대는 누구일까?

고민하던 연아는 문득 저를 쳐다보는 시선을 느꼈다. 고개를 돌리자 리셉션에 있는 장하나와 눈이 마주쳤다. 입술을 깨문 장하나의 얼굴이 새파랗게 질려 있었다. 순간 고 차장의 말이 연아의 뇌리에 떠올랐다.

"오늘도 그랬다며? 난 외부에 있느라 못 봤지만, 장하나 씨가 개 같은 장성재한테 당하고 있을 때, 다들 두고만 보는데 연아 씨가 나서서 도와줬다며."

누군가에게 전해 들은 것 같은 말투였다.

연아는 장하나를 향해 저벅저벅 걸어갔다. 리셉션 데스크 앞에 서서 장하나를 지그시 바라봤다.

"나한테 할 말 없니?"

장하나가 울음을 터뜨렸다.

"대리님, 미안해요. 진짜 미안해요……."

장하나는 눈물 콧물 다 찍어내며 대성통곡을 했다.

"언제부터야?"

"흐윽. 흑. 3개월 전부터요. 흑. 정말 이혼하기 전엔 아니었어요! 믿어주세요! 같이 술 마시고 하다…… 얘길 듣게 됐어요. 이혼 얘기. 너무 힘들어하셔서 위로해드리다 보니……."

한 차례 눈물을 뽑아낸 하나의 눈이 퉁퉁 부어올라 있었다. 정리해보자면 고 차장이 이혼한 건 6개월 전, 하나와 만나게 된 건 3개월 전부터였다. 고 차장의 승진 전까지는 이혼도, 둘이 만나는 사실도 숨길 작정이었다고 한다.

"나 참."

연아는 황당하고 기가 막혀 웃고 말았다.

"화나신 거…… 아니에요?"

"아니. 하도 어이가 없어서. 어떻게 이런 오해가 생긴 거지?"

"네……?"

"그렇잖아. 누군가 고 차장님과 하나 씨가 모텔에 들어가는 걸 보고 고 차장이 불륜을 저지른다고 말을 날랐을 거고, 하필이면 내가 고 차장님과 술을 마시는 일이 생겨버렸고, 또 하필이면 장성재는 나한테 망신 당해 앙심을 품게 됐고. 이런 모든 우연이 겹쳐서 이 사달이 난 거잖아."

"우리 때문에 대리님이 피해 보게 된 거 정말 미안해요. 이틀 후에 차장님 오시면 함께 지점장님께 모든 사실 털어놓을 테니 걱정 마세요."

하나는 눈물을 멈추고 결연한 표정을 지었다. 연아는 하나가 그러거
나 말거나 그저 이 어이없는 상황이 황당하기만 할 뿐이었다. 그 탓에
더는 따져 묻고 싶지도 않았다.

"근데 너 정말 고 차장님이 좋니?"

하나가 빨개진 채 고개를 끄덕였다.

"하! 진짜 고 차장님 못쓰겠다. 완전 도둑놈이네. 너랑 10살도 더 차
이 나지 않아? 도대체 그 아저씨가 뭐가 좋다……."

"쉽게 결정한 거 아니에요. 사귄 건 고작 3개월이지만 그 문제로 여러
번 헤어졌다 만났다 그랬어요. 그래도 대리님. 좋은데 어떡해요."

하나가 다시 눈물을 글썽이자 연아는 손을 내저었다. 자기 문제로도
머리가 터질 것 같은데 남들 연애 상담은 사양이다.

"그만, 그만해. 하여간 고 차장님 돌아오면 똑똑히 전해. 확실하게 해
명하시라고."

"예. 분명히 전할게요. 대리님, 정말 고마워요."

오래간만에 하나의 얼굴에 나이다운 웃음이 떠올랐다.

"여기야!"

먼저 도착한 호윤이 연아를 발견하곤 손을 흔들었다. 가로수길 중심
가에서 한참이나 벗어난 카페는 위치 때문인지 저녁 시간인데도 한산
했다.

"오소라는?"

"오고 있대. 거의 왔다니까 곧 도착할 거야."

연아는 긴장감에 테이블 위에 놓여 있던 물을 벌컥 들이켰다. 찬물이 식도를 타고 흘렀지만 날뛰는 몸 안의 신경을 진정시켜주진 못했다.

"뭘 물어볼지 생각했어?"

호윤의 질문에 연아가 대답하려는 찰나 유리문에 매달린 종이 울렸다. 오소라가 호윤과 연아를 발견하고는 환한 미소를 지으며 다가왔다. 여전히 큰 키에 늘씬한 몸매, 화려한 치장이 눈에 띄는 미인이었다.

"우와, 오랜만이다. 강호윤, 잘 지냈어? 그리고 너도."

갈색 웨이브 머리를 귀 뒤로 넘기며 오소라가 인공적인 웃음을 지었다. 예전에는 항상 예민하게 날이 선 얼굴이었는데, 나이가 들어서인지 한결 여유로워 보였다.

"그래. 오랜만이지? 잘 지냈어? 갤러리에서 일한다며."

연아 역시 서비스용 웃음을 얼굴 가득 지으며 말했다.

"응. '갤러리 홍'에서 큐레이터로 일해. 넌 새한은행 다닌다면서? 호윤이 통해 얘기 들었어."

살가운 말투가 낯설었다. 자신이 기억하고 있는 오소라는 싸가지 없고 이기적인 아이였는데, 14년이라는 시간 동안 겉으로나마 인사치레라는 걸 배운 모양이었다. 아니, 그렇게 생각한다면 내가 너무 비틀린 인간인 걸까. 넌 또 너대로 많은 일을 겪었겠지.

"그런데 물어보고 싶은 게 있다면서? 뭔데?"

커피와 케이크를 주문하고 서로의 근황에 대해 몇 마디를 나눈 후, 오소라가 물었다.

"응. 그게…….."

연아가 쭈뼛대며 호윤을 바라봤다. 과거 앞에서는 한없이 작아지는 기분이었다.

"예전에 연아 관련해서 떠돌던 원조 교제 소문. 너 알고 있지?"

호윤의 기습적인 질문에 오소라의 얼굴이 딱딱하게 굳었다. 이런 질문이 기다리고 있을 줄은 몰랐단 표정이었다.

"설마 그거 물어보려고 나 부른 거야?"

불쾌함이 오소라의 얼굴을 스쳤다.

"내가 호윤이한테 부탁했어. 그때 일 제일 잘 아는 동창 만나게 해달라고."

"아니, 그게 아니…….."

호윤이 끼어들었지만, 연아가 손으로 제지했다. 연아와 오소라의 눈빛이 부딪혔다. 똑바로 바라보니 알 것 같았다. 오소라는 여전히 자신을 좋아하지 않았다.

"뭘 알고 싶은 건데?"

오소라는 늘씬한 다리를 꼬더니 팔짱까지 끼며 방어적인 자세를 취했다.

"말했듯이 네가 알고 있는 원조 교제 소문에 대해 얘기해줘."

오소라는 한동안 말이 없더니, 재촉하는 듯한 호윤의 눈빛에 겨우 입을 열었다.

"나도 들은 거야. 황예은 알지? 걔한테서. 그때 어울려 다니던 오빠들이랑 술을 마시는데, 그 오빠 중 하나가 이런 얘길 하더래. 우리 학교 여자애 중 하나가 원조 교제를 하는 것 같다고."

이제 막 이야기를 시작했을 뿐인데, 연아의 심장이 무섭게 뛰었다. 마치 안에서 무엇이 튀어나올지 모르는 캄캄한 동굴 속으로 들어가는 느낌이었다.

"그 오빠가 중국집 배달 일을 했었거든. 어느 날 강남역 후미진 상가 지하에 배달을 갔었대. 어두컴컴하고 좁은, 이상한 사무실? 아니, 사무실이라기보다는 무슨 창고 같은 곳이었나 봐. 아무튼 짜장면, 짬뽕이랑 탕수육 같은 걸 잔뜩 내려놓고 계산을 기다리는데 나이 든 남자가 '앨리스, 지갑 어디에 있어?'라고 묻더래. 그러자 어디선가 '몰라. 탁자 위에 있을 거야.' 하는 여자애 목소리가 들렸대."

연아는 저도 모르게 침을 꿀꺽 삼켰다.

"어디서 들리나 하고 흘낏 쳐다봤는데 한쪽 구석에 커튼이 쳐진 곳 안에서 여자애가 옷을 벗고 있었다지 뭐야. 놀랐지만 아무렇지 않은 척 계산을 하려고 하는데 '그게' 보였대."

"뭐가?"

"우리 학교 교복이 여자애 발밑에 개어져 있는걸."

"정말이야?"

"나도 들은 얘기라니까."

연아는 가슴이 꽉 막힌 듯 숨이 제대로 쉬어지지 않았다.

"나 아니야. 그 여자애 나 아니라고. 그런데 왜 나라고 소문난 거야? 대체 왜?"

목소리가 부들부들 떨렸다.

"글쎄. 그건 나도 모르지."

오소라의 얼굴에 당혹감이 스쳤다. 이제까지 앨리스가 연아라고 생각한 눈치였다.

"황예은이 그 앨리스가 나라고도 얘기했어?"

"그건 아냐."

"그럼 누구야?"

오소라는 기억을 더듬는 듯 미간을 작게 찡그렸다.

"배달 갔던 형진 오빠 얘기를 전해준 건 황예은이었고. 보자, 너라는 얘기는…… 맞다! 최자현, 최자현이었던 것 같아."

"최자현? 확실해?"

최자현이 왜 나를…….

"최자현이었나? 아닌가? 솔직히 잘 기억 안 나. 너무 옛날 일이라. 하지만 네가 원조 교제한다는 얘기를 들었을 때 최자현도 같이 있었던 건 기억해. 왜냐면 그때 걔 표정이 좀 이상했거든. 다른 애들은 다 놀라는 표정이었는데, 최자현은 아니었어. 어쩌면 그래서 최자현일지 모른다고 생각했을지도."

"나라고 얘기한 게 최자현이란 말이지?"

"아냐, 확실하진 않다니까. 그저 걔 표정이 이상했던 게 기억에 남아 있는 것뿐이라니까."

"소문은 어디까지 났었어? 설마 나, 그리고 나랑 친한 애들 빼고는 전교생이 다 알고 있었던 거야?"

"아니, 그 정도까진 아니야. 일부 선생님들도 그 소문을 들은 모양인지, 나랑 몇몇 애들 불러서 단단히 입단속 시켰거든. 아무래도 소문이 소문이다 보니."

연아는 머리가 어지러웠다.

"혹시 지훈이도 그 소문에 대해 알았어?"

"글쎄 나한테 직접 물어본 적은 없지만 입 다물란 소린 들었으니, 아마 알고 있었을 거야."

하늘이 무너지는 것 같았다. 누군가 목을 죄는 듯 숨이 막혔다. 전신을 뒤흔드는 떨림이 멈추질 않았다.

"연아야, 괜찮아?"

옆에서 둘의 대화를 듣고 있던 호윤이 연아의 어깨를 감싸 안았다.

"지훈이가 그걸 어, 언제부터 알고 있었어?"

오소라의 눈빛이 차가워졌다. 그게 뭐가 중요하냐는 듯 책망하는 눈길이었다.

"그거야 나도 모르지."

가슴속에 커다란 돌덩이가 들어앉은 느낌이었다. 연아는 주먹으로 가슴을 쾅쾅 내리쳤다. 돌덩이는 사라지지도, 줄어들지도 않은 채 속을 짓누르고 있었다.

연아는 학교 등나무 벤치에 앉아 다리를 동동 구르고 주먹 쥔 손으로 무릎을 때렸다. 뭐라도 하지 않고선 참을 수 없는 기분이었다.

지훈이 권준석과 싸우던 날이 떠올랐다.

"야, 이 개새끼야! 다시 한번 더 지껄여봐. 뭐가 어쩌고 저째! 송우태, 너 이거 안 놔? 나 저 자식 오늘 여기서 죽여버릴 거야. 다신 입 함부로 못 놀리게 저 아가리 찢어놓을 거라고! 놔!"

"지, 진짜라고! 거짓말 아냐. 믿어줘! 내가 분명히 그 얘기 들었던
말이야."

"닥쳐!"

집 앞에서 밤새 기다린 날, 지훈이 앞뒤 없이 한 말도 떠올랐다.

"무슨 일이 있어도, 너 내 거라는 사실은 변함없다. 변하는 건 없
다고. 우리 이대로 사귀는 거야. 알겠어? 아무리 생각해도 답이 없
어. 난 네가 좋아서 미칠 것 같거든. 난 내가 직접 보지 않은 이상
안 믿어. 그 어떤 것도."

스스로 다짐하는 듯한 말투 같아 어딘가 이상하다 생각했었다. 하지
만 설마 그런 소문을 듣고 고민하다, 믿지 않기로 혼자 결론 내렸을 줄
이야. 누군가 제 심장을 손안에 쥐고 비트는 것 같았다.

'바보 같은 새끼.'

지훈은 한 번도 묻지 않았다. 마음에 의구심이 가득했을 텐데 한마디
도 꺼내지 않았다. 그러면서 행여나 소문이 퍼져 나갈까 전전긍긍하며
오소라를 협박하고 권준석을 두들겨 팼다. 권준석이 자신에게 치근대
서 때렸다는 둥 말도 안 되는 이유를 늘어놓으면서. 겨우 18살짜리 남
자아이가 자신을 위해 했던 일이었다.

'그래서 그렇게 미친놈처럼 굴었었구나.'

지훈은 원조 교제 소문을 알고 있었다. 권준석과 싸운 것도 소문이

퍼지는 걸 막기 위해서였을 것이다. 그때가 4월 중순이었으니 꽤 오래 전부터 소문에 대해 알았던 셈이었다. 지훈은 쭉 소문에 대해 믿지 않았다. 하지만 중간에 무슨 일이 일어났고, 지훈은 그 소문이 사실이라고 믿게 됐다. 그래서 10월 무렵 심한 배신감을 느껴 돌변했고, 그게 11월 화재 사건의 빌미가 된 것이다.

과거의 일들이 꼬리를 물며 떠올랐다. 연아는 문득 이상한 생각이 들었다. 대체 왜 지훈은 그 소문이 사실이라고 믿게 된 걸까? 직접 보지 않은 이상 믿지 않는다 했었다. 권준석과 오소라 일행에게 허튼 소문 내지 말라고 으름장을 놓을 만큼 믿음이 굳건했던 지훈이었다. 그럼 무엇을 '봤단' 말인가?

연아는 고개를 세차게 흔들었다. 자신은 그것과 비슷한 일조차 한 적이 없었으니, 지훈이 무엇을 봤을 리 없었다. 지훈이 죽어버린 이상 물어볼 사람도 없었다.

그나마 다행인 것은 지훈이 왜 갑자기 돌변하여 뒤돌아섰는지 원인을 알게 되었다는 것이다. 어쩌면 화재를 막을 수 있을지도 모른다. 원조 교제 소문의 진실을 파헤친다면, 그래서 아니라는 것을 증명한다면 10월의 왕따 사건도, 11월의 화재 사건도 막을 수 있을지 모른다.

연아는 어둠과 적막이 감도는 눈앞의 학교 건물을 바라봤다. 결심이 서자 등나무 벤치에서 일어났다. 핸드폰상에는 11시 50분이라는 글자가 떠 있었다. 바람도 마침 동풍이었다.

오늘 밤 가야만 한다.

2003년으로.

13. 다시, 범인을 찾으러

새하얀 빛이 점점 사그라들었다. 눈앞에 아른거리는 빛의 잔상에 연아는 균형을 잡지 못하고 비틀거렸다.

"괜찮아?"

누군가가 계단 위에서 휘청대는 그녀의 팔을 잡았다. 호윤이었다. 쌍꺼풀 없는 큰 눈에 걱정이 서려 있었다.

"응. 괜찮아."

대답하는 연아의 가슴이 쿵 내려앉았다. 호윤은 이때부터 마음이 있었다고 했다. 그 말을 들어서인지 바라보는 눈빛이 심상치 않게 느껴졌다.

"뭐 하냐, 니들."

계단 꼭대기에서 서슬 퍼런 음성이 울려 퍼졌다. 지훈이 불퉁한 얼굴로 둘을 내려다보고 있었다. 지훈은 주머니에 손을 찔러 넣은 채로 터덜터덜 계단을 내려왔다.

"아무리 너라도 싫다, 강호윤. 연아 몸에 손대는 거."

낚아채듯, 연아의 어깨를 감싸며 지훈이 투덜댔다.

"에라이, 새끼야! 스토커 같은 놈."

뒤따라 내려온 경민이 들고 있던 책으로 지훈의 머리를 후려갈겼다.

"야, 죽고 싶지?"

"하여간 집착이랑 질투가 〈사랑과 전쟁〉 100회 특집 수준이야. 어떻게 의심을 해도, 강호윤을 의심하냐? 이 새끼, 여자한테 관심 없는 거 알면서."

우태 역시 계단을 내려오며 경민을 거들었다. 호윤도 가만히 있지 않았다.

"야, 새끼들아. 왜 멋대로 날 친구 여자친구 넘보는 쓰레기로 만들었다, 여자한테 관심도 없는 수도승으로 만들었다 난리냐?"

그렇게 타박하면서도 호윤은 어딘가 모르게 씁쓸한 얼굴이었다. 연아는 앞으로 호윤을 어떻게 대해야 할지 알 수가 없었다.

"근데 너, 오늘 잊은 거 아니지?"

지훈은 연아의 어깨에 팔을 두른 채 빙글 몸을 돌려 다시 계단을 올라갔다.

"오늘? 오늘 뭐였지?"

"으이그. 공부 빼고는 이거 맹탕이라니까. 오늘 성문고 축제잖아. 거기서 밤에 불꽃 축제 한다고, 같이 가기로 했던 거 기억 안 나?"

기억난다. 세현고 축제는 6월 초였지만 근방 다른 고등학교 축제는 5월 말이었다. 성문고 축제 역시 그때 즈음일 거다. 그러고 보니 아이들도 하나같이 교복 재킷을 벗은 긴 팔 셔츠 차림이었다.

성문고 축제라. 무슨 일이 있었던 것 같은데.

일순 가슴에 아릿한 통증이 느껴졌다. 성문고 축제 때 뭘 했는지 기억해보려 애썼지만 도통 생각이 나지 않았다. 연아는 이내 고개를 흔들어 잡생각을 떨쳐냈다. 지금 중요한 건 성문고 축제나 불꽃놀이 따위가 아니다. 원조 교제 소문의 진실을 파헤치고, 지훈에게 사실이 아니라고 해명해야 한다.

지금 당장이라도 지훈의 목을 붙들고 짤짤 흔들며, 그따위 소문은 사실이 아니라고 해명하고 싶었지만 증거가 필요했다. 지금의 지훈은 믿어도, 나중의 지훈은 믿지 않을 테니.

"너 진짜 까먹은 거 아니지?"

지훈이 다그치듯 말하자 연아는 일단 대충 둘러댔다.

"응, 기억나."

"좋아! 오늘 6시에 성문고 사거리 맥도날드 앞에서 봐. 다른 애들하고도 다 거기서 만나기로 했어. 그럼 빨리 가자. 수업 늦겠다."

지훈은 남의 학교 축제가 뭐가 그렇게 신나는지 들뜬 얼굴로 연아의 목을 휘감고 복도로 향했다.

"이윤새! 이다정! 너네 어디 갔다 오냐?"

경민이 계단 아래에서 올라오고 있는 윤새와 다정을 향해 소리쳤다. 입을 우물거리는 모양새가 매점에라도 다녀오는 듯했다.

"너네도 올 거지?"

"당연하지."

경민의 물음에 윤새와 다정 역시 신나게 대답했다.

수업 종이 울리자 제각기 교실로 흩어지는 아이들로 복도가 붐볐다.

연아는 곁눈질로 아이들 얼굴을 하나씩 훔쳐봤다. 분명 이 중 한 명일 것이다. 진짜 원조 교제를 하고 자신에게 누명을 씌운 사람, 그리고 악의적으로 소문을 퍼트린 사람. 문득 앞서 걸어가고 있는 자현과 서정의 뒷모습에 시선이 머물렀다. 오소라는 '원조 교제를 한 사람은 이연아'라는 소문을 낸 게 자현일지 모른다는 말을 했었다. 물론 확실하지 않다고 했지만, 자현의 표정이 이상했던 건 분명하다고 했다.

정말 나에게 원조 교제 누명을 씌우고 소문을 낸 게 자현일까? 그렇다면 왜?

폭이 좁은 작고 날카로운 얼굴형에 밀색 피부, 가늘고 눈꼬리가 날렵하게 올라간 고양이 눈에, 색기가 흐르는 얼굴. 이제껏 의식하지 못했지만 자현은 꾸며놓으면 제법 예쁘장할 얼굴이었다. 뒤태 역시 묘하게 성숙해 보였다. 무엇보다 남자에 관심이 지대한 아이 아니었던가. 게다가 좋아했던 남자들은 선생들을 포함해 죄다 성인 남자들이었다. 편의점 알바를 하러 강남역으로 향하던 중 고등학생답지 않은 차림에 화장까지 한 자현을 본 적도 있었다.

어쩌면 진짜 원조 교제를 한 건 자현일지도. 그래서 우리 학교 여학생 중 하나가 원조 교제를 한다는 소문이 돌자, 들킬까 지레 겁을 먹고 미리 선수를 쳐서 소문을 낸 건지도 모른다. 하지만 수많은 여학생 중 왜 하필 자신이란 말인가. 도통 짚이는 점이 없었다.

"우리 몇 시에 만날까?"

윤새가 팔꿈치로 연아의 옆구리를 찔렀다.

"으, 응? 뭐, 뭐가?"

불시에 기습당한 연아가 화들짝 놀라며 더듬거렸다. 넋을 놓고 생각에 잠겨 있다 윤새와 다정의 대화를 놓치고 말았다.

"성문고 축제 말이야. 아, 나 뭐 입고 가지? 저번에 폴로 셔츠 연보라색 산 거, 그거 입고 갈까?"

"웅. 그거 예쁘더랑. 나야말로 뭐 입고 가지. 입을 옷 없는뎅."

윤새와 다정은 성문고 축제 때 입고 갈 옷과 머리 스타일을 정하느라 정신이 없었다. 하지만 연아의 신경은 온통 앞에 있는 자현에게 쏠려 있었다.

"너 오늘 성문고 축제 갈 거야? 3반 최유성이랑 한국학원 오진태가……."

자현과 서정의 대화에 연아가 귀를 쫑긋 세웠다.

"나? 아니. 난 오늘 약속 있어서."

"무슨 약속?"

"그냥 누구 좀 만나기로 해서."

자현은 더 이상 얘기하고 싶지 않은지 화제를 돌렸다. 보통 이 또래 여자아이라면 친한 친구에게 시시콜콜 모든 걸 이야기하기 마련이다. 오늘 무슨 약속이 있는지, 누구와 어디서 만나는지, 뭐가 기대되는지. 하지만 자현은 서정에게 말을 얼버무리며 사실을 숨겼다. 친한 친구에게도 얘기할 수 없는 꺼림칙한 약속일지 모른다.

연아는 속으로 조용히 결심했다. 오늘 기필코 자현의 뒤를 밟으리라고.

「너 진짜 이럴 거야? 네가 불꽃놀이 보고 싶다고 난리 쳐서 오기로 한 거잖아.」

　문자 메시지 알림이 울렸다. 연아는 벌써 10분째 계속 울리는 핸드폰을 무시하고 있었다.

「못 ㄱ. 모 간다고 했자ㄴ.」

급하게 지훈에게 답문을 보내느라 오타가 났다.

「그러니까 왜 못 오는 거냐고.」
「일이 좀 생겼어.」

　이번에는 전화가 울려댔다.
　"하아."
　연아는 깊은 한숨을 내쉬었다. 저 밀리 교복 차림의 지현이 강남역 대로변을 빠르게 걷고 있었다. 들킬까 싶어 몇 미터 정도 거리를 두고 쫓아가려니 저녁 시간 몰려든 인파에 자현의 뒷모습이 사라졌다, 나타났다를 반복했다. 한순간이라도 시선을 떼면 사라질까 조마조마한 가운데 계속해서 울리는 핸드폰은 여간 방해되는 게 아니었다.

「외출 금지 떨어졌어. 이모가 가지 말래. 못 가니까 그런 줄 알고 그만 전화해.」

연아는 길 가운데 멈춰 서서 빠르게 문자를 보냈다. 더 이상 무시할 수만은 없었다. 전원을 길게 눌러 핸드폰을 종료하고 고개를 드는데, 조금 전까지 인파 속에서 드문드문 눈에 띄던 자현의 모습이 보이지 않았다. 당황한 연아는 후다닥 달려가 사람들 사이를 이리저리 둘러봤다.

없다, 없어!

아무리 찾아봐도 자현은 없었다.

망할 류지훈.

혹시나 하는 마음에 연아는 예전 자현을 목격했던 편의점 골목으로 향했다. 성급한 발걸음으로 막 모퉁를 돌던 찰나, 누군가와 정면으로 부딪쳤다.

"꺅!"

"으악!"

상대의 딱딱한 가슴팍에 코가 그대로 부딪히는 바람에 눈물이 핑 돌 정도로 아팠다. 고개를 번쩍 들어 부닥친 이의 얼굴을 확인한 연아의 눈이 동그래졌다. 아는 얼굴. 편의점에서 봤던 노랑머리, 김성호였다.

"어!"

"오, 형수님. 여긴 웬일? 형님은 어디 가시고요?"

성호는 연아를 보자마자 대뜸 형수님 타령을 했다.

"누, 누구 좀 만날 일이 있어서."

"누구요? 남자는 아니죠? 바람피우는 거면 나 못 숨겨줘요."

성호는 편의점에서 있었던 일들은 까맣게 잊은 모양인지, 넉살 좋게 친한 척 굴었다.

"아니, 그게 아니라……."

손을 내젓던 연아의 머릿속에 한 가지 생각이 스쳤다. 그날 듣자 하니 성호 패거리는 강남역 근방에서 자주 어울리는 듯했다. 어쩌면 자현에 대해 무언가를 알고 있을지도 모른다. 어차피 밑져야 본전 아닌가. 연아는 조심스럽게 입을 열었다.

"저기, 물어볼 게 있는데."

"넵. 얼마든지."

"우리 학교 2학년 최자현이라고 알아?"

"알죠, 당연히. 이 근방에서 유명한 누난데."

유명한! 도대체 어느 방면으로 유명한데!

"최자현이 유명해? 왜 유명한데?"

세상의 이치는 다 똑같다. 먼저 속내를 들키는 사람이 지는 법. 성호는 연아의 다급함을 알아채고는 입가에 흐릿한 미소를 지었다.

"그냥요. 뭐, 이래저래."

"말해줘, 왜 유명한지."

"궁금해요?"

성호가 연아를 놀리듯 능글맞게 웃었다.

"그럼 내일 밤 11시 반. 강남역 6번 출구 앞에서 봐요."

연아도 그가 질 나쁜 아이라는 건 알고 있었다. 하지만 지훈의 후배니 그다지 큰일이야 있을까 싶어 결국 고개를 끄덕였다.

"내일 봐요."

성호는 만족한 얼굴로 손을 흔들며 네온사인이 휘황찬란한 거리 속으로 사라졌다.

14. 타오르는 불꽃 같은

재미없다.

이연아 없으니까 하나도 재미없다.

지훈은 인파로 북적이는 성문고 운동장을 시큰둥한 얼굴로 거닐었다. 한발 앞선 곳에는 호윤과 경민, 우태 그리고 윤새와 다정이 한껏 들떠 축제를 즐기기에 여념 없었다.

정문에서부터 운동장, 그리고 학교 건물로 이어진 길에는 미술부와 만화부 아이들의 그림이 이젤에 줄지어 세워져 있었다. 부스에서는 〈카드캡터 체리〉의 코스프레를 한 아이들이 손등에 짱구나 피카츄 같은 만화 캐릭터를 그려주고 있었고, 그 앞에서 윤새와 다정이 꺅꺅거리며 뭘 그릴까 고르고 있었다. 운동장 다른 한편에서는 색색의 음료수와 간식거리를 팔고 있었고, 구멍 뚫린 패널 속 얼굴을 향해 물풍선 던지기를 하는 등 자잘한 게임 행사 역시 벌어졌다.

이곳저곳 기웃거리다 보니 어느새 시간은 저녁 7시를 넘어서고 있었다. 해가 저물어 어슴푸레 땅거미가 졌다. 운동장에 늘어선 가로등이 하나둘씩 은은하게 조명을 밝히며 축제의 밤이 시작됨을 알렸다.

"오, 댄스팀 K2 공연이 7시 반에 있네. 근데 곡이 뭐래?"

"코요태하고 god 메들리."

"우오오오. 피똥 싸게 연습했겠네. 박동우도 나오는 거지?"

"그 새끼가 그거 보러 오라고 우리한테 난리 친 거잖아. 여자애들이 꺅꺅거리는 거 보여주려고."

경민과 우태는 팸플릿을 보며 아이들을 강당으로 안내했다.

"근데 하이라이트는 이게 아니지."

경민이 아이들을 향해 뒤돌며 말했다.

"뭔뎅?"

다정이 눈을 동그랗게 뜨고 물었다.

"댄스팀 공연 후에 '미스 성문 양 선발 대회' 한대."

"오오, 기대되는데?"

"그치? 우리 강호윤 양은 미리 좀 봐놔야 하지 않겠어? 우리 축제 때 네가 나가려면?"

경민이 장난스럽게 호윤에게 어깨동무를 하자 호윤이 못마땅한 얼굴로 노려봤다. 호윤은 다음 주 열릴 세현고 축제에 반 대표로 여장남자 선발 대회에 나가기로 확정되어 있었다.

"응응? 잘 봐둬. 끝나면 언니들한테 가서 스타킹 뭐가 좋은지, 어느 미용실에서 머리했는지도 좀 물어보고."

"고만해라."

"그만하긴! 섹시 포즈랑 요염한 표정 같은 것도 연구하면서 잘 좀 봐. 애들 쌍코피 터지게 해야 할 거 아냐."

"야야, 근데 이 새끼가 이 키랑 덩치로 되겠냐? 완전 호러지, 호러. 얼굴만 예쁘장하지 덩치는 WWE급인데. 섹시가 아니라 개그 쪽으로 가야 하는 거 아냐? 푸하하하."

"한마디만 더 하면 죽을 줄 알아, 이 새끼들아!"

경민과 우태는 호윤의 으름장에도 상관하지 않고 신나서 키득거렸다. 그렇게 티격태격하며 강당으로 향하는데, 그쪽 부스에 있던 여자아이들이 모두 밖으로 나와 있었다. 지훈과 호윤이 나타났다는 소문을 들은 건지, 미리 나와서 기다렸던 모양새였다.

"어머, 어머. 이쪽으로 드디어 왔다."

"정말? 진짜 이쪽으로 왔어?"

"가서 말 좀 걸어봐."

"싫어. 네가 해!"

세현고 유명인들을 알아본 여자아이들이 일행을 노골적으로 쳐다봤다. 선뜻 말 걸 용기는 나지 않는지 한 발자국 떨어진 곳에서 자신들의 부스를 찾아달라며 애처로운 눈빛을 보내고 있었다.

"거기, 잘생긴 오빠들! 우리 부스 와서 구경 좀 해요! 점 봐드립니다. 단돈 500원!"

그때 용기 있는 여자아이 하나가 지훈의 팔을 잡아끌며 말을 걸었다. 천막 위에는 '타로의 집'이라는 팻말이 붙어 있었다. 여자아이의 과감한 행동에 다른 아이들도 일제히 일행을 향해 모여들었다. 호윤은 곤란한 얼굴로 애써 거절했고, 경민과 우태는 생각지도 않았던 환대에 신이 나서 이끌려가고 있었다.

"야, 너 이거 안 놔? 죽을라고 진짜."

지훈의 서늘한 일갈에 주위가 바짝 얼어붙었다. 지훈의 팔에 매달려 있던 여자아이의 얼굴이 완전히 굳었다.

"이게 어디서 팔을 잡아!"

지훈은 벌레라도 털어내는 양 여자아이의 팔을 매섭게 뿌리쳤다.

"야, 류지훈. 너 또 왜 그러냐. 이런 데까지 와서. 장난은 그냥 장난으로 좀 받아들여라."

호윤이 난처한 얼굴로 여자아이를 달래며 지훈에게 한소리 했다. 호윤이 그러거나 말거나, 싸해진 분위기를 만든 장본인은 전혀 개의치 않고 발걸음을 옮겼다.

정말이지, 지훈은 재미가 하나도 없었다. 모두들 흥에 겨운 듯, 한껏 들뜬 얼굴로 축제를 즐기고 있었지만 지훈 홀로 그런 분위기에서 동떨어져 있었다. 따분하기 아니, 짜증 나기 그지없었다.

잠시 후 스피커가 삑 소리를 내더니 안내 방송을 시작했다.

[아아. 알려드립니다. 밤 9시로 예정되었던 불꽃놀이 행사가 주민들의 요청으로 앞당겨져 10분 후에 진행될 예정입니다. 불꽃놀이를 관람하실 분들은 지금 속히 운동장으로 모여주시기 바랍니다. 다시 한번 안내……]

방송이 흘러나오자 강당으로 향하던 인파와 부스를 기웃거리던 관람객들 모두 서둘러 운동장으로 움직였다.

"우리도 저거 먼저 보고 강당 가자."

경민의 말에 일행은 우르르 운동장으로 향했다. 지훈 역시 내키지 않는 발걸음을 옮겼다. 계단 스탠드에 옹기종이 몰려 앉은 사람들 사이를 파고들어 엉덩이를 내려놓자 피융, 하고 불꽃이 발사되는 소리가 들렸다.

펑— 펑—.

운동장 한구석에서 쏘아 올린 불꽃이 하늘로 향했다. 붉은, 주홍빛의 푸르스름한 또는 새하얀, 색색의 불꽃들이 요란한 소리를 내며 새까만 하늘을 찬란하게 수놓았다.

"우와, 진짜 예쁘당."

감탄사에 지훈이 옆을 바라봤다. 다정이 고개를 하늘 위로 치켜든 채, 펑펑 소리를 내며 화려한 곡선을 그리는 불꽃을 넋을 잃고 구경하고 있었다.

지금 보는 광경. 그대로 눈에 담아, 연아에게 보여주고 싶다. 연아도 이거 봤으면 진짜 좋아했을 텐데. 어린애 같은 구석이 있어서, 이연아 이런 거 진짜 좋아하는데. 같이 봤으면…… 좋았을 텐데.

지훈은 가슴 한구석이 시큰거렸다. 오늘 낮에도 봤건만, 자신을 향해 활짝 웃던 귀여운 얼굴이 이 순간 사무치게 그리워졌다.

"나 먼저 간다. 구경하고들 와."

지훈은 일행을 향해 말을 내뱉곤 자리에서 일어나 툭툭 바지를 털었다. 그리 작은 소리로 말한 것도 아니었지만 불꽃 소리에 지훈의 말이 파묻혀버렸다.

"어디 가는뎅? 야, 류지훈!"

옆에 있던 다정만 알아듣고 소리쳤으나, 지훈은 뒤로 손을 젓고는 성문고 정문을 향해 있는 힘껏 달렸다.

'가는 게 맞을까?'

책상 앞에 앉아 문제집을 펼쳐놓은 채 연아는 생각에 잠겨 있었다. 성호의 연락처는 당연히 모르거니와 밤 11시 반이라는 시간도 맘에 걸렸다.

탁―.

그때 창문을 때리는 소리가 났다.

'이번엔 또 누가 돌을 던지는 거야?'

연아도 학습 능력은 있었다. 살짝 비켜선 뒤 창문을 열었다. 아니나 다를까, 창문을 열자마자 작은 돌멩이 하나가 휙 들어와 바닥을 또르르 굴렀다. 창문 앞에 서 있었으면 어디 한 군데 맞았을 게 분명했다. 화가 난 연아가 창문 밖으로 얼굴을 내밀었다. 주홍색 가로등 불빛 아래에 지훈이 놀란 얼굴로 서 있었다.

"와, 깜짝이야."

"죽을래? 왜 자꾸 찾아와서 창문에 돌을 던져? 맞을 뻔했잖아."

연아의 타박에도 지훈은 저 혼자 뭐가 좋은지 씩 웃는다.

"핸드폰은 놔뒀다 뭘 하고 자꾸 이래?"

"너 핸드폰 꺼놨잖아."

"내가 언……."

아. 그러고 보니 자현을 쫓아가다 끈 뒤 다시 켜질 않았다. 핸드폰을 1분이라도 안 보면 눈에 쥐가 나는 줄 알았는데. 과거로 오니 핸드폰에 무신경해진 스스로가 신기했다.

"아무튼 오늘은 왜 또……."

"너 외출 금지당해서 축제 못 왔잖아. 불꽃놀이 그렇게 보고 싶어 했

276

으면서."

얼렁뚱땅 둘러댄 변명이었는데, 그걸 진짜로 믿은 모양이었다. 연아
는 괜스레 미안해졌다.

"예쁜 거 보여줄게."

지훈은 조금 흥분한 어조로 외치더니 주섬주섬 가방에서 무언가를
꺼냈다. 기다란 막대기 두 개였다. 지훈은 주머니에서 라이터를 꺼내
막대기에 불을 붙였다.

피슈슈슉. 퐁. 퐁.

막대기에서 손톱만 한 불꽃이 작은 반호를 그리며 발사되었다.

뭐야, 이게.

"어라? 이게 아닌데."

지훈은 막대기들을 내려놓고는 아까보다 좀 더 가는 것을 하나 꺼내
들었다. 불을 붙이자 막대기 끝에 주먹만 한 불꽃이 반짝이기 시작했다.

지훈은 막대기를 잡아들고 창문을 열고 서 있는 연아를 향해 빙글빙
글 돌렸다. 불꽃이 작은 원을 그리며 반짝였다. 지훈은 허공에다 글자
를 쓰는 시늉을 하기도 했다. 그렇게 몇 분간 타들어 가던 불꽃은 점차
사그라졌다.

"잠깐, 그대로 있어 봐. 하나 더 있어."

지훈은 다시 가방에서 막대기를 두 개 꺼내 불을 붙였다. 그러곤 연
아를 향해 불꽃 막대기 쥔 손을 번쩍 들고는 흔들어대기 시작했다.

"유후. 이야, 잘 타네."

지훈의 얼굴 가득 해맑은 미소가 퍼져 있었다.

뭐야, 이게……. 하나도 안 예뻐. 볼품없고, 초라해.

그런데도 가슴이 일렁였다. 오직 한 사람을 위한, 자신만을 위한 불꽃놀이였다. 제가 한 거짓말에, 풀 죽어 있을 자신을 걱정해, 지훈은 저렇게 보잘것없는 걸 가져와 불꽃놀이라고 보여주고 있었다. 가슴 한구석에 따스한 것이 차오르기 시작했다. 지훈의 손에서 치지직 소리를 내며 타들어 가는 불꽃. 그것은 꼭 누군가의 청춘인 것만 같았다. 작고, 소박하며, 보잘것없고, 너무나 빠르게 점멸해버리는.

하지만 열정으로 점철된.

'예뻐?'

지훈이 입 모양으로 말했다.

'응.'

연아가 속으로 대답했다.

지훈과 연아는 빌라 출입문 계단에 나란히 쪼그려 앉았다. 지훈의 옆엔 다 타고 남은 불꽃 막대기가 놓여 있었다.

"발가락 안 시려?"

지훈이 슬리퍼를 신은 연아의 발을 꾹꾹 누르며 물었다.

"5월인데 뭘."

그가 발가락을 뚫어져라 바라보자 민망함에 꼬무락댔더니 추워한다 생각한 모양이었다.

"이러면 안 시리지?"

지훈이 손으로 연아의 발가락을 감싸 잡았다.

"야! 더러워! 손 떼!"

연아가 지훈을 밀어내며 버둥거렸지만 그는 "쉿, 가만있어봐."라며 도리어 발가락을 손으로 주무르기까지 했다. 간질간질 이상한 기운이 전신을 타고 흘렀다.

"야, 류지훈! 너 이거 안 놔? 놓으라고! 더럽단 말이야."

"발가락도 예쁘네."

한숨을 내뱉는 듯, 혼잣말을 하는 듯, 지훈이 바람 섞인 목소리를 내뱉었다.

"예쁘다, 예뻐."

가슴이 쿵쿵 뛰었다.

예쁘다는 말. 이렇게 많이 들어봤던 적이 언제였는지.

5살, 6살 꼬마였을 때는 이름보다 더 많이 들었던 말. 어른이 되고 나서는 들어본 기억이 가물가물했다. 어릴 때는 그렇게 예쁨을 받고, 사랑을 받았는데. 나이가 들어간다는 것, 어른이 된다는 건 왜 덜 사랑받는 걸 의미하는 것 같을까.

"뭐가 예뻐. 하나도 안 예뻐."

"그 못된 입만 빼면 넌 다 예뻐."

"내 입이 뭐."

연아가 입술을 툭 내밀며 삐죽였다.

"입이…… 입도, 예쁘지."

꿀꺽.

마른침 삼키는 소리가 들렸다. 돌아보니 지훈의 시선이 어느새 자신의 입술에 고정되어 있었다. 어딘가 모르게 열이 오른 얼굴이었다.

아니, 이 어린놈의 자식이.

"야! 죽을래? 너, 어딜 봐?"

연아가 지훈의 어깨를 밀어냈다.

"뭘 그렇게 부끄러워하냐? 남녀 사이에 당연한 거지."

"어머, 얘 좀 봐. 부끄러운 게 아니라 황당하고 기가 막힌 거지. 넌 꼭 네 마음대로 해석하더라. 게다가 당연하긴 뭐가 당연해!"

"뻥치지 마. 방금 분위기 좀 묘했잖아. 너도 인정하지?"

"그만해! 안 그러면 나 들어갈 거야."

연아가 자리에서 벌떡 일어났다. 지훈은 "알았어. 그만할게, 앉아." 하고 말하며 연아의 손을 잡아 다시 자리에 앉혔다. 그리고 잠시 침묵하다 불쑥 한마디를 뱉었다.

"있잖아, 나 이제부터 공부 진짜 열심히 할 거다."

"갑자기 생뚱맞게 무슨 소리야."

"너 연대가 목표라고 했지? 나 꼭 너랑 같은 대학 갈 거다. 약속할게."

연아는 아무 말도 할 수 없었다.

"왜 그런 얼굴이야? 내가 거기 못 갈 거 같아? 두고 봐. 맘만 먹으면 너 금방 따라잡아. 내가 체력이 좀 되잖냐. 공부는 체력 싸움이라고."

지훈이 연아를 바라보며 싱긋 웃었다. 연아의 가슴 한구석이 먹먹해지더니 다음 순간 전류가 흐른 듯 찌릿했다.

미안했다. 네 앞에 펼쳐질 미래가 한낮에 내리쬐는 햇살같이 환할 것이라 얘기하지 못해서. 밤하늘을 가득 밝히는 별빛처럼 눈부실 것이라 말하지 못해서. 여린 잎 속 웅크리고 있는 꽃망울에게, 너는 피어나지 못한 채 한겨울 말라비틀어진 잎처럼 시들 것이라, 차마 얘기할 수 없었다.

"그리고 합격 발표 나면 졸업식 날 너랑 첫 키스할 거야."

"……."

"뭐, 그 전에 할 수도 있고."

"……."

"그전이 지금이 될 수도 있고."

말과 동시에 커다란 두 손이 연아의 양 뺨을 감싸 잡았다. 이마에 보드라운 것이 살포시 쪽, 하고 내려앉았다.

"미…… 미, 미쳤어!"

화들짝 놀란 연아는 뒤로 엉덩이걸음을 하다 뒤통수를 벽에 부딪쳤다. 시큰한 통증이 몰려왔다.

"나 참, 예고편 가지고 뭘 그렇게 놀라. 어쨌거나 분명히 예고했다. 그러니까 한눈팔기만 해. 너 죽고 나 죽는 거야."

지훈은 대수롭지 않다는 듯 계단에서 일어났다. 체격 좋은 녀석이 일어서자 시야가 다 가려졌다.

"그럼 간다. 잘 자라."

어깨에 가방을 메며 돌아선 지훈은, 쿵쿵 소리를 내며 골목 아래로 사라졌다. 하지만 지훈이 사라지고도, 쿵쿵 소리는 한참 동안이나 가라앉질 않았다.

밤 11시 반. 연아는 강남역 6번 출구 앞에 서서 거리를 오가는 사람들을 바라봤다. 예나 지금이나 강남역은 한밤의 열기로 가득 차 있었다. 압구정 로데오도, 신사동 가로수길도, 방배동 카페 골목도 한 번씩

전성기를 누리다 상권이 죽어버렸지만 이곳 강남 바닥은 정말이지 한 번도 죽어본 적이 없는, 대단한 곳이었다.

성호와 만나기로 했지만 연락처를 모르는 탓에 연아는 약속한 장소에서 하염없이 기다리기만 했다. 혹시라도 성호가 보일까, 연아가 사람들의 머리통 색깔만 쳐다보고 있을 때였다. 웅성대는 소리와 함께 까만 옷을 입은 서너 명의 남녀가 앰프와 마이크, 기타 등을 들고 뉴욕 제과 앞 계단으로 걸어왔다. 자리를 잡더니 앰프와 마이크를 설치한 뒤 기타 줄을 디리링거리며 음역대를 맞추는 데 분주했다. 길거리 공연이라도 하려는 모양이었다. 이 늦은 밤에 모두 새까만 선글라스를 쓰고 있다는 게 연아는 조금 황당하게 느껴졌다.

5분에서 10분 정도가 지났을까, 준비 작업이 마무리되지 긴 생머리를 늘어뜨린 여자가 스탠드 마이크 앞으로 다가왔다. 착 달라붙는 니트 재질의 검정 미니스커트가 섹시해 보였다.

'이제 시작하려나?'

연아는 걱정스러운 마음이 들었다. 늦은 밤, 12시가 가까운 시간. 술 취해 휘청이는 사람들 사이에서 누가 과연 노래를 들어줄까 싶었다. 하지만 걱정이 무색하게 삼삼오오 사람들이 몰려들기 시작했다.

"원더랜드다, 원더랜드!"

"어디, 어디?"

"우와, 운 좋다. 원더랜드야! 공연하려나 봐."

흥분해서 떠드는 여자아이들까지 있는 걸 보니 근방에 제법 알려진 밴드인 모양이었다. 사람들이 어느 정도 모여들자 검정 니트 치마의 여자가 마이크를 잡고 노래를 부르기 시작했다. 밴드 소개나 곡 설명은커

넝 흔한 인사말도 없었다.

[수많은 사람 모두 가슴속엔 비밀들.

새까만 어둠이 내리면 그 비밀이 속삭인다.

은밀히 조용히 그리고 한마디씩, 한마디씩.

속삭이는 비밀들. 으음. 속삭이는 비밀들.]

여자치고는 굉장한 저음에다 허스키한 음색이 나른한 재즈풍의 음악과 무척이나 잘 어울렸다.

'처음 들어보네. 자작곡인가?'

연아는 가만히 팔짱을 끼고 노래를 부르는 여자를 바라봤다. 부드럽게 리듬을 타는 몸짓, 마이크를 잡았다 떼는 손짓, 간혹 흥에 겨운 듯 내지르는 애드리브. 한밤의 길거리 공연이었지만 진심으로 즐거워하는 것처럼 보였다. 그런데 보다 보니 왠지 모르게 여자의 모습이 익숙했다. 연아는 미간을 찌푸리며 여자의 모습을 샅샅이 뜯어봤다. 까만 선글라스를 끼고 있었지만 분명, 분명히……

"서, 설…… 마."

"맞아요, 최자현. 인디밴드 원더랜드의 보컬."

불쑥 어깨너머로 들린 목소리에 연아는 하마터면 소리를 지를 뻔했다. 뒤를 돌아보니 한밤에도 눈에 띄는 노랑머리의 성호가 서 있었다. 바짝 다가온 성호의 입김이 연아의 귓가를 스쳤다.

"잘하죠? 이 근방에서는 꽤 유명해요. 목요일 밤 12시가 되면 길거리 공연을 하거든요. 저도 우연히 한 번 봤는데 예전에 같이 놀았던 적이 있어서 보컬이 자현 누나인지 금방 알아봤죠."

"미리 말해줬음 좋았잖아."

"그냥 알려주면 재미없잖아요. 근데 누난, 왜 자현 누나에 대해 궁금한 거예요? 그때도 뒤를 밟고 있었던 거 같던데. 맞죠?"

성호의 손가락이 연아의 어깨를 꾹 눌렀다. 어딘가 신나 보이는 얼굴이었다.

"무, 무슨 소리야? 뒤를 밟다니, 그런 적 없어. 네가 잘못 안 거야."

"에이, 너무 야박하다. 내가 이렇게 자현 누나의 비밀까지 알려줬는데 그 정도는 말해줄 수 있잖아요."

"그런 적 없다니까."

"뭐, 상관없어요. 그런데 누나, 목마르지 않아요? 우리 뭐 좀 마시러 갈래요? 저쪽으로."

성호는 능글거리며 연아의 어깨를 손가락으로 피아노 치듯이 두드렸다. 벌레가 기어가는 듯 기분 나쁜 느낌이 어깨에서부터 스멀스멀 피어났다. 치가 떨리도록 싫다고 생각했던 지훈이 만졌을 때는 아무렇지 않았건만. 연아는 제 어깨에 올려진 성호의 손을 내치려 했다. 하지만 뒤에서 불쑥 커다란 손이 뻗어와 성호의 팔목을 먼저 붙들었다.

"뭐 하냐, 니들."

소름이 돋을 만큼 음산한 목소리였다. 동시에 돌아본 두 사람의 눈앞에 험상궂은 지훈의 얼굴이 보였다. 워낙 체격이 좋다 보니 평범한 까만 셔츠에 청바지 차림의 모습이 대학생이라고 해도 믿을 수 있을 정도였다.

"물었잖아. 지금 뭐 하고 있는 거냐고."

지훈은 성호의 손목을 힘주어 붙들고는 연아의 어깨에서 떼어냈다. 지훈의 온몸에서 발산되는 흉포한 기운에 성호와 연아는 그 자리에 얼어붙은 채 아무 말도 할 수 없었다. 성호의 손목을 틀어쥔 지훈의 팔에서 핏대가 꿀렁였다. 일그러진 눈빛 사이로는 새까만 분노가 소용돌이치고 있었다. 성호와 딱히 무슨 일을 한 것도 아닌데, 연아는 나쁜 짓을 하다 들킨 것같이 마음이 위축됐다.

"너, 넌 여길 어떻게."

연아가 달라붙은 입을 겨우 뗐다. 지훈은 한층 날카롭게 되물었다.

"너 이러려고 밤에 몰래 집에서 기어 나온 거야? 겨우, 이따위 자식 만나려고?"

"그게 무슨 말이야?"

"뭔가 이상하다 싶었어. 요새 찬바람 쌩쌩 부는 것도, 핸드폰 꺼 놓는 것도. 무슨 일 있는가 싶어 얘기해줄 때까지 기다리자 생각도 했었어. 그런데…… 그런데 고작 이거 때문이었어?"

바람피우는 현장을 목격이라도 한 것처럼 지훈의 음성이 부들부들 떨렸다.

"그런 거 아냐. 성호랑은 일이 있어서……."

변명하려던 연아가 말을 멈췄다.

"너 설마 내 뒤를 밟은 거야?"

제대로 정곡을 찔렸는지 지훈은 순간 말이 없었다. 그럼에도 생생한 분노를 담은 눈은 연아를 직시하고 있었다.

"그게 뭐. 지금 중요한 게 그거야?"

"너 대체 왜 그래? 왜 이런 짓을 하는 거야? 아까 말했듯이 얘랑은 아무 사이도 아니라고!"

"아무 사이도 아닌데, 강남역에서 왜 단둘이 만나고 있는 건데! 이렇게 늦은 시각에! 그것도 모자라서, 내가 손만 대면 파르르 치를 떨었으면서 왜 이 자식은 어깨에 손 올려도 가만히 있는 건데!"

치미는 화를 참지 못하겠는지, 지훈이 고래고래 소리를 질렀다. 원더랜드의 공연을 구경하던 사람들이 술렁대며 셋을 바라봤다. 이미 눈이 반쯤 돌아간 지훈은 주위의 시선 따윈 조금도 신경 쓰지 않았다.

"형, 그게 아니라니까요. 여긴 좀 그렇고 다른 데 가서 얘기해요."

지훈에게 잡힌 손목을 비틀어 빼낸 성호가 무심코 연아의 어깨 위에 다시 손을 올렸다.

픽—.

"이게 어디다가 손을 대!"

지훈의 날쌘 주먹이 성호의 얼굴을 강타했다. 강한 타격에 성호가 철 퍽 바닥을 굴렀다. 연아는 경악하며 숨을 들이삼켰다.

"싸움 났나 봐."

"어떻게 해!"

"말려야 하는 거 아냐?"

공연을 구경하던 사람들이 비명을 질렀다. 느닷없이 일어난 폭력 사태에 놀라 자리를 뜨는 사람들도 속출했다.

"씨발! 내가 형 대우 좀 해주려고 했더니만!"

피 묻은 입가를 닦으며 바닥에서 일어난 성호가 곧장 지훈에게 달려가 주먹을 휘둘렀다. 지훈이 몸을 트는 바람에 방향을 잃고 꼬꾸라졌으나, 성호는 포기하지 않고 다시 달려들어 멱살을 붙잡았다. 지훈 역시 무서운 힘으로 성호의 멱살을 맞잡았다. 둘은 서로를 붙잡은 채 팽팽한 시선을 주고받았다.

"개새끼! 너 이거 안 놔!"

"그래, 어디 한번 해보자고!"

"좋아. 그럼 오늘 나한테 죽을 때까지 처맞아봐. 어디서 연아한테 수작질이야?"

"아, 젠장. 오해라니까! 아니라니까!"

"오해 같은 소리 하고 자빠졌네. 개자식! 너 오늘 연아 왜 불렀어? 무슨 짓 하려고 부른 거냐고! 내가 모를 줄 알아? 형, 형, 하면서 속으로 이 갈고 있는 걸 내가 모를 줄 아냐고!"

"그럼 이때까지 내가 처맞은 게 있는데, 이런 건수를 그냥 넘어가겠냐? 그냥 같은 반? 웃기시네. 몇 다리 건너면 여자친구인 거 다 아는데, 왜 구라를 쳐!"

서로의 멱살을 쥐고 실랑이를 하던 두 사람은 결국 바닥으로 쓰러져 나뒹굴었다. 주위를 둘러싼 사람들이 또 한 번 "꺄!" 하고 비명을 질렀다. 한밤에 벌어진 난데없는 싸움에 누군가는 흥미진진한 얼굴로 구경을, 또 누군가는 겁에 질린 얼굴로 핸드폰을 꺼내 신고를 했다. 연아는 돌발 사태에 당황하여 발만 동동 굴렀다. 어서 말려야 했으나, 엎치락뒤치락하고 있는 두 사람을 혼자 뜯어말리기엔 역부족이었다.

그래, 최자현이 있었지.

연아는 밴드 쪽으로 냉큼 달려갔다. 자현과 밴드 단원들은 갑작스러운 싸움에 공연을 중단하고 장비를 챙기고 있었다. 연아가 헐레벌떡 자현의 손목을 잡았다.

"자현아, 나 좀 도와줘. 저것들 말려야 해."

선글라스 너머로 놀란 기색이 느껴졌다.

"너, 너……!"

"저러다 정말 큰일 나겠어. 제발."

"너, 어떻게 여길……."

"지금 그게 문제가 아니잖아. 아저씨, 아저씨들도 좀 도와주세요."

연아는 연주하던 남자들을 향해 소리치며 자현의 손목을 잡아끌었다.

"너 대체 어떻게……."

"내가 나중에 다 설명할게. 일단은 말리자. 누구 하나 크게 다치겠
어."

그렇게 연아가 자현을 끌고 두 사람에게 다가가던 중이었다.

삐익― 삐익―.

"거기 학생들, 그만두지 못해?"

멀리서 군중을 헤치며 경찰 두 명이 달려왔다. 죽일 듯이 싸우던 지
훈과 성호는 움켜쥔 멱살을 내려놓고 급히 일어났다. 경찰들이 점점 가
까이 다가오자, 둘도 상황의 심각성을 깨닫기 시작했다. 잡히면 골치가
아파진다. 학교, 집 할 것 없이 한동안 이리저리 불려 다니며 들들 볶일
것이다. 성호는 이미 냅다 도망가 버렸고, 지훈은 주위를 빠르게 둘러
보며 연아를 찾았다.

연아는 선글라스를 낀 여자 옆에서 걱정스러운 얼굴로 발을 구르고
있었다. 지훈은 얼른 연아의 손을 쥐고 사람들을 헤치며 정신없이 내달
리기 시작했다. 뒤에서 "야, 류지훈!" 하며 누군가 부르는 소리가 들렸
지만 경찰들이 달려오는 소리에 정신없이 발을 놀릴 뿐이었다.

얼마나 달렸을까.

가로등 불빛 하나 없이 어두컴컴한 강남역 뒷길에 다다르자 쫓아오

는 소리도 잦아들었다. 지훈은 두 손으로 무릎을 짚은 채 가쁜 숨을 몰아쉬었다. 거의 끌려오다시피 하던 연아도 지훈의 손에서 손목을 잡아뺀 후 바닥에 쓰러지듯 주저앉았다.

'여기까진 경찰이 안 쫓아오겠지?'

어느 정도 안심한 지훈이 뒤를 돌아봤다.

"연아야, 괜……. 너! 너 뭐야? 네가 왜!"

지훈이 경악한 표정으로 소리쳤다. 당장에라도 쓰러질 듯한 얼굴로 숨을 내쉬고 있는 사람은 연아가 아닌, 선글라스를 낀 여자였다.

"너…… 허헉. 내가, 헉. 놓으라고…… 했지. 며, 몇 번이나 말했는데…….."

아직 호흡을 정리하지 못했는지 여자는 겨우겨우 말을 이었다.

"무슨 소리야? 난 분명히…….."

연아의 손을 잡고 뛰었다, 고 생각했다. 쫓아오는 경찰을 보고 놀라 연아의 손을 움켜잡았다고 생각했었는데. 그러고 보니 도망치는 내내 "야, 이거 놔!"라는 소리를 들은 것 같기도 했다.

"그럼 이연아는?"

"내가…… 허헉. 어떻게…… 헉. 알아!"

여자는 벽에 등을 기댄 채 계속 헉헉대며 말하다 막판에 빽 소리를 질렀다. 지훈은 어둠 속에서 눈을 가늘게 뜨고 여자의 모습을 살펴봤다. 거무스름하게 보이는 체형이나 목소리가 어쩐지 익숙했다.

"너 혹시 최자현이냐?"

"그걸 이제야 알겠냐?"

"그런데 넌 여기서 뭐 하냐."

지훈의 무신경한 말투에 자현이 선글라스를 휙 벗고 노려봤다.

"네가 끌고 왔으면서 무슨 소리야?"

"그건 실수였다 쳐. 이연아 데리고 온다는 걸, 손을 잘못 잡았나 봐. 얜 도대체 어디 있는 거야? 설마 경찰한테 잡힌 건 아니겠지?"

실수로 끌고 온 자현은 안중에도 없는 듯 지훈은 손톱을 깨물며 연아 걱정에 초조해했다. 그때 누군가 골목을 향해 달려오는 소리가 들렸다. 경찰인가 싶어 지훈과 자현이 다시 도망치려는데, 연아가 헉헉거리며 골목 안으로 들어섰다.

"이연아!"

지훈이 연아를 향해 한달음에 달려갔다. 두 사람을 찾았다는 안도감에 다리가 풀린 건지 연아는 허물어지듯 바닥에 주저앉았다.

"류, 류지훈. 너……. 헉. 내가 멈추라고…… 했지."

"괜찮아? 경찰은? 미안. 내가 실수했어. 최자현을 넌 줄 알고 그만……."

지훈이 사과했지만 연아는 파리하게 질린 채 숨만 헉헉거렸다. 토 나올 때까지 뛴다는 말이 무슨 뜻인지 알 것 같았다. 아니, 정말 속에서 토기가 치밀어 올랐다. 어느 정도 호흡을 가다듬은 후에야 연아는 걱정스러운 얼굴로 제 등을 쓰다듬는 지훈을 바라봤다. 좀 전까진 성호와의 관계를 오해하고 길길이 날뛰더니, 이제는 자신 대신 자현을 잘못 데려갔다는 사실에 몹시 미안해하고 있었다.

정말 넌 한결같이 일차원적이구나.

놀라울 정도로 단순한 지훈의 모습과 예상치 못하게 엉망이 되어버린 상황에 연아는 어이가 없었다. 잠시 동안 후미진 골목에 색색거리는 세 사람의 숨소리만이 가득 찼다.

"그런데 이연아, 어제오늘 나 왜 쫓아온 거야?"

자현이 대뜸 침묵을 가르며 물었다.

"내, 내가? 나 너 쫓아간 적 없어."

"거짓말하지 마. 어제저녁에 네가 강남역까지 내 뒤 몰래 밟은 거 알아."

연아는 속이 뜨끔했다.

"그건……"

어떻게 말해야 할까.

네가 소문냈어? 원조 교제를 한 게 나라고? 사실은 네가 원조 교제한 거 아냐? 사실은 너라서 그걸 숨기기 위해 나한테 누명 씌운 거 아니냐고? 그래, 그래서 증거 잡으려고 네 뒤 좀 밟았다.

이런 말들이 목구멍에서 맴돌았지만 증거도 뭐도 아직 아무것도 없었다. 게다가 오소라에게 들은 얘기이긴 했지만 '현재'의 오소라가 아닌, '미래'의 오소라로부터가 아닌가. 그렇다고 가만히 입 다물고 있을 순 없는 노릇이었다. 자현이 진짜 원조 교제를 한 아이인지는 나중 밝혀낼 일이다. 지금은 자현이 소문을 낸 당사자가 맞는지 확인하는 게 먼저였다.

연아는 자현을 가만히 바라봤다. 자현 역시 이제 고작 18살이다. 아무리 감추려 해도 표정이나 행동, 말로 드러나는 것이 있을 것이다.

"너, 내 원조 교제 소문 알고 있지? 그거 물어보려고 네 뒤 밟은 거야."

연아의 말에 자현과 지훈이 동시에 경악했다. 하지만 연아는 놓치지 않았다. 순수하게 놀라는 지훈과 달리 죄책감이 언뜻 스친 자현의 얼굴을.

"뭐? 무슨 말이야?"

자현이 금세 당황한 표정을 감추며 무슨 말인지 모르겠다는 반응을 했다.

"학교에 그런 소문 돈다는 거 알고 있어."

"아니야, 이연아. 너 잘못 알고 있어. 그런 소문 없어. 그런 소문 따위……."

지훈은 당황하면 제스처가 커진다. 이번에도 지훈은 성큼 다가오며 팔을 크게 휘둘렀다.

"류지훈. 나 바보로 만들지 마. 나도 다 알고 하는 얘기야."

뭐든 정공법이 최고다. 에두를 것 없다. 이쪽에서 핵심을 올려놓아야 상대 쪽에서도 변죽만 울리든, 맞대응을 하든 핵심에 대해 반응해줄 것이다.

"이제 그런 소문 안 돌아. 아니, 안 돌게 만들 거야. 그러니까 넌 신경 쓸 것 없어. 가자."

지훈이 연아의 손을 붙들고 잡아당겼지만 연아는 꼼짝도 않고 자현을 바라봤다.

분명, 무언가 있다. 단순한 감이 아니다. 경험으로 알 수 있었다. 자신의 눈빛을 제대로 받아내지 못하는 시선, 팔짱을 끼고 입술을 깨무는 방어적 자세, 불안하게 흔들리는 눈동자, 일부러 지은 냉랭한 표정까지. 비밀을 감추고 있는 자의 전형적인 모습이었다.

"맞지? 최자현 너도 그 소문 알고 있지? 누가 그 소문 냈는지 알고 있어?"

"고작 그거 물어보려고 내 뒤를 밟은 거야?"

'고작 그거?'

대꾸하는 자현의 얼굴에 얼핏 안도감이 스쳤다.

'어라? 감추는 게 소문에 대한 게 아니었어?'

자현의 표정이 한결 여유로워졌다. 더 이상 시선을 피하지도 않았다. 연아는 머리가 혼란스러웠다. 방금 보인 태도로 보아, 자현은 원조 교제 소문을 낸 아이가 아닐지도 모른다.

'오소라가 잘 못 안 건가.'

여러 가지 더 캐묻고 싶었지만, 일단은 자현의 이야기를 듣고 소문의 진원지를 파악하는 게 우선이었다. 친하지도 않은 자현을 더 심하게 몰아붙인다면 그녀는 입을 꼭 다물 것이다. 조급해해선 안 된다. 연아는 자현의 눈동자를 마주하며 고개를 한 번 끄덕였다.

"왜 하필 나한테? 네 옆에서 안절부절못하는 쟤도 그 소문 낸 게 누군지 알고 있단 말이야. 직접 물어보지그래?"

자현이 턱짓으로 지훈을 가리켰다. 연아는 놀란 얼굴로 지훈을 바라봤다.

소문의 진원지. 너도 알고 있던 거였어?

지훈은 입을 꼭 다문 채 연아의 시선을 피하고 있었다. 지금 이 상황에 대한 못마땅함이 표정에서 고스란히 전해졌다. 연아가 어깨를 으쓱했다.

"이 자식은 절대 얘기 안 해줄 테니까. 너도 방금 봤잖아. 그런 소문 안 돈다고, 안 돌게 할 거라고 펄쩍 뛰는 거. 네가 먼저 얘기해야 이 자식도 입을 열겠지."

지훈이 움찔하는 기색이 느껴졌지만, 연아는 무시했다. 자현도 이제

깨달았을 것이다. 자신이 도망갈 활로를 열어주었다는 것을. 자현은 서두
만 꺼내놓으면 된다. 그렇다면 이후, 지훈을 채근해 모든 걸 들을 것이다.
예상대로 자현은 어쩔 수 없다는 듯 한숨을 푹 내쉬곤 입을 열었다.

"소문이 돌기 시작한 건 학년 초였어. 3월쯤이었을 거야. 처음엔 그
저 막연하게 우리 학교 여자애 중 하나가 원조 교제를 한다는 소문이
었어."

연아는 눈빛으로 다음 말을 재촉했다.

"그런데 그 원조 교제 하는 애가 너라는 소문이 돌기 시작한 건 한
달 전쯤이야. 그러니까 4월 중순쯤. 소문 속 여자애가 너라는 이야기가
퍼진 이유는 나도 몰라. 나도 누군가에게서 들었을 뿐이야."

"누군가에게 들은 거라고? 네가 얘기한 게 아니라?"

한 번 더 확인하기 위해, 연아는 일부러 추궁하듯 물었다.

"뭐? 내가 얘길 해? 내가 왜 그런 소문을 내고 다니겠어? 넌 날 뭐로
보는 거야? 그런 적 없어. 나도 정말 우연히 들은 것뿐이니까."

자현은 눈에 불을 켜며 날카롭게 대응했다. 연아도 지지 않고 계속
재우쳤다.

"누구한테 들었는데?"

"그게……."

"얼른 얘기해줘."

연아는 가슴이 쿵쿵거렸다. 소문의 진원지에 점점 다가가는 느낌이
었다.

"류지훈, 너도 잘 알잖아. 다음 질문부터는 네가 대답해."

하지만 진원지 앞에서 딱 가로막혀 버렸다. 자현은 피곤한 얼굴로 둘

을 내버려 둔 채 큰길을 향해 걸어갔다. 연아는 옆에 선 지훈을 바라봤다. 그는 당황한 기색이 역력했다.

"누구야?"

"……."

"소문낸 게 누구냐고."

"……."

"대답 안 할래?"

지훈은 한참을 꾸물거리다 어렵게 입을 뗐다.

"권준석. 권준석이야."

"만날 필요 없다니까 자꾸 왜 그래? 내가 다 알고 있다니까. 그 자식이 나한테 다 얘기했단 말이야."

내일 당장 권준석을 만나보겠다는 말에 지훈은 펄쩍 뛰었다. 연아의 뒤를 졸졸 쫓으며 내내 성화를 부리고 끈질기게 말렸다. 연아는 무시로 일관하며 집으로 향하는 가파른 계단을 올랐다. 자정이 훌쩍 넘은 시각. 시간이 늦은 데다 토할 때까지 뛰는 바람에 지훈과 언쟁할 힘은 한 톨도 남아있지 않았다. 하지만 끊임없이 이어지는 지훈의 말을 듣는 것은 더 피곤했다.

"내가 직접 듣는 거랑 너한테 전해 듣는 거랑 같아? 말투의 뉘앙스, 행간의 의미, 뭔가를 감추거나 거짓말하는 미묘한 표정까지 다 전달할 수 있어?"

"그러니까 그런 게 왜 필요한 거냐고!"

"나도 묻자. 그럼 넌 대체 왜 그렇게 권준석을 못 만나게 하는 건데?

설마 아직도 그 자식이랑 참고서 얘기한 것 때문에 화나서 그래?"

"아냐, 그런 거……."

"그럼 왜 그러는 건데?"

짜증 난 연아가 휙 뒤돌았다. 두 계단 아래에 서 있던 지훈의 얼굴이 바로 눈앞에 나타났다.

"그냥, 그냥 싫어."

정면에서 마주하는 눈길이 부담스러웠던 걸까. 지훈이 시선을 아래로 떨어뜨렸다. 연아는 정말이지 기운이 하나도 없었다. 당장 몇 발자국 떼기도 버거운데, 내내 지훈과 언쟁하는 바람에 완전히 탈진해버리고 만 것이다. 결국 백기를 든 건 연아였다.

"알았어. 그럼 안 만날게. 대신 네가 알고 있는 얘기 해줘. 몽땅 다."

"지금? 여기서?"

"그럼 언제 어디서 할래?"

잠시 잠깐의 사이 지훈의 얼굴에 다채로운 표정이 스쳐 지나갔다. 망설였다가, 짜증 냈다가, 포기했다가, 화냈다가. 그러다 지쳐 보이는 연아의 안색을 살핀 후 못내 말을 시작했다.

"한 달 전쯤, 그러니까 4월 중순쯤 권준석이 우리 반으로 날 찾아왔어. 별로 친한 애도 아닌데 뭔 일인가 싶었지. 그런데 교실을 슥 둘러보더니 귓속말로 내가 꼭 알아야 할 이야기가 있다고 하더라고. 뭐냐고, 얘기해보라고 했더니, 애들이 많은 교실에서는 안 된다고 소각장으로 따라오라고 하는 거야. 그래서 따라갔지."

"……."

"그러더니 대뜸 이연아에 대한 소문 알고 있냐고 묻는 거야. 난 모른

다고 대답했어. 그때까진 들은 얘기가 없었으니까. 이미 '내가 모르는
네 소문'이라는 사실만으로도 기분이 나빴는데, 더 기분 나쁜 게 뭐였
는 줄 알아?"

"뭔데?"

"그 자식 뭔가 신나 보였어. 그 웃는 면상을 보는 순간 더 화가 났지.
그런데 거기서 끝이 아니었어. 날 살살 약 올리면서 안 궁금하냐고 계
속 묻더라고."

지훈은 소각장에서 이죽거리던 권준석의 얼굴을 떠올렸다. 저절로
주먹이 쥐어졌다.

"류지훈, 너 이연아에 대한 소문 알고 있어?"

"아니, 몰라."

"와. 걔 진짜 장난 아니더라. 대단해, 대단해. 넌 진짜 상상도 못할
걸?"

"……."

"너, 안 궁금해? 이연아에 대한 소문?"

"……."

"궁금할 텐데? 다른 사람도 아니고 네가 젤 궁금해해야 하는 거
아냐?"

"그래서 넌 뭐라고 대답했어?"

"안 궁금하다고."

"안 궁금했어?"

"응."

"왜?"

"남들이 하는 얘긴 안 믿으니까."

대수롭지 않다는 듯, 별거 아니라는 듯, 지훈은 여전히 시큰둥한 얼굴이었다. 맞춰진 눈높이에서 새까만 동공이 정면으로 박혀 들어왔다. 연아는 숨이 멎을 것만 같았다.

어떻게 그럴 수 있어? 어떻게 그렇게까지 나에 대해 확신할 수 있어?

넌 왜 그렇게 맹목적인 건데.

가슴이 일렁였다. 흐릿한 주홍색 가로등 불빛이 그의 헝클어진 머리카락 위에서, 그의 단정한 얼굴선에서 자잘하게 바스러지고 있었다. 연아는 새까만 허공 위에서 빛나고 있는 머리카락을 쓰다듬어 보고 싶은 충동이 일었다. 기억 속 그 촉감을 확인해보고 싶었다.

가느다랗고 살짝 곱슬기가 있는, 부드러운 머리카락이었지.

"왜 울 거 같은 얼굴이야?"

지훈의 말이 바람을 타고 귓가를 스쳤다. 손이 제멋대로 지훈의 얼굴을 향해 올라갔다.

어땠더라. 내가 너에게 어떤 사랑을 받았더라.

심장 뛰는 소리에 귀가 먹먹했다. 온몸의 신경계가 확장된 듯 가로등 주위를 웡웡 맴도는 벌레들의 날갯짓 소리도, 수풀 어딘가에서 울리는 풀벌레 소리도, 바람에 스친 모래알이 굴러가는 소리도, 귓가에 또렷하게 들려왔다. 연아는 차마 그의 얼굴을 만지지 못한 채 손을 거두곤 입술을 깨물었다.

아니다. 지금 이렇게 감상에 취해 있을 때가 아니었다.

연아는 애써 시선을 끊어내며 묵직하게 내려앉은 공기를 뒤흔들었다.

"바보 아냐?"

"……."

"궁금해해야지 정상이지."

"그럼 난 정상이 아닌가 보지, 뭐."

연아의 타박에도 지훈은 그녀를 뚫어져라 바라볼 뿐이었다. 연아는 계속 시선을 피한 채 이야기를 재촉했다.

"그다음에 권준석이 뭐라고 했는데?"

지훈은 흠흠, 하고 막히지도 않는 목을 가다듬으며 말을 이었다.

"그다음엔 뭐 뻔하지. 네가 원조 교제를 한다고. 그런 헛소릴 하더라고."

"좀 더 자세히 얘기해줘."

"뭘 그렇게 알려고 해."

"다 말해주기로 했잖아."

지훈은 깊은 한숨을 내쉬었다.

"중국집 배달 일을 하던 남자애가 강남역 상가 지하 창고에서 어떤 여자애가 옷을 갈아입는 걸 봤다. 근데 벗어놓은 교복이 우리 학교 교복이다. 뭐 그런 얘기였어."

"그건 나도 이미 알고 있어. 중요한 건 그 여자애가 왜 나라고 생각한 거야? 그거에 대해 권준석이 따로 한 말은 없어?"

"그게."

"어서 말해."

"그 자식 말이, 애들하고 〈디아블로2〉 하러 PC방에 갔다가 젤 먼저 지는 바람에 심심해서 채팅 사이트에 들어갔대. 너도 알지? 스카이러브."

스카이러브. 기억난다. 2000년도 초기에 한창 인기가 있었던 채팅 사이트였다. 자신 역시 윤새, 다정과 PC방에 가서 캠을 켜놓고 채팅을 하곤 했었다. 물론 지훈에게 걸려 한바탕 싸우고 난 이후 완전히 끊어버렸지만.

"거기 채팅방을 쭉 둘러보고 있는데 '세현고 앨리스의 방으로 놀러오세요.'라는 채팅방이 보이더래. 그때 딱 떠올랐다는 거야. 원조 교제하는 여자애 이름이 앨리스였다는 사실이."

연아의 머릿속에도 오소라가 했던 말이 떠올랐다.

"그 오빠가 중국집 배달 일을 했었거든. 어느 날 강남역 후미진 상가 지하에 배달을 갔었대. 계산을 기다리는데 나이 든 남자가 '앨리스, 지갑 어디에 있어?'라고 묻더래."

원조 교제를 했던 여자아이는 앨리스라는 이름을 쓰고 있었다.
지훈이 계속 말을 이었다.

"누군가 싶어 채팅방에 들어가서 대화를 걸었대."

"그래서? 무슨 얘기를 했대?"

"권준석 말로는 분명히 이 앨리스가 그 앨리스라는 촉이 왔다는 거야. 채팅방에서 원조 교제 할 남자를 구했을 거란 생각도. 그래서 신상을 캐려고 슬슬 대화를 걸었대. 채팅방에는 자기 말고도 두세 명의 남자들이 더 있었지만 새벽 2시가 넘어가자 결국 앨리스와 자신 둘만 남게 됐다는 거야. 그때부터 본격적으로 신상에 대해 묻기 시작했대. 나도 세현고인데 넌 몇 반이냐? 물론 앨리스는 쉽게 대답하지 않았지. 처음에 경계하던 앨리스도 시간이 지나자 그냥 우연히 같은 학교 남자애를 만난 거라 생각하고 하나둘씩 털어놓기 시작하더래. 거의 반나절 넘게 채팅을 했으니 자연스럽게 자기 얘기가 섞여 나올 수밖에 없었던 건지도 모르고."

"도대체 앨리스가 뭐라고 얘기한 거야? 자기 이름이 이연아라고 밝히기라도 한 거야?"

"아니, 너라고 얘긴 안 했대. 그냥 문과라고, 성이 이 씨라는 얘기만. 아, 맞다. 자기 이름의 초성이 다 '이응'이라고도 했대."

"이응?"

"응. 세 글자 전부 다 이응으로 시작한다고. 채팅을 끝내고 권준석이 곰곰이 생각해보니 문과 여자애 중 이 씨고 초성에 전부 이응이 들어가는 여자애는 너랑 이유연밖에 없었다는 거야."

"그런데 왜 이유연이 아니고 날 의심했던 거야?"

정당한 질문이었지만 지훈은 대답하기 곤란해했다.

"그게……."

"더하지도 말고, 빼지도 말고 권준석한테 들은 사실만 얘기해."

"그러니까…… 이유연네 집은 부자란 거지."

"그게 왜?"

"부자니까 원조 교제를 할 이유가 없다고……."

아. 그래서.

결국, 그런 거였구나.

어릴 때는 누구네 집이 잘살고, 누구네 집이 못살고 하는 개념이 전혀 없었다. 친구 집에 놀러 가서도, 친구가 쓰는 신기한 물건들을 보고서도 '아, 쟤는 잘사는구나.'라고 막연히 생각했을 뿐, 그것에 큰 의미를 두지 않았다. 하지만 그건 착각이었다. 대부분의 사람은 집안 형편으로 '이연아'라는 사람을 판단하고 있었다.

"우리 집이 부자가 아니라서, 그리고 부모 없이 이모랑 살고 있어서…… 내가 원조 교제를 한다고 생각했던 거구나."

"아이씨, 진짜! 내가 그래서 말 안 한다고 했잖아. 말하기 싫다고! 아우씨, 내가 그때 권준석 그 새끼를 아주 죽여놨어야 했는데. 송우태 그 자식이 말리는 바람에."

지훈은 새삼 분한 모양인지 주머니에 손을 찔러 넣고는 발로 계단을 퍽퍽 차댔다.

이런 건 무슨 기분이라고 할 수 있을까? 분노도 아니다. 원망도 아니다. 그저 허탈하고 기운이 빠질 뿐이었다. 항상 벗어나고 싶어 안달했던, 자신의 발목을 잡았던 시궁창 같은 현실이, 생각보다 오래전부터 이어져 왔다는 것을 깨닫자 오히려 그러려니 하고 받아들여졌다.

연아는 여전히 씩씩대고 있는 지훈을 물끄러미 바라봤다. 다른 사람들에게 당연한 것이 지훈에게는 당연하지가 않았다. 집안 형편으로 누군가의 가치를 판단하는 것이, 누군가의 은밀한 뒷소문이 궁금한 것이, 떠도는 소문에 귀가 솔깃하고 마음에 의구심이 생기는 것이, 지훈에게는 하나도 당연하지 않았다.

그래서 네가 한없이 빛나 보였던 걸까. 주위에 흔들리지 않을 만큼 강한 자기 확신과 상대에 대한 신뢰. 올곧게 한 방향으로 향한 마음. 지훈은 권준석의 말 따윈 믿지 않았다. 오히려 권준석을 때리며 소문이 퍼져나가는 걸 막기까지 했다. 그리고…….

"너 아까 나더러 권준석 만나지 말라고 했던 게 이거 때문이었어? 우리 집이 가난해서 내가 원조 교제를 했을 거란 그 새끼 말에 상처받을까 봐?"

지훈은 말없이 운동화 앞코로 계단을 콩콩 찼다. 연아는 대답은 들은 것만 같은 기분이었다. 자꾸만 제 의지를 벗어난 심장이 날뛰기 시작했다.

이랬던 네가 왜 화재 사건 때 날 버려두고 도망쳤을까. 그때와 지금의 넌 왜 이렇게 다른 건데. 어쩌면 내가 알고 있는 진실이, 내가 진실이라고 생각했던 것들이 과연 진실이 맞긴 한 걸까?

한동안 침묵이 흐르자 지훈은 눈치를 보며 고개를 슬쩍 들었다.

"거봐, 안 들어도 될 말이었어."

그러더니 주머니에 찔러 넣었던 두 손을 꺼내 연아의 손을 잡고는 양쪽 귀를 막게 했다.

"넌 이제부터 아무것도 듣지 마. 아이들이 널 두고 뒤에서 하는 소리, 이상한 소문들, 아무것도 듣지 마."

"어떻게 안 들어."

지훈아.

"아니, 내가 다 안 듣게 해줄게."

"네가 무슨 수로."

지훈아.

"내가 다 막아줄게, 내가 전부 다. 그러니까 넌 지금처럼 그냥 귀 막고 있어. 나쁜 소리, 안 좋은 소리, 전부 다 듣지 말고 있어."

지훈아…….

수업을 마치는 종소리가 울려 퍼졌다.

다음 시간은 체육이었다. 남자아이들은 주섬주섬 체육복을 챙겨 교실을 빠져나가기 시작했다. 연아는 호윤, 경민과 함께 뒷문을 나서는 지훈을 흘낏 쳐다봤다. 잠깐 봤을 뿐인데 시선을 느꼈는지 지훈이 갑자기 돌아봤다. 눈이 마주치자 연아는 화들짝 놀라 눈길을 피했다.

"뭐 해? 안 나가?"

"아. 응."

경민의 재촉에 지훈이 뒷문으로 사라지자 연아는 그제야 숨이 쉬어지는 것만 같았다. 어젯밤 이후 지훈을 제대로 바라볼 수가 없었다. 꼭 진짜 18살 때의 자신으로 되돌아간 것처럼 온몸의 신경세포 하나하나가 지훈을 향해 곤두서 있었다. 얼른 원조 교제 소문의 진실을 파헤쳐야 하는데, 안 그러면 과거로 온 의미가 없는데. 자꾸만 정신이 다른 데로 쏠렸다.

"뭐 행? 시간 얼마 안 남았어. 얼른 갈아입장."

멍하니 선 연아를 다정이 재촉했다.

체육복? 그래, 입어야지. 입어야 하는데…….

연아는 손에 든 초록색 체육복을 물끄러미 바라봤다. 내내 사물함 안에 처박혀 있던 체육복이었다.

내가 이걸 언제 빨았었지?

이모가 왜 안 가져오느냐고 늘 타박하던 기억이 있었다. 체육복을 입고 그렇게 땀을 흘려놓고서도 제대로 빤 적은 몇 번 없었다. 게다가 겨울에는 춥다는 명목하에 교복 치마 안에 늘 입고 다녔으니…….

나, 더러워도 너무 더러웠던 거 아냐?

연아는 윤새와 다정의 눈짓에 울며 겨자 먹기로 체육복 안으로 머리를 넣었다. 아니나 다를까, 이상야릇한 냄새가 코를 찔렀다.

더러운 체육복으로 갈아입고 운동장으로 나가니 그새를 못 참고 남자아이들은 공을 차며 뛰어놀고 있었다. 지훈 역시 언제 팔 인대가 늘어났었냐는 듯 운동장을 제집 앞마당인 양 휘저으며 뛰어다녔다.

스탠드 위로 체육 변장호 선생이 나타나자, 공을 차고 놀거나 무리지어 수다를 떨던 아이들이 일사불란하게 구령대 앞으로 모였다. 누가시키지도 않았는데 대열에 맞춰 번호대로 서기 시작했다. 연아 역시 대열에 녹아들며 자신의 자리를 찾았다.

"팔 벌려 뛰기 50회! 하나 뛸 때마다 구령. 맨 마지막에는 번호 뺀다. 틀리는 새끼 하나라도 있으면 다시 50회!"

변장호 선생은 스탠드 계단을 내려오며 체육 시간마다 읊어대는 레퍼토리를 외쳤다.

"하나! 둘! 셋!"

아이들이 번호에 맞춰 팔 벌려 뛰기를 시작했다. 5월이라 아직 여름 체육복을 입기 전이었다. 두꺼운 겨울 체육복 속이 금세 땀으로 차올랐다.

50회, 50회라. 까마득한 숫자였다. 게다가 누구 하나는 꼭 마지막 구령을 붙이곤 했다.

"마흔여덟! 마흔아홉! 쉰!"

역시나, 누군가 우렁차게 '쉰!'을 외쳤다. 팔을 떨군 아이들이 그 아이를 향해 일제히 야유를 퍼부었다. 연아 역시 숨을 헐떡이며 쩨려봤

다. 지훈은 머리를 긁적이며 환한 얼굴로 아이들의 야유를 즐거이 받고
있었다.

"아우, 이 병신아!"

경민이 지훈의 엉덩이를 향해 발길질을 했다. 지훈은 뭐가 그리 신나
는지 천연덕스러운 얼굴로 킬킬거릴 뿐이었다.

"야, 그냥 한 번 더 해. 50번 하는 게 뭐가 힘들다고."

그러더니.

"하나! 둘! 셋!"

먼저 구령을 붙이며 팔 벌려 뛰기를 시작했다. 타박을 하던 아이들도
곧 지훈의 구령 소리에 맞춰 따라 했다.

저 자식, 일부러 그런 게 틀림없다. 오늘 유독 에너지가 뻗쳐 수업 시
간 내내 몸을 주체하지 못했던 놈이었다.

다시 50회가 가까워지자 지훈이 또다시 쉰을 외칠 낌새가 보였는지
호윤과 경민이 서둘러 그의 입을 틀어막았다.

"스읍……. 퉤퉤. 놔, 새끼들아!"

100회로 충분하다 생각한 모양인지 변장호 선생은 짐짓 모른 체하
며 배구공 하나를 집어 들었다.

"오늘 날씨 좋지?"

"네!"

그의 말대로 머리 위로 청명하고 푸른 하늘이 펼쳐져 있었다. 간혹
솜같이 새하얀 구름이 둥둥 떠다니고 있을 뿐, 눈이 시리도록 깨끗한
하늘이었다.

"그럼 오늘은 피구나 하자! 룰은 너희가 알아서 정하고."

변장호 선생이 배구공을 던져주자 아이들은 자리에서 방방 뛰며 신나 했다. 두세 달에 한 번 정도 변장호 선생은 이런 식으로 체육 시간에 피구나 배구, 농구 등을 하며 놀 수 있도록 해주었다.

"여자애들, 남자애들 따로 해?"

"같이 할 순 없잖아."

"그럼 짝피구 할까?"

누군가의 제안에 금세 짝피구로 의견이 모아졌다.

돌로 경기장을 그리고 난 후 아이들은 홀짝으로 팀을 나누었다. 남자 1번과 여자 1번, 남자 2번과 여자 2번, 이런 식으로 같은 번호가 한 조가 되어 홀 팀과 짝 팀 경기장에 각각 서기 시작했다. 연아는 15번으로 홀 팀이었고, 지훈은 6번으로 짝 팀이었다.

"이연아, 얼른 들어가자."

남자 15번 이광태가 연아의 어깨를 툭툭 두드리자 지훈의 눈썹이 씰룩였다. 지훈 옆에도 여자 6번 배우리가 기대감 가득한 얼굴로 눈을 반짝이고 있었다. 지훈과 짝이 되어 신이 난 모양이었다.

"지훈아, 우리도 어서 들어가자."

배우리의 재촉에 지훈 역시 그녀와 함께 반대편 경기장 안으로 들어섰다. 배우리는 지훈의 체육복 허리 쪽을 잡고는 그의 등 뒤로 몸을 숨겼다. 그 상태로 둘은 속삭이며 작전을 짰다.

"우리도 작전 짜야지?"

그런 둘을 멍하니 바라보고 있던 연아의 어깨를 광태가 툭, 하니 쳤다. 그제야 연아의 눈에 경기장을 빙 둘러싼 상대편 공격수들이 들어왔다.

연아는 덜컥 겁이 났다. 지훈이 찬 축구공에 이마를 얻어맞은 후 공에 대한 트라우마가 생겼는지 공이 날아온다 생각하니 갑자기 긴장됐다. 연아는 자신도 모르게 광태의 허리춤을 잡으며 그의 뒤에 숨었다. 남자 1번인 호윤과 자신은 같은 편, 여자 14번인 다정과 16번인 윤새는 상대편이었다. 호윤과, 농구광인 최태욱이 홀 팀에 있고 지훈이 짝 팀에 있으니 전력은 비슷했다.

홀 팀과 짝 팀의 대표가 나와 가위바위보를 하고, 이긴 짝 팀의 공격이 먼저 시작되었다. 공을 잡은 아이가 이리저리 눈짓을 하며 천천히 공을 돌렸다. 연아는 더욱 긴장하며 광태의 등 뒤에 바짝 붙었다.

"죽는다, 이연아."

어디선가 목소리가 들려왔다. 안 봐도 비디오, 지훈의 목소리였다. 저놈의 자식은 때를 가리지 못하고 질투를 내뿜는다. 어이가 없으면서도 한편으로는 묘한 안도감이 들었다. 연아는 고개를 살짝 내밀어 상대편 진영을 바라봤다. 지훈은 등 뒤에 배우리를 매단 채 연아를 향해 형형한 눈빛을 보내고 있었다.

'바보.'

피식 웃음이 새어 나오려는 찰나, 배구공이 빠른 속도로 날아왔다.

퍽.

아슬아슬하게 광태의 팔에 맞고 공이 튕겨 나갔다. 꽤 충격이 컸는지 광태가 인상을 찌푸렸다. 짝피구는 남녀가 한 조가 되어 여자가 맞으면 아웃인 게임이다. 남자들은 아무리 맞아도 아웃이 안 되기 때문에 여자만 필사적으로 보호하면 된다.

퍽. 퍽. 퍽.

홀 팀이 연이어 아웃되기 시작했다. 도망가다 짝을 놓친 여자아이들이 무방비하게 노출되어 공에 맞은 것이다. 연아는 광태의 등에 더욱 바짝 매달려 빠른 발놀림으로 도망을 다녔다. 다행히도 짝 팀이 던진 공을 잡아 이제 공격은 홀 팀 차례였다. 한숨 돌린 연아가 상대편을 바라봤다.

무섭게 휘몰아치는 공격에도 지훈은 배우리를 필사적으로 보호하며 이리저리 뛰어다녔다. 두 팔을 뒤로 쭉 뻗어 배우리를 감싼 덕분에 날아오는 공에 팔이며 머리 등을 사정없이 두들겨 맞고 있었다. 지훈이 짝 팀의 큰 전력인 만큼 집중적으로 공격당하는 것 같았다. 그 모습에 연아는 슬그머니 짜증이 났다. 한낱 피구인데 뭐가 저렇게 필사적인지. 제 짝이 맞을까 저렇게 전전긍긍할 필요가 있을까.

그때였다. 퍽, 하는 소리와 함께 공이 제법 세게 지훈의 오른쪽 어깨를 강타했다.

"안……!"

연아가 저도 모르게 날카롭게 소리를 질렀다. 계단에서 굴러떨어져 인대가 늘어났던 오른쪽 팔이다. 저렇게 세게 맞으면 한 번 다쳤던 팔이 어찌 될지 모른다. 연아는 인상을 찌푸리고 있는 지훈을 안절부절못한 채 바라봤다.

'괜찮아?'

연아가 입 모양으로 물었다.

'아니.'

지훈의 대답에 가슴이 철렁 내려앉았다. 하지만 이내 또다시 지훈을 향해 공이 날아왔다. 다행히 이번에는 지훈이 두 손으로 공을 받아냈다. 연아가 안도감에 한숨을 쉬려는데 지훈이 씩 웃으며 연아를 응시했다. 공을 두 손에 단단히 쥔 채였다.

뭐야? 설마 너, 그 공 나한테 던지려는 건 아니지?

연아가 광태의 옷깃을 꽉 잡자마자, 쉭 소리를 내며 공이 날아왔다. 정말 지훈이 연아를 향해 공을 던진 것이다. 광태가 반사적으로 몸을 웅크리는 바람에 연아가 고스란히 노출되었다.

픽―.

소리와 함께 어깨 쪽에 통증이 느껴졌다.

"이연아, 이광태, 아웃!"

심판의 경쾌한 외침 소리에 짝 팀 아이들이 손바닥을 마주치며 깔깔거렸다. 그렇게 연아는 경기가 시작된 지 10분 만에 아웃을 당해 경기장 밖으로 나와야 했다. 연아는 어이없게 당한 것보다, 자신을 아웃시킨 사람이 다름 아닌 지훈이라는 사실에 분노했다. 지훈과 눈이 마주치자 그는 배구공을 위로 던지며 연아를 향해 웃어 보였다.

그 후로는 지훈의 세상이었다. 사방에서 공격을 퍼부어도 지훈은 요령 좋게 요리조리 피할 뿐이었다. 결국 승리는 짝 팀으로 돌아갔다. 승리의 주역은 단연 지훈이었다. 뒤이어 한 차례 더 경기를 치렀지만 분기가 치민 연아는 경기에 제대로 집중을 할 수가 없었다. 게다가 두 번째 경기에서는 수비수였기에 운동 신경이 둔한 연아에게는 애초부터 공 던질 기회가 주어지지 않았다.

두 번째 경기 역시 짝 팀의 승리로 끝났다. 그걸로도 모자라 변장호 선생은 이긴 팀에게 아이스크림을 쏜다는 말로 홑 팀에게 또 한 번 절망을 안겼다.

수업이 끝나고, 한바탕 땀 흘린 아이들은 모두 수돗가로 향했다.

"완전 충격. 연아, 너 괜찮앙? 충격받았징? 어떻게 너한테 공을 던질수가 있어? 그것도 너 맞출 작정하고."

다정이 연아를 따라오며 안 그래도 불편한 심기를 건드렸다.

"뭐, 그냥 피구인데 신경 쓰지 마. 저 자식 원래 승부욕 장난 아니잖아."

윤새가 연아의 어깨를 감싸 안으며 대수롭지 않게 말했다.

"그래도 자기 여자친군뎅. 어떻게 그냥 게임이라도 자기가 좋아하는여자한테 공을 던질 수 있어? 진짜 좋아하는 거 맞아? 좀 너무했엉."

다정의 걱정하는 말은 묘하게 신경을 긁는 구석이 있었다.

"뭐, 윤새 말대로 그냥 게임이니까. 이런 걸로 꽁해 있으면 나만 바보지. 봐주고 하면 그게 피군가."

하지만 여전히 다정은 "아니, 그래도……." 하면서 자꾸 거슬리는 말을 늘어놓았다. 과거로 온 뒤, 다정의 마음을 알게 된 연아는 다정이 하고 싶은 말이 뭔지 짐작이 갔다. '지훈이는 널 진짜 좋아하는 게 아니야.'라는 말을 하고 싶겠지. 18살 당시 눈치 없었던 자신은 다정의 말 뒤에 숨은 뜻을 몰랐을 뿐, 다정은 내내 이런 식의 말을 했을지도 모른다. 지훈이 던진 공에 맞은 것만큼, 다정의 말도 연아의 마음을 무겁게 했다.

수돗가에 도착하니, 먼저 온 남자아이들이 체육복을 벗어 던지곤 세수를 빙자한 목욕을 하고 있었다. 아예 수도꼭지 아래에서 머리를 감는 아이들, 상대방에게 물을 튀기며 장난치는 아이들 때문에 수돗가는 온통 물 범벅이었다.

"야, 대체 왜 요게 안 되는 거지, 요게? 요렇게만 피하면 되는데, 왜 요게, 요게 안 되는 거냐고?"

우람한 덩치의 우태가 뱃살을 출렁이며 허리를 옆으로 요리조리 팅겼다.

"인마, 너 그걸 몰라서 물어?"

머리를 감던 경민이 개가 몸을 털 듯 물기를 털어내며 대답했다. 그 덕에 물방울이 사방팔방으로 튀자 호윤이 인상을 찡그렸다.

"야, 인마! 체육복으로 닦으라고, 체육복으로! 털지 말고."

호윤이 체육복을 강제로 경민의 머리에 덮어씌웠다.

"대답해봐. 나 허리 제법 유연한데, 왜 요렇게 못 피하지?"

우태는 아랑곳하지 않고 연신 허리 튕기기에 바빴다.

"새끼야, 그렇게 허리만 움직이면 뭐 하냐고. 뱃살도 따라오는데."

"뭐, 이 새끼가?"

"무식하게 처먹지 말고 살 좀 빼. 아까 피구 하는 거 보니까 웬 살색 덩어리가 굴러가나 싶더라."

"이 자식이! 그래도 내가 너보다 오래 살았거든? 시작하자마자 공 맞고 죽은 새끼가 무슨!"

경민과 우태가 티격태격하자 호윤과 지훈은 "시끄러워, 새끼들아!" 하고 소리치며 수도꼭지 입구를 손으로 막고 물줄기를 뿜었다. 덕분에 뒤에 있던 연아와 윤새, 다정은 온통 물을 뒤집어쓸 수밖에 없었다.

"야, 니들 죽을래? 다 튀었잖아!"

윤새가 달려가 호윤의 등짝을 후려갈겼다.

"아파, 아파. 내가 너 그 흉기 그만 휘두르랬지? 예고나 좀 하고 휘둘러!"

"그래, 강호윤. 내가 예고해줄게. 앞으로 백 대만 더 맞자! 등짝 이리 안 내밀어?"

연아는 한 발 뒤에서 물을 흠뻑 뒤집어쓴 채 깔깔거리는 무리를 그저 지켜볼 뿐이었다. 땅속으로 꺼질 듯 가라앉은 마음 때문에 함께 웃고 떠들 기분이 나지 않았다. 연아는 가장 끝에 있는 수도꼭지를 열어 묵묵히 세수했다.

"아팠어?"

지훈의 목소리였다. 연아는 대답하지 않고 물로 목 뒤의 땀을 닦아냈다.

"아님, 기분 나빴어?"

"별로."

"근데 왜 그렇게 기분이 안 좋아?"

"안 좋은 거 아니거든? 그냥 더워서 그래."

연아는 수도꼭지를 잠그고 얼굴의 물기를 슥슥 닦아냈다. 체육복 상의를 진작에 벗어 던진 지훈은 반팔 티 차림이었는데, 그마저도 물장난으로 홀딱 젖어 있었다. 반짝이는 햇살과 반사되는 물방울 사이로 지훈이 눈부시게 빛났다. 연아는 환하게 빛을 발하는 그 모습이 마음에 들지 않았다.

"너 피구 잘하더라. 피하기도 잘하고 공도 잘 던지고. 노리는 목표물에는 정확히 던지던데?"

연아의 말에 지훈은 "크하하하!" 하고 웃음을 터뜨렸다.

"이연아. 너 진짜 기분 나빴구나. 내가 공으로 너 맞춰서. 으이그, 귀여워라."

지훈이 연아의 젖은 머리칼을 마구 헝클었다.

"하지 마. 내가 너 이거 하지 말랬지?"

"인마, 너 빨리 아웃되라고 맞춘 거야."

나쁜 자식. 그래, 진짜 일부러 맞췄다 이거지?

"왜? 나 오래 살아남는 꼴을 그렇게 못 보겠어?"

"응."

이 자식이.

"당연하지. 내가 이렇게 시퍼렇게 두 눈 뜨고 있는데, 다른 놈이랑 착 달라붙어 있는 꼴을 내가 그냥 두고 볼 거 같아?"

"뭐, 뭐?"

"내가 그 꼴을 가만 내버려 둘 것 같냐고."

"……."

"꿈도 꾸지 마, 이연아. 넌 나한테 완전 코 꿴 거야."

쿵 내려앉은 가슴이 요란하게 날뛰기 시작했다. 넋 빠진 멍한 얼굴이 새빨갛게 달아올랐다. 지훈이 연아의 머리에서 손을 내리고 "가자." 하며 등을 돌렸다. 연아는 자신도 모르게 지훈의 반팔 티를 잡아당겼다.

"그, 그러는 넌!"

"응?"

지훈이 의아한 얼굴로 연아를 돌아봤다.

"너도 내내 배우리랑 붙어 있었잖아."

지훈의 얼굴이 놀라 굳은 것도 잠시, 이내 입이 헤벌쭉 벌어지고 눈이 바보처럼 풀렸다.

"다시 말해봐."

"뭘?"

"방금 한 말."

"너도 내내 배우리랑 붙어 있었다고……."

연아는 얼결에 말을 반복하다 입을 다물었다. 얼굴이 화끈하게 달아
오르기 시작했다. 지훈은 어딘가 모르게 감격한 표정으로 성마르게 얼
굴을 쓸어내렸다.

"아, 너 진짜."

"……왜?"

"좋은데?"

"응?"

"하아. 이거…… 진짜 기분 좋다."

지훈이 몸을 구부려 연아의 어깨를 잡았다.

"뭐야, 너 왜 그래?"

"해줘. 또 해줘. 계속해줘."

"뭘?"

"질투."

15. 세현고 앨리스의 방

질투라. 그 말이 그렇게 들렸던 걸까? 그 말이 그런 뜻이구나.

체육 시간 이후로 지훈은 약 먹은 사람처럼 한껏 들떠 있었다. 유난히 기분 좋은 기색을 흩뿌리는 바람에 덩달아 반 전체가 유쾌한 분위기 속에서 수업을 마쳤다. 반면 연아는 스스로의 모습에 충격을 받은 채 학교를 빠져나왔다. 수업 시간 내내 지훈을 의식하고 말았다. 정신을 차려 보면 어느새 그 자식을 바라보고 있거나, 그 자식 생각에 빠져 있곤 했다.

죽어버린 아이, 자신의 인생을 망쳐버린 아이에게 이 무슨 감정인 건지.

"오늘도 기사가 공주님 모시러 왔나 보다."

윤새의 시선 끝에는 9반 이유연이 새까만 세단에 올라타고 있었다. 기사가 열어준 문 안으로 몸을 집어넣으면서도 수첩에서 눈을 떼지 않았다. 과연 문과 전교 2등다웠다.

"진짜 유난이야, 유난. 우리 아직 고2인데 저렇게까지 공부해야 하냐? 강호윤은 놀면서도 맨날 전교 1등 하잖아."

"윤새야, 이유연네 집 부자야?"

연아는 멀어지는 차 뒤꽁무니에서 시선을 떼지 않은 채 윤새에게 물었다.

"너 몰랐어? 쟤네 아빠가 그…… 뭐라더라, 무슨 종합병원 병원장이라던데. 하여간 엄청 부자래."

"저렇게 맨날 기사가 데리러 와?"

"야, 맨날 보면서 뭘 그렇게 물어? 새삼스럽게. 아침부터 밤 12시까지 학원, 과외 스케줄에 숨 쉴 틈도 없다더라. 저 기사가 따라다니면서 모셔다 준다잖아. 완전 공주님이지. 리얼 프린세스."

연아가 봐도 이유연은 원조 교제와 상관이 없어 보였다. 전교 2등에, 부잣집에, 하루 종일 기사가 쫓아다닌다면 채팅할 시간도, 남자를 만날 시간도 없을 것이다. 그렇다면. 역시 진짜 원조 교제를 한 아이가 연아 자신을 노리고 누명을 씌운 것이 분명했다. 권준석의 의도를 알아차리곤 '이연아'를 추측하게끔 정보를 흘린 거겠지.

대체 누굴까? 누구길래 그렇게까지 자신을 미워해 말도 안 되는 누명을 씌운 것일까.

"야, 너 배 안 고파? 우리 순대 볶음이나 먹고 갈래?"

세현 분식 간판이 보이자 윤새가 눈을 반짝였다.

"아냐. 나 오늘은 가볼 데가 있어."

"뭐야. 요즘 너도, 다정이도 왜 이렇게 바빠? 어디 가는데? 같이 갈까?"

그러고 보니 다정도 얼마 전부터 볼일이 있다며 수업이 끝나기 무섭

게 학교를 빠져나가곤 했다. 연아는 손목시계를 확인했다. 시간은 어느
새 저녁 6시를 지나고 있었다. 지금쯤 가야 자리를 잡을 수 있었다.

"미안, 오늘은 나 혼자 가봐야 할 것 같아."

"뭐야, 너까지 왜 이래? 어디 가는데, 응? 어디 가는데?"

"정말 미안. 그럼 내일 보자."

연아는 여전히 '어디 가는데?'를 외치고 있는 윤새를 뒤로한 채 골
목길을 쏜살같이 달렸다.

연아가 도착한 곳은 학교에서 15분 정도 떨어진 상가였다. 지하에
위치한 오즈 PC방의 출입문을 열자 매캐한 담배 연기가 코를 찔렀다.
카운터로 향하니 지하 특유의 쿰쿰한 냄새와 남자아이들의 시큼한 땀
냄새가 뒤섞여 풍겨왔다.

카운터에서 라면을 먹던 알바생이 연아를 알아보고는 익숙하게 비
회원용 카드를 건네주었다. 카드를 받아든 연아는 게임이나 온라인 채
팅에 열중해 있는 자리를 지나쳤다. 여전히 〈스타크래프트〉의 인기는
식을 줄 몰랐고, 〈리니지〉, 〈디아블로2〉, 〈포트리스〉 등 가지각색의 게
임들을 하며 격앙되어 소리 지르는 아이들로 PC방이 가득 차 있었다.

제일 끝 빈자리에서 연아는 비회원용 카드의 숫자와 비밀번호를 입
력하곤 아주 오래전 즐기던 채팅 사이트 〈스카이러브〉에 접속했다. 아
이디와 비밀번호를 입력하자 3일 전 만들었던 프로필이 화면에 나타
났다.

「남, 30대, 서울 살아요.」

어디 보자.

고딩방을 클릭하고 들어가니 여러 개의 채팅방들이 주욱 일렬로 나열되어 있었다.

「서울 마포구 고딩들 모여랑+ㅁ+」

「87년생 갑들만~ 아니면+_+ 강퇴시켜버릴 거야^o^」

「오늘 번개할 사람 모여모여(+_+)」

「인천 사는 이뿌니들 귀여니들 〉_〈***ㅋㅋ」

채팅방 목록을 샅샅이 뒤졌지만 '세현고 앨리스의 방'은 아무리 찾아도 보이지 않았다.

벌써 3일째. 연아는 학교가 끝나기 무섭게 PC방으로 달려와 권준석이 앨리스를 만났다고 했던 채팅 사이트를 기웃거렸다.

오늘은 나타날까?

이 순간 필요한 건 인내심이었다. 앨리스가 채팅방을 만들고 스스로 모습을 드러낼 때까지 기다릴 수밖에 없었다. 연아는 담배 냄새가 짙게 밴, 등받이가 높은 의자에 몸을 깊숙이 파묻으며 화면에서 눈을 떼지 않았다. 얼마나 시간이 흘렀을까. 자리에서 꾸벅 졸던 연아가 경기를 하듯 몸을 일으켰다. 어느덧 저녁 8시가 넘었다.

오늘도 나타나지 않으려나.

반쯤 포기하며 연아는 모니터 앞에 턱을 괴었다. 마우스를 휘릭 돌리며 채팅방 목록을 건성건성 눈으로 훑고 있을 때였다. 연아는 고개를 모니터로 들이밀며 스크롤을 잽싸게 올렸다.

「세현고 앨리스의 방에 놀러 오세영~^^***」

있다. 있어! 앨리스의 방.

사흘간의 고생 끝에 찾아내고야 만 것이다. 연아는 눈물이 날 것같이 기쁜 한편, 이상한 마음이 들었다.

학교 내 원조 교제 하는 아이가 있다는 소문이 암암리에 나도는 데도 버젓이 앨리스라는 이름으로 채팅방을 개설하다니. 뭐가 이렇게 허술한 거지? 마치 소문이 나도 상관없다는 것처럼. 아니면 소문을 아직 못 들은 걸까? 하기야 앨리스는 권준석에게 이 씨니, 초성에 이응이니, 문과니 하며 자신을 '이언이'로 추측하게끔 단서를 흘렸었다. 이린 식으로 계속 채팅방을 만들어 더 확고하게 원조 교제 누명을 씌우려 작정한 것이 틀림없었다.

연아는 자세를 고치고 앉아 앨리스의 프로필을 클릭하여 일대일 대화를 신청했다.

「평범한 회사원 : 안녕!^^」

대답이 없었다. 잠깐의 공백이었지만 심장이 입 밖으로 튀어나올 만큼 두근거렸다.

「앨리스 : 하이루~^^」

'대, 대답했다!'

키보드로 향하는 연아의 손이 미세하게 떨렸다. 이제부터는 앨리스의 관심을 붙잡아 계속 이야기를 해나가야 한다.

「평범한 회사원 : 진짜 고딩?ㅋㅋ」

「앨리스 : 당근~^^ 왜여? 아닌 거 가터?o_o」

「평범한 회사원 : 고딩인 척하는 애들이 많아서ㅋㅋ」

「앨리스 : 진짠뎅~^^ 그럼 오빤? 소개 좀~.」

「평범한 회사원 : 나? 평범한 회사원. 서울 살고 30살ㅋㅋ」

「앨리스 : 서울 어디 살아여?」

「평범한 회사원 : 사당동~ 넌?」

「앨리스 : 허걱!+ㅁ+ 진짜여? 난 방배역 근처! 우리 동네 주민이었어여ㅋㅋㅋ」

「평범한 회사원 : 그러게~ 오다가다 마주쳤을 수도 있겠다^^ 또 혹시 알아? 너무 예뻐서 눈여겨보던 고딩이었을지.」

다행히 대화는 연아가 기대한 대로 흘러갔다. 가까운 동네에 산다는 공통점을 주어 경계심을 낮추고 친근감을 느끼게 할 것. 거기다 이 당시 18살 여자아이에게 드라마나 로맨스 소설에 나올 법한 남자란 환상을 심어주기는 별로 어렵지 않았다. 빤하디빤한 고민 좀 들어주고. 얼토당토않은 이야기라도 맞장구치며 편들어주고. 잘생겼다, 돈 많다, 좋은 직장에 다닌다와 같은 정보를 은근슬쩍 흘리고. 넌 정말 특별해, 같은 설렐 법한 말들도 중간중간 던져주고.

아니나 다를까 대화가 무르익고 밤 10시가 되자 앨리스는 평범한 회사원에게 홀라당 넘어온 듯 안달이 나 있었다.

「앨리스 : 옵빠~ 옵빠 진짜 너무 재밌다ㅋㅋㅋ 우리 반 주접이보다 더 웃겨여.」

「평범한 회사원 : 직접 보고 들으면 더 우껴ㅋㅋㅋ」

「앨리스 : 궁금해여~ 오빠 어떻게 생겼는지. 진짜 god 윤계상 닮은 거 맞아여?^^」

「평범한 회사원 : 글쎄, 난 아닌 거 같은데 자꾸 우리 회사 여직원들이 닮았다 그러네?」

「앨리스 : 내가 보면 진짠지 아닌지 말해줄 수 있을 거 같은뎅~ 지금 당장이라두.」

드디어, 미끼를 물었다.

「평범한 회사원 : 네가? 에이, 시간도 많이 늦었는데.」

「앨리스 : 뭐가 늦어여 이제 10신뎅.」

「평범한 회사원 : 그럼 우리 잠깐 만날까? 어차피 집도 근처잖아.」

연아는 엔터키를 탁 치곤 손톱을 잘근잘근 물며 채팅창을 뚫어져라 쳐다봤다. 막상 만나자고 하자 앨리스도 조심스러운지 대답이 없었다. 조급한 마음에 연아가 다시 키보드를 두들겼다.

「평범한 회사원 : 나 이상한 사람 아니야~^^;; 그냥 오빠 동생으로 친하게 지내고 싶어서 그래~.」

잠시 후 앨리스가 대화창에 나타났다.

「앨리스 : 조아여~^^ 그럼 이따 10시 반에 방배역 맥도날드 앞에서 바여~.」
「평범한 회사원 : 진짜? 우와~ 영광인데? 오빠 진짜 이상한 사람 아니니 안심해. 나 그럼 진짜 나간다~! 핸드폰 번호 좀 알려줄래? 어긋날 수도 있잖아.」

연아의 심장이 쿵쿵거렸다. 과연 앨리스가 핸드폰 번호를 알려줄까?

「앨리스 : 조아여! 016.」
「앨리스 : 345」
「앨리스 : 2」
「앨리스 : 3」

연아는 앨리스가 불러주는 숫자를 빠르게 종이에 휘갈겼다.

「016—345—23…….」

채팅창에 나타나던 숫자가 갑자기 멈췄다.

「앨리스 : 음, 옵빠. 내가 옵빠 의심해서 그런 건 아니구여~ 걍 만나요. 만나서 알려줄게영~.」

「평범한 회사원 : 그래. 그럼 그러자.」

마지막 두 자리를 못 알아낸 게 아쉽긴 했지만 미끼를 물었으니 굳이 알려달라고 할 필요는 없을 것 같았다. 캐물었다간 되레 의심을 살까 우려되기도 했다. 연아는 약속 장소에 나가기 위해 서둘러 채팅창을 종료했다.

그때.

"너 지금까지 도대체 누구랑 채팅한 거야?"

불쑥 들려온 음성에 연아는 까무러칠 만큼 놀랐다. 왁자지껄한 PC방 소음 탓에 기척조차 느끼지 못했던 것이다. 연아는 황급하게 돌아봤다. 뒤에는 수상한 눈초리를 한 호윤과 과자 봉지를 든 경민이 서 있었다.

"미쳤어. 미쳤구나, 이연아. 제정신이 아냐. 겁도 없이!"

이야기를 다 들은 호윤과 경민이 연아를 다그쳤다. 연아는 벤치에 앉아 앞코로 모랫바닥만 툭툭 쳤다.

"그냥 멀리 숨어서 누군지 얼굴만 보려고 했어. 진짜 만나려던 건 아니야. 그리고 여자애 만나는 건데 위험할 게 뭐가 있어?"

호윤과 경민은 PC방에 게임을 하러 왔다가 구석 자리에 웅크리고 앉은 연아를 발견했다. 살금살금 다가가 놀래주려다 심상치 않은 기운을 느끼곤 연아의 채팅을 뒤에서 몰래 구경한 것이다. PC방이 워낙에 시끄러웠던 터라 연아는 두 사람이 10분이 넘도록 채팅창을 훔쳐보고 있는 줄은 까맣게 몰랐다.

호윤의 다그침에 연아는 결국 자신에게 원조 교제 누명을 씌운 범인을 찾으려 한다는 사실을 실토했다. 그리고 근처 아파트 놀이터로 끌려 나와 두 사람에게 한소리를 듣는 중이었다.

"그래도. 그 앨리스도 실은 남자일 수도 있잖아. 네가 30대 남자로 꾸민 것처럼."

"에이, 그럴 리가 있겠어? 날 30대 남자로 알 텐데, 남자라면 왜 날 만나려 하겠어?"

"원조 교제 현장을 덮쳐 협박하려는 걸 수도 있잖아."

호윤이 미간을 잔뜩 찌푸렸다. 진심으로 걱정하는 듯했다.

"가더라도 혼자 가면 어떡하냐? 인터넷 번개가 얼마나 위험한데."

경민도 호윤을 거들었다.

"어떻게 찾아온 기회인데. 위험하단 이유로 이 기회를 놓칠 수 없었어. 내가 그냥 당하고만 있어야 해? 나 억울해서 이렇게는 못 있어. 반드시 나한테 누명 씌운 그 앨리스, 내 손으로 잡고야 말 거야."

연아는 결연하게 얘기하고선 벤치에서 일어났다. 지금 시각은 10시 10분. 약속 시간에 늦지 않으려면 지금 출발해야 한다. 앨리스의 연락처를 모르는 상황에서 시간 맞추지 않으면 약속이 어긋날지도 몰랐다.

"야야, 이연아."

"그럼 나, 간다. 그리고 너네 이 일 지훈이한테 말하면 정말 가만 안 둬."

소문의 진원지인 권준석을 만나지도 못하게 한 녀석이다. 혈혈단신
으로 앨리스를 만나러 간다고 한다면 지훈은 펄쩍 뛰고도 남을 것이
다. 매서운 표정으로 엄포를 놓은 연아는 아파트 단지 입구로 걸어갔
다. 호윤과 경민이 이내 쿵쿵거리며 따라오는 소리가 들렸다.

"이러니 내가 제명에 못 죽지."

"야, 이연아! 같이 가. 기다려!"

결국 세 사람은 맥도날드 건너편에 위치한 쉘부르 카페 2층 창가에
자리를 잡았다. 연아는 꽃무늬 천 소파에 몸을 세우고 앉아 맥도날드
출입구에서 한시도 눈을 떼지 않았다.

"자, 이거라도 좀 먹어. 저녁도 안 먹었다며."

호윤이 밀크셰이크를 연아 앞에 놓아주곤 맞은편 자리에 앉았다.

"응. 고마워."

연아는 유리잔을 들어 빨대로 밀크셰이크를 빨아들였다. 살얼음이
섞인 달짝지근한 음료가 목구멍으로 넘어왔다.

"너 정말 지훈이한테는 말 안 할 생각이야?"

"응."

"왜?"

"걔가 알면 또 한바탕 난리가 날 테니까. 자기가 알아서 할 건데 왜
쓸데없는 짓 하냐고."

"지훈이 말이 맞지. 이제 너도, 지훈이도, 우리 전부 다 그런 소문이
돈다는 거 알았잖아. 나중에 누가 헛소리하면 우리가 아니란 거 증명
해줄 수 있고. 지훈이도 소문 더 퍼지는 거 막겠다고 했다며. 더 이상
소문만 퍼지지 않는다면 된 거 아냐?"

틀린 말은 아니다. 하지만 호윤은 모르고 있었다. 원조 교제 사건이 발단이 되어 지훈과의 사이가 틀어진다는 것을. 지금이야 지훈이 철석 같이 자신을 믿고 있지만 언젠가, 무언가를 목격한 후 믿지 못해 돌아 서게 된다는 것을. 그리고 결국 화재 사건이 일어난다는 것을. 연아는 내뱉을 수 없는 무수히 많은 말들을 목구멍으로 삼켰다.

연아가 말이 없자 호윤은 의구심 가득한 눈으로 대답을 종용했다. 연아는 아까 했던 이야기를 반복하는 수밖에 없었다.

"억울해서 그래. 범인 꼭 내 손으로 잡을 거야."

최선의 대답이자 진심이기도 했다. 연아의 단호한 말에 탄산음료를 홀짝이던 호윤의 눈이 예쁘게 휘었다.

"하긴 안 그러면 이연아가 아니지. 넌 그렇게 말할 줄 알았어. 나도 그냥 한 번 더 말려본 거야. 위험한 건 사실이니까."

아……. 호윤의 반달처럼 휘는 눈웃음을 보자 탄식이 새어 나왔다. 싱긋 웃으며 바라보는 호윤의 눈에는 말하지 않아도 알 수 있는 감정 들이 주렁주렁 매달려 있었다. 갈구하듯 바라보는 눈길 그리고 한없이 다정한 말투에 마음 한쪽이 불편해지려던 찰나, 경민이 화장실에서 돌 아왔다.

"오줌 싸는 인간들 왜 이렇게 많아."

"너, 손은 씻었어?"

물기 하나 없는 경민의 손을 내려다보며 연아가 인상을 찡그렸다. 그러자 경민이 능글맞게 웃으며 연아의 손을 덥석 잡았다.

"아니. 게다가 나 똥도 싸고 왔는데."

"더러운 새끼."

호윤이 소파 구석에 세워져 있던 쿠션을 경민에게 던졌다. 경민은 맞으면서도 뭐가 좋은지 킬킬댔다.

"이제 10시 반 다 돼가는데 우리 그냥 여기 앉아만 있어도 되는 거야? 저기 나름 만남의 장소라 되게 복잡하잖아."

경민의 말대로 방배역 입구에 있는 맥도날드 앞은 유동 인구 많기로 소문난 곳이었다. 지하철역을 드나드는 사람도 많았고, 학원 밀집가라 교복 입은 아이들도 많았다.

"걱정 마. 다 생각이 있어."

연아는 밀크셰이크를 마저 쭉 빨아 먹고는 반쯤 열려 있던 창문을 활짝 열었다. 창밖으로 빵빵거리는 자동차 경적소리와 거리의 소음들이 시끄럽게 들려왔다. 밤인데다, 사이에는 4차선 도로가 있어 건너편 사람 얼굴까지 구별하는 것은 힘든 상황이었다.

"어떻게 할 건데?"

경민이 묻자, 연아는 시계를 확인했다. 시간은 이제 10시 25분을 가리키고 있었다. 슬슬 나타날 때가 되었다. 연아는 자리에서 일어나며 말했다.

"일단 알아볼 방법은 3가지야. 첫 번째, 혼자 있는 고등학생 여자애. 두 번째, 외모에 자신이 있었으니 번개팅에 오케이 했겠지? 그러니까 좀 예쁘장한 애. 세 번째, 누군가를 기다리는 느낌. 이거면 저 많은 애들 중에서 충분히 알아볼 수 있을 것 같은데."

"그런데 앨리스도 지금의 너처럼 어딘가 몰래 숨어서 지켜보고 있지 않을까? 그런데 네가 보이면 앨리스가 놀라서 안 나타날 것 같은데. 어쨌거나 앨리스는 너한테 원조 교제 누명 씌우려고 작정한 애잖

아. 근데 네가 갑자기 맥도날드 앞에 나타나면 수상하게 생각하지 않
겠어?"

호윤이 언급한 부분은 연아 역시도 제일 걱정하는 부분이었다. 앨리스
도 어딘가에 숨어서 맥도날드 앞을 주시하고 있을지 모른다. 그런데 갑자
기 자신이 나타난다면, '이연아'가 '평범한 회사원'인 줄 알아챌 것이다.

"그렇긴 한데."

그때 경민이 가방을 메곤 소파에서 일어섰다.

"그럼 내가 가보지 뭐. 일단 혼자 있는 좀 이쁘장한 여자애. 누군가
를 기다리고 있는 것 같은 느낌. 그렇게 보이는 애들 몇 명 봐놓을게.
그리고 연아 넌 나중에 다시 채팅방에서 앨리스 만나서, 갑자기 약속
이 생겨서 못 갔다고 하면서 다음 약속 잡으면 되잖아. 그때 또 내가
나가면 되지. 같은 애가 나온다면 걔가 앨리스일 거 아냐."

일리 있는 말이었다. 게다가 촐싹거리지만 누구보다 눈치가 빠른 경
민이라면 대번에 앨리스를 알아볼지도 모른다. 연아가 고개를 끄덕이
자 경민은 가벼운 몸놀림으로 카페를 나갔다.

창밖을 내다보자 맞은편으로 길을 건너가는 경민의 모습이 보였다.
마르고 날렵한 몸이 날래게 맥도날드 입구로 향하고 있었다. 입구 근
처에 도착한 경민은 누군가와 통화하는 척, 약속을 기다리는 척하며
주변을 둘러봤다. 굉장히 자연스럽고 그럴듯해 보이는 모습이었다. 돌
연, 왔다 갔다 하던 경민의 발걸음이 우뚝 멈춰 섰다. 멀리서도 놀란
몸짓이 그대로 느껴졌다. 그의 시선은 맥도날드 건물 옆으로 난 작은
골목을 향해 있었다.

'누구라도 발견한 걸까?'

연아는 더 자세히 보기 위해 창밖으로 고개를 내밀었다. 경민의 시선은 시장으로 향하는 골목에 고정되어 있었다. 그는 굳은 채로 서서 움직일 줄 몰랐다.

'뭐야? 지경민, 너 누굴 본 거야?'

그때였다. 어떤 여자아이가 경민의 뒤를 스쳐 맥도날드 출입구를 향해 걸어갔다. 목덜미가 시원하게 보일 정도로 머리를 올려 묶은 여자아이였다. 연아는 용수철이 튀듯 자리를 박차고 일어났다.

"왜? 앨리스가 나타난 것 같아?"

사색이 된 연아의 얼굴을 보고 호윤이 따라 일어섰다.

"아, 아냐. 자, 잠깐만. 넌 여기 앉아 있어. 나 저기 좀 갔다 와야 할 것 같아."

연아는 호윤의 대답도 듣지 않고 카페를 뛰어나갔다. 경민의 뒤를 스쳐 지나간 여자아이는 빨간 머리끈이었다. 그녀만 등장하면 현실로 돌아가곤 했다. 이번에도 그렇다면 저 여자아이는 시간 여행과 관련이 있는 사람임이 분명했다.

아마도 김정혜.

연아는 재빠르게 횡단보도를 건너 맥도날드를 향해 달려갔다. 입구에 도착하자 경민은 아직도 그 자리에 얼어붙은 채 서 있었다.

연아는 잠시 망설였다. 빨간 머리끈을 쫓아가느냐, 경민이 누굴 봤는지 확인하느냐.

"지경민. 왜 그래? 너 누구라도 본 거야?"

고민은 길지 않았다. 빨간 머리끈은 맥도날드에 있을 테니 당연히 경민이 먼저였다.

"아, 아냐. 아무도 못 봤어."

연아가 온 걸 알아챈 경민은 당황한 얼굴로 말을 얼버무렸다.

"너 표정은 그게 아닌데? 누구 봤는데?"

"아냐. 별거 없었어. 야, 벌써 10분이나 지났다. 안 올 것 같아. 그냥 가자."

연아는 의심스런 눈초리로 경민을 훑어봤다. 지금 경민의 모습은 누가 봐도 이상했다. 심지어 연아가 골목으로 들어가려 하자 은근슬쩍 앞을 가로막기도 했다.

"뭐야, 너 왜 그래?"

"진짜 별거 아니라니까. 쥐새끼가 나와서 그래. 갑자기 내 발밑을 확 지나가더라고. 너 알잖아. 나 쥐라면 칠색 팔색하는 거. 그니까 얼른 가자."

경민은 장난스럽게 연아의 어깨를 잡아 돌려세웠다.

"야. 이거 놔, 지경민. 너 정말 이상해. 이거 안 놔?"

결국 연아는 경민의 발을 콱 밟은 뒤 어깨를 붙든 손을 떨쳐내곤 골목을 향해 잽싸게 달려갔다.

"야, 이연아!"

경민이 서둘러 쫓아왔지만 연아가 이미 골목에 들어선 뒤였다. 연아는 후다닥 주위를 살펴봤다. 골목에는 경민이 놀랄 만큼 눈에 띄게 이상한 사람은 없었다.

"거봐, 아무것도 아니라고 했잖아. 저기 저 하수구에서 쥐가 갑자기 튀어나와서. 와, 내가 얼마나 놀랐는지 알아? 봐봐, 지금도 이렇게 심장이 쿵덕쿵덕하잖아."

경민은 손을 제 가슴에 가져다 대며 속사포로 말을 쏟아냈다. 그의 얼굴엔 묘한 안도감이 흘렀다. 연아는 의구심이 가득한 눈초리로 경민을 노려봤다.

"너 뭐 봤지?"

"보긴 뭘 봐? 그냥 쉬었다니까. 호윤이 기다리겠다. 빨랑 가자."

경민이 수상하긴 했지만 지금 당장 뭔가를 알아내긴 힘들 것 같았다. 연아에게는 다른 중요한 볼일도 있었다. 빨간 머리끈 여자아이가 사라지기 전 그녀의 정체를 확인해야만 했다. 그녀가 민경과 관련이 있는 '그 김정혜'가 맞는지. 물론 김정혜와 마주치면 현재로 돌아갈지도 모르니 조심해야 한다. 하지만 멀리서 얼굴만이라도 확인해 두고 싶었다. 지금 경민을 물고 늘어졌다간 그사이 빨간 머리끈 여자아이를 놓칠지도 몰랐다.

"잠시만. 나 맥도날드 좀 갔다 올게."

"왜?"

"잠깐이면 돼."

불안한 낯빛의 경민을 뒤로하고 연아는 서둘러 맥도날드 안으로 들어갔다. 맥도날드 안은 교복 입은 아이들도 북적거렸다. 학원을 갔다가, 혹은 야자를 끝내고, 혹은 PC방에서 실컷 게임을 하다 출출해진 아이들은 저마다 햄버거나 감자튀김을 입에 물고 시끄럽게 떠들기에 여념이 없었다.

어디에 있지? 분명 조금 전에 들어갔는데.

연아는 매장 안을 빠르게 훑었다. 두 번이나 봤으니 이제 제법 익숙한 뒷모습일 텐데 그녀의 모습은 보이지 않았다.

2층에 있으려나?

계단을 향해 걸어가던 연아의 눈길이 문득 카운터 앞에 서 있는 작은 머리통에 머물렀다. 빨간 머리끈이 눈에 띄었다.

'찾았다.'

연아는 허겁지겁 카운터로 다가갔다. 메뉴판을 보려는지 빨간 머리끈이 살짝 고개를 돌렸다. 어디선가 나타난 새하얀 빛이 연아와 빨간 머리끈 여자아이 사이로 내리쬐었다.

'안 돼. 얼굴만, 제발 옆모습이라도.'

빨간 머리끈의 옆얼굴이 나타나려는 순간, 빛은 시야를 가득 물들인 채 퍼져나가기 시작했다. 연아는 강렬한 빛에 실눈조차 뜰 수가 없었다. 눈을 꼭 감았지만, 엄청난 빛의 세기가 눈꺼풀에 고스란히 느껴졌다.

시간이 흐르고 감은 두 눈 너머로 암흑이 내려앉은 무렵 연아는 슬며시 눈을 떴다. 시야가 흔들려 균형을 제대로 잡을 수 없었다. 깜빡이는 빛의 조각들이 사라지자 칠흑같이 어두운 학교의 모습이 눈앞에 드러났다.

다시, 또 돌아와 버리고 말았다.

16. 환영처럼 아른거리는

창밖으로 창백히리만큼 푸른 새벽이 찾아오고 있었다. 밤새 잠을 설치다 아침 일찍 일어난 연아는 샤워기에서 쏟아지는 물줄기를 맞으며 생각을 정리하려 애썼다. 분명 자신의 집이었지만 14년이나 훌쩍 지나버린 시간의 간극에 적응할 수가 없었다. 과거에 머물렀던 시간이 길면 길수록 헤어 나오기는 쉽지 않았다.

32살의 이연아. 지금, 이 시간이 현실이다. 하지만 여전히 2003년을 헤매고 있는 느낌이었다. 연아는 얼굴에 차가운 물줄기를 맞으며 현실에서의 일들을 찬찬히 머릿속에 떠올렸다. 의도적으로 생각하지 않으면 출근 전까지 현실 감각을 찾지 못할 것 같았다.

오늘은 민경이 통보한 기간이 끝나는 날이다. 이제껏 과거를 털어놓지 않았으니, 민경은 오늘 과거를 캐묻기 위해 김정혜를 만날 것이다. 과거를 바꾸지 못했으니 바뀐 것은 아무것도 없을 테고 민경은 그 화재 사건을 알아내겠지. 하지만 스스로도 놀랄 만큼 그 사실이 두렵지

않았다. 아니, 다른 누군가의 불행을 강 건너 구경하는 것 같은 느낌이
었다. 과거의 일이 밝혀질까 어쩔 줄 몰라 발을 동동 굴렀던 예전만큼
처참하지도, 애달프지도 않았다. 현실에 대한 감각이 점차 떨어지고
있었다.

　오래도록 찬물에 몸을 식힌 연아는 출근 준비를 마치고 떨어지지 않
는 발걸음을 억지로 잡아떼며 집을 나섰다.

「언니, 좋은 아침!」

　민경의 아침 인사는 그 어느 때보다 명랑했다. 연아는 차가운 눈으
로 핸드폰 화면을 바라봤다. 전처럼 무섭거나 떨리지 않았다. 그저 불
쾌함이 일 뿐이었다.

「네, 아가씨. 오늘도 좋은 아침이네요.」

　연아는 지하철을 향해 걸음을 재촉하며 무난한 답문자를 보냈다.

「오늘이 무슨 날인지 알죠?」

　도대체 무슨 대답을 기대하는 걸까. 짜증이 치밀었다.

「네. 알아요. ^^;;」
「그런데도 나한테 할 말 없어요?」

뭐라고 답해야 할까.

연아는 문자판을 꾹꾹 누르곤 전송 버튼을 눌렀다.

「아가씨 마음대로 하세요.」

연아가 지점에 도착할 때까지, 답신은 오지 않았다.

"그래서? 결국 양정수 사모님이 사인하신 거야?"

"네. 옥 차장님이 말씀하신 대로 포트폴리오 구성해서 보내드렸거든요. 안정 자산 쪽 비중을 더 많이 해서요."

"잘했네. 양 사모님은 원금 손실 나는 거 싫어하시거든. 그래 놓고선 맨날 수익률 낮다고 투덜거려. 우리더러 어쩌라는 거야? 마법이라도 부리라는 거야? 수익률이 높으려면 그만큼 리스크도 감수해야 하는 건데, 그건 또 그거대로 싫다고 하시고. 하여간 이번에 큰 거 한 건 했으니 유 과장, 자기 나한테 한턱내야 한다?"

PPWM센터 여자 최고참인 옥 차장과 유미애가 응접실에서 시끄럽게 떠들고 있었다. 아까 사내 메신저로 유미애가 성공한 큰 건을 축하하는 단체 쪽지가 날아왔는데 옥 차장의 조언이 있었던 모양이었다. 연아는 둘의 대화를 방문 너머로 들으며 응접실로 나오려던 참이었다.

"그니까 지금 이렇게 가자는 거잖아요. 경아야! 하나야! 우리 커피

마시러 가는데 니들도 같이 가자."

"유 과장님, 정말요? 저희한테도 쏘시는 거예요?"

유미애의 말에 리셉션에서 수다를 떨던 경아가 냉큼 달려왔다.

"하나야. 너도 가자."

유미애는 응접실을 가로지르는 연아를 곁눈질하곤 하나에게 말했다.

"아, 아뇨. 전 괜찮아요. 다녀들 오세요."

하나는 연아의 눈치를 살피며 굳은 얼굴로 손사래를 쳤다.

"무슨 소리야. 같이 가."

경아가 하나의 팔을 잡아끌었지만 하나는 고개를 저었다. 그러면서 서고에서 신청서를 가져와 다시 응접실을 가로지르는 연아를 바라봤다. 연아는 시선이 느껴지자 고개를 들어 하나의 눈을 마주했다.

'괜찮아. 그냥 가.'

연아의 입 모양을 보곤 하나가 찡그린 눈으로 고개를 흔들었다.

'가.'

하나는 울상이 된 얼굴로 꼼짝 않고 고개를 숙일 뿐이었다.

"뭐 해? 빨리 가자니까."

경아가 하나의 팔을 세게 잡아끌자 결국 하나는 못내 이끌려갔다.

'대리님, 미안해요.'

하나는 입 모양으로 말하며 옥 차장과 유미애, 경아 무리와 함께 응접실을 빠져나갔다. 네 사람이 밖으로 나가자 연아는 막혔던 숨통이 트이는 듯했다. 출근한 순간부터 지금까지 여자 직원들은 약속이나 한 듯 연아에게 말을 걸지 않았다. 고 차장과의 불륜 소문은 연아가 말하지 않아도 발 빠르게 퍼져나갔지만, 연아가 지점장에게 한 해명은 그대로 묻혀버렸다.

고 차장이 연수원에서 돌아오기 전에 그의 이혼과 연애 사실을 먼저 들먹이고 싶지 않아 입을 다물고 있었다. 그런데 저들은 연아가 소문을 긍정이라도 하는 줄 아는지 대놓고 따를 시켰다.

따돌림이라. 그것도 14년 만에 다시, 말도 안 되는 소문 때문에.

연아는 달라지는 것 없이 반복되는 상황에 한숨이 나왔다. 물론 고 차장이 승진자 시험을 마치고 돌아와 해명하면 모든 것이 해결될 것이다. 하지만 트라우마처럼 자리한 기억이 되살아나 간신히 버티고 있는 연아를 정신적으로 좀 먹었다. 멀쩡한 얼굴로 출근해서 고객들과 상담을 하고 밀린 업무를 처리했지만 실은 숨이 막히는 기분이었다. 끊어지기 일보 직진인 가느나란 줄 위를 위태하게 걷고 있는 것만 같았다.

아, 맞다. 형광펜도 다 떨어졌는데.

연아는 여직원들을 의식하느라 서고에서 형광펜을 안 가져왔다는 사실을 깨닫고 다시 발걸음을 돌렸다. 서고가 옥 차장의 상담실 안쪽에 위치했기 때문에 연아는 주인도 없는 상담실 문을 조심스레 열었다. 옥 차장의 책상을 스쳐 지나가는데 PC 화면에 떠 있는 사내 메신저 대화창이 눈에 들어왔다. 이성은 그냥 지나쳐 가라고 말했지만 연아는 자신도 모르게 옥 차장의 책상 쪽으로 향했다.

「유미애 : 진짜 어이가 없어서. 불륜녀 주제에 저렇게 뻔뻔스러워도 돼요? 대체 무슨 낯짝으로 출근을 했대? 나라면 쪽팔려서 당장 사표 썼을 거예요.」

「옥성희 : 그러게 말이야. 근데 지점장님께는 아니라고 해명했다면서.」

「유미애 : 차장님, 그걸 믿어요? 당연히 아니라고 발뺌하겠죠. 뚜렷한 증거가 없으니 인사부 감찰반에서 조사 나올 때까지 오리발 내밀 셈인가 봐요.」

「옥성희 : 그래도 고 차장이 오면 다 설명할 거라잖아.」

「유미애 : 그사이에 입을 맞추겠죠. 뭐, 한두 번 맞춰본 사이가 아니니 잘도 짝짝 맞겠네. ㅋ」

「옥성희 : 하긴 쉽게 네, 맞습니다. 저희 불륜 관계입니다, 하겠어? 그나저나 연아 씨 결혼은 진짜 물 건너갔다. 주제에 넘치는 혼사 자리라고 생각하긴 했는데. 그 집에서 이 얘기 들으면 가만 안 있겠지?」

「유미애 : 당연하죠. 가만히 있겠어요? 파혼에다가 은행에서도 인사 조치 내려질 거고. 인생 완전히 꼬인 거죠. 차장님, 전 정말 이럴 줄 알았어요. 혼자 우아한 척, 얌전한 척하면서 새침 떨더니 뒤가 구릴 줄 알았다니까요.」

연아는 더 이상 메신저 대화창을 보고 있을 수가 없었다. 옥 차장의 상담실을 빠져나오는데 다리가 후들후들 떨려 발목이 꺾일 것만 같았다. 연아는 재빨리 자신의 상담실로 돌아와 문을 걸어 잠갔다.

누군가의 얼굴이 환영처럼 눈앞에 아른거렸다. 누군가의 속삭임이 환청처럼 귓가에 웅웅거렸다. 그 무엇으로도 부서뜨릴 수 없을 만큼 확고한 의지가 서려 있던 얼굴. 그 녀석이 연아를 향해 속삭였다.

"무슨 일이 있어도, 너 내 거라는 사실은 변함없다."

"변하는 건 없다고."

"난 내가 직접 보지 않은 이상 안 믿어. 그 어떤 것도."

"남들이 하는 얘긴 안 믿으니까."

지훈아.

후들거리던 다리가 풀썩 꺾였다.

지훈아.

가슴 깊은 곳에서 뜨거운 것이 목구멍을 타고 올라왔다.

지훈아.

참을 수 없는 감정이 기어코 물기가 되어 뺨을 타고 흘렀다.

지훈아.

너 어디에 있니.

연아는 맨정신이었지만 술 취한 사람처럼 흐느적거리며 콧노래를 불렀다. 핸드백을 빙빙 돌리며 가파르고 긴 계단을 올라 한울 빌라가 있는 골목 어귀에 들어섰다. 콧노래는 어느새 주정꾼이 부르는 것 같은 큰 노랫소리로 바뀌어 있었다. 때마침 골목으로 나온 사람이 연아를 위아래로 힐끔거리며 지나쳐갔다. 연아는 신경 쓰지 않고 조금 더 큰 소리로 노래를 불렀다.

연아가 컴컴한 골목길을 비추는 집 앞 가로등에 다다랐을 무렵이었다. 빌라 출입구에 웬 거무스름한 형체가 있었다.

"어이, 아가씨. 술 마셨으면 곱게 집에나 들어갑시다. 주정 부리지 말고."

호윤이었다. 그는 뻬딱하게 선 채 못마땅한 얼굴을 하고 있었다.

"어, 네가 여기 웬일이야?"

"퇴근하면 같이 저녁 먹자고 톡 보낸 거 못 봤어?"

"아."

그제야 핸드폰을 무음으로 해놓은 채 가방에 처박아 두었다는 사실이 떠올랐다.

"전화도 없고 답문도 없길래 무슨 일 있나 싶었다, 인마."

"일은 무슨."

"왜 그렇게 전화를 안 받았어?"

연아는 가방에서 핸드폰을 꺼내 호윤에게 보여주었다.

"무음인 상태여서 몰랐나 봐."

"정신없기는."

호윤이 부드럽게 연아의 머리를 쓰다듬었다. 연아는 문득 다정한 그 앞에서 모든 걸 털어놓고 울고 싶은 기분이 들었다.

"그러게……."

"혹시 오늘 무슨 일 있었어?"

"응? 아니, 별일 없었는데. 왜?"

"그냥 좀……."

"좀, 뭐?"

호윤이 아리송한 표정으로 고개를 갸우뚱했다.

"노래도 막 부르고 기분 좋아 보이는데?"

"이연아, 너 왜 그래? 무슨 일 있었어? 무슨 일 있었지! 말해봐. 왜 이렇게 기분이 안 좋아?"

어디선가 그 애의 목소리가 들리는 것 같은 기분이었다.

"그래? 그런 건 아니고."

연아는 말끝을 흐렸다. 누군가에게 몽땅 털어놓고 위로받고 싶지만 구구절절 이야기하고 싶지 않은 상반된 마음이 함께 자리하고 있었다. 말하지 않아도 알아주었으면 좋겠다. 그런 말도 안 되는 이기적인 마음.

"그런 거 아니면 뭐?"

연아가 이상하다는 걸 깨달은 모양인지 호윤이 심상치 않은 얼굴로 물어왔다.

"사실 나 오늘 무지하게 황당한 일 있었다?"

연아는 별거 아닌 듯 웃음까지 섞어가며 오늘 벌어진 일들을 이야기했다. 연아의 말이 끝나자 가만히 듣고 있던 호윤이 굳은 얼굴로 입을 열었다.

"너, 그게 웃긴 일이야?"

"응?"

"속상하잖아. 기분 나쁘잖아. 왜 아무렇지 않은 척 얘기해?"

"아냐. 속상하지 않아. 기분 나쁘지도 않아. 그냥…… 상황이 너무 웃겨서."

아마도 울고 있었나 보다. 아무렇지 않게 얘기하면서 두 눈에서는 눈물을 줄줄 흘리고 있었나 보다.

"진짜 웃겨. 웃기다고. 웃겨……. 어……어엉. 으헝. 으흐흑."

말끝이 느려지다 결국 울음처럼 번지고 말았다. 그 꼴이 스스로 너무 우스워 연아는 쪼그리고 앉아 눈물을 뚝뚝 떨구기 시작했다. 부드럽고 따뜻한 손이 다가와 연아의 머리를 쓰다듬었다.

"속상했겠네. 많이 억울했겠어. 괜찮아, 괜찮아, 맘껏 울어. 그다음에 차근히 얘기하자."

다정한 손이 연아의 머리를 토닥였다. 그 손길에 가슴 한구석이 따뜻해지면서도, 귓가에는 이명처럼 그 애의 목소리가 왕왕 울렸다.

"그 새끼들 어딨어? 내가 다 잡아 족칠 거야. 너 울린 새끼들 내가 찾아내서 가만 안 둘 거라고!"

샤워를 하고 방으로 들어왔더니 화장대 위에 올려둔 핸드폰이 끊임없이 울리고 있었다.

「그러니까 내 말대로 해. 남 사정 봐줄 거 뭐 있어? 내일 가서 당장 그 옥 차장인가 곡 차장인가 하는 사람한테 고 차장 이혼 사실, 장하나랑 연애하는 사실 다 얘기하고 홀홀 털어버려. 알겠지?」

호윤은 헤어진 이후 문자로 계속 잔소리를 했다. 연아는 평소답지 않은 그의 행동에 피식 웃으며 문자판을 꾹꾹 눌렀다.

「알겠어. 걱정하지 마. 늦었어. 그만 잔소리하고 얼른 자.」

「얼음팩 냉동실에 넣어놨어? 내일 아침에 꼭 눈가 얼음찜질하고. 눈퉁퉁 부어서 가면 운 거 들킬 거야.」

「내일 토요일이거든?」

「아, 맞다. 그래도 얼음찜질은 꼭 해.」

얼마나 흥분했는지 호윤은 요일도 잊은 모양이었다.

「알았어. 알았으니까 잔소리 그만해.」

연아는 핸드폰을 내려놓고 거울을 보며 젖은 머리를 털었다. 화장대 위의 핸드폰이 다시 진동했다. 한 템포 늦게 울린 진동에서 호윤의 머뭇거림이 느껴졌다.

「이래도 우린 친구인 거야?」

연아는 말없이 핸드폰 화면을 바라봤다. 우웅, 하고 핸드폰이 또다시 울렸다.

「괴로울 때, 힘들 때, 괴롭다 힘들다 얘기도 할 수 없는 사람이 무슨 애인이야? 그런 사람하고 어떻게 결혼을 해?」

우웅——.

「내가 있어 줄게. 너 힘들 때마다 내가 곁에 있어 줄게.」

「그러니까 그 사람하고 헤어져.」

「나한테도 기회 주면 안 될까?」

우웅――.

「연아야…… 제발…….」

아무 말도 할 수 없었다. 이제는 호윤의 마음에 제대로 응답해야 할
때였다. 너를 친구가 아닌 다른 눈으로 바라볼 수 없다고.

연아가 핸드폰을 붙들고 잠시 망설이는데 또 한 번 진동이 울렸다.

「너 힘든데 나까지 이래서 미안. 그래도 너 힘든 상황 이용하려던
건 아니었어. 그냥 오늘은 웬 미친놈이 술 마시고 주정 부렸다고 생각
해.」

연아는 핸드폰을 붙든 채 한참을 움직일 수가 없었다. 핸드폰 너머
로 어두워진 호윤의 얼굴이 보이는 것만 같았다.

우린 친구일까? 아니 친구였을까……?

호윤과 재회하고 난 후 한 번도 그에게 떨린 적이 없다고 하면 거짓
말일 것이다. 하지만 과거와 현재를 오가는 혼란한 상황 속에서, 호윤
을 볼수록 그 아이가 떠올라 친구 이상의 관계를 상상할 수 없었다. 연
아는 호윤에게 문자를 보내려다 말았다. 나중에 만나서 제대로 마음을

밝히는 것이 그에 대한 최소한의 도리라 생각했다.

연아는 시간을 확인했다. 액정 위 숫자는 11시 40분을 가리키고 있었다.

오늘도 동풍이 불려나.

동풍이 부는 날 학교로 가면 18살, 그때로 되돌아갈 수 있다. 하지만 자신은 민경이 통보한 기한까지 과거를 변화시키지 못했다. 학교에 가볼까 하는 생각도 들었지만 그러기엔 몸이 너무 피곤했다. 게다가 아무런 정보도 없이 무작정 과거로 가서 뭘 할 수 있단 말인가. 경험해봐서 알지 않는가. 과거를 바꾸기란 녹록지 않다는 것을.

연아는 침대로 가기 전 몸을 살짝 틀어 화장대 거울에 등을 비춰봤다. 그러곤 한 손을 뒤로 뻗어 등을 가만히 쓰다듬었다. 어깨에서부터 등 한가운데를 지나 허리까지 이어진 울퉁불퉁한 상처가 만져졌다. 화재 사건 때 불이 붙은 자재에 맞거나 깔린 것 같다고 말하던 이모의 목소리가 떠올랐다. 그 이후, 오래도록 치료했지만 제 마음에 새겨진 상처처럼 흉터는 지워지지 않았다.

연아는 침대에 누워 이불을 뒤집어썼다. 오랜만에 화상 자국을 만져서일까. 오늘따라 등 뒤 상처가 따끔따끔한 기분이었다.

그다지 상쾌하지 못한 토요일 아침이었다. 어젯밤 연아는 쉬이 잠을 이루지 못했다. 침대에 누운 순간, 민경과 혁준으로부터 아무런 연락이 오지 않았다는 사실이 떠올랐기 때문이었다.

어제가 바로 민경이 통보한 기간의 마지막 날이었다. 그런데도 아침 문자 이후 종일토록 연락이 없었다. 민경이 김정혜를 만나 이야기를 들었다면, 곧바로 정숙과 혁준에게 모든 걸 얘기했을 텐데 이상하게도 어젯밤까지 누구에게서도 연락이 없었다. 그 사실이 더욱 연아를 잠들지 못하게 했다.

차라리 평, 하고 폭탄이 터졌다면 속이 후련했을 텐데. 언제 터질지 모르는 시한폭탄을 안고 있는 것처럼 피가 말랐다. 모든 것에 초연해졌다 생각했지만 차츰 현실감이 돌아오자 연아는 여전히 해결되지 않은 문제 앞에서 전전긍긍했다.

설마 민경이 아직 김정혜를 만나지 못한 걸까? 아니, 김정혜가 과거에 대해 아무 말도 하지 않은 걸까? 아니면 민경과 혁준, 정숙이 이 결혼을 어떻게 할 것인지 옥신각신하고 있는 걸까? 오히려 아무런 연락이 없으니 더 답답하고 속이 꽉 막힌 것 같았다. 집에만 있으면 생각의 고리를 끊을 수 없을 것 같아, 연아는 결국 윤새와 함께 가로수길로 향했다.

레스토랑에 자리를 잡고 주문을 하자 파스타와 피자가 아기자기한 접시에 먹음직스럽게 담겨 나왔다. 먹성 좋은 윤새가 반을 먹어치울 때까지 연아는 앞 접시에 담긴 면발을 깨작였다.

"기분 전환 좀 하자고 하더니, 아직도 어제 일 생각하고 있는 거야?"

연아가 회사에서 겪은 어이없는 일에 윤새는 연아보다 더 광분했다.

"그런 거 아니야. 걱정 마. 신경도 안 쓰고 있으니까."

연아는 애써 웃으며 면발을 휘적거렸다. 대답은 그렇게 했지만 도저히 입맛이 나지 않았다. 그때 윤새의 핸드폰 톡 알림이 울렸다.

"누구야?"

아무 생각 없이 물었는데 윤새는 흠칫했다.

"아, 아니. 그냥 아는 애."

"그러니까 누구? 네 주위 사람 중 내가 모르는 사람이 어딨어?"

윤새는 선뜻 이름을 꺼내 놓지 못했다.

"뭐야, 수상한데? 왜 나한테 숨겨?"

윤새를 놀려보고 싶어 연아는 일부러 수상쩍다는 얼굴을 해 보였다.

"수, 수상하기는……. 내가 뭐! 아, 아무것도 아니라니까!"

윤새는 거짓말을 하면 더듬는 버릇이 있었다.

우리가 몇 년 친구인데 내가 아직 그걸 모르겠어.

"너 연애라도 해? 무슨 연락이길래 나한테까지 숨기려고 하는데?"

연아는 포크를 내려놓고 핸드폰을 뺏으려는 시늉을 했다.

"아, 아냐. 아무것도 아니라니까."

당황한 윤새는 연아가 핸드폰을 낚아채지 못하도록 팔을 쭉 높이 뻗었다. 키로 보나 힘으로 보나 물리적으로 자신이 핸드폰을 빼앗는 건 불가능한데 저렇게까지 하다니. 정말 수상해지기 시작했다.

"너 진짜 이럴 거야? 나 회사 일로 우울한데 너까지 이러면 나 누굴 믿고 사니."

어차피 윤새와의 말싸움에서는 백전백승 자신의 승리다. 윤새는 잠시 머뭇거리며 눈치를 보더니 입을 열었다.

"재욱이…… 재욱이야."

"김재욱?"

예전 같았으면 이름과 얼굴이 바로 매치되지 않았을 것이다. 하지만 요사이 과거에 머무르며 고등학교 때 반 아이들과 어울려 지낸 터라, 2학년 때 짝꿍이었던 그의 얼굴이 바로 떠올랐다.

"너 기억하고 있었어?"

"2학년 때 내 짝이었잖아."

연아는 당황해서 변명처럼 둘러댔다.

"그랬었나?"

"그런데 김재욱이 왜 너한테 연락을 해?"

"그게, 곧 반창회 있거든. 지금 총무 맡고 있는 게 김재욱이라 참석이 가능한지 확답해달라고 연락이 왔네. 야, 걱정 마. 나 네 얘긴 털끝만치도 안 하니까."

둘 사이의 암묵적인 배려이자 약속이었다. 윤새가 간간이 고등학교 동창들과 만난다는 것은 연아도 알고 있었다. 말하진 않았지만 반창회도, 동창회도 그동안 쭉 참석했을 것이다.

"그렇게 펄쩍 뛸 것 없어. 그런 걱정 안 해. 그런데 의외네. 김재욱이라니. 고등학교 때는 공부만 하는 애 아니었나? 소심하고 조용했던 걸로 기억하는데."

"그러게 말이다. 그땐 김재욱이 이렇게 될 줄 상상도 못했었지. 확실히 자리가 사람을 만드나 봐."

"왜? 김재욱이 어떻게 변했길래?"

"법대 들어가서 사시 합격하고 지금은 서초동에 있는 로펌 변호사시란다. 어찌나 변했는지 너도 보면 깜짝 놀랄걸? 예전 김재욱이 아니야. 지금은 자신감도 넘치고 당당해진 게 아주 딴사람이 됐다니까."

연아가 예전처럼 동창들에 대한 화제를 피하지 않자 윤새는 조금

신이 난 듯 말을 이었다. 연아는 용기를 내어 다음 질문을 던졌다. 과거를 바꾸는 데 필요한 정보가 바로 여기에 있을지도 모른다는 생각이 들었다.

"다른 애들은? 오소라는 갤러리에서 큐레이터 한다며. 저번에 호윤이랑 만났다고 했지? 그때 직접 들었어."

"음, 보자. 박서정은 알 테고. 다른 애들은 직장 다니고 결혼하고 평범하지. 아, 맞다. 배우리 알지? 덩치 좀 크고 오지랖 쩔던 애. 할리퀸이랑 로맨스 소설 엄청 좋아해서, 맨날 수업 시간에 그거 읽으면서 울고 짜고 하다가 선생님들한테 걸려서 혼나고 그랬었잖아. 걔 로맨스 소설 작가 됐어! 그 소설이 엄청 유명해져서 곧 드라마로도 만들어진다고 했었는데, 제목이 〈첫사랑의 기억〉인가 뭔가라나."

"아, 그래? 그리고 또?"

"송우태는 결혼하고 애도 있어. 청담이랑 강남, 이태원, 이렇게 3곳에서 레스토랑을 운영하고 있고. 지경민은 IT기업 대표야. 자기 사업 시작한 지는 얼마 안 됐지만."

역시나 하는 생각에 설핏 입가에 미소가 지어졌다. 지훈의 일행이었던 호윤과 경민, 우태는 모두 좋은 집 자식들이었다. 아니, 좋은 집 정도가 아니라 엄청난 자산가의 자제들이라고 아이들이 수군댔던 걸로 기억한다. 지훈 역시 그때 죽지만 않았다면 저들과 같은 현재를 살고 있을 것이다.

"다들 잘 사는구나."

"그렇지 뭐, 있는 집 자식들이니까."

둘 다 말은 없었지만 느낌으로 알고 있었다. 우태와 경민 이야기를 하면 자연스럽게 누가 뒤따라 생각나는지. 얼마 전 만났기 때문일까. 지훈의 죽음이 더욱 현실감 없이 느껴졌다. 윤새가 뒤이어 '그리고 지훈이는 이렇게 살아.'라고 말할 것만 같았다.

"그럼 다정이는?"

"그게……."

윤새가 말끝을 흐렸다.

"몰라."

"모른다니?"

"우리 중 그 누구하고도 연락이 안 돼. 연락처를 아는 사람이 아무도 없다니까. 심지어 SNS도 안 하나봐. 아무리 찾아도 어디서 뭘 하는지 알 수가 없더라고."

이상한 기분이 들었다. 윤새와 다정 그리고 연아 자신은 화재 사건이 일어나기 전까지 24시간을 한 몸처럼 붙어 다니던 절친이었다. 그러다 어느 순간 다정과 멀어졌고, 그 후로는 다정의 소식을 들을 수가 없었다.

그런데…… 다정과 어떻게 멀어졌더라?

"아, 그리고 너 이 얘기 들으면 기절할걸?"

"뭐?"

"동창들 소식 중 제일 쇼킹한 이야기야."

"뭔데?"

"최자현."

"최자현이 왜?"

"최자현이 글쎄……."

"아, 뭐야. 빨리 얘기해."

들을 준비가 됐냐고 물으며 윤새가 뜸을 들였다. 놀라 까무러칠 모습을 기대하는 듯했다.

"채홍식 선생님하고 결혼했잖아!"

엄청난 충격에 머릿속에서 징이 울렸다. 연아는 귀가 먹먹해진 것 같은 기분을 느끼며 떠듬떠듬 입을 뗐다.

"누, 누구?"

"최자현이랑 채홍식 선생님이랑. 너 알지? 영어 개홍식!"

"누구랑 누구라고?"

"아, 자꾸 왜 그래? 2학년 때 같은 반이었던, 금사빠 최자현이랑 개 같은 체력과 성질의 채홍식 선생."

연아는 윤새의 얘기에 정신이 아연했다.

"어, 언제? 둘이 언제 결혼했는데?"

"한 5년도 넘었지?"

"그럼 둘이 설마 고등학교 때부터 그렇고 그런 사이였어?"

"야야, 너 막장 드라마를 너무 많이 본 거 아냐? 그건 아니고 최자현이 대학 졸업하고 나서부터 만났다고 들었어."

"어떻게 만나게 된 거야?"

"나도 몰랐는데, 최자현이 매년 스승의 날마다 채홍식 선생님을 찾아갔었나 봐."

"매년 찾아가? 왜? 채홍식 선생님은 담임도 아니었잖아."

"그러게. 듣기로는 엄청 고마운 일이 있었대. 채홍식 선생님이 1, 2학년 연달아 우리 영어 가르쳤잖아. 그때 최자현한테 무슨 도움을 줬었나 봐. 그것 때문에 최자현이 채홍식 선생님을 거의 은인으로 모셨고. 매년 스승의 날마다 찾아가다 보니 연인 사이로 발전하게 됐다, 뭐 이런 스토리였던 거 같아."

"뭘 도와줬는데?"

"그것까진 모르겠다."

심장이 쿵쿵 울렸다. 단순한 놀라움 따위가 아니었다. 그야말로 전신에 경련이 일 정도로 큰 충격이었다. 연아는 자신이 왜 이렇게까지 충격을 받는지 알 수 없었다.

머릿속에 파편처럼 흩어져 있던 장면들이 하나둘 떠올랐다. 그중 하나는 과거로 갔을 때, 자현이 아이들을 모아놓고 러브스토리를 늘어놓던 장면이었다. 자현은 채홍식 선생 이야기가 나오자 당황하며 이야기를 얼버무렸다. 원조 교제 소문에 대해 물었을 때 무언가 숨기고 있는 듯한 행동을 보인 적도 있었다. 하지만 머릿속을 부유하는 조각난 기억들을 한데 이어줄 연결 고리가 금세 떠오르진 않았다.

"윤새야, 너 최자현 핸드폰 번호 가지고 있지?"

"응? 어어어."

연아의 심상치 않은 기운에 떠밀려 윤새가 핸드폰을 건넸다. 그 안에서 연아는 최자현의 번호를 찾아냈다.

17. 진짜 그리고 가짜

연아는 아파트 현관문 앞에 서서 길게 심호흡을 했다. 초인종을 누르기 전 마음을 가다듬으며, 자현과의 통화를 떠올렸다.

"나, 기억해?"
[연아? 이연아라고?]
"응. 오랜만이지?"
[이연아…… 그래, 연아야.]

갑작스러운 전화에 자현은 놀라지도, 반가워하지도 않았다. 기다리던 전화를 받은 것 같이 체념한 듯한 말투였다. 연아는 물어볼 게 있으니 만났으면 좋겠다는 뜻을 내비쳤다.

[오늘은 힘들고 다음 주 수요일에 우리 집으로 와줄 수 있어? 둘째

때문에 내가 나갈 수가 없어서.]

"혹시…… 그날 그분도 집에 계셔?"

연아는 선생님이라 해야 할지 남편이라 해야 할지 어색함에 호칭을 고를 수가 없었다. 어찌 됐건 채홍식 선생이 함께 있다면 자현에게 이야기를 듣긴 힘들 것 같았다.

[아냐. 첫째 서준이 데리고 근처 시댁에 가 있으라고 할게. 편하게 와.]

그 말에 용기를 얻어, 연아는 결국 자현의 집 앞에 섰다.

딩동―.

초인종을 누르자 현관문으로 누군가 다가오는 소리가 들렸다. 연아는 침을 꿀꺽 삼켰다. 밀색 피부에 쌍꺼풀 없이 날렵하게 올라간 눈꼬리, 뾰족한 턱이 묘하게 색기가 흐르던 얼굴. 지금은 어떻게 변했을까.

"어서 와."

문이 열렸다. 어릴 때와 다름없는 얼굴이 연아를 보며 웃고 있었다. 세월의 흔적이 느껴지긴 했지만 전체적인 인상은 변한 게 없었다.

"오랜만이야."

어색한 인사를 나눈 후, 연아는 거실로 안내받았다.

"잠깐 기다려줄래? 서아 우유 먹을 시간이라."

자현이 부엌에 있는 동안 연아는 거실 매트에 누워 있는 갓난아기를 바라봤다. 한 손에 다 들어올 만큼 작은 아기가 포대기에 싸여 조그만 몸을 꼼지락거리고 있었다. 연아가 고개를 내밀고 바라보자 눈을 마주치고는 해맑게 웃기도 했다.

"미안. 두 시간에 한 번씩은 먹어야 하거든. 먹고 자고 싸고. 이게 얘가 하루 동안 하는 일의 전부인데, 그걸 잘해주는 것만으로도 얼마나 고마운지 몰라."

자현의 말을 들으며 연아는 집 안 곳곳을 둘러봤다. 작지만 아기자기하게 꾸며진 내부에서 살뜰한 자현의 솜씨가 느껴졌다. 거실장 위에는 액자가 세워져 있었다. 시간 순서대로 늘어놓은 부부의 사진이었다. 바다를 배경으로 뽀뽀하고 있는 사진, 결혼식 사진, 첫째 아이와 놀이공원에서 해맑게 웃고 있는 사진. 보는 것만으로도 기쁨과 행복이 넘쳐흐르는 모습들이었다.

거실로 돌아온 자현은 능숙하게 둘째를 안아 들고 우유를 먹이기 시작했다. 꼬물거리며 젖병을 빠는 아기가 앙증맞아 연아는 그 자그마한 손에 손가락을 가져다 댔다. 아기가 손가락을 꼭 쥐고는 빤히 바라보자 연아도 마주 보며 싱긋 웃어줬다.

"이름이 뭐야?"

"채서아."

"서아. 얼굴만큼 예쁜 이름이네."

서아에게 우유를 다 먹이고 트림을 시키는 동안 둘은 마치 오랜 친구처럼 사소한 대화를 주고받았다. 그리고 자현이 서아를 재우고 나올 때까지 연아는 거실 소파에 앉아 생각에 잠겨 있었다.

"미안해. 한참 기다렸지?"

안방 문을 조용히 닫으며 자현이 속삭였다.

"아냐. 괜찮아. 내가 무리해서 만나 달라고 한 건데 뭘. 그런데 서아 정말 예쁘다. 눈도 크고 속눈썹도 긴 게 채홍식 선생님을 빼다 박았어."

"그래서 다행이야. 내 눈 닮았음 어쩔 뻔했니?"

자현은 능청스레 대답하며 테이블 맞은편에 앉았다. 자현이 앉자 둘 사이에 갑작스러운 침묵이 흘렀다. 대화의 매개체가 되었던 서아가 사라지자 적당한 화젯거리 역시 사라진 탓이었다.

"물어볼 얘기가 있다고 했지?"

자현이 먼저 입을 열었다.

"응."

"……딱 14년 걸렸네."

마치 기다렸다는 듯한 자현의 말투에 연아는 의아했다.

"무슨 말이야?"

"내내 마음에 걸렸어. 그래서 14년을 체한 것처럼 살아왔어. 잘못됐다는 걸 알면서도 내 욕심에, 그리고 용기가 없어서 끝내 말을 못 했어."

혼자 하는 고백, 아니 고해성사에 가까운 말이었다.

"뭐야. 나 하나도 못 알아듣겠다. 너 내가 뭘 물으러 왔는지도 모르잖아."

"14년 전, 강남역에서 나에게 물었던 거. 원조 교제 소문에 관해서 물으러 온 거 아냐?"

연아는 고개를 끄덕였다. 얼마 전 연아 자신이 바꾼 과거였다. 그 일로 인해 자현은 죄책감을 가지고 14년을 살았다. 현재가 변한 것이다. 어쩌면 뒤바뀐 그 작은 사실 때문에 자현이 비로소 과거를 털어놓고자 마음먹게 되었는지도 몰랐다.

"맞아, 자현아. 이제는 얘기해줄 수 있어?"

연아의 말에 자현은 셔츠의 옷깃을 매만지며 뜸을 들였다.

"원조 교제 소문."

"……."

"그 소문 속의 앨리스가, 바로 나야."

묵직한 직구에 연아의 입이 벌어졌다.

"정말로 네가 앨리스라고?"

그럼 자현이 정말 원조 교제를 했다는 말인가? 그럼 채홍식 선생은? 자현의 과거를 알고서도 결혼을 했다고? 과거로 갔을 때, '평범한 회사원'이라는 아이디와 채팅을 했던 사람도 자현이었다는 건가?

연아의 머릿속에 수만 가지 질문이 폭풍처럼 휘몰아쳤다. 파도처럼 밀려오는 생각에 압도되어 그 어떤 질문도 내뱉을 수 없었다.

"그런 얼굴 하지 마. 내가 앨리스가 맞긴 한데 난 진짜 앨리스야. 채팅방에 나타나 원조 교제를 하는 척, 그리고 너인 척 흉내 낸 가짜 앨리스가 아니라."

"진짜 앨리스라니? 가짜 앨리스는 또 뭐고?"

"너도 그때 봐서 알고 있겠지만 난 인디밴드를 하고 있었어. 우리 밴드 이름이 원더랜드이고 내 이름이 앨리스였거든. 〈이상한 나라의 앨리스〉에서 그 앨리스."

번뜩 강남역에서 밴드 게릴라 콘서트를 구경하던 사람들이 떠들던 이야기가 생각났다.

"원더랜드다, 원더랜드!"

"어디, 어디?"

"우와, 운 좋다. 원더랜드야! 공연하려나 봐."

"소문 속 주인공은 내가 맞아. 하지만 전혀 다른 상황이었어. 난 원조 교제를 하고 있던 게 아니었거든. 강남역 상가 지하에 우리 밴드 연습장이 있었어. 연습장이라고 해봤자, 뭐 거의 창고 같은 곳이었지만."

"……."

"중국집에서 배달 왔을 때 난 공연을 하려고 교복을 갈아입고 있었어. 연습장에는 다른 방이 없었기 때문에 커튼 같은 걸 쳐서 간이 칸막이를 만들어놨었고. 난 하교한 뒤 바로 연습실로 오느라 항상 그곳에서 옷을 갈아입었어."

연아는 어떻게 된 상황인지 알 것만 같았다.

"커튼이 무릎까지만 쳐져 있었기 때문에 배달원은 내가 옷을 벗고 있다고 생각한 거고. 벗어놓은 교복을 보고 우리 학교 여학생 중 하나가 원조 교제를 한다고 생각한 거야."

"……."

"밴드 멤버 중 하나가 배달원에게 계산을 하려다, 나에게 '앨리스, 지갑 어디에 있어?'라고 물은 거고."

"정말이야?"

"상황이 좀 이상했단 건 알아. 하지만 그때 연습실에 있던 건 나와 그 밴드 멤버만이 아니었어. 같이 밴드를 하던 다른 언니들과 오빠들도 있었는데 하필 편의점에 뭐 사러 간다고, 담배 피우러 간다고 모두

나가 있었거든. 그래 봐야 1~2분도 안 되는 시간이었는데. 아니면 어떻게 둘이 먹자고 그 많은 음식을 시켰겠어."

그러고 보니 오소라는 '중국집 배달원이 짜장면, 짬뽕, 탕수육을 잔뜩 내려놓았다.'라고 말했었다.

"그럼 애초에 원조 교제를 한 사람은 없었던 거야?"

"응. 그랬던 거지. 모든 건 그 중국집 배달원이 오해해서 벌어진 일이었어."

"그래. 그래서 원조 교제 소문이 처음 생겼다고 쳐. 그럼 채팅방에 나타난 앨리스는 누구고, 어째서 그게 나라는 소문이 난 거야?"

질문을 쏟아내는 연아를 향해 자현은 고개를 절레절레 흔들었다.

"나도 모르겠어. 분명한 건 너인 척 행세한 가짜 앨리스는 다른 사람이란 거야. 소문을 이용해서 너에게 누명을 씌운 누군가가 있었던 거지."

애초부터 원조 교제를 한 사람은 없었다. 그저 그 소문을 이용해 누명을 씌운, 악의를 가진 누군가가 있었을 뿐.

가짜 앨리스라.

연아는 생각에 잠겨 있다가 고개를 돌려 자현을 똑바로 쳐다봤다.

"그런데 넌 그걸 알면서, 왜 가만히 있었던 거야? 네가 사실대로 얘기해줬더라면, 사실 소문 속 앨리스는 너였고 원조 교제 따윈 없었다고 모든 건 오해였다고 말했더라면……."

"미안해. 말할 수가 없었어."

"왜?"

"채홍식 선생님을 곤란하게 하고 싶지 않았거든."

"그건 또 무슨 말이야?"

"난 1학년 때 여러모로 트러블이 많았어. 음악을 하고 싶었지만 집에서 반대가 심해 많이 방황하던 시기였거든. 허구한 날 부모님과 싸우고 집을 나가는 바람에 학교도 자주 빠졌고, 연예 기획사를 기웃거리거나 성인인 척 바 같은 데서 노래도 하고 그랬어."

1학년 때는 서로 다른 반이었던 터라, 연아는 자현에게 그런 시기가 있었는지 전혀 몰랐었다.

"1학년 때 우리 담임이 임아랑 선생님이었는데 나 때문에 고민이 많았나 봐. 교무실 옆자리였던 채홍식 선생님한테 내 이야기를 털어놓았는지 선생님이 어느 날 날 부르더라고. 인디밴드 하는 대학 후배가 있는데 한번 만나보는 게 어떻겠냐고."

"채홍식 선생님이?"

"응. 얼마 후에 난 채홍식 선생님의 후배를 만났고, 결국 인디밴드 멤버로까지 활동하게 되었어. 물론 선생님은 그저 진로 상담 정도 해주고 싶었을 거야. 그런데 그 후배가 내 노래를 듣고는 정식으로 보컬을 제안해왔어."

"……"

"집에서 반대가 워낙 심했기 때문에 집과 학교에는 비밀로 할 수밖에 없었어. 채홍식 선생님도 많이 곤란했던 것 같아. 그냥 음악하는 후배를 만나게 해줬을 뿐인데 내가 덜컥 보컬까지 하게 됐으니, 자신이 부추긴 꼴이 되어버렸잖아. 그런데 원조 교제 소문까지 나버리고. 그 소문을 해명하다 보면 채홍식 선생님 얘기까지 나올까 봐 난 겁이 났어."

이해가 될 것도 같았다. 자현이 뭘 두려워했는지. 게다가 아마도 자현은…….

"게다가 난 그때 엄청난 첫사랑의 열병을 앓고 있었거든."

"선생님?"

"응."

"그런데 왜 나중에는 금사빠 흉내 내면서 장영태나 다른 선생님들 하고의 러브스토리를 그렇게 광고했어?"

연아는 얼마 전 과거에서 봤던 자현의 모습을 떠올렸다. 영어와는 어떻게 되었냐고 서정이 묻자 자현은 홍식 씨는 이미 마음에서 끝났다며 서둘러 화제를 전환했었다. 연아는 그때 그 모습이 이상해서 고개를 갸웃거리기도 했었다.

"일맥상통한 이야기지, 뭐. 내가 채홍식 선생님을 좋아한다는 사실이 아이들 머릿속에 박히면, 자꾸 나와 채홍식 선생님을 연관 지어 생각하게 될 테고, 그러다 보면 선생님이 음악하는 후배를 소개시켜준 일을 들킬지도 모르니까. 그러면 제일 곤란해질 사람이 선생님이라 생각했어."

"그래서 일부러 금사빠인 척, 다른 남자들한테 쉽게 마음 주고 관심 있는 척했던 거야?"

"그러게. 참 바보 같았지. 그때는 그것밖에 생각할 수 없었고 내가 선생님에게 할 수 있는 최선이라 생각했어."

말을 마친 자현은 묘한 얼굴이었다. 죄책감에 괴로워하면서도 후회하지 않는 표정이었는데, 너무나도 확고한 마음으로 벌인 일이었기 가능한 얼굴이었다. 올곧게 한 사람을 사랑하고 지키고자 했던 마음. 다시 그 상황이 온다 할지라도 똑같은 선택을 할 것이라는 마음.

"미안해. 그래서 네가 그런 말도 안 되는 소문에 휩쓸려 누명을 쓸 때도, 애들한테 왕따당할 때도 나…… 아무 말 못 했어. 그래도 그 이후에 네가 찾아와서 한 번 더 물어보면 말해줄 생각이었어. 그게 14년이나 걸릴 줄은 정말 몰랐어."

자현의 눈가에 눈물이 고였다.

"연아야, 무슨 말이라도 해봐……."

왜 자현은 이리도 일그러진 얼굴로 애원하는 걸까?

네 잘못이 아니다. 모든 것은 오해 때문이다. 네가 나쁜 게 아니라, 그 소문을 이용해 나에게 누명을 씌운 진짜 범인이 나쁜 것이다. 이렇게 말해줘야 하는 걸까?

그렇게 말할 순 없었다. 자현은 한마디도 하지 않았다. 원조 교제 소문은 오해로 빚어진 일이며, 가짜 앨리스가 소문을 이용해 누명을 씌웠다는 걸 알면서도 말하지 않았다. 불현듯 강남역에서 들은 자현의 노래가 떠올랐다. 〈속삭이는 비밀들〉이란 제목이었다. 아마도 자현의 자작곡일 테지. 죄책감과 스스로에 대한 자괴감이 가득했던 노랫말이 머릿속을 시끄럽게 떠돌았다.

[수많은 사람들 모두 가슴속엔 비밀들.
새까만 어둠이 내리면 그 비밀이 속삭인다.
은밀히 조용히 그리고 한마디씩, 한마디씩.
속삭이는 비밀들. 으음. 속삭이는 비밀들.]

연아는 아무렇지 않은 척 괜찮다고, 행복하게 살라고 얘기해주고 자현의 집을 나왔다. 집으로 돌아가는 길 내내 자현이 불렀던 노래 가사가 머릿속을 떠나지 않았다. 자현은 죄책감으로 충분히 고통스러운 나날을 보냈을 것이다. 그런 노래 가사를 지어 부른 14년 전부터 지금까지 말이다.

하지만 망가져 버린 내 인생은, 엉망이 되어버린 내 인생은.

연아는 지하철 차장에 기댄 채 검은 유리창에 비친 자신의 얼굴을 바라보며 스스로를 달랬다. 자현의 잘못이 아니다. 그 역시 용기 없는 아이였을 뿐이다. 원망할 사람은 누명을 씌운 진짜 범인이다.

그럼에도 범인을 잡지 못한다면, 결국 원망의 화살은 다시 자현을 향하게 될까.

그때 주머니 속에 넣어둔 핸드폰이 울렸다. '누나 있잖아.'로 시작되는 길고 긴 연철의 톡이었다. 구구절절한 사연을 보니 나머지는 읽지 않아도 알 수 있었다. 돈이 필요하다는 얘기였다. 연아는 곧바로 답을 보냈다.

「그래서 얼마가 필요하단 얘긴데?」
「50만 원만. ㅜㅜㅜ」

시궁창 같은 현실은 연아를 잠시도 내버려 두지 않았다. 치가 떨릴 만큼 진저리가 났지만 연아는 늘 그랬던 것처럼 화를 꾹꾹 눌러 담았다.

「언제까지 필요한데?」
「지금 주시면 감사하겠습니다. 고마워, 누나. ㅜㅜㅜ」

한숨을 쉬며 은행 앱을 켜는데 이번에는 전화가 울렸다. 때마침 열차가 사당역에 도착했다. 구름같이 몰려나가는 인파에 뒤섞여 연아 역시 열차에서 내렸다.

핸드폰 액정 위에 뜬 이름은 혁준이었다.

"혁준 씨?"

[너, 어디야.]

지하철 플랫폼에 울려 퍼지는 안내 방송과 열차 소리가 요란했다. 소음에 뒤섞인 혁준의 목소리가 경직되어 있었다.

"지금 친구 만나고 집에 들어가는 길이야."

[…….]

"목소리가 왜 그래? 무슨 일 있었어?"

[너. 네가 지금 친구랑 놀러 다닐 때야?]

화를 참는 듯 혁준의 목소리가 부들부들 떨렸다. 연아는 눈앞이 캄캄해졌다. 뒤에 이어질 말을 듣지 않아도 알 수 있었다. 혁준은 민경으로부터 무슨 말을 전해 들은 것이 분명했다. 민경은 결국 자신이 통보한 기한에 맞춰 과거를 폭로한 것이다.

"혁준 씨, 있잖아. 민경이한테 무슨 얘기를 들었는지……."

[민경이 얘기가 여기서 왜 나와? 너 도대체 요즘 무슨 짓 하고 다니는 거야? 곧 결혼할 사람이 행실을 어떻게 그따위로! 내 얼굴에, 그리고 우리 부모님 얼굴에 먹칠을 해도 유분수지!]

"혁준 씨, 그건 진짜 14년 전 얘기……."

[너 자꾸 이상한 소리 할래? 지금 어디야? 전화로는 제대로 얘기 못

할 것 같으니 만나서 얘기해. 지금 바로 서초동으로 와.]

뚝, 끊긴 연결음만이 핸드폰 너머에서 울렸다. 시종일관 두근대던 심장이 바닥으로 곤두박질쳤다. 끝없는 암흑이 아가리를 벌리고 있는 지옥 끝까지 심장이 내동댕이쳐지는 느낌이었다.

모든 것이 끝났다. 결국 혁준이 전부 알아버린 것이다. 그렇게 과거를 바꿔보려 했지만 변한 것은 아무것도 없었다. 오히려 지독한 오해와 끔찍한 과거의 사실만 알게 되었을 뿐이었다. 연아는 천천히 눈을 감았다 뜨곤 반대편 지하철 플랫폼을 향해 걸어갔다. 지옥의 심판자에게 처분을 받으러 가는 느낌이었다. 허탈감과 상실감, 두려움이 둘둘 뭉쳐 연아를 집어삼키고 있었다.

연아는 늘 만나던 카페의 문을 열었다. 혁준이 창가 테이블에 앉아 있었다. 보기 드물게 편한 옷차림이었다. 항상 왁스로 빳빳하게 고정시켜 뒤로 넘겼던 머리도 자연스럽게 내린 채였다. 다가오는 연아를 보고 그는 짜증스러운 듯 미간을 찌푸렸다.

"혁준 씨."

"앉아."

혁준이 턱 끝으로 반대편 자리를 가리키자 연아는 주춤대며 자리에 앉았다.

"그게…….."

"사실이야?"

"응?"

"사실이냐고."

민경에게 모든 걸 들었을 테니 발뺌해봤자 소용이 없었다. 날카롭게 쏘아보는 혁준을 향해 연아는 고개를 끄덕였다.

"허, 너 정말…… 대단한 여자다."

"……."

"어떻게 그렇게 감쪽같이."

"미안해. 그 외엔 할 말이 없어."

짓누르는 무거운 공기에 질식할 것만 같았다. 그간 혁준이 이해해줄지도 모른다고 일말의 기대를 했는지도 몰랐다. 화재 사건은 너무나도 어릴 적에 벌어진 일이고 그것은 자신의 잘못이 아닌, 불행한 사고일 뿐이었다. 연아는 혁준이 다짜고짜 비난부터 하는 것이 아니라, 어찌 된 일인지 자초지종을 먼저 물어보길 바랐다.

"내가 많고 많은 여자 중에 왜 너랑 결혼하려고 했는지 알아?"

생뚱맞은 질문에도 연아는 시선을 피한 채 조용히 고개를 흔들었다.

"사랑해서? 첫눈에 반해서? 웃기지 마. 우리 나이에 그런 게 어딨어."

"……."

"문제 안 일으킬 거 같아서 그랬어. 평범하고 무난해서. 얼굴도 그만하면 괜찮고 은행원이란 직업도 나쁘지 않고. 집이 어려운 거야 오히려 기우는 결혼이니 좀 힘든 일 있어도 얌전히 있을 거라 생각했고, 우리 엄마랑 민경이한테도 잘할 거라 생각했어."

연아 자신이 돈과 지위를 보고 혁준을 선택한 만큼, 혁준 역시 자신의 조건과 처지를 보고 판단했으리라 짐작은 했었다. 하지만 이렇게 적나라한 말을 대놓고 들으니 상처가 되는 것도 사실이었다.

"그런데 결혼도 전에 이런 문제를 일으켜? 뭐, 불륜? 그것도 같은 지점 차장이랑?"

혁준의 말에 연아가 고개를 번쩍 들었다. 혁준은 이제껏 그 화재 사건에 대해 말하는 것이 아니었다.

"무슨 소리야? 불륜이라니?"

"오늘 저녁에 어머니가 모임 갔다가 새파랗게 질린 얼굴로 돌아오셨어. 왜 그러냐고 물었더니, 지인분께 너에 대한 소문을 들으셨대. 네가 같은 지점의 기러기 생활하는 차장이랑 불륜 관계라고."

"그건 사실이 아냐!"

연아는 질겁한 얼굴로 펄쩍 뛰었다. 그리고 팔을 내저으며 고 차장과의 불륜 소문에 대한 오해를 설명하기 시작했다. 하나를 도와준 바람에 장성재에게 찍힌 일부터, 고 차장과 술을 하게 된 일, 고 차장의 이혼, 하나와의 연애까지. 혁준은 이야기를 다 듣고도 돌처럼 굳은 얼굴을 풀지 않았다. 변명이라고 생각하는 걸까? 믿지 않는 걸까? 속을 알 수 없는 그가 낯설게 느껴졌다.

혁준은 한참 동안 무표정으로 컵에 매달린 물방울을 응시하다가 입을 열었다.

"일단은 네 말, 무슨 말인지 알겠어. 그렇다고 널 백프로 믿는 건 아니야. 고 차장이란 사람과 짜고 거짓말하는지도 모르는 거니까."

"고 차장님과 하나 씨하고 같이 만나서 얘기를 들어보면 내가 거짓말하는지 아닌지 알 수……."

"연아야. 그건 모르겠고, 난 사람 믿지 않아. 너도 물론이고. 날 아직도 모르겠어? 내가 믿는 건 사람이 아니라 증거야. 그러니까 통화, 문자 내역하고 카드 명세서 뽑아 가지고 와. 그래야 네 말이 사실인지 아닌지 파악할 수 있을 것 같으니까."

연아의 눈가가 파르르 경련이 일 듯 떨렸다.

"그런 얘기 왜 진작 안 했어? 힘들었겠네."

위로도 도움도 바라지 않았다. 그저 자신의 말을 믿어주길 바랐는데 혁준은 자신을 전혀 믿지 않고 있었다.

혁준은 떨고 있는 연아를 내버려 둔 채 소파에서 일어섰다.

"어머니께는 내가 얘기하겠지만 믿으실진 모르겠다. 나조차 널 믿을 수 없으니."

18. 네가 없는 현실

"이연아, 여기 이연이 어딨어? 야, 이연아! 나와!"

응접실에 성난 고함 소리가 쩌렁쩌렁 울려 퍼졌다. 상담실에서 정기 예금 만기 고객과 상담을 하던 연아에게까지 들릴 만큼 큰 목소리였다. 귀에 익은 목소리에 연아는 고객에게 양해를 구하고 상담실 문을 나섰다. 아니나 다를까, 정숙이 성난 황소처럼 콧김을 내뿜으며 곧장 다가왔다.

쫘—악! 쫘—악! 한 번 더 쫘—악!

눈앞이 핑 돌 만큼 얼얼한 아픔과 몸이 휘청거릴 만큼 강한 충격이 었다. 정숙이 달려와 연아의 빰을 사정없이 후려친 것이다. 정숙은 그러고도 분이 풀리지 않은 모양이었다. 악다구니를 쓰며 핸드백을 휘둘러 연아의 머리며 등을 마구 때리기 시작했다.

"어디서 이런 걸레 같은 년이! 종년처럼 납작 엎드려 살 줄 알고 결혼 허락해줬더니! 뭐? 불륜? 너 따위가! 너 따위가 어떻게 감히 우리

아들한테! 엉?"

"어머니, 왜 이러세요? 이러지 마시고 진정하세요."

한바탕 시끌벅적한 난리에 지점장과 옥 차장이 뛰어나와 정숙을 말렸다.

"놔! 이거 놓으라고! 내가 이 걸레 같은 년한테 속은 게 분해서! 어떻게 내 얼굴에, 우리 아들 얼굴에 이렇게 먹칠을 할 수가 있어? 네깟 년 때문에 내가 어제 모임에서 얼마나 수모를 당했는 줄 알아!"

"그 소문 사실 아니에요. 다 오해입니다! 고 차장한테 사실 다 들었습니다. 이거 놓으시고 진정 좀 하세요!"

지점장과 옥 차장이 여전히 핸드백을 휘두르는 정숙의 팔을 붙들었다. 눈이 돌아간 채 길길이 날뛰는 정숙의 귀에 오해라는 얘기는 들리지도 않는 듯했다. 지점장과 옥 차장은 정숙을 거의 끌다시피 하며 지점장실로 데리고 갔다.

"내가 진짜 낯 뜨거워서! 아이고, 이제 얼굴을 어떻게 들고 다니라고! 내가 저년, 저년 때문에⋯⋯! 어디서 저런 년을 데리고 와서⋯⋯ 아이고 아이고."

정숙은 지점장실로 들어가면서도 아이고, 아이고, 하며 곡소리를 냈다. 연아는 응접실을 오가는 고객들의 사나운 시선을 한몸에 받으며 새빨개진 얼굴로 서 있었다.

"이 대리, 얼른 상담실로 들어가. 보는 눈이 많아."

지점장실을 나온 옥 차장이 넋이 나간 연아를 상담실 안으로 데리고 들어갔다.

"차장님⋯⋯."

고 차장은 승진자 시험을 마치고 돌아와 이혼 사실과 장하나와의 연애 사실을 알렸다. 하지만 지점 사람들의 태도는 그다지 달라지지 않았다. 이 한바탕 시끄러운 소란이 모두 행동거지를 잘못한 연아의 탓이라는 듯, 여전히 질책에 찬 눈길을 거두지 않았다.

"이게 정말 무슨 난리래? 이제 조용히 넘어가나 했더니. 이래서야 본점 인사부 감찰반 귀에까지 들어가게 생겼어. 게다가 여기저기 소문 다 나서 VVIP 고객들 전부 지점 옮기는 거 아냐?"

옥 차장은 연아보다는 앞으로 닥칠지 모를 자신의 손해를 더욱 걱정하고 있었다.

"차장님, 오해 다 풀렸잖아요. 고 차장님 오셔서 오해 다 해명하고⋯⋯."

"연아 씨 바보야? 사람들이 그따위 해명을 기억할 것 같아? 사람들은 그런 거에 관심 없어. 사람들은 그냥 불륜 사고가 일어난 지점, 이렇게밖에 기억을 안 할 거라고."

"차장님, 어떻게 그렇게 말씀하실 수가 있어요? 전 조금도 걱정 안 되세요? 제가 얼마나 억울한지⋯⋯."

그제야 옥 차장은 연아에게 눈길을 주었다. 연아는 울면 이 억울한 일에 지는 것만 같아 절대 울지 않겠다고 다짐했었다. 하지만 두 눈에서는 이미 눈물이 펑펑 쏟아져 나오고 있었다.

"직장이야. 어디서 질질 짜?"

옥 차장의 매정한 말에 연아는 손등으로 거칠게 눈물을 닦아냈다.

"흐윽."

"보는 눈도 있으니 오늘은 들어가. 지점장님께 말씀드릴 테니."

냉기를 뿜으며 돌아선 옥 차장은 "아, 진짜 이 일을 어떻게 하지."라고 중얼거리며 짜증스럽게 상담실을 빠져나갔다.

어느덧 해 질 녘이면 찬 바람이 불었다. 연아는 불그스름하게 변하기 시작한 가로수를 바라보며 무작정 거리를 걷고 있었다. 내쫓기듯 지점을 나왔지만 갈 곳이 없었다. 윤새와 호윤의 얼굴이 떠올랐지만 지금은 그 누구와도 만나고 싶지 않았다.

정처 없이 헤매던 연아의 발길이 어느새 뚜렷한 목적지를 향하고 있었다. 멀리 오르막길 위에 자리한 세현 고등학교 정문이 보이자 연아의 눈시울이 붉어졌다. 없을 게 분명한데도 꼭 저곳에 가면 그 아이가 있을 것만 같았다.

"이연아. 얼굴 왜 그래? 누구한테 맞았어? 누구야? 누가 네 얼굴 이따위로 만들어놓은 거야?"

대신 길길이 날뛰며 화를 내줄 것 같았다.

"아팠지? 얼굴 빨개진 것 좀 봐. 이러다 얼굴에 상처 남는 거 아냐?"

커다란 손으로 양 뺨을 감싸 쥐며 자기가 맞은 것보다 더 아픈 표정을 지을 것만 같았다.

"지훈아, 나 억울해. 억울해 죽겠어."

"아주 나쁜 새끼들이네. 네 잘못 아니란 걸 알면서 어떻게 그래? 내가 가서 한번 다 뒤엎어 버릴까?"

"나 진짜 고 차장님하고 아무 사이 아니란 말이야. 넌 내 말 믿지?"

"당연하지! 말이라고 해? 내가 그런 소문 따윌 믿을 거 같아? 네가 아니라고 하면 아닌 거지."

"지훈아."

"바보같이. 그래서 기죽었어? 바보야. 그딴 일로 왜 기죽고 그래. 너 잘못한 거 없잖아. 당당하게 어깨 펴. 죄지은 사람처럼 주눅 들지 마."

"지훈아……."

"너 잘못한 거 없어. 네 잘못 아니야."

"보고 싶다."

속에서 끓던 것이 눈물이 되어 가득 차올랐다. 썩어 문드러져 엉망진창이 되고, 너덜너덜해진 참담한 마음속에서 더 큰 그리움이 뭉실뭉실 피어났다. 지훈이라면 그렇게 말해줄 것만 같았다. 네 잘못 아니라고. 넌 잘못한 것 없다고. 나쁜 건 그네들이라고. 내가 혼내주겠다고.

고약한 성질머리로 씩씩대며 속이 시원해질 만큼 행패를 부려줄 것 같았다.

"지훈아, 너 어딨는 거야. 보고 싶다. 보고 싶어."

보고 싶다고 입 밖으로 내뱉고 나니, 인정해버리고 나니, 몰려드는 그리움에 잠식당할 것만 같았다. 모두가 등을 돌려버린 현실 속에 그 아이가 없다는 것이 견딜 수가 없었다.

"보고 싶어. 왜 없는 거야……."

14년 동안 잊으려고 애썼지만 잊지 못했다. 내내 알고 있었지만 그 아이가 죽고 없다는 사실이 지금처럼 아프게 다가온 적이 없었다.

얼마 전까지만 해도 눈앞에 네가 있었는데, 환하게 웃는 네가 있었는데. 왜 지금 내 옆에 없는 거야.

연아는 흘러내리는 눈물을 닦지도 않고 학교 정문을 향해 오르막길을 올랐다. 아직 6시. 12시가 되려면 한참이나 남았지만 다른 곳에서 기다리다 오겠다는 생각조차 들지 않았다. 연아는 왼편 운동장 끝에 위치한 등나무 벤치에 자리를 잡고 앉았다. 그러고는 핸드폰의 풍향 앱을 켠 후, 화면 속 깃발이 동풍에 휘날릴 때까지 망부석처럼 그냥 그 자리를 지켰다.

댕— 하나, 댕— 둘, 댕— 셋, 댕— 넷.

연아는 괘종 소리를 따라 계단을 하나씩 올랐다. 오늘만큼 간절하게 과거로 가길 염원한 적도 없었다. 연아는 한 번 더 조건들을 되짚어 봤다.

동풍, 오른발, 12시.

몇 번이나 확인했던 조건들이라 새삼 틀릴 리 없었지만 그래도 행여나 하는 마음이 들었다. 오늘 과거로 가 지훈을 보지 못하면 견딜 수 없을 것 같았다.

댕— 아홉, 댕— 열, 댕— 열하나.

'제발……'

심장이 무섭게 요동쳤다. 지나친 긴장감에 발이 꼬여 계단을 헛디딜 것만 같았다.

댕— 열둘. 열셋.

계단 틈 사이로 천천히 새하얀 빛이 새어 나오기 시작했다. 연아는 천천히 눈을 감았다.

'지훈아.'

한참 동안 눈꺼풀 너머로 강렬한 빛의 파동이 느껴졌다. 이윽고 빛이 사그라지자 연아는 천천히 눈을 떴다.

제일 먼저 가방을 멘 아이들이 계단을 급하게 오르는 모습이 보였다. 등교 시간에 늦은 모양인지, 한 무리의 아이들이 계단을 한 번에 두세 개씩 오르고 있었다. 여자아이들 등짝에 매달린 루카스, 레스포색, 짝퉁 프라다 가방 등을 보자 비로소 과거로 왔다는 게 실감이 났다.

왔다! 드디어.

가슴 속에 아련한 감격이 뭉클 피어올랐다.

"안 튀어 올라가나. 이연아, 뭘 멍하게 서 있어!"

연아는 귓가를 때리는 서늘한 음성에 뒤를 돌아봤다. 채홍식 선생이 기다란 막대기로 자신의 어깨를 툭툭 치며 계단을 올라오고 있었다. 왜 아이들이 정신없이 뛰었는지 알 것 같았다.

채홍식 선생은 편한 면바지에 체크무늬 셔츠를 입고 있었다. 짧게 자른 머리에, 엄격한 표정이었지만 20대 후반이 채 되지 않은 앳된 모습이었다. 문득 반가운 생각이 들었다.

선생님, 그거 알아요? 나중에 누구랑 결혼하는지.

저만 아는 사실에 연아는 피식 웃음이 나왔다. 그러자 채홍식 선생은 막대기로 연아의 머리를 콩 내리쳤다.

"이게 뭘 잘못 먹었나. 아침부터 왜 이렇게 피식거려? 지금 당장 안 튀어가? 8시 넘은 거 몰라?"

"넵. 알겠습니다!"

안 그래도 잽싸게 튀어갈 참이었다. 지훈의 얼굴이 얼른 보고 싶었다. 그래야 썩어 문드러졌던 마음이 치유될 수 있을 것 같았다. 연아는 부리부리한 눈으로 노려보는 채홍식 선생을 뒤로하고 서둘러 계단을 올랐다. 4층에 도착하자마자 오른쪽 복도 제일 끝에 있는 2학년 12반 팻말이 보였다. 교실로 뛰어가는 내내 가슴이 두방망이질 쳤다.

이 문을 열면, 넌 어떤 얼굴을 하고 있을까. 내 얼굴을 보며 넌 제일 먼저 무슨 말을 던질까.

뒷문을 열자마자 연아는 1분단 제일 끝자리를 향해 시선을 던졌다. 하지만 빈 책상만 덩그러니 놓여 있는 자리에도, 무리 지어 떠드는 아이들 틈바구니에도.

지훈은 없었다.

"넌 알 거 아니야? 네가 모른다는 게 말이 돼?"

4교시 수업이 끝나고 점심시간을 알리는 종이 울렸다. 연아는 건너편 자리의 호윤에게 득달같이 물었다.

"말했잖아. 진짜 모른다고. 핸드폰도 안 받고, 집 전화도 안 받아."

"어제 아무 말도 없었어? 집에 사정이 있어서 오늘 학교에 못 나온다든가, 병원을 간다든가."

"아니, 그런 말 전혀 없었어."

"무슨 일 있는 거 아니야? 대독한테 물어볼까? 결석했다면 그래도 선생님한테는 먼저 연락……."

"연아야."

호윤이 교과서를 세워 들고 책상 위를 탁탁 치며 연아의 이름을 불렀다.

"응?"

"한두 살 먹은 어린애도 아닌데, 무슨 사정이 있겠지. 선생님도 별말씀 안 하시는 거 보면 연락받은 게 있으셨을 테고. 너무 걱정하지 마. 근데 너 오늘 좀 이상하다?"

"내가 뭐?"

"뭐긴 뭐야. 똥 마려운 강아지처럼 지훈이 어딨어? 지훈이 어딨어? 이러고 다니잖아. 너 돈이라도 빌려줬냐? 돈 떼먹힐까 봐 그래?"

호윤 대신 경민이 촐싹거리며 이상한 이유에 대해 설명해주었다.

"진짜 그만 좀 해라, 니네. 하루라도 못 보면 막 눈에 눈병이 생길 거같고 그렇지?"

우태마저 비꼬는 소리를 했다. 연아는 둘을 노려보고는 입술을 작게 깨물었다.

2003년으로 돌아오니 과거의 시간은 두 달이나 흘러, 벌써 7월이었다. 계절은 짙푸른 녹음이 우거지는 여름의 문턱에 들어서고 있었다. 아이들의 교복은 어느새 하복으로 바뀌었고, 후덥지근한 열기와 땀 냄새로 가득 찬 교실 뒤편에는 막중한 소임을 맡은 선풍기 두 대가 탈탈거리며 힘겹게 돌아가고 있었다.

과거로 오면 바로 지훈을 볼 수 있을 거라 생각했다. 언제나처럼 그 자리에 그대로 있을 줄 알았다. 하지만 4교시가 지나도록 지훈의 책상은 내내 비어 있었다.

연아는 다시 핸드폰을 열어 지훈에게 전화를 걸었다. 연결음이 계속됐지만 역시나 기다리는 목소리는 들을 수 없었다.

"안 되겠어. 나 나가서 지훈이 기다리든가, 걔네 집에 가봐야겠어."

연아는 핸드폰을 내려놓고 자리에서 일어나 뒷문을 향해 달려갔다.

"별일 없을 거라니까. 야, 이연아! 허가증 없으면 못 나가는 거 알면서 왜 그래? 하여간 저 새끼들 진짜 유난이야, 유난."

경민이 타박하는 소리가 들렸지만, 연아는 무시한 채 학교 계단을 정신없이 내려갔다. 아이들로 가득 찬 운동장을 가로질러 곧장 정문으로 향하니 경비 아저씨가 어슬렁거리며 자리를 지키고 있었다. 연아는 정문 앞에 서서 언덕길 아래를 내려다봤다. 내리막길 아래 옹기종기 모여 있는 가게들 사이로 드문드문 사람들이 지나쳐 갔다. 하지만 그렇게 보고 싶던 이의 얼굴은 코빼기도 보이지 않았다.

대체 무슨 일이 있는 걸까?

어디 아픈가?

아니면, 집에 무슨 일이라도 생겼을까?

설마 또 엄마가…….

연아는 손톱을 잘근잘근 씹으며 정문 앞을 한참 동안이나 서성였다. 1분에 한 번씩 고개를 삐쭉 내밀어 언덕길 아래를 굽어보곤 발을 동동거리는 통에 경비 아저씨는 신경이 거슬리는 듯 몇 번이나 수위실 밖으로 나와 눈치를 주었다.

전화는 왜 안 받는 거야? 도대체 어디서 뭘 하길래. 제발 지훈아.

연아가 입술을 물어뜯으며 언덕길 아래로 재차 성마른 시선을 내던졌을 때였다. 저 멀리 하복을 입은 남자아이가 통학로를 따라 걸어오고 있었다. 한쪽 어깨에 삐딱하게 가방을 멘, 멀리서도 눈에 띨 만큼 키가 크고 체격이 좋은 남자아이였다.

"하. 하아…….."

멀어서 흐릿하게 보이던 모습이 점점 뚜렷한 형체로 나타나자 눈물이 날 것만 같았다. 가슴이 들썩였고, 울음이 뱃속 아래부터 차올랐다. 숨이 턱턱 막히고 심장이 쥐어 짜이는 것 같았다.

지훈아…….

한 손은 주머니에 찔러 넣고, 다른 한 손으로 뒷머리를 헝클고 있는 지훈을 보자 속에서 기어이 탁, 하고 뜨거운 것이 넘쳐흘렀다. 연아는 감정을 주체하지 못하고 정문을 지나쳐 언덕길을 뛰어 내려갔다.

"학생! 어디 가? 이러면 무단 조퇴야!"

경비 아저씨가 막대기를 휘두르며 불러댔지만 연아는 아무것도 들리지 않았다.

다다다다닥.

실내화가 바닥을 치는 소리가 세차게 울렸다. 오르막길을 올라오던 지훈이 고개를 들었다. 그러곤 자신을 향해 뛰어오는 연아를 발견하고 놀라 입을 벌렸다. 연아는 속도를 이기지 못하고 지훈의 품에 세게 안겼다. 지훈의 가슴에 그대로 부딪쳤다고 해도 좋을 것이다. 연아는 지훈의 등 뒤로 팔을 감아 안고는 그의 가슴에 얼굴을 묻었다. 셔츠 너머로 쿵쿵하는 심장 소리가 귓가에 바로 전해졌다. 따뜻한 피가 그의 몸속을 돌고 있다는 생명의 소리, 그가 살아 있다는 증거.

이 소리를 듣고 싶었다.

"이연아, 왜 그래? 너 무슨 일 있었어?"

지훈은 양팔을 넓게 벌리곤 제 가슴에 대롱대롱 안겨 있는 연아를 내려다봤다.

"······아냐."

연아는 고개를 지훈의 가슴에 더 깊이 파묻으며 웅얼거렸다. 여전히 말소리보다 심장 소리가 귀에 더 크게 들렸다.

"아니긴 뭐가 아니야. 울었는데. 왜 그래? 무슨 일이야?"

그토록 듣고 싶었던 말들, 생각만 했던 말들이 지훈의 입을 통해 흘러나왔다.

"누가 울렸어? 어떤 새끼야? 엉?"

"있어. 저기······ 저기에."

"누구? 누군데? 어떤 새끼가? 너한테 뭐라고 했길래 네가 이래!"

흥분한 지훈이 연아를 품에서 떼어 어깨를 붙잡고는 얼굴을 살폈다.

"너 맞았어?"

정숙에게 뺨을 세 번이나 맞은 터라 아직까지 빨갛게 부어 있었던

모양이었다. 정작 연아 자신은 잊고 있었던 사실이었는데, 지훈은 금
방 알아봤다.

"어떤 새끼야? 누구야!"

지훈의 목소리가 부들부들 떨렸다.

"알면 네가 가서 혼내 주기라도 할 거야?"

"당연하지. 다 죽여버릴 거야. 말만 해. 내가 가만둘 거 같아? 엉?"

말도 안 되지만, 정말 지훈이라면 그렇게 해줄 것 같았다.

한참 동안 욕을 퍼붓고 씩씩거리더니 지훈은 손으로 연아의 뺨을
감쌌다. 커다랗고 따뜻한 손이었다.

"아팠지?"

연이기 고개를 끄덕였다.

"흉 지는 거 아냐? 긁힌 자국도 있는데."

지훈이 연아의 고개를 돌려가며 이리저리 얼굴을 살폈다.

"모르겠어."

"괜찮아. 상처 좀 생기면 어때? 어차피 내가 데려갈 건데."

연아가 피식 웃었다.

"그럼 흠집 좀 났다고 안 그럴 줄 알았어? 꿈 깨. 너 내 거 된 지 오
래야."

확신에 찬 그의 음성이 귓바퀴를 타고 흘러들어왔다.

"일단 양호실부터 가자. 긁힌 데 약 바르고 얼굴 찜질하면 금방 가
라앉을 거야."

지훈은 연아의 손을 잡고 천천히 오르막길을 올랐다. 지훈의 손에
이끌려가면서 바라본 그 애의 어린 등이, 세상 모든 해악으로부터 자

신을 지켜줄 수 있을 만큼 크고 강인해 보였다.

"내 저 바퀴벌레 새끼들 저럴 줄 알았다. 오전에 잠깐 못 본 것 가지고 아주 난리 난리를 치더니 또 저러고 딱풀로 붙여놓은 것처럼 붙어 다니네. 아주 징글징글해."

경민은 교실 창가에 서서 연아와 지훈을 바라보며 투덜댔다. 둘은 운동장을 가로질러 들어오는 중이었다. 옆에 선 호윤에게선 아무런 대꾸가 없었다.

"류지훈, 저 새끼는 졸업하면 이연아랑 나가 살겠다더라. 아주 지롤들을 하고 있어요."

"지훈이가 그래?"

비로소 호윤이 경민을 돌아봤다.

"지 혼자 생각이지, 뭐. 어쨌건 그래서 저 새끼 요즘 피 터지게 공부하고 있잖아. 지네 아부지 도움 안 받고 살려고 대학도 장학금 받을 수 있는 데로 간다고 하고. 같은 대학 들어가서 둘이 자취하면서 신방 차리겠단다. 아주 꿈도 야무져. 하여간 현실성 없는 새끼."

지훈은 얼마 전부터 종종 졸업 후에 대해 지껄이곤 했다. 졸업하자마자 연아와 결혼을 하겠다느니, 장학금 받는 대학을 가야겠다느니 하는 소리들이었다. 그럴 때마다 호윤은 허튼소리라 생각하며 흘려들었지만 지훈은 나름 진지하게 생각하고 있었던 것이다. 또다시 느껴버린 패배감에 호윤은 가슴 한구석이 욱신했다.

연아에 대한 마음도, 행동력도, 지칠 줄 모르는 열정도, 모두 자신보다 지훈이 훨씬 앞서 있었다. 사랑보다는 우정이 우선이라 생각하여 지레 먼저 연아를 포기해버린 자신이 아닌가. 마음의 크기부터 지훈에게 한참 밀려 있으니, 이제 와 이런 웃자란 감정을 느낀들 소용없는 일이었다.

"그래도 어떻게 보면 쟤네 천생연분이야? 이연아 덕분에 류지훈 새끼 진짜 많이 변하기는 했잖아. 성질도 많이 죽이면서 살고. 애들하고 싸우지도 않고. 미래 계획도 세우고. 이연아가 짐승보다 못한 놈 인간 만들어놨지, 뭐. 예전엔 그야말로 뭐랄까, 들판에 풀어놓은 들개 한 마리 같았잖아."

"그렇지. 진짜 류시훈, 많이 인간다워졌다."

"생각해봐. 우리 중3 여름쯤이었나, 쟤네 엄마 일 터지고 쟤 한창 폭주했을 때."

호윤은 경민의 말에 그 시절을 잠시 머릿속에 떠올렸다. 그때는 자신과 경민, 우태도 지훈에게 함부로 말을 걸지 못했다. 흉흉한 눈빛에, 누구든 건드리면 큰일 날 듯한 사나운 기운을 온몸으로 내뿜던 시기였다.

"어쩌면 그래서 류지훈 새끼가 저렇게 연아한테 집착하는지도 모르겠다. 새끼 오리가 알에서 깨어나자마자 본 사람을 엄마라고 생각하는 것처럼, 애정결핍인 저 새끼한테는 이연아가 전부일지도 몰라."

"……."

"하여간 난 진짜 쟤네 늙어 죽을 때까지 지금처럼 죽고 못 사는지 두 눈 똑바로 뜨고 지켜볼 거다. 옆에서 여태 시각 테러당하면서 별의별 꼴 다 본 게 억울해서라도 말이야."

"나도. 나중에 이혼한다, 갈라선다 하기만 해봐. 류지훈 새끼, 아주 죽도록 패버릴 거니까."

그래, 자신의 역할은 딱 여기까지다. 형제보다 더 가까운 친구와, 한때나마 좋아했던 아이가 죽을 때까지 붙어사는 걸 옆에서 지켜보는 것. 가끔 이렇게 속이 쓰리기야 하겠지만 그것이 제 역할이라 생각하니 호윤은 마음이 조금 편해졌다.

"그래, 그때 나도 좀 불러라. 류지훈 새끼 나도 한번 좀 패보자."

호윤은 심드렁하게 말하며 창밖을 향해 거듭 시선을 던졌다. 연아와 지훈은 서로 밀고 잡아당기고 하며 장난을 치고 있었다. 햇볕이 쨍쨍한 운동장에서 누구 하나가 도망치듯 달려가면 다른 하나가 쪼르륵 뒤를 쫓았다. 도망가는 쪽도 쫓는 쪽도 모두 시늉뿐이었다.

"으휴, 저것들. 류지훈, 저게 저렇게 이연아 싸고도니까 이연아가 여자친구들을 못 사귀지."

"그래도 요즘은 좀 나아지지 않았어? 박서정하고도 친해진 것 같고."

"여자들의 메커니즘이란 그런 게 아니더라고. 같이 매점도 가고, 같이 화장실도 가고, 비밀 얘기도 해야 하는데. 이연아한테는 저 자식이 24시간 딱 달라붙어 있으니 윤새, 다정이 외에 다른 친구가 생기겠어? 모르긴 몰라도 속으로 욕하는 여자애들도 꽤 될 거야, 아마."

경민의 말에 불현듯 어떤 생각이 호윤의 머리를 스쳤다.

"그래서 그런 건가?"

"뭐가?"

"앨리스 말이야."

호윤의 말에 경민의 얼굴이 순식간에 굳었다. 하지만 호윤은 경민의 이상 반응을 깨닫지 못했다.

"뭐? 아⋯⋯. 그 앨리스?"

"요즘 다시 소문 돌기 시작하더라. 그 채팅방 앨리스 있잖아."

"⋯⋯무슨 소문?"

"5월 달에 이연아가 자기한테 원조 교제 누명 씌운 범인 잡겠다고
PC방에 죽치고 있던 거 기억나?"

"어. 그럼, 기억나지."

"그때 연아가 범인 잡겠다고 회사원인 척 그 채팅방에 들어가서 앨
리스랑 만나기로 했었잖아. 그런데 결국 그 앨리스는 안 나왔고."

"그랬었지."

"근데 그 후로 갑자기 소문이 뚝 하고 사라지고는 연아도 별다른 말
없었어. 그래서 나도 소문이 잠잠해졌으니 연아도 참고 넘어가려나 보
다 했는데."

"⋯⋯그런데?"

경민의 대답이 한 템포 느려졌다. 평소와는 사뭇 다른 모습이었다.
촐싹대고 방정맞은 경민은 늘 상대방의 말이 끝나기도 전에 자신의 말
을 다다다다 쏟아내곤 했었다.

"요새 다시 슬금슬금 그 소문이 돌기 시작하더라고. 그래서 내가 한
동안 스카이러브에 들어가서 둘러봤거든. 혹시 또 그 앨리스의 채팅방
이 있나. 그런데 채팅방은 없었어. 채팅방에는 안 나타난 것 같은데 대
체 어디서 소문이 돌기 시작하는지 몰라."

"그, 그래?"

둘의 대화가 잠시 끊긴 사이, 호윤이 고개를 돌려 시선을 부딪쳐왔다.

"근데 넌 누구일 거 같냐?"

"글쎄. 아마 우리 학교 학생일 테지?"

"대체 누가 이연아한테 원한이 있어서 이연아 행세까지 하면서 그
따위 채팅방을 열었겠냐고."

"나야 모르지."

"확실한 건 하나 있어."

"그게 뭔데?"

"그때 채팅방에 있던 앨리스는 우리 반 여자애가 틀림없다는 거야."

"그걸 네가 어떻게 알아?"

"기억 안 나? 앨리스가 그때 그랬었잖아. '옵빠~ 옵빠 진짜 너무 재
밌다. 우리 반 주접이보다 더 웃겨여.'"

호윤은 어울리지도 않게 채팅방에 올라왔던 여자아이의 말투를 흉
내 냈다.

"근데 그게 뭐?"

"야, 왜 자꾸 그래? 우리 반 주접이, 그거 너잖아."

19. 또다른 용의자

연아는 지훈과 손을 잡고 함께 본관 중앙문으로 들어섰다. 뜨거운 땡볕 아래에서 한참 동안 장난을 친 후라 화장실에 들리려던 참이었다.

멀리 보이는 누군가의 모습에 연아가 멈칫했다. 자현이 1층 복도에 서서 책을 끌어안은 채 어딘가를 바라보고 있었다.

"지훈아, 잠시만. 너 먼저 올라갈래? 나 자현이 좀 보고 갈게."

"응. 허튼짓하지 말고 바로 올라와."

지훈이 눈을 가늘게 치켜뜨며 말했다.

못 살아, 저 의심병 환자.

지훈은 가방을 고쳐 메고는 성큼성큼 긴 다리로 계단을 올랐다. 지훈이 그리워 순간적으로 울컥하는 마음에 과거로 왔다. 하지만 연아 자신에게는 여전히 할 일이 있었다. 미래의 자현이 말해준 대로 자신에게 원조 교제 누명을 씌운 범인을 찾아야 했다.

지훈이 시야에서 사라지자 연아는 자현을 향해 걸어갔다. 자현은 다가오는 기척도 느끼지 못하고 엄청난 집중력으로 무언가를 응시하고 있었다. 자현이 뚫어져라 바라보고 있는 곳은 교무실 안이었다. 시선을 따라가자 아니나 다를까, 교과 준비 중인 채홍식 선생의 뒷모습이 보였다. 눈동자만 봐도 알 수 있었다. 그저 풋내 나는 가벼운 감정이 아니라는 것을. 어쩌면 앞으로 10년을 넘게 품을 마음이었다. 미래의 자현이 말한 첫사랑의 열병이라는 것이 어떤 것인지 실감이 났다.

그때 채홍식 선생이 자리에서 일어나더니 교무실을 빠져나왔다. 그 바람에 자현이 움찔하는 기색이 느껴졌다. 채홍식 선생은 교무실 앞에 서 있던 자현과 연아를 발견하고는 손에 든 막대기로 자신의 어깨를 툭툭 치며 엄한 표정을 지었다.

"최자현 이연아, 지금 몇 시냐?"

"5교시까지 10분 남았는데요. 아직 점심시간이에요."

자현이 톡 쏘는 말투로 대답했다. 얼굴엔 어느새 매사에 불만 가득한 여고생의 가면을 쓰고 있었다.

"그래도 지금 가서 준비들 하고 있어야 하지 않. 겠. 냐."

채홍식 선생은 '않겠냐'라는 말을 스타카토 식으로 끊으며 둘의 머리를 번갈아 막대기로 통통 쳤다.

"아, 진짜! 머리 때리면 머리 나빠지는 거 몰라요?"

인상을 구긴 자현이 머리를 문지르며 버럭 대들었다. 별로 세게 맞은 것도 아닌데 반응이 과했다.

"더 이상 나빠질 머리라도 있냐?"

"선생님 때문에 머리 나빠지면 책임지실 거예요? 그리고 저 여기 임아랑 선생님께 국어 물어보러 온 거거든요?"

"넌 그렇게 맨날 임 선생님 찾아오면서 국어 성적은 왜 그 모양인데?"

"뭐예요? 선생님, 제 국어 성적도 본 거예요?"

"이놈아, 임아랑 선생님이 하도 한숨을 푹푹 쉬어서 누구 점수인가 하고 봤다. 공부 좀 해라, 공부 좀. 한 번 물어본 건 좀 외우고. 하여간 이건 나중에 누가 데려갈까 몰라."

글쎄요, 아마 선생님이 데려갈걸요?

채홍식 선생은 두 사람을 무심하게 지나쳐 복도를 걸어갔다. 자현은 막대기로 맞은 머리를 문지르며 아련한 얼굴로 한참 동안이나 그의 뒷모습을 바라봤다.

"안 들어가?"

연아가 묻자, 정신이 번뜩 돌아온 듯 자현이 '뭐?'라는 얼굴을 해 보였다.

"채홍식 선생님한테 그랬었잖아. 국어 물으러 왔다고."

"아, 그거? 아냐, 됐어. 벌써 다 알았어."

자현은 귀찮은 듯 연아를 내버려 두고는 복도를 걸어갔다. 연아 역시 곧장 자현의 뒤를 쫓았다.

"나, 다 알아."

"뭘?"

자현은 연아를 바라보지도 않은 채 빠르게 복도를 걷고 있었다. 연아가 뭘 알고 있는지는 전혀 상관없다는 태도였다. 연아가 한발 앞서 걷던 자현의 팔을 잡아챘다.

"너 채홍식 선생님 좋아하는 거, 채홍식 선생님 소개로 너 밴드 하는 거, 네가 원더랜드의 앨리스고, 밴드 연습실에서 옷 갈아입다 중국

집 배달원에게 들키는 바람에 원조 교제 소문난 거."

서론 따윈 개나 줘버렸다. 연아는 다다다다 비밀 한 무더기를 폭격기처럼 쏟아냈다. 무방비한 상태로 두들겨 맞은 자현의 눈이 휘둥그레졌다.

상상도 못했겠지.

"너, 너…… 어, 어떻게."

어떻게 알긴 어떻게 알아, 미래의 너한테 들었지.

"너 지금 무슨 생각인지 알아. 원조 교제 따윈 없었고, 모든 게 오해라고 해명해버리면, 채홍식 선생님에게 폐가 될까 봐 계속 입 다물고 있는 거잖아."

"대체 어떻게……."

"근데 너 그러면 진짜 후회한다. 14년 동안 아마 끔찍하게 후회할 거야."

"무, 무슨."

사람이 너무 놀라면 말문이 막힌다고 했던가. 자현의 모습이 딱 그 꼴이었다. 들숨이 목구멍에 걸린 듯 제대로 숨조차 쉬지 못하고 있었다.

"그러니까."

"……."

"너, 나 좀 도와줘야겠다."

용의자 1이 조력자 1로 변하는 순간이었다.

"난 모른다니까."

지하 1층 음악실. 가시 박힌 날카로운 음성이 텅 빈 공간에 메아리쳤다. 연아는 이제 막 범인을 찾도록 도와달라는 말을 꺼내놓은 참이었다. 하지만 자현에게서는 단박에 모른다는 말이 튀어나왔다. 충격과 궁금증 때문에 따라오긴 했지만 이 일에 관여하고 싶지 않은 마음이 더 큰 것 같았다.

"네가 모르면 누가 알아?"

"아니, 넌 왜 내가 알 거라고 생각하는데?"

"채팅방에 나타난 앨리스가 가짜라는 거, 넌 한순간에 알아봤을 테니까. 그리고 그때부터 학교를 다니는 내내 계속 누구일지 의심하면서 관찰했을 테니까."

정곡을 찔린 모양인지 자현이 입술을 깨물었다.

처음엔 식겁했겠지. 배달하던 남자아이가 오해한 상황이 원조 교제 소문으로 변질되어 퍼져 나갔을 때. 채팅방에 가짜 앨리스가 나타났을 때는 또 한 번 기절할 듯 놀랐을 것이다. 그러면 권준석이 채팅방의 앨리스가 이연아라고, 채팅방을 통해 원조 교제를 할 남자를 구하는 거라고 나불댈 때는 어땠을까. 죄책감이 마음 한구석에서 자라는 동안 이러한 의문 역시 무럭무럭 피어올랐을 것이다.

'대체 누구지? 누가 가짜 앨리스지?'

그래서 자현은 오소라와 함께 채팅방 앨리스에 대한 소문을 들었을 때, 그토록 오묘한 표정을 지었던 것이다. 오소라가 14년 후에도 기억할 만큼 이상한 표정을.

"그래, 맞아. 애들 계속 지켜봤어. 대체 누가 너에게 누명을 씌운 건지, 누가 너에게 악의를 가지고 있는지."

자현은 의외로 쉽게 실토를 했다. 비밀은 혼자 마음속에 가지고 있을수록 더 은밀하게 부피를 키워나가는 법이다. 자현에게도 누군가에게 털어놓고 후련해지고 싶은 마음이 있었을 것이다.

"그래서 의심 가는 애가 있어?"

"몇 가지 생각은 해봤지. 대체 누가 너에게 악의를 가지고 있을까. 누가 널 그렇게까지 미워할까."

"……."

"너 역시 비슷한 생각을 했을지는 모르겠지만, 가장 먼저 떠오른 건 류지훈하고 관련된 거였어."

"지훈이?"

"류지훈 인기 많잖아. 걔 좋아하는 여자애들도 많고. 그렇다면 소문을 너한테 뒤집어씌워서 너랑 헤어지게 만들어야겠다, 이렇게 생각한 여자애도 있지 않을까 싶었어."

"지훈일 좋아하는 여자애들이 그렇게 많아?"

1학년 후배들이나 몇몇 여자아이들이 지훈을 추종한다는 건 알고 있었다. 하지만 그저 단순히 연예인이나 아이돌을 좋아하는 것 같은 동경의 마음이라 생각했다. 누군가가 자신을 연적으로 여길 만큼 이성적으로 지훈을 좋아한다곤 생각지도 못했다.

"뭐야, 가진 자의 여유야? 하긴 누가 너한테 이런 얘길 해주겠어. 지훈이 좋아하는 여자애들 많아. 그것도 아주."

비로소 자현의 추측이 맞을 수 있다는 생각이 들었다. 순수한 악은 순수한 선과 가깝다고 했던가. 18살. 새하얄 만큼 순수한 악의로 똘똘 뭉친 아이들은 죄책감도 없이, 오로지 하나의 목적을 위해 그런 일을 충분히 저지를 수 있었다.

"그래서 네가 생각하기에, 나한테 누명을 씌울 만큼 지훈일 좋아하는 애는 누군데?"

자현은 애꿎은 사람을 범인으로 만들까 봐 주저하는 듯했다. 하지만 재촉하는 연아의 눈빛에 어렵사리 말문을 열었다.

"배우리. 아마 중학교 때부터 지훈일 좋아했을 거야. 지훈이 좋아한다고 여기저기 광고도 많이 하고 다녔고. 팬클럽 비슷한 걸 만들기도 했다고 들었어."

그녀의 얼굴이 번뜩 떠올랐다. 성격이 활달해 반 아이들과 두루두루 친한 아이였다. 남 일에 관심도 걱정도 많은 오지라퍼이기도 했다. 또래 여자아이보다 키도 덩치도 큰 편이지만, 뚜렷한 이목구비 때문에 살만 빼면 예쁠 만한 얼굴이있다. 에너지가 넘치고 활동적이라 줄곧 농구부 매니저를 맡아왔다. 돌이켜 보니 지난번 체육 시간, 짝피구를 했을 때 지훈과 짝을 하기도 했었다.

"전혀 몰랐어."

"당연하지. 누가 류지훈 여자친구인 너한테 이런 얘길 했겠어? 괜한 오해만 생길 텐데."

연아는 짝피구를 했던 당시의 상황을 반추했다. 지훈의 등 뒤에 매달려 있던 배우리가 어떤 표정이었더라? 자신이 그때 둘을 질투했던 걸 보면 무의식적으로 그런 기운을 느꼈는지도 모른다.

"그래, 알겠어. 배우리가 지훈일 정말 좋아한다는 거. 하지만 배우리가 나한테 원조 교제 누명을 씌울 정도로 교활한 애였어?"

"나도 그 부분을 확신할 수가 없어서 너한테 말 못 했던 거야. 소문을 들어보면, 채팅방에 나타났던 그 앨리스는 거짓말에 굉장히 능수능

란하면서 뻔뻔스러운데 배우리는 그렇진 않은 것 같거든. 할리퀸 소설 좋아하고 그런 거 보면 순수하고 감성이 풍부한 애 같고."

자신의 말에 확신이 서지 않는 듯 자현이 말끝을 흐렸다.

"어찌 됐건 이 모든 사실을 아는 건 너밖에 없어. 최자현, 앞으로 나 좀 도와줘야겠다."

연아는 절실한 얼굴로 자현의 손을 덥석 잡았다. 자신이 알고 있는 사실은 너무나도 한정적이었다. 지훈 패거리와 윤새, 다정 외에 다른 시각에서 새로운 정보를 줄 수 있는 조력자가 절실했다. 자현의 죄책 감에 기대 도움을 요청했기에 그녀가 거절하지 않을 것이란 확신도 있었다. 14년 동안이나 죄책감에 휩싸여 살았던 미래의 자현을 생각하면 서로에게 좋은 일이기도 했다.

"알았어. 뭐, 나도 그동안 입 다문 잘못은 있으니까."

"고맙다. 나도 너 적극 도울게. 서로 돕자."

"네가 나 도울 게 뭐 있다고."

"채홍식 선생님이랑 반드시 잘되게 해줄게."

자현은 시니컬하게 콧방귀를 뀌고는 먼저 음악실을 빠져나갔다.

자현과 따로 떨어져 교실로 돌아온 연아는 눈으로 반 전체를 훑으며 배우리를 찾았다. 배우리는 창가 근처에서 지훈과 얘기를 나누고 있었다. 뭐가 그리 좋은지 광대가 승천할 듯 둥그렇게 솟아있었다. 의식하고 나니 보이지 않던 것들이 보였다. 배우리가 얼마나 열의를 내뿜으며 지훈과의 대화에 집중하고 있는지, 그의 주의를 계속 끌기 위해 얼마나 안달 나 있는지. 그리고…… 창가에 기대어 부서지는 햇살을 등지고 있는 지훈이 얼마나 빛나는지. 그 미소가 얼마나 사람의 시선을 끄는지. 그때마다 자신이 어떤 기분이었는지도.

둘의 모습을 바라보고 있자니 갑자기 심장이 두근대며 머리에 열이 올랐다. 쌕쌕 호흡마저 가빠왔다.

왜 이러지?

연아는 지훈과 배우리를 향해 한 발자국 내디뎠다. 두 사람은 다가오는 기척을 느끼지 못했는지 여전히 대화에 집중하고 있었다.

이게 뭐라고 이렇게 주저하게 되는 거지?

스스로도 이해할 수 없는 마음에 실소를 내뿜으며 연아는 다시 그들 쪽으로 걸어가려 했다. 하지만 이상하게도 발걸음이 떨어지지 않았다. 기분도 무섭게 가라앉았다. 지훈과 배우리 두 사람이 형성하고 있는 유대감을 깨부수고 싶은 충동이 일었다.

서, 설마…….

그래, 그랬었지.

어렴풋이, 잊고 있던 옛 기억이 떠올랐다. 14년 전 껍질을 벗고 나온 매미가 우렁차게 울어대던 여름날이.

그래, 맞다. 예전부터 질투는 자신이 훨씬 더 심했다.

2003년 7월. 18살의 연아가 바람같이 날아 교실 뒷문을 열어젖히며 지훈을 찾았다. 방금 전 조마조마하며 펼쳐본 성적표엔 기대했던 등수가 떡하니 박혀 있었다. 이모는 기말고사 성적이 잘 나오면 여름방학 동안 아이들과 계곡 여행을 가게 해준다고 약속했었다. 성적표가 나오자마자 이모에게 전화를 해 득달같이 허락을 받아낸 연아는 이 기쁜 소식을 지훈에게 가장 먼저 알려주고 싶었다. 그런데 지훈은 배우리와 머리를 맞대고 무언가를 의논하느라 여념이 없었다.

연아는 쏜살같이 지훈에게 달려가 곁에 섰다.

"지훈아, 나 있잖아. 여행 그거, 이모한테 허락받았어!"

"그래? 와, 잘됐다."

지훈은 싱긋 한 번 웃고는 배우리와의 사이에 펼쳐놓은 노트를 향해 시선을 도로 돌렸다. 슬쩍 훔쳐보니, 학교 대항 농구 시합 편성표였다. 여름방학 동안 열릴 농구 시합에 관해 의논하고 있는 모양이었다.

"있잖아, 이모가……."

"어어. 연아야, 잠깐만. 일단 엔트리에 3반 최유성이랑 5반 함진우 추가하자."

"함진우는 얼마 전 다리 삐었잖아. 앤 빼는 게 낫지 않을까?"

"그래? 하여간 이 새끼, 내가 그렇게 얘기해뒀는데."

지훈은 연아의 말을 자르고는 배우리와 의논하는 데 정신이 없었다. 민망함에 얼굴이 달아올랐다. 연아는 울컥하는 마음이 들었지만 둘의 분위기가 심각해 보여 "그럼 나중에 얘기해." 하고는 발걸음을 돌릴 수밖에 없었다.

혼자 하교하는 발걸음이 처량했다. 연아는 우울한 기분에 휩싸여 하루 종일 몸에 힘이 하나도 없었다. 정문을 향해 터덜터덜 걸어가고 있는데 그 앞에 선 지훈의 모습이 보였다. 반가운 마음이 불쑥 고개를 내밀었으나, 살갑게 굴고 싶지 않아 연아는 쌩하니 지훈을 지나쳤다.

"뭐야? 너 어디 갔었어? 쉬는 시간에도 내내 자리에 없고."

말 그대로였다. 연아는 심통이 나 오후 내내 지훈을 피해 다녔다. 지훈이 묻는 그 여상한 말투에도 화가 났다. 연아는 쫓아오며 말을 거는 지훈을 무시한 채 걸음을 재촉했다.

"야, 이연아! 왜 그래? 나한테 화난 거 있어?"

그래, 화가 났다. 하루 종일 속에서 들끓는 감정을 알 수가 없었는데 지훈이 그 감정의 정체를 친히 명명해주자 더 화가 치밀었다.

"너, 왜 그래?"

지훈이 아무 대꾸 없이 걸어가던 연아의 팔을 낚아채자 연아의 몸이 팽그르르 돌아갔다.

"화 안 났는데."

꽉 다문 입술, 찡그린 미간, 딱딱하게 굳은 얼굴, 이마에 써 있는 '화났다'라는 세 글자. 그래 놓고 부정하는 제 말에 연아 스스로 코웃음이 나왔지만 인정하기엔 자존심이 상했다.

"그런데 왜 그런 얼굴이야?"

"내 얼굴이 어떤데?"

"화난 얼굴이잖아."

지훈은 피곤한 듯 얼굴을 찌푸렸다. 순간 연아의 가슴이 덜컹 내려앉았다.

뭐야, 내가 화난 게 그렇게 피곤한 일이야? 변했어, 너 변했다고!

연아는 지훈의 팔을 뿌리치고 그대로 뒤돌아 내달렸다. "이연아!" 하는 소리가 들렸지만, 그는 쫓아오지 않았다.

다음 날, 연아는 지훈에게 다짜고짜 화낸 것에 미안한 마음이 들었다. 등교해서부터는 내내 지훈에게 어떻게 말을 걸어볼까 눈치를 보고 있었다.

그래, 1교시 쉬는 시간에 아무렇지 않게 말 걸자.

쉬는 시간이 되자 연아는 결심하고 화장실을 다녀왔다. 그리고 교실 뒤편에는 서 있는 지훈에게 다가가려는 찰나, 배우리가 먼저 지훈을 불렀다.

"야, 류지훈. 거기서 뭐 해? 우리 대진표 나왔어."

"정말? 어디, 어디? 우리 첫 시합은 누구랑 붙어?"

"북성고."

"진짜야? 아, 젠장. 왜 하필 북성고야. 북성고 주전은 누구래?"

"큰일 났어, 주전이…….."

지훈은 빠른 걸음으로 배우리에게 다가갔고, 둘은 곧 이야기에 빠져들었다. 큰 경기를 앞두고 진지하게 몰두하는 지훈의 모습에 연아는 슬그머니 서운한 감정이 들었다. 그러고 보니 지훈은 1학년 때까지 자는 시간, 공부하는 시간 빼고는 운동만 했다고 종종 이야기했었다.

그럼 그동안 나 때문에 그 좋아하던 운동도 맘껏 못 한 건가?

그렇게 생각하자 연아의 가슴 한편에서 이상한 감정이 꿈틀댔다. 저렇게 들떠 보이는 얼굴, 오랜만이었다. 저 신나는 감정을 자신이 아닌 다른 누군가와 공유하고 있다는 생각이 들자 섭섭해졌다. 연아는 지훈과 배우리의 모습을 한참이나 바라봤다. 갑자기 머리가 지끈거리며 열이 오르기 시작했다. 어제부터 그런 걸 보니 감기인가 싶기도 했다.

"어디 아파? 얼굴이 빨간데?"

호윤이 걱정스레 물었다.

"그래?"

손으로 이마와 뺨을 짚어보니 과연, 정말 열이 나는지 얼굴이 뜨끈 뜨끈했다.

"양호실 가봐야 하는 거 아냐? 넌 참 무슨 한여름에 개도 안 걸리는 감기야?"

"그러게."

"담임한테 얘기할 테니까 빨리 양호실 가봐."

호윤의 재촉에 연아는 자리에서 일어났다. 교실을 나오기 직전 지훈을 한 번 더 돌아봤지만 그는 여전히 배우리와 농구 시합 이야기로 열을 올리고 있었다.

"이연이 어딨어?"

쉬는 시간을 알리는 종이 울리자마자 지훈은 윤새를 붙들고 물었다. 2교시 수업시간, 연아의 자리가 비어 있자 무슨 일인가 싶어 문자를 보냈건만 답이 없었다.

"연아? 지금 아파서 양호실에 누워 있을걸?"

"아파? 어디가? 왜?"

"몰라. 한여름에 무슨 감긴지 열난다고 하던데."

윤새의 말에 지훈이 쏜살같이 뒷문을 빠져나갔다. 양호실에 도착해서 문을 열자, 제일 끝 침대에 커튼이 쳐져 있었다. 시끌벅적한 학교와 동떨어진 조용한 양호실 안, 훌쩍이는 소리가 나지막이 새어 나오고 있었다. 지훈은 침대로 다가가 커튼을 열어젖혔다.

"아파?"

지훈의 목소리에 이불을 머리끝까지 끌어 올린 연아가 움찔하는 기색이 느껴졌다.

"울어? 많이 아파?"

지훈이 재차 물었지만 연아에게서는 아무런 대답이 없었다. 하지만 울음을 참는 건지 끅끅 막힌 소리가 흘러나왔다.

"야, 어디가 얼마나 아프길래 그래? 열난다며."

"……가."

그제야 연아는 울음 섞인 목소리로 웅얼거리듯 대답했다. 귀 기울여 듣지 않으면 알아듣지도 못할 만큼 작은 소리였다.

"너 아픈데 어딜 가라고."

지훈이 이불을 끌어 내리자 열 때문인지, 울어서인지 눈물범벅이 된 새빨간 연아의 얼굴이 드러났다. 연아는 황급하게 지훈의 손을 쳐내고는 다시 이불을 덮고 돌아누웠다.

"아파서 그래. 좀 자면 나아."

연아는 태연을 가장했지만 지훈은 묵묵부답이었다. 잠깐의 침묵의 흐르고 지훈이 의자를 침대 옆으로 끌어당겨 앉았다.

"가라니까!"

연아는 지훈이 이제 와서 걱정하는 척한들 하나도 고맙지 않았다. 교실에서는 안중에도 없었으면서.

"가라고. 가란 말이야!"

왜 그렇게까지 소리를 질렀는지 모르겠다. 그저 화가 났다. 너무너무 화가 나서 연아는 머리 뚜껑이 펑 열리는 느낌이었다.

"아프니까 봐준다. 잠이나 자."

양호 선생이 보던 잡지라도 펼쳐 들었는지 팔랑이며 책장이 넘어가는 소리가 들렸다. 연아는 화가 나고 열이 올라 머리가 욱신거렸다. 하지만 왠지 모르게 나른한 기운에 잠이 몰려오기 시작했다. 얼마 지나지 않아 연아는 까무룩 잠에 빠져들었다.

모처럼 개운하게 단잠을 자서일까. 눈을 뜨니 몸이 개운했다. 이마와 얼굴을 만져보니 뜨끈뜨끈할 만큼 올랐던 열이 조금 내린 것 같았다. 지훈이 앉아 있던 자리는 비어 있었다. 수업을 빠질 순 없었을 것이다. 시계를 확인해보니 어느새 점심시간이 다가와 있었다. 연아는 꼬르륵거리는 배 속 시계를 따라 양호실 문을 열었다. 그런데 지훈이 문 앞에 서 있었다. 4교시 수업이 끝나자마자 달려왔는지 헐떡이는 모습이었다.

"푹 잤어? 이제 좀 괜찮아?"

얼굴을 보니 연아는 말이 곱게 나오지 않았다.

"언제부터 그렇게 나 신경 썼다고."

돌연 다시 열이 오르는 기분이었다. 연아는 이마와 뺨을 손등으로 만져봤다. 아니나 다를까, 역시 뜨끈뜨끈했다.

"왜 또 말을 그렇게 하냐? 뭐야, 아직도 열나?"

"응. 아직 아픈가 봐."

"그렇게 못 참겠으면 그냥 말해. 다른 여자애랑 웃으면서 얘기하지 말라고."

지훈이 대수롭지 않게 얘기하며 앞장섰다. 연아는 발걸음을 멈췄다. 너무 놀라 말도 제대로 나오지 않았다.

"뭐, 뭐?"

"너 전에도 그랬잖아. 내가 애들한테 속아서 정신여고 애들이랑 미팅 나간 날."

"무슨 소리야?"

"그때도 열나고 토해서 사흘을 끙끙 앓았잖아."

아……. 연아는 모든 걸 알 것만 같았다.

질투. 그것도 미칠 듯한 질투였다. 자신도 몰랐던, 질투로 인한 몸의 격렬한 반응을 지훈은 예전부터 알고 있었던 것이다.

"그런데 아니, 그러면 너 알면서도 그랬어?"

"응, 당연하지. 어떻게 모를 수가 있냐? 내가 다른 여자애들이랑 친하게 지낼라치면, 삐지고 화내다가 기어코 열나고 아파서 생난리를 치는데."

여전히 별일 아니라는 듯, 그 자식은 싱긋 웃어 보이기까지 했다.

"이…… 나쁜 자식. 넌 정말 개자식이야! 나쁜 새끼, 죽어버려!"

이제껏 날 갖고 놀았다 이거지?

연아는 주먹으로 지훈을 가차 없이 때렸다. 질투라는 흉한 감정을, 자신이 그렇게까지 지훈을 좋아한다는 사실을 들킨 것이 죽을 만큼 창피했다.

"아야야야. 그만해, 아파. 아파, 진짜 아프다고. 귀여워서 그랬어! 질투하는 게 귀여워서."

"이게 귀여워? 아파서 발광하는 게 귀여워? 넌 진짜! 내가 가만 안 둬!"

한참 동안 두들겨 맞으면서도 지훈의 얼굴에 활짝 핀 웃음꽃은 사라지지 않았다.

난 그렇게나 널 좋아했었구나. 다른 여자아이와 함께 있는 찰나를 참지 못해 온몸을 불살라 질투할 만큼.

널 좋아했었구나.

연아는 배우리와 함께 낄낄대는 지훈을 보며 열이 오른 얼굴을 쓸어내렸다. 속은 32살이었지만 몸뚱이는 여전히 18살이라는 것이 실감났다. 지훈을 보며 가슴이 두근대는 것도, 질투 때문에 이렇게 열이 나는 것도 18살의 몸뚱이 때문일 것이다. 세상이 전부 너로 가득 차 있던, 모든 신경세포가 너를 향해 있던 14년 전의 나. 그때의 나.

현재로 돌아가서도 네가 보고 싶어 눈물을 흘렸던 나는. 18살의 나일까, 아니면 32살의 나일까.

연아는 고개를 흔들며 휘청이는 마음을 다잡았다. 감상에 빠져 있을 시간 따윈 없었다. 과거로 온 목적을 잊어서는 안 된다. 원조 교제 누명을 씌운 범인을 찾고, 과거를 바로잡아야 한다. 그래야 엉망이 되어버린 인생을 되돌릴 수 있다.

마음을 다잡은 연아는 배우리를 지켜봤다. 자현의 말대로 지훈을 바라보는 그녀의 눈빛은 열렬했다.

정말 배우리가 범인일까?

"아, 연아 왔다!"

연아의 시선을 느낀 배우리가 머쓱하게 웃으며 외쳤다.

"다음 주 토요일에 농구 시합 있거든. 우리 학교랑 북성고랑. 그거 얘기하던 중이었어."

묻지도 않았건만 눈치 빠른 배우리는 먼저 상황을 설명했다. 괜한 오해를 불러일으키지 않으려는 행동이었다. 연아는 6년 차 은행원의 관상 능력을 풀가동하며 배우리의 눈을 똑바로 들여다봤다. 아쉬움과 부러움이 가득했지만 눈빛에 악의 따윈 없었다. 그것을 감추려는 의도조차도 보이지 않았다.

"응응, 그래. 마저 얘기해. 난 지훈이랑 이따 얘기하면 돼."

연아의 말에 지훈은 알겠다고 고개를 끄덕이고는 다시 배우리와 대진표를 그리며 의논하기에 바빴다.

"너 괜찮아?"

그때 서정이 다가와 연아의 어깨를 툭 쳤다.

"뭐가?"

"류지훈이랑 배우리……."

"당연히 괜찮지."

야, 18살 이연아. 너 도대체 얼마나 지랄 맞게 굴었길래 배우리나 서정이 반응이 이런 건데. 질투는 작작 좀 했어야지.

연아는 다소 민망함을 느끼며 뒷머리를 긁적였다. 생각해보니 서정은 배우리와 제법 친한 사이였다. 배우리, 박서정, 둘 다 성에 '비읍'이 들어가 출석 번호가 앞뒤로 붙어 있었기 때문에 실습 시간에 같은 조가 된 적도 많았다.

"서정아, 그런데 배우리가 류지훈 좋아했던 거 알고 있었어?"

"아. 으…… 응. 알았지."

"팬클럽 같은 것도 만들었다고 하던데 혹시 지금도 좋아해?"

"에이, 아니야."

서정은 하늘색 하이테크 펜을 든 채 손사래를 쳤다.

"아니라고?"

"응. 지금은 너랑 사귀는 거 아는데, 뭐……. 그리고 배우리가 류지훈을 좋아했던 건 사실이지만 뭐랄까, 그냥 연예인을 광적으로 좋아하는 느낌? 소설책이나 만화책 속의 인물을 좋아하는 것처럼."

"지훈인 연예인도, 소설이나 만화 속에 등장하는 인물도 아닌 현실 속 인물이니까. 동경이 연애 감정으로 변할 수도 있잖아."

"에이, 그러면 강호윤도 최유성도 좋아하는 거네? 배우리, 쟤 얼굴 엄청 따지거든……. 그냥 잘생긴 남자애들 보면 '와!' 이러면서 좋아하는 것뿐이야……."

"정말 그런 건가?"

"게다가…… 아, 배우리가 예전에 이런 말 한 적이 있었어……. 지훈이와 너, 정말 잘 어울리는 한 쌍이라고……. 자기도 너네 같은 사랑을 하고 싶다고."

"그래?"

"언젠가 자기가 작가가 되면 꼭 둘의 얘길 글로 쓰고 싶다고도."

연아는 윤새로부터 들었던 동창들의 근황 얘기가 떠올랐다.

"아, 맞다. 배우리 알지? 덩치 좀 크고 오지랖 쩔던 애. 할리퀸이랑 로맨스 소설 엄청 좋아해서, 맨날 수업 시간에 그거 읽으면서 울고 짜고 하다가 선생님들한테 걸려서 혼나고 그랬었잖아. 걔 로맨스 소설 작가 됐어! 그 소설이 엄청 유명해져서 곧 드라마로도 만들어진다고 했었는데, 제목이 〈첫사랑의 기억〉인가 뭔가라나."

연아는 생각에 잠겼다. 만약 서정의 말이 사실이라면. 그리고 배우리가 작가가 되어 자신과 지훈의 이야기를 소설로 쓴 것이라면. 배우리는 연아 자신에게 악의는 없을 것이다. 배우리가 진짜 범인이라면 자신이 저지른 일이 들통 날지도 모르는데 책으로 쓰는 바보 같은 짓은 하지 않을 테니.

"아, 연아야……. 나 화장실 좀 갈게……. 쉬는 시간 2분 남았다."

서정은 강아지 같은 얼굴로 선하게 웃으며 자리를 떴다. 연아는 머릿속에서 '범인 배우리'란 글자에 두 줄을 죽죽 그었다. 애써 찾았던 유력한 '용의자 2'도 혐의가 없어 보였다. 다시 막막한 기분이 된 연아는 한숨을 푹 내쉬었다.

'어?'

아무렇게나 던진 시선이 서정의 책상에 머물렀다. 연아는 고개를 돌려 뒷문을 빠져나가는 서정의 뒷모습을 바라봤다. 그러고는 서정의 책상으로 도로 눈길을 던졌다. 분명 조금 전 서정은 하늘색 하이테크 펜을 들고 있었다. 내려놓은 적이 없으니 화장실로 들고 갔을 것이다.

그런데 왜. 지금 서정의 필통 속에 하늘색 하이테크 펜이 들어 있는 것일까.

20. 모두가 의심스럽다

"아마 하나 더 샀겠지?"

"그치, 전에 쓰던 게 다 써가서 미리 하나 더 사났겠지."

"그렇다기엔 두 개 다 잉크가 많이 남아있었단 말이야."

"아님 하늘색을 무지무지하게 좋아한다거나."

하굣길. 7월이라 늦은 오후에도 햇살은 쨍쨍하기만 했다. 연아는 지훈에게 서정의 하늘색 하이테크 펜에 대해 막 털어놓은 참이었다. 지훈은 이야기를 듣고도 대수롭지 않게 생각했다.

"아냐. 그런 건 아닐 거야."

연아는 머리가 욱신거렸다. 도대체 뭐가 뭔지 알 수가 없었다. 가뜩이나 범인을 찾느라 머릿속이 혼란 그 자체인데 새로운 문제까지 생겨버렸다.

"그럼 진짜 그때 훔친 게 맞나?"

지난번 과거로 왔을 때 연아는 도둑으로 몰린 서정을 도와주었다.

그때 모아 문방구 주인아주머니는 주머니에 꽂혀 있는 하늘색 하이테크 펜을 보고 서정을 범인으로 몰았고 서정은 전날 재킷 주머니에 펜을 넣어놓은 것이라 항변했었다.

사실 연아도, 모아 아주머니도 서정이 도둑인지 아닌지 확신하지 못했다. 그런데 서정이 도둑일 수도 있다니.

연아는 누군가 바늘로 머리를 콕콕 찌르는 것 같이 골머리가 아팠다. 만약 서정이 거짓말을 했다면, 펜을 훔쳐놓고서도 그렇게 순진한 얼굴로 감쪽같이 속인 거라면 다른 거짓말도 능숙하게 했을지 모르는 것 아닌가. 가령 채팅방에 앨리스라는 이름으로 나타나 원조 교제를 하는 척했을 수도 있고.

하지만 왜? 무슨 이유 때문에?

"하아, 그러면 서정이가 도둑일지도 모르겠다."

한숨 섞인 말에 지훈이 연아를 무심히 돌아봤다.

"그러지 말고 그냥 물어보는 건 어때?"

"누구한테? 서정이한테?"

"응. 이렇게 머리 싸매고 고민하면서 친한 친구를 도둑으로 의심할 바에야 그냥 툭 까놓고 물어보는 게 낫잖아. 답은 서정이한테 있는데, 혼자 고민해봤자 의심만 커지지 무슨 결론이 나오겠어."

연아는 어이없을 만큼 명쾌한 지훈의 대답에 헛웃음이 나왔다.

"넌 어떨 때 보면 진짜 대단한 거 같아."

예전엔 단순하리만큼 분명하고 솔직한 성정을 매도한 적도 많았다. 제멋대로에 안하무인, 단세포 아메바라고. 하지만 지금만큼은 이런 그의 성격을 폄하할 수 없었다.

"뭐가?"

"둘러가는 게 없잖아. 언제나 직진."

"둘러가긴 왜 둘러가. 길이 앞에 있으면 직진하는 게 맞지. 피곤하게 시리."

연아는 문득 지훈의 그 성정에 기대어 한 가지 부탁을 해보고 싶었다.

"있잖아, 나중에 말이지. 우리한테도 비슷한 상황이 오면 꼭 지금처럼 해줄 수 있어?"

"무슨 상황?"

"내 행동이 의심스럽고 내가 거짓말을 하는 것 같고 그럴 때."

가령 보지 않고서는 아무것도 믿지 않는다고 말했던 네가 돌아설 만큼, 그래서 날 왕따로 만들 만큼 이상한 건 '봤을 때'.

"그럴 때 꼭 나한테 물어봐 줄 수 있어? 혼자 오해하지 말고."

뜬금없는 당부에 지훈은 이상하다는 표정으로 고개를 갸웃했다. 그러다 이내 씩 웃으며 연아의 머리카락을 마구 헝클어뜨렸다.

"인마, 당연하지. 그리고 뭐 이상한 거 할 거야? 왜 그런 말을 해?"

"혹시 모르니까. 사람 일은 어떻게 될지 모르니까 그런 거지. 하여간 지금 약속 꼭 지켜줘. 꼭 기억하고."

"알았어."

"그냥 대충 말하지 말고. 기억하란 말이야, 꼭. 나랑 약속한 거."

"알았어."

지금의 약속을 지훈이 나중에 기억할지 알 수는 없다. 이 말로 인해 과거가 바뀌게 될지, 그대로일지 역시. 하지만 연아는 간절한 염원을 담아 몇 번이고 되뇌었다.

나랑 약속한 거 꼭 기억해. 꼭 기억해. 꼭 기억해.

연아와 지훈은 사당역에 도착했다. 연아가 이쯤에서 헤어지자고 말하자, 지훈은 도끼눈을 뜨고 무슨 볼일이냐고 캐물었다. 연아는 이모와 약속이 있다고 둘러댄 뒤 지훈을 돌려보내고 왔던 길을 되돌아갔다. 그러고는 늘 가던 학교 근처 오즈 PC방에 들어가 제일 구석에 자리를 잡았다.

아무리 생각해도 무턱대고 반 아이들을 의심할 게 아니었다. 예전처럼 채팅방에서 가짜 앨리스를 만나 신상에 관한 단서를 캐내는 게 더 빠를 것 같았다. 시간은 아직 5시 반. 저번에도 8시가 넘어서 나타났으니 한참을 기다려야 할지도 모른다. 채팅방에 접속하자마자 배에서 꼬르륵 소리가 났다. 연아는 카운터에서 라면과 과자를 사와 긴 기다림에 대비했다.

시간이 흐르고 PC 화면의 시계가 '10:30'을 나타냈다. 연아는 새로고침 버튼을 또 한 번 클릭했다. 여전히 없었다. 무려 5시간을 기다렸건만 채팅방 목록에는 앨리스의 '앨' 자도 보이지 않았다. 바로 가짜 앨리스를 찾을 수 있을 거라 기대하진 않았다. 하지만 5시간이나 기다렸는데 코빼기도 보이지 않자 연아는 헛수고를 했다는 생각에 기운이 빠졌다.

어찌해야 하나? 오늘은 그냥 집에 갈까? 아니야. 그러다가 앨리스가 밤늦게 나타나기라도 한다면…….

갈등하고 있는 사이, 화면에 작은 창 하나가 떠올랐다.

「평범한 남고생 님이 대화를 신청합니다. 수락하시겠습니까?」

평범한 남고생?

자신을 따라 한 듯한 아이디 같아 이상한 생각이 들었지만 연아는 대화를 수락했다. 수락 버튼을 누르자 곧 대화창이 뜨며 평범한 남고생이 '^^' 이모티콘을 먼저 보내왔다.

「평범한 남고생 : 늦은 시간까지 수고가 많으십니다.」
「평범한 회사원 : ?」
「평범한 남고생 : 한 가지 알려드릴 사실이 있어서 대화 걸었어요.」
「평범한 회사원 : 절 아시나요?」
「평범한 남고생 : 그럼요. 쭉 지켜보고 있었는데요.」

이건 또 뭐야.

연아는 목을 쭉 빼곤 PC방을 휙휙 둘러봤다. 수상해 보이는 사람은 없었다. 모니터를 뚫고 들어갈 기세로 게임에 열중한 남자아이들의 고만고만한 등짝만 보일 뿐이었다.

「평범한 회사원 : 절 지켜보고 있었다고요? 왜요?」
「평범한 남고생 : 괜한 헛수고하는 것 같아서요.」

심장이 쿵쿵 뛰었다. 평범한 남고생은 평범한 회사원이 자신이라는 것도, 채팅방에서 앨리스를 찾고 있는 것도 알고 있었다.

「평범한 회사원 : 무슨 헛수고요?」

키보드를 치는 연아의 손가락이 미세하게 떨렸다.

「평범한 남고생 : 저도 한 달째 채팅방을 기웃거리고 있거든요. 혹시
그 앨리스가 나타날까.」

"그런데 없더라고. 우리랑 방배역 맥도날드에서 만나기로 약속했을
때 뭔가 낌새를 챘나 봐. 한 달 넘게 스카이러브에서 죽치고 있었는데
앨리스는 없었어."

불쑥 들린 말소리에 연아는 까무러칠 만큼 놀랐다. 획 돌아보자, 호
윤이 능글맞게 웃으며 서 있었다.

"야, 놀랐잖아. 간 떨어질 뻔했어!"

연아는 놀란 마음에 호윤의 등짝을 팡팡 두들겨주었다.

"아야야야야. 아파, 아파."

아프지도 않으면서 엄살은.

"뭐야, 언제부터 있었던 거야?"

째려보던 시선을 거두고 연아가 물었다.

"글쎄? 한 2시간? 게임 끝나고 집에 가려고 하는데 너 죽치고 있는
게 보이더라고. 그래서 친히 알려주려고 왔지. 소용없는 짓이라고."

"소용없는 짓 아니야. 저번에도 3일 만에 겨우 찾은 거였어. 오늘도
허탕 칠 수 있다는 각오로 온 건데 뭘."

연아는 자리에서 일어나며 PC를 껐다. 오랜 시간 답답한 공기 속에

있었더니 머리도 아프고 목도 칼칼했다.

"아까 내가 말했잖아. 나 게임하러 올 때마다 스카이러브에 들어가서 채팅방 둘러봤었어. 근데 정말 앨리스는 코빼기도 안 보였다니까."

호윤은 지하 계단을 뒤따라 오르며 한 달 동안의 추적과 그 결과를 설명했다. 바깥으로 나오니 후덥지근하지만 비교적 상쾌한 공기가 불어왔다. 내내 한자리에 앉아 있었더니 허리도 목도 뻐근했다. 연아는 몸을 쭉 펴고 관절을 우두둑 꺾었다.

"지금까지 안 나타난 거지, 앞으로도 안 나타날 거란 건 아니잖아. 사실 이거 외엔 방법이 없어, 앨리스를 찾을 수 있는 방법이."

"글쎄, 내 생각엔 다른 방법도 있을 것 같은데."

호윤의 말에 연아는 귀가 솔깃했다.

"무슨 방법?"

"요새 다시 소문이 돌고 있어. 너도 알지?"

연아는 모르는 일이었지만 일단 고개를 끄덕였다.

"응."

"그 앨리스가 우리 반 여자애 중 하나일 거란 것도."

"응."

"우리가 방배역에서 앨리스를 만나기로 했던 날, 지경민 좀 이상했던 것도."

역시. 호윤도 그날 건너편 카페에서 경민의 이상한 행동을 봤던 것이다.

"너도 봤어?"

"응. 지경민한테 계속 물어봤었어. 맥도날드 옆 골목에서 도대체 뭘 봤냐고. 그런데 이 자식, 그 얘기만 나오면 말을 피하더라. 아무리 물어도 아무것도 못 봤단 얘기만 하고. 계속 쥐새끼 타령만 하고."

"나한테도 똑같은 말 했었어."

"그런데 나중에 갑자기 이런 생각이 든 거야."

"무슨 생각?"

"그때 그 새끼, 혹시 지가 좋아하는 여자애를 본 건 아닐까."

"지경민이 좋아하는 여자애?"

"응."

"지경민은 그냥 아무 여자나 다 좋아하는 거 아니었어? 오소라나 최인경 좋아했던 것 같기도 하고."

"그건 그냥 그런 척하는 거지. 가벼운 척, 아무 여자나 막 좋아하는 척. 걔는 옛날부터 그랬어. 지가 진짜 좋아하는 여자애는 절대 입도 뻥긋 안 했지."

"니들한테도?"

"응. 게다가 엄청 순정파야. 한번 좋아하면 끝장을 보는."

"그래서 네 생각에는 지경민이 거기서 자기가 좋아하는 여자애를 봤기 때문에 감싸주기 위해 아무도 못 봤다고 거짓말을 하는 거다, 그렇게 생각하는 거야?"

"그럴지도 모른다는 일종의 가정이지, 뭐. 지경민이 항상 촐싹여서 가벼워 보여도 은근 입도 무겁고 진지한 구석이 있거든."

대체 어디가?

좋게 봐주려고 해도 입이나 행동이 깃털만큼 가벼운 아이라 생각했다.

"어쩌면 확실하지 않은데 괜한 분란만 만들까 봐 입 다물고 있는 걸

수도 있어. 자기가 좋아하는 애니까 더더욱."

"그래서 지경민이 좋아하는 애가 누군데? 누구일 것 같은데?"

또 다른 얘기를 들으니 연아는 마음이 다급해졌다. 호윤은 입술을 달싹일 뿐 쉽게 입을 열지 않았다. 진중한 그의 눈매에 서늘한 그림자가 스쳤다.

"제발, 제발 얘기해줘. 응?"

연아의 재촉에 망설이던 호윤이 입을 열었다.

"그거야 나도 모르지."

참으로 사랑이 꽃피는 2학년 12반이 아닌가.

연아는 화살표를 정리해봤다. 자현은 채홍식 선생을 좋아한다. 배우리는 지훈을 좋아하며, 다정 역시 지훈을 좋아한다. 지훈은 물론 자신을 좋아한다. 그의 절친인 호윤 또한 연아 자신을 좋아한다. 그리고 지경민 역시 '누군가'를 좋아한단다.

이건 뭐, 전쟁터도 아니고.

이렇게 누군가를 향한 화살표가 빗발치는 곳 한가운데 자신이 있는 줄 꿈에도 생각지 못했다. 안 죽고 살아남은 게 용했다.

"내 생각에는 앨리스를 찾으려면 경민이 쪽이 더 빠를 것 같다는 거지. 경민이 입을 열게 하는 거."

"네가 그렇게 물었는데도 안 가르쳐준다면서? 내가 무슨 수로 경민이 입을 열게 해?"

"입을 열 수밖에, 아니면 입을 열지 않아도 우리가 알아차릴 만한 단서를 주도록 유도해야지."

"대체 어떻게?"

"그러니까……."

어젯밤 호윤은 자신이 생각한 계획에 대해 소상히 털어놓았다. 듣고 보니 제법 그럴듯한 방법이었다. 하지만 당장 시도할 수는 없었다. 사흘은 더 기다려야 했다. 과거에 사흘이나 더 머물러야 하니, 그동안 기를 쓰고 김정혜를 피하는 수밖에 없었다. 어쨌거나 이틀 후면 곧 방학이 아닌가.

"앗싸! 등수 좀 올랐다! 이연아, 넌 이번에 등수 좀 올랐냐? 이번 기말 공부 좀 했잖아."

윤새가 팔꿈치로 연아를 쿡 찌르며 연아의 성적표를 훔쳐보려 했다.

오늘은 방학 전 1학기 기말고사 성적표를 받는 날이었다. 그래서 연아의 손에는 미처 펼치지 못한 성적표가 들려 있었다. 기억하기론 제일 윗줄에 국어, 영어, 수학, 사회로 이어지는 교과목들이 죽 나열되어 있고, 그 아래엔 점수가, 그리고 제일 마지막에는 반 등수와 전교 등수가 기재되어 있었다.

앨리스고 김정혜고 나발이고, 받아 든 성적표를 펼치는 지금 이 순간 머리를 점령한 건 오로지 성적뿐이었다. 설마 과거로 와서 한 짓 때문에 성적이 떨어지진 않았겠지? 만약 성적이 떨어졌다면 이건 또 다른 변수가 생기는 거잖아!

연아는 떨리는 마음으로 손안의 성적표를 조심스레 펼쳐봤다.

국어 100점, 수학 92점, 영어 100점……. 마지막에 등수는 3/51. 3등? 반에서 3등?

"왜 그래? 망했어?"

연아의 표정이 이상했는지 윤새가 고개를 삐쭉 내밀어 성적표를 슬쩍 들여다봤다.

"야, 웬일! 3등? 열라 좋겠다. 축하해!"

윤새는 얼굴 가득 웃음을 지으며 기다란 팔로 연아의 목을 휘감고 조르는 시늉을 했다. 목이 졸려도 좋았다. 정말이지, 18살의 연아를 붙잡고 뽀뽀라도 해주고 싶은 심정이었다.

흑. 나 정말 공부 질했나 보다.

연아는 뿌듯한 얼굴로 성적표에서 시선을 뗐다. 그런데 윤새와 나란히 서 있던 다정의 표정이 심상치가 않았다. 새파랗게 질린 얼굴에 성적표를 움켜쥔 손이 떨리고 있었다. 차마 등수가 떨어졌냐고 물을 엄두조차 나지 않았다.

"다정아……."

연아가 말을 걸려는 찰나, 눈치 없는 윤새가 크게 목소리를 높이며 선수를 쳤다.

"이다정! 이번 시험 망했구만. 크하하하. 인마, 그러니까 우리랑 같이 학습실에서 시험공부 하지, 맨날 지 혼자 한다고 쌩하니 바로 집에 가더니만. 야야. 어디 가?"

윤새의 말이 끝나기도 전에 다정은 성적표를 움켜쥐고는 교실을 빠져나갔다. 윤새가 심상치 않다는 걸 뒤늦게 알아채고 쫓아갔지만, 연아는 따라갈 수가 없었다. 자신은 성적이 잘 나왔으니 따라간들 위로가 되기는커녕 오히려 속만 뒤집는 꼴이 될 것이다.

"하여간 저거저거 눈치 없는 이윤새. 이다정 표정만 봐도 딱 알겠더구만, 시험 망한 거."

호윤이 허둥지둥 뒤쫓아 가는 윤새의 뒷모습을 바라보며 혀를 끌끌 찼다.

"그러게. 진짜 어쩌냐, 쟤."

지훈 역시 걱정스러운 표정을 지었다. 세심함과는 천만 광년이나 먼 인간이 웬일인가 싶었다.

"웬일이야? 네가 이다정을 걱정하고."

"쟤네 엄마 장난 아니잖아. 완전 치맛바람의 여왕. 이다정 성적 떨어졌으니 모르긴 몰라도 집에 가면 엄청 혼날 거야. 두들겨 맞을걸? 아니, 어쩌면 맞아 죽을지도 모르겠다."

"다정이네 엄마가 그랬나?"

연아는 오래된 기억을 떠올려 봤다. 기억이 가물가물했다.

"이다정, 지 엄마라면 아주 무서워서 자다가도 벌떡 일어나잖아. 엄마 소리만 들어도 경기할걸? 쟤네 엄마가 이다정 판사 시킨다고 어렸을 때부터 이 판사, 이 판사, 노래를 불렀다니까. 서울대 법대 외에는 생각도 안 하고 있을 텐데 성적이 더 떨어졌으니 쟤네 집, 오늘 아주 한바탕 난리 날 거야."

"맞다, 이다정네 아빠가 판사 아냐? 오빠들도 다 서울대 법대 갔다고 들은 거 같은데."

"응. 그리고 이다정이 1학년 때는 전교 2등으로 입학했거든."

"아 그랬던 거 같아. 내가 1등이었고."

호윤이 불필요한 자랑을 덧붙이며 맞장구를 쳤다.

"그런데 그 뒤로 성적이 쭉쭉 떨어졌을 거야. 그래도 저번 중간고사까지는 전교 20등 안에 드는 것 같았는데 이번에 더 떨어졌나 보네. 김재욱이 반에서 2등, 연아 네가 3등 했으니 다정인 4등이겠다."

지훈의 말에 연아는 괜스레 다정에게 미안한 마음이 들었다. 마치 의도적으로 다정을 밀어낸 것만 같은 기분이었다.

"이연아, 그런 얼굴 할 것 없어. 공부를 누구 봐주면서 하는 건 아니잖아. 넌 성적 올랐으니까 일단 즐겨. 기뻐해!"

호윤의 말에 연아가 억지로 입꼬리를 끌어 올렸으나 불편한 마음은 가시지 않았다.

그나저나 지훈, 호윤, 그리고 자신. 호윤은 보나 마나 1등일 테니 지금 모인 이 셋 중에 성적을 공개하지 않은 사람이란……

"류지훈, 성적표 줘봐."

코앞에 손을 내미니 움찔한다. 이 자식, 저번에 같은 대학 가자, 공부 열심히 하겠다 해놓고선.

"내가 왜. 이거 개인 프라이버시다."

웃기시네. 가당치도 않은 말에 연아가 콧방귀를 뀌었다. 그리고 독수리가 먹이를 낚아채듯, 지훈이 등 뒤로 숨긴 성적표를 빼앗아 들었다. 보자. 국어 88점, 수학 96점, 영어 92점……

으잉?

연아는 성적표 한 번, 지훈의 얼굴 한 번씩을 번갈아 봤다.

"왜왜? 이 새끼, 또 망쳤어?"

호윤이 등을 굽혀 연아의 손에 든 지훈의 성적표에 눈길을 줬다.

"오오오오! 우와! 류지훈, 이 새끼. 해냈구나!"

호윤의 호들갑에 지훈이 머쓱한 표정을 지었다. 8/51. 8등. 지훈이 기록한 최고 등수였다.

"내놔. 남의 성적표는 왜 맘대로 가져가서는. 시끄러, 새끼야. 입 닥쳐."

"인마, 자랑해도 돼. 꼴 같지 않게 쑥스러워하기는."

제일 친한 친구의 놀라운 성장에 기분이 좋은 듯 호윤이 한 팔로 지훈의 목을 감으며 낄낄댔다.

"한다면 한다니까. 이연아, 나 약속 지킬 거다. 같은 대학 가기로 한 약속."

가슴이 턱 막혀왔다. 연아는 자신을 위해 조금씩 변해가는 지훈의 모습에 가슴이 먹먹해졌다. 그 약속, 꼭 지켰으면 좋겠다. 더 열심히 공부해서 고3 때는 같이 1등을 하고, 같은 대학을 가고.

"그래, 그 약속 꼭 지켜줘. 그리고 또 하나 더 있지? 뭐였는지 말해봐."

연아는 염원을 담아, 희망의 끝자락 같은 한 가지를 세뇌하듯 물었다.

"내 마음속에 의심이 생길 때 너한테 꼭 물어보는 거."

말 잘 듣는 강아지처럼 지훈이 대답했다.

"잘했어. 정말 잘했어."

잘했다, 하고 연아는 솜털같이 부드러운 그의 머리카락을 쓰다듬어 주었다.

"그니까 너도 약속 지키라고."

이로써 다섯 번째였다.

주번인 연아는 수업이 끝나고 쓰레기통을 비우러 소각장으로 향하고 있었다. 지훈은 그런 연아 뒤를 졸졸 쫓으며 녹음기를 재생하듯 했던 말을 반복했다. 뭐가 그리 불안한지 지훈은 대답을 들어놓고도 거듭 확인하기를 포기하지 않았다.

"알았어. 갈게. 간다니까. 약속 지킨다고."

이놈의 의심병 환자.

"너 저번에도 그러고 빠졌잖아."

지훈은 5월 무렵, 연휴를 끼고 1박 2일로 놀러 가기로 한 약속을 파투 낸 일을 말하는 거였다. 그때는 그럴 만한 사정이 있었다. 놀러 가기 위해 모아놓은 돈을 삼촌이 들고 튀는 바람에 빠질 수밖에 없었다.

"그때는 어떤 인간이 내 돈을 가지고 튀……."

사정을 설명하던 연아가 도중 입을 다물었다. 생각해보니 지훈은 삼촌에 대해 모르고 있었다. 지훈은 자신과 남동생이 이모와 함께 사는 줄은 알고 있었지만 태광의 존재는 몰랐다. 그는 가족으로 취급하지 않는 것은 물론이거니와, 어디 대놓고 말하기에도 부끄러운 인간이었다. 지금은 어디서 무슨 짓을 하고 다니는지도 몰랐다. 집에서 얼굴 본지 한참 되었기에 자주 찾아오는 지훈과 마주칠 일이 없었다.

"그때 나 돈 없었던 거 알잖아."

"그래서 내가 대신 내준다고 했잖아."

"내가 거지야? 너한테 돈 받게?"

연아가 날카롭게 응수하자 실수를 깨달은 지훈이 말을 돌렸다.

"하여간 이번에는 꼭 가는 거다. 나 관리 아저씨한테 얘기해서 양평 별장도 싹 청소해놨단 말이야."

"알겠어. 알았으니까 그만 말해."

지훈이 닦달하지 않아도 연아는 이번 1박 2일 여행에 반드시 참석할 작정이었다. 호윤이 세운 계획, 경민의 입을 열게 할 장소가 바로 그 여행지이기 때문이었다.

"진실게임?"

"응. 진실게임 하자고. 그래서 경민이 좋아하는 애가 누군지 물어보자 이거야."

"에이, 쉽사리 대답하겠어?"

"대답할지 안 할지 모르겠지만, 너랑 나 둘이서 집요하게 물어보자고. 그러면 힌트라도 얻을 수 있지 않을까?"

물론 경민이 그날 좋아하는 여자아이의 비밀을 눈감아주기 위해 거짓말을 했는지는 알 수 없다. 하지만 생각하면 할수록 경민이 그곳에서 가짜 앨리스를 봤을 거란 확신이 들었다. 그렇다면 호윤의 말대로 진실게임을 통해 경민을 흔들어 보는 것도 방법이었다. 가짜 앨리스는 채팅방에서 모습을 감춰버렸고, 다시 돌기 시작하는 원조 교제 소문의 진원지도 알 수 없었다. 지금으로써는 경민만이 유일한 희망이었다.

그리고 연아는 이번 여행이 슬그머니 기대되기도 했다. 여행의 목적이 따로 있긴 했지만, 이틀쯤은 그때 그 시절로 되돌아가 마음껏 놀아보고도 싶었다.

"진짜다, 꼭 가는 거다?"

이제야 확신이 드는지 지훈이 안심했다.

"이틀 후라고 했나?"

"응. 내일이 방학식이니까 바로 그다음 날. 학원 종일반 시작하기 전에 후딱 갔다 오자 이거지. 아, 맞다. 그리고 박서정도 같이 가자."

"서정이?"

"그래야 남자 넷 여자 넷 짝수도 맞고, 너 서정이한테 물어볼 말도 있잖아."

연아는 피식 웃음이 나왔다. 말하지 않아도 지훈은 가끔씩 대견한 짓을 잘도 했다.

"알았어. 같이 가자고 물어볼게. 그리고 고마워."

"뭘."

지훈이 씩 웃었다. 칭찬받을 줄 알았다는 자신만만한 미소였다. 그게 또 귀여워 연아는 마주 웃을 수밖에 없었다.

이렇게나 익숙하다니 큰일이다. 지훈과 함께하는 시간이 너무나 당연한 것이 되었다. 처음 과거에 왔을 때는 얼굴 보는 것만으로도 화가 치밀고 가슴이 아팠는데, 이제는 일상이 된 것이다. 죽어버린 네가 살아 있는 게 당연한 일상. 어쩌면 화내고 가슴 아파하는 것보다 훨씬 더 무서운 상황. 연아는 이제 과거와 현재 중 어느 쪽이 현실인지조차 명확하게 구분되지 않았다. 아니, 오히려 제 마음의 비중은 과거를 향해 점점 기울어가고 있었다.

'돌아가고 싶지 않아.'

그런 생각이 들자, 소름이 돋았다.

"쓰레기통 비우고 올게."

지훈의 목소리에 연아는 정신이 번쩍 들었다. 지훈이 네모난 쓰레기

424

통을 들고 소각로로 다가가자 연아가 따라붙었다.

"아냐. 내가 버릴게."

연아는 지훈에게서 쓰레기통을 뺏어 들곤 뒤집어 탈탈 털었다. 그때 소각로와 전혀 어울리지 않는 물건 하나가 연아의 눈에 띄었다. 회색 모토로라 핸드폰이 쓰레기 더미에 섞여 있었던 것이다.

'웬 핸드폰이⋯⋯.'

누가 핸드폰을 소각로에 버린 걸까?

과거든 현재든 핸드폰은 비싼 물건이다. 일개 고등학생이 소각로에 내다 버릴 만큼 하찮은 물건이 아니었다.

"뭐 해? 안 가?"

연아가 소각로를 한참이나 들여다보자 지훈이 연아의 팔을 잡아끌었다.

"아, 응응. 가자."

둘은 본관 건물 뒷문을 향해 걸었다.

"뭘 보고 있었던 거야?"

"핸드폰. 소각로에 버려져 있길래."

"엥? 잘못 본 거 아냐? 그럴 리가 없잖아. 어, 이다정이다!"

지훈의 외침에 연아는 그가 가리킨 곳을 쳐다봤다. 1층 창문을 통해 복도에 서 있는 다정의 모습이 보였다. 떨어진 성적에 대한 충격 때문인지 여전히 넋이 빠져 있었다. 다정은 주머니에서 빨간색 핸드폰을 꺼내 들어 어디론가 전화를 걸었다. 찡그린 얼굴, 격양된 표정으로 보아 전화 상대와 심하게 다투는 모양이었다. 그런데 이상했다.

뭐가 이렇게 이상한 거지? 다정이 핸드폰은 빨간색이 맞는데.

연아는 자꾸만 이상한 생각이 들었다.

회색 핸드폰 그리고 빨간 핸드폰.

연아와 다정의 눈이 마주쳤다. 다정은 전화를 끊고 연아를 향해 어색한 웃음을 지으며 손을 흔들었다.

순간, 연아의 팔에 소름이 돋았다.

21. 회색 그리고 빨간색 핸드폰

다음 날, 소각장에서 쓰레기를 비워내고 돌아오는 길. 연아는 반갑지 않은 인물에게서 전화를 받았다. 아니, 치가 떨리는 인물에게서.

[어디다가 숨겨놨어? 말 안 할 거야? 너 학교 가지고 갔지?]

"아니라니까."

[그러면 그 돈이 어딨는데? 집에도 없으면 어딨는 거냐고!]

"삼촌이 내 알바비를 왜 찾아? 그게 어딨든 삼촌이랑 뭔 상관인데?"

삼촌 태광으로부터 걸려온 전화에 연아는 속이 뒤집혔다.

한결같은 인간. 변하지도 않는다. 알바비 받는 날을 기억하고 그 코묻은 돈을 어찌하고 싶어 이리도 안달복달하는 것이다.

연아는 가방 안에 넣어둔 알바비를 떠올리며 가슴을 쓸어내렸다. 오늘따라 등교하기 전 방 서랍 안에 넣어두기가 왠지 모르게 께름칙했다. 몇십만 원에 달하는 거금이 든 책가방이 묵직하게 느껴졌지만, 학교에 가져온 게 신의 한 수였다.

[나 지금 학교 앞이야. 당장 나와.]

핸드폰 너머로 태광이 으르렁거렸다.

"뭐, 뭐? 학교라고? 미쳤어? 삼촌이 우리 학교에 왜 와? 당장 가!"

[흥, 내가 네 사정 봐줄 게 뭐야. 너 지금 당장 안 튀어나오면 학교 가서 다 뒤집어엎을 거니까, 앞으로 학교에 얼굴 들고 다니고 싶으면 알아서 해.]

"진짜!"

[열까지 센다.]

"……."

[내가 못 할 거 같아? 내 성질 몰라서 그래?]

"……."

[하나, 둘.]

"알았어, 알았다고! 그만해!"

연아는 소리를 빽 지르고는 핸드폰을 끊어버렸다.

지긋지긋한 인간.

단순한 협박이 아니다. 한번 한다면 하는 인간이었다. 그는 알바비를 내놓지 않는다면 학교로 쳐들어와 행패를 부리고도 남을 인간이었다. 한번 반항해볼까 싶기도 했지만, 18살의 연아라면 절대 하지 않을 짓이다. 행여나 망나니 삼촌의 존재를 들킬까 조바심을 내며 지냈으니, 괜한 짓으로 과거를 바꾸고 싶진 않았다. 연아는 속으로 온갖 욕설을 퍼부으며 교실로 향했다. 아이들이 다 빠져나간 텅 빈 교실에서 윤새와 다정이 연아를 기다리고 있었다.

"끝났어? 그만 갈까?"

428

윤새가 가방을 챙기며 자리에서 일어났다.

"잠깐만. 나 선생님이 시킨 게 있어서. 금방 갔다 올게."

연아는 가방 속에서 봉투를 재빨리 꺼내 등 뒤에 숨긴 뒤, 교실 문을 나섰다.

숨 가쁘게 학교 밖으로 달려가 세현 분식 옆 골목에 들어서니 태광이 몸을 숨긴 채 담배를 피우고 있었다.

"가져왔냐?"

태광은 다 피운 꽁초를 바닥에 내던지고 발로 비벼 끈 후, 다짜고짜 손부터 내밀었다. 연아는 이를 악문 채 주머니에서 봉투를 꺼냈다. 태광은 비열하게 웃으며 봉투 반대편을 붙잡고 잡아채려 했다. 하지만 연아는 쉽사리 잡은 쪽 봉투를 놓지 않았다.

"안 놓냐. 어차피 줄 거."

알지만, 이렇게라도 하지 않으면 억울해서 밤잠을 설칠 것 같았다. 그동안 공부할 시간을 쪼개가며 번 게 분명한 알바비. 30만 원이나 되는 이 거금은 삼촌의 하루 치 유흥비로 날아갈 게 분명했다.

"봐라. 이게 진짜 아직도 정신을 못 차렸나. 어디 한번 내가 학교 가서 뒤엎어? 엎어버려? 아님, 누나 가게 가서 깽판 놓고 올까?"

분노로 연아의 심박 수가 미친 듯이 올라갔다.

거머리 같은 인간. 이 인간은 자신의 약점이 무엇인지 너무 잘 알고 있었다. 진짜 언젠가는 엿 먹이고 말 거야.

봉투를 두고 두 사람이 신경전을 벌이는 와중, 골목 바깥쪽에서 다다닥 누군가의 빠른 발걸음 소리가 들렸다. 연아는 뒤를 홱 돌아봤지만 그 누군가의 모습은 사라진 뒤였다.

'누구지?'

연아의 신경이 다른 곳에 잠시 쏠린 찰나, 태광은 봉투에서 돈만 쏙 꺼내 바지 주머니에 찔러 넣었다. 그러고는 봉투를 다시 연아의 손에 쥐여주며 손등을 탁탁 두드렸다.

"다음 달은 알바 시간 좀 늘려봐. 그럼 간다."

먼저 골목을 나서는 태광의 뒷모습을 보며 연아는 이를 빠드득 갈았다. 그나마 1박 2일 여행 경비를 미리 빼서 윤새에게 준 게 다행이라면 다행이었다.

오늘 윤새, 다정과 셔츠라도 하나 살 예정이었는데.

새 옷을 입고 예쁜 모습으로 사진을 남기고 싶었다. 자신도 모르는 사이, 어느새 연아는 여행에 대해 꽤나 큰 기대를 하고 있었던 것이다.

교실로 돌아오니, 같이 쇼핑 가기로 했던 윤새와 다정이 연아가 온 줄도 모르고 이야기 삼매경에 빠져 있었다.

"그때 봤던 노란색이랑 하얀색 스트라이프 티는 어때?"

"에이, 안 돼, 안 돼. 계곡에서 놀 때 입을 거잖아. 물에 들어가면 그런 거 다 비친다니까."

둘은 쇼핑 갈 생각에 한껏 들떠 있었다. 연아는 둘에게 태광에게 방금 당한 일뿐만 아니라 그의 존재 자체에 대해 설명하고 싶지 않았다. 아니, 아무도 몰랐으면 싶었다.

"그러니까 남자애들하고 간다는 말은 절대절대 하지 말고, 우리 언니가 같이 간다고 꼭 얘기해야 해. 너 또 순진하게 우리끼리 간다고 말한 건 아니지?"

"아냥. 내가 바보냐, 뭐. 하여간 우리 엄마가 너네 엄마한테 전화할 거양. 그러니까 네가 잘 말해줘."

"응. 그리고 다녀와서는 공부 진짜 열심히 하겠다. 윤새, 연아하고 고등학교 마지막 추억을 만들기 위해 가는 거다. 아주 진지하게 얘기해야 해."

"걱정망. 너네 엄마가 대신 말만 잘해주시면 될 거양."

윤새는 행여나 다정이 1박 2일 여행을 못 갈까 봐 걱정이 많았다. 다정의 집안 분위기가 워낙 엄한 데다 이번에 성적까지 떨어진 터라, 예전에 허락받긴 했지만 취소될 수 있을 거라 생각한 모양이었다.

그런 둘의 모습을 바라보고 있는데, 문득 이상한 기시감이 연아의 뒷머리를 잡아챘다. 방금 전 태광과 있었던 일이 머리에서 한순간에 사라질 정도로 강렬한 느낌이었다.

다정은 3분단 뒤에서 두 번째 책상에서 돌아앉은 채 윤새와 이야기를 나누고 있었다. 책상 옆에는 다정의 분홍색 가방이 고리에 매달려 있었고, 다정은 턱을 괸 채 윤새의 말에 간간이 맞장구를 치고 있었다. 연아는 그 모습을 바라보며 무엇인가가 생각이 날 듯 나지 않았다. 머릿속이 검은 안개에 휩싸여 있는 듯했다. 오로지 떠오르는 것은 회색 핸드폰과 빨간 핸드폰뿐이었다. 연아는 14년 전 기억을 되짚어 보기 위해 안간힘을 썼다. 이상했다. 왜 소각로에 버려져 있던 회색 핸드폰을 보고 그걸 다정의 것이라 생각했을까. 다정의 핸드폰은 빨간색인데.

그 순간 다정이 인기척을 느끼곤 연아를 바라봤다.

"연아 왔엉? 이러다 늦겠어. 얼른 가장."

다정의 하얀 얼굴에 싱그러운 웃음이 번졌다.

언제부터였더라. 다정과 멀어진 게.

"연아, 넌 뭐 살 거양? 정했엉?"

갑자기 멀어진 것은 아니었다. 계기 따위가 있었던 것도 아니었다. 그저 조금씩, 아주 서서히 멀어졌다. 그러다 10월쯤에는 아예 같이 다니지도 않게 되었다.

"얼굴이 왜 그랭? 무슨 일 있었엉?"

다정은 윤새와 함께 자리에서 일어나며 주섬주섬 가방을 챙기기 시작했다.

"아, 맞다. 핸드폰! 놓고 갈 뻔했넹."

다정은 짝, 하고 박수를 친 후 책상 서랍에서 빨간 핸드폰을 꺼냈다.

'아!'

그때였다. 눈앞이 번썩이며 오래전 기억이 떠올랐다. 영원히 사라진 줄 알았던 기억 한 조각이, 무의식 깊은 곳에서 잠자던 장면 하나가 수면 위로 튀어 오른 것이다.

2002년 12월. 2학기 기말고사 둘째 날. 2교시 국어 시험 시간. 다정은 회색 핸드폰을 책상 서랍 안에 넣어두고 커닝을 하고 있었다. 연아는 바로 고개를 돌렸지만 설핏 다정의 시선이 향하는 걸 느꼈었다.

"자, 잠깐만! 니들 먼저 가. 나 오늘 쇼핑은 못 갈 것 같아."

자신을 부르는 윤새의 외침이 들렸지만 연아는 소각장을 향해 정신 없이 내달렸다. 멀리서 보기에도 소각로 안에는 쓰레기가 수북했다. 아직 쓰레기차가 와서 치워 가지 않았다는 뜻이다. 그러니 아직 있을지도 모른다.

소각장에 도착한 연아는 쓰레기가 가득 담긴 컨테이너 소각로를 들여다봤다. 컨테이너 안을 넘칠 듯 가득 채운 쓰레기 더미에서 지독한 냄새가 풍겼다. 주위를 둘러보니 다행히도 부러진 마대 걸레 하나가 바닥을 뒹굴고 있었다. 연아는 숨을 크게 들이마신 채 마대 걸레로 쓰레기들을 휘저었다. 뿌연 먼지가 일며 한층 더 고약한 냄새가 코를 찔렀다. 어제 봤으니 그리 깊지 않은 곳에 있을 것이다.

얼마나 시간이 흐른 걸까. 한참 동안 쓰레기를 휘젓느라 연아는 팔이 떨어져 나갈 것만 같았다. 쓰레기들을 왼쪽으로 치우며 살펴보다 다시 오른쪽으로 치웠다. 몇 번이나 같은 행동을 반복하는 사이, 마대 걸레 끝에 딱딱한 무언가가 부딪혔다. 구겨진 종이와 빵 봉지 들을 옆으로 치우니 회색 핸드폰이 보였다.

찾았다!

연아는 컨테이너에 배를 걸치고 몸을 한껏 숙여 핸드폰을 집어 올렸다. 그러고는 재빨리 핸드폰을 열었다. 문자나 통화 목록은 싹 지워져 있었지만 지울 수 없는 한 가지.

연아는 핸드폰 화면을 보며 회심의 미소를 지었다.

잡았다, 꼬리.

이다정, 너 맞구나.

22. 추억 여행

난씨 한번 조오타!

정말이지, 여행 가라고 등 떠미는 것 같이 화창한 날씨였다.

"빨리 나와, 이연아!"

밖에서 윤새의 우렁찬 목소리가 들려왔다. 약속 시간이 10분이나 남았는데 먼저 도착한 모양이었다. 연아는 드라이어로 머리를 말면서 거울 속 얼굴에 시선을 고정시켰다. 미묘하게 한 방향으로 휜 앞머리가 도무지 마음에 들지 않았다. 왜 신경을 쓰면 쓸수록 드라이는 잘되지 않는 것일까. 뜻대로 다듬어지지 않는 머리에 한숨을 쉬고 있으려니, 재차 부르는 소리가 들렸다. 연아는 서둘러 배낭을 메고 방을 나섰다. 방문 앞에는 이모가 팔짱을 낀 채 잔소리를 늘어놓으려는 태세를 취하고 있었다.

"진짜 윤새 언니가 따라가는 거 맞지?"

"맞다니까."

"도착하면 전화해. 내일 출발하기 전에도."

"알겠어."

"쓸데없는 짓 하지 말고, 술 처먹는다고 난리 치지도 말고. 윤새 언니가 따라간다니 허락한 거지만, 여자애들끼리 간다니 아직도 영 마음에 걸린다."

걱정 마요, 이모. 남자애들도 가니까.

"쓸데없는 짓 할 게 뭐 있어? 잘 갔다 올게. 걱정하지 말고."

연아는 싱긋 웃으며 이모를 안심시킨 뒤 집을 빠져나왔다. 집 앞에는 대학생인 윤새의 둘째 언니가 소나타를 세워놓고 기다리고 있었다. 열어놓은 차창 틈새로 신나는 댄스 음악이 흘러나왔고, 차 안에선 윤새와 다정, 서정이 한껏 들뜬 얼굴로 빨리 오라고 손짓을 하고 있었다. 연아가 뒷문을 열자, 다정과 서정이 한쪽으로 엉덩이를 끌어당겨 자리를 마련해주었다.

"조심히 다녀와! 쓸데없는 짓 하지 말고. 윤주 양, 애들 잘 좀 부탁해요."

이모는 골목까지 따라 나와 윤새의 둘째 언니에게 당부 인사를 했다.

"이모, 그만 좀 해! 조심히 잘 갔다 올게."

연아가 민망함에 펄쩍 뛰었으나, 모두들 합창이라도 하듯 "네!" 하고 외쳤다. 곧 차는 하얀 연기를 내뿜으며 골목을 빠져나갔다.

새벽같이 출발한 터라 고속도로는 뻥 뚫려 있었다. 윤주가 레이서의 본능을 발휘한 덕분에 아이들은 모두 차 안 어딘가를 붙잡고 공포에 떨어야 했지만, 차는 날 듯이 양평 별장에 도착했다.

"우와. 류지훈네 진짜 부자인가 보다. 별장 장난 아닌데?"

과연 윤새가 호들갑을 떨 만했다. 지훈의 별장은 사진으로 보던 것 이상이었다. 주차장에 차를 세운 후 진입로를 따라 걷자, 허리 높이의 나무 대문이 보였다. 하얀 페인트로 칠한 야트막한 대문은 보안용보다는 관상용에 가까워 보였다.

일행은 대문을 지나 넓은 앞마당으로 들어섰다. 탁 트인 마당에서는 한강 변이 한눈에 보였다. 정원은 잘 가꿔진 조경수와 유실수, 작은 연못들로 아기자기하게 꾸며져 있었다. 정원 끝에는 유럽풍의 고급스러운 2층짜리 별장 건물이 자리하고 있었다. 턱이 빠져라 입을 벌리고 있는 셋을 보니, 연아는 잊고 있었던 사실 하나가 떠올랐다.

'지훈이네 부자였지.'

학교라는 공간에 옹기종기 밀어 넣고 똑같은 교복을 입혀놓았을 때는 차이점을 몰랐다. 하지만 한 걸음 물러나서 보니 새삼 하늘과 땅만큼 차이 나는 처지가 피부로 느껴졌다. 여자아이들은 모두 연신 감탄을 내뱉으며 돌계단을 올랐다.

별장 현관문 앞에서 초인종을 누르자 안에서 미리 도착한 남자아이들이 "그렇지!" "골!" 하고 외치는 소리가 새어 나왔다.

"왔어?"

지훈이 초인종 소리에 뛰어나와 현관문을 열었다. 흰 반팔 티에 청바지, 편안한 차림이었다. 늘 보던 얼굴이었지만 오랜만에 보는 사복 차림에 연아는 괜스레 가슴이 뛰었다. 하지만 오늘의 지훈은 왠지 모르게 그늘진 얼굴이었다. 함께 여행 가자고 노래를 불렀던 지훈이라 제일 신나 할 줄 알았건만 목소리 역시 가라앉아 있었다.

"여자애들은 2층으로 가면 돼. 2층에 방 두 개 있으니까 두 명씩 한

방 써."

윤새의 못마땅한 시선은 거실에 고정되어 있었다. 남자아이들이 거실 TV에 플레이스테이션을 연결해놓고 〈위닝 일레븐〉에 심취해 아는 척도 하지 않았기 때문이었다.

"너네, 이럴 거야? 여행 와서까지 게임이야?"

"잠깐만!"

우태가 용을 쓰며 화면 속 선수들의 움직임에 따라 우람한 몸뚱이를 이리 틀고, 저리 틀었다. 윤새는 콧김을 뿜으며 달려가 등짝을 후려갈기곤 우태의 콘솔을 낚아채려 했다.

"이윤새, 진짜 이번 판만! 이번엔 내가 이기고 있단 말이야. 제발!"

"한 판이고 자시고 이리 내! 압수야!"

"한 판마아아아아~안!"

"한 판? 너 진짜 나랑 한 판 뜨고 싶어!"

윤새는 매몰차게 코드를 뽑고 경민과 우태에게서 콘솔을 빼앗았다.

"크흑. 루니가 널 용서하지 않을 거야."

"그래, 우리 작년에 월드컵도 개최했는데. 국민의 한 사람으로서 대한민국 축구 발전에 이바지하려는 시점에 무슨 행패야!"

"아무렴! 이건 단순한 게임이 아니라고. 국내 프로축구의 발전을 염원하는 마음을 담은 의식 행위랄……."

"지랄들 하고 있네. 시끄러, 이 자식들아. 압수야, 압수!"

경민과 우태가 헛소리를 늘어놓자 윤새는 국내 프로축구 발전의 염원을 담아 두 사람의 엉덩이에 공을 차듯 발길질을 해주었다. 빼앗은 플레이스테이션을 정리한 후, 여자아이들은 짐을 들고 2층으로 향했다. 2층에 오르자 양옆으로 복도가 나 있었고, 오른쪽과 왼쪽에 방문과 화장실 문이 각각 하나씩 보였다.

"그럼 방은……."

"내가 서정이랑 쓸게. 윤새 네가 다정이랑 한방 써."

서정과 친한 쪽도, 서정을 데려가자 한 것도 연아 자신이었다. 물론 서정과 한방을 쓰려는 이유가 그뿐만은 아니었다. 오늘 밤 연아는 서정에게 두 개의 하늘색 하이테크 펜에 관해서 물어볼 작정이었다.

"그래. 그러면 옷 갈아입고 1층으로 가자."

연아는 서정과 함께 복도 오른쪽 방으로 들어가 짐을 풀었다.

옷을 갈아입고 1층으로 내려오자, 민소매와 반바지 차림을 한 남자아이들이 저들끼리 모여 낄낄대고 있었다. 조금 전까지도 코드 뽑힌 콘솔을 부여잡고 울부짖더니 언제 계곡 갈 준비를 마친 건지 신기할 노릇이었다.

이제 오전 10시. 오늘의 계획은 간단했다. 먼저 별장에서 가깝다고 하는 계곡까지는 걸어서 이동할 예정이다. 도착하자마자 물놀이를 한 후, 간단하게 점심을 먹고 다시 물놀이. 4시까지 별장으로 돌아와서는 저녁으로 바비큐 파티. 마지막으로 밤새 보드게임하면서 노는 것이 일정의 전부다. 이모가 걱정한 게 아까울 만큼 참으로 건전한 계획이었다.

"준비 다 됐엉?"

1층으로 내려온 다정이 묻자, 남자아이들은 자신만만하게 계곡에 가져갈 간식 꾸러미를 내보였다.

"갈아입을 옷은……."

"여기 한꺼번에 넣어놓자."

경민이 자신의 텅 빈 가방을 내려놓자 아이들은 갈아입을 옷을 주섬주섬 그 안에 넣었다.

계곡에 가는데 비닐도 아닌 그냥 천 가방?

살짝 불안한 마음이 들긴 했지만 연아도 아이들을 따라 속옷 파우치며, 갈아입을 티셔츠와 반바지를 가방 안에 넣었다. 준비를 하고 보니 짐만 한 보따리였다.

"무겁지 않겠어? 짐 너무 많은 거 아냐? 수박은 꼭 가지고 가야 해?"

"야. 계곡 가는데 당연히 수박 가져가야지!"

"난 안 먹어도 되는뎅."

"뭔 소리야? 계곡에선 무조건 수박 먹어야 한다고."

다른 아이들의 뜨뜻미지근한 반응에도 우태는 절대 포기 못 한다는 듯이 수박을 부둥켜안았다. 그렇게 한 보따리 짐을 이고 별장에서 나온 일행은 진입로를 빠져나와 곧장 펼쳐진 2차선 도로를 걷기 시작했다. 아직 오전이었지만, 7월 한낮의 직사광선이 내리쬐자 몇 걸음 걷지도 않았는데 땀이 흠뻑 흘러내렸다.

처음에는 계곡에서 신나게 놀 생각에 모두들 재잘대기 바빴다. 경민과 우태가 주접을 떨면 윤새가 구박을 했고, 그 모습을 지켜보며 모두 깔깔대고 웃었다. 소리를 질러대고 이리 뛰고 저리 뛰고 박장대소하고. 항상 조용히 해라, 시끄럽다, 살살해라, 가만히 있어라 등의 얘기만 귀에 못이 박이도록 들은 아이들은 모처럼 신체와 발성의 자유를 한껏 누렸다. 연아 역시 여행의 본래 목적을 잊고 즐거운 분위기에 완전히 동화되었다. 진짜 18살 때로 되돌아간 듯 별것 아닌 말장난에 박장대소하며 신나 했다.

그렇게 30여 분을 걸었을까. 점점 젊어지고 있는 보따리가 무거워졌다. 강렬해지는 햇살에 온몸이 녹아내릴 듯 땀이 흐르자, 아이들은 하나둘씩 말을 잃어갔다. 게다가 어찌 된 일인지 눈앞의 2차선 도로는 끝도 없이 펼쳐져 있었다.

"왜 이렇게 머냐. 야, 류지훈. 이 길 맞아?"

호윤이 흘러내리는 땀을 닦으며 지친 목소리로 물었다.

"응. 이 길 맞아. 2차선 도로 따라가다가 오른쪽 길로 쭉 올라가면 계곡 나온단 말이야."

뭐? 2차선 도로가 끝이 아니었어?

아이들의 낯빛이 순식간에 어두워졌다.

"가깝다며! 10분 거리라며!"

"응. 10분이었는데……. 재작년에 왔을 때, 차로 금방 갔었어."

지훈의 말에 그를 제외한 일곱 명이 우뚝 멈춰 섰다.

"차, 차로…… 얼마나 갔었는데……?"

묻는 경민의 목소리가 떨렸다.

"글쎄, 차로 진짜 금방이었어. 한 10분쯤?"

그때 일행의 옆으로 자동차가 쌩하니 지나쳐갔다. 텅 빈 도로라 바람이 일 만큼 빠른 속도였다.

"설마…… 저 정도 속도였……냐?"

"그럼. 여기서 기어갔겠냐?"

호윤과 경민, 우태의 얼굴이 붉으락푸르락 사납게 변했다.

"에라이, 이 미친 새끼야! 그렇게 말했어야지! 저 정도 속도로 10분이면 걸어서 한 시간도 넘게 걸리는 거잖아!"

"아우, 이 새끼를 믿은 내가 븅신이지! 내가 븅신이야!"

"이 새끼, 물리 졸라 못하잖아. 새꺄, 시간 곱하기 속도가 거리다. 이거 돌대가리 아냐?"

"이러니까 물리를 못하지. 저번에 30점 맞았잖아."

남자아이들이 발길질을 하며 울분을 터뜨리자 지훈이 머쓱한 듯 뒷머리를 긁으며 대꾸했다.

"48점 맞았어, 새끼들아⋯⋯."

40분을 걸어왔다. 돌아가기도, 그냥 가기도 애매한 딱 중간 지점. 심지어 돌아가면 모든 일정이 어그러진다. 아이들은 시간 곱하기 거리만큼 무거워진 보따리를 고쳐 메곤 욕설을 퍼부으며 땡볕의 2차선 도로를 한없이 걸었다.

"도착했다!"

"드, 드디어⋯⋯ 드디어 도착이구나."

"야, 물이야, 물! 진짜 계곡이야! 왔다고, 우리가 드디어 왔다고!"

눈물이 날 것 같았다. 아이들은 사막에서 오아시스를 발견한 것처럼 계곡 앞에서 펄쩍펄쩍 뛰었다. 무려 한 시간 반의 여정이었다. 진작 탈진했어도 이상하지 않을 만큼 땀을 한 바가지 흘렸으며, 다리는 부러질 것같이 아팠다. 그런 고생을 달래듯 시원한 바람이 불어와 얼굴을 스쳤다. 계곡을 둘러싸고 있는 우거진 녹음에서는 싱그러운 나무 내음이 감돌았고, 시원하게 흐르는 물소리는 개고생한 마음을 어루만져 주었다.

아이들은 환호성을 지르며 계곡으로 뛰어들어 첨벙거리기에 바빴다. 더위를 달래려 상대에게 물을 퍼붓던 손길은 어느새 점점 공격성을 띠었는데, 타깃은 개고생의 주범인 지훈이었다. 호윤이 기다란 팔로 지훈의 목을 휘감자 경민 역시 달라붙어 팔을 포박했다. 그러자 우태가 우람한 몸으로 지훈을 위에서 짓눌렀다. 눈빛만으로도 착착 호흡이 맞아떨어지는 일사불란한 행동이었다.

"새끼들아! 안 놔? 디질래? 죽는다. 어푸…… 푸."

"넌 오늘 물 좀 먹어야겠다. 우릴 그렇게 개고생을 시켜? 엉? 이 물 먹고 나서 형님하고 물리 공부 좀 하자."

그렇게 시작된 복수 혈전은 끝이 없었다. 물놀이가 아니라 피 대신 물이 튀기는 복수 혈전의 현장이라고나 할까. 주위에서 한가롭게 물놀이를 즐기던 어르신들에게 한 소리를 듣고 나서야, 남자아이들의 사투는 조금이나마 진정되었다.

"그만하고 일단 올라와. 우리 돗자리 깔아서 자리도 만들고 짐도 정리해야지."

서정의 말에 남자아이들은 쫄딱 젖은 몰골로 올라와 돗자리를 깔았다.

"아, 맞다! 수박 계곡물에 담가놔야지. 계곡물이 차가워서 한 시간쯤 놀다 와서 먹으면 딱이겠다."

우태는 애지중지하는 수박을 삐쭉 나온 나뭇가지에 조심스럽게 걸어놓으며 자신의 작은 소망을 내비쳤다. 돗자리 위에 짐을 풀어놓으니, 생각보다 간식거리가 많이 줄어 있었다. 한 시간 반 동안 걸어오며 물과 과자, 김밥 등을 먹어치운 까닭이었다.

"먹을 게 거의 안 남았다."

남아있는 건 김밥 두 줄에, 과자 세 봉지, 1리터 물병 하나가 전부였다.

"거봐, 수박 가져오길 잘했지?"

우태는 나뭇가지에 매인 수박을 보며 자랑스러운 듯 어깨를 으쓱였다.

"아, 맞다. 우리 갈아입을 옷 챙겨 온 가방은?"

"오자마자 던져놨는데……."

갈아입을 옷이 들어 있는 가방은 경민이 메고 있었다. 그리고 아마도 경민은 오자마자 덥다며 가방을 벗어 던지곤 바로 계곡물 속으로……. 그런데 아마도 던져놓은 곳은…….

불안한 8쌍의 눈동자가 빠르게 계곡 주위를 훑었다.

"히익!"

모두의 얼굴이 경악으로 물들었다. 계곡물이 시작되는 지점쯤에 처참하게 내동댕이쳐져 물기를 흠뻑 머금고 있는 자주색 가방에 시선이 머문 것이다.

"너, 너……. 지경민 이 자식아……!"

윤새의 분기에 찬 목소리가 계곡에 쩌렁쩌렁 울려 퍼졌다.

땡볕에서의, 한 시간 반에 걸친 계곡을 향한 여정. 바닥을 드러낸 양식. 갈아입을 옷의 부재. 연이은 충격으로, 연아는 영혼이 몸을 이탈한 것 같이 힘이 없었다.

"미안하다, 서정아. 괜히 같이 여행 오자고 해서. 내가 저런 머저리들을 믿고 널 개고생에 합류시켜버렸구나."

사과를 건네며 연아가 돗자리 위에 철퍼덕 누워버렸다. 계곡에 들어가 물을 한바탕 뒤집어쓴 터라 흠뻑 젖은 옷가지가 몸에 달라붙었다.

"아냐, 재밌어……. 이것도 다 추억이지, 뭐……. 나중에 나이 들어서는 이런 게 더 기억날 거야."

서정이 강아지 같은 눈으로 선하게 웃었다. 그때 멀리서 경민과 우태가 접시를 들고 허겁지겁 뛰어왔다.

"야야, 얻어 왔어! 얻어 왔어!"

계곡에 놀러 온 사람들에게 얻어 온 모양인지 일회용 하얀 스티로폼 접시 위에는 고구마며 옥수수, 고기 몇 점 등이 올라가 있었다. 돗자리 한가운데 일회용 접시가 놓이자 빙 둘러앉은 여덟 명의 눈이 반짝였다. 고구마 두 개, 옥수수 한 개, 그리고 삼겹살은…… 정확히 일곱 점이었다. 감히 누구 하나 손도 못 대고 경건한 얼굴로 바라보고만 있자, 호윤이 무거운 침묵을 깨며 입을 열었다.

"일단 삼겹살 네 점은 여자애들한테 각각 하나씩 주자. 고구마 두 개하고."

"그, 그래."

경민과 우태가 울 듯이 대답했다. 대답이 끝나자마자 삼겹살 네 점과 고구마 두 개가 순식간에 사라졌다. 남자아이들은 사라지는 양식을 보며 쓰린 속을 삼켰다.

"다음으로 일단 죄 많은 인간들은 빠져라."

지훈과 경민의 눈빛이 사납게 흔들렸다. 지훈과 경민을 쳐내고 자신과 우태가 옥수수 한 개와 삼겹살을 나눠 먹겠다는 소리였다.

"야, 됐어. 삼겹살 세 점 너네 먹고, 옥수수도 먹어."

그때 한구석에 가만히 앉아 있던 우태가 시큰둥하게 얘기하며 자리에서 일어났다. 아이들은 제 귀를 의심했다. 송우태가, 먹을 거라면 환장하는 송우태가, 삼겹살이라면 자다가도 벌떡 일어나는 송우태가 먹을 걸 포기하다니. 우태가 그 말을 취소할까 봐 지훈과 호윤, 경민은 남겨진 삼겹살 조각을 재빨리 입에 욱여넣었다. 옥수수 역시 동시에 사라졌음은 물론이었다.

우태는 여유로운 발걸음으로 계곡 아래를 향해 내려갔다. 우람한 뒷모습이 친구들을 위해 먹을 걸 포기한 의리남, 그 자체로 빛나 보였다. 잠시 후, 우태의 처절한 절규가 계곡을 뒤흔들었다.

"아, 젠장! 수박 떠내려갔어……!"

그것은 흡사 굶주린 한 마리의 짐승이 포효하는 소리와도 같았다.

또 한 번의 대장정.

돌아오는 길은 가는 길보다 제곱쯤은 더 힘들었다. 지칠 대로 지친 몸에, 허기진 배에, 쫄딱 젖은 몰골에. 2차선 도로를 걸어오는 내내 간혹 마주치는 사람들은 눈이 휘둥그레져 피난민을 보듯 일행을 훑어봤다.

별장으로 돌아온 아이들은 옷도 갈아입지 않은 채 거실에 대자로 누워버렸다. 하나둘씩 말이 없어지다 이내 모두 단잠에 빠져들었다. 저녁 6시가 돼서야 더 이상 배고픔을 참지 못한 경민이 주린 배를 움켜쥐며 일어났다.

"야야, 류지훈. 이제 고만 퍼자고 일어나."

경민이 다리를 걷어차며 지훈을 깨웠다.

"엉? 어어……."

정신없이 곯아떨어져 있던 지훈이 추레한 몰골로 비척비척 욕실로 향했다. 경민과 지훈을 시작으로 아이들은 하나둘씩 단잠에서 깨어났다. 모두 텅 빈 배 속이 괴로운지 일어나자마자 먹을 거 타령이었다. 물론 가장 크게 울부짖은 것은 우태였다.

"야, 빨리, 빨리. 나 급해 죽겠어."

"뭐가? 똥 싸고 싶어?"

화장실에서 나오던 경민이 물었다.

"아니, 빨리 고기…… 고기 굽자고. 배고파 미치겠어. 이러다가 등가죽이랑 뱃가죽이랑 만나서 쎄쎄쎄 할 거 같다니까. 쎄쎄쎄가 다 뭐야! 아주 둘이 엉겨 붙어 백년해로하게 생겼어!"

아이들은 샤워를 하고 옷을 갈아입고는 부엌으로 모여들었다. 냉장고에서 바비큐거리를 꺼내, 현관문 밖 데크에 있는 바비큐 테이블로 옮겼다. 삼겹살, 소시지, 생새우, 버섯, 상추, 쌈장, 깻잎, 김치, 라면……. 보기만 해도 진수성찬이라 시작도 전에 침이 꼴깍꼴깍 넘어갔다. 이대로 생삼겹살을 손에 쥐고 씹어 먹으라 해도 그럴 판이었다.

숯이 가득 채워진 화로통 위에 철판이 깔렸다. 이제 불만 붙이면 된다. 아이들은 완벽하게 세팅된 테이블 주위를 둘러싸고는 기대감 가득한 얼굴로 지훈을 바라봤다. 하지만 지훈은 왜 모두가 자신을 쳐다보는지 모르고 어리둥절한 얼굴을 했다.

"뭐?"

"불. 불붙여야지, 뭐 해?"

"불?"

"응, 불."

"나 불붙일 줄 모르는데."

이 무슨 자다가 봉창 두들기는 소린데?

연아가 꾹 눈을 감았다.

"이건 또 무슨 개소리냐."

"이거 불 어떻게 붙이는지 모른다고. 항상 아저씨가 해서."

"에라이, 자식아! 그거 있잖아. 부탄가스처럼 생겨서 불 화르르 나오는 거."

"아."

그래도 다행이다. 가스 토치는 있는 모양이었다.

"근데 어딨는지 몰라."

"에라이!"

남자아이들은 배고픔에 눈이 뒤집어진 채로 지훈을 끌고는 별장 창고 안으로 들어갔다.

20여 분을 기다렸을까. 남자아이들은 감감무소식이었다. 아무리 기다려도 찾았다는 희열에 찬 외침은 들리지 않았다.

"연아야……. 우리 고기 먹을 수나 있을까?"

한계에 다다랐는지, 서정의 얼굴이 허기로 노래졌다.

"난 정말 여행 와서 이렇게 쫄쫄 굶을 줄은 생각도 못했엉."

평소에 몸매 관리를 하느라 잘 먹지도 않는 다정마저 배를 부여잡고 있었다.

"얘들아, 입 다물자. 말하면 에너지 소비돼서 배 더 고파."

윤새의 말에 모두 입을 꾹 다물곤 일행이 사라진 앞마당만을 바라보고 있을 때였다. 이미 해가 진 어두운 앞마당으로 남자아이들이 우르르 나타났다. 빈손인 걸 보니 가스 토치를 못 찾은 모양이었다.

"없어. 없대. 그리고 심지어 부엌엔 프라이팬도 없어."

청천벽력 같은 경민의 말에 1박 2일 여행의 밤도, 모두의 우울감도 짙어져만 갔다.

결국 저녁 만찬은 과자 파티였다. 짠 과자, 단 과자, 초코 과자, 크림 과자, 모든 종류의 과자를 뜯어서 거실 가운데 펼쳐놓고 8명은 빙 둘러앉았다.

"자, 이제 시간도 무르익었으니까."

경민이 예사롭지 않은 눈빛을 보내자, 우태가 웃음으로 화답하며 궁둥짝을 뗐다. 여자아이들이 뭔 일인가 싶어 고개를 갸우뚱하는데 1층 남자 방으로 들어갔던 우태가 소주와 맥주를 가지고 나왔다.

"야! 너, 너네!"

"내가 이기 가져오느라 얼마나 개고생을 한 줄 알아? 아빠 몰래 가게에서 빼돌리느라 생쇼를 했다구."

우태가 자랑스럽게 말하며 지훈과 하이파이브를 했다. 연아는 병의 겉면을 따라 송골송골 물기가 맺힌 소주와 맥주를 보곤 침을 삼켰다. 참으로 오랜만이었다. 공기 좋은 곳에서는 술맛도 좋다 하였는데. 안 그래도 딱 한 가지가 아쉽던 차였다.

"이연아, 너 뭘 그렇게 눈을 반짝거려. 안 돼. 넌 딱 한 잔만 마셔."

지훈이 엄한 소리를 했다.

지훈아, 나 이래 봬도 주당이거든.

호윤과 경민이 부엌에서 컵을 가져와 소주를 따르곤 그 위에 맥주를 콸콸 부었다. 아이들은 하나씩 잔을 받았다. 비율이 썩 마음에 드는 건 아니었지만 술이 그리웠던 연아에겐 감지덕지였다.

"일단 짠, 하자고."

이것들이 어디서 본 건 있어 가지고.

"뭘 위해서 짠, 할까?"

"글쎄, 우정을 위하여?"

빈곤한 상상력을 드러내는 우태의 말에 아이들의 야유가 쏟아졌다.

"아니면, 10년 후를 위해?"

이 역시 마땅찮았지만 딱히 생각나는 말이 없었던 아이들은 마지못
해 동의를 했다. 10년 후에 한 번 더 이 멤버로 여기에 여행을 오자고
아니, 10년 후로 할 것도 없이 수능 끝나면 오자는 말들도 덧붙여졌다.

"10년 후면 몇 살이야? 우엑, 28살이네. 아줌마, 아저씨 다 되어 있
겠다."

연아의 이마에 핏줄이 솟아올랐다. 하긴 18살에게 28살은 까마득한
어른이었다.

"그때는 꼭 차 가지고 오자. 니들 중 하나는 꼭 면허 따라."

윤새가 어금니를 꽉 깨물고 말하자 경민이 잽싸게 끼어들었다.

"화로통에 불붙이는 거, 그거도 좀 가져오고. 그리고 제발 먹을 것
좀 넉넉하게 가져오자."

'맞아, 맞아.'라며 아이들이 한바탕 웃음을 터뜨리는 와중에도 연아
는 아무 말도 할 수가 없었다. 같이 웃는 지훈의 얼굴을 보자 가슴이
먹먹해졌다. 그런 미래가 오지 않을 것을 알기에, 마냥 긍정적인 미래
만을 이야기하는 말들이 더 아프게 느껴졌다.

"그럼 건배하자. 한다? 유치하지만, 10년 후를 위하여!"

"위하여!"

공중에서 소맥을 담은 컵들이 부딪쳤다. 남자아이들과 연아는 단숨

에 소맥을 들이켜곤 "캬~." 하는 탄성을 질렀으며, 서정과 다정은 한 모금을 마시곤 인상을 찌푸렸다.

알싸한 소맥 줄기가 속을 훑으며 지나가자, 금방 취기가 돌았다. 연아는 그제야 '아, 그래. 이건 술에 전 32살의 몸뚱이가 아니라, 술이라곤 접해본 적 없는 청정 몸뚱이였지.' 하는 생각이 들었다. 알딸딸한 술기운에 지훈을 보자 가슴이 더욱 먹먹해졌다.

나, 가짜 앨리스를 찾으면, 그래서 원조 교제 누명을 나한테 씌운 범인을 찾아내면. 혹시 널 살려낼 수 있을까? 네가 지금까지 살아있다면 어땠을까? 네가 살아 있다면 너와 난 어떻게 되어 있을까?

술기운 때문일까. 이런 말도 안 되는 희망이 싹트기 시작한 건. 처음 과거로 왔을 때는 무작정 지훈을 피하려고만 했다. 지훈과 사귀지만 않았더라면 왕따를 당할 일도, 화재가 벌어질 일도 없을 거라 생각해 그를 피하는 게 최선이라 생각했다. 하지만 점점 과거의 사실을 알아갈수록, 화재를 막을 수 있는 다른 방법이 있을 거라 기대하기 시작했다.

가짜 앨리스를 잡을 수만 있다면, 그럴 수만 있다면……. 화재를 막을 수 있을 텐데. 아니, 널 살릴 수 있을 텐데.

그런 상념에 젖어 있는데 갑자기 호윤이 눈짓을 해왔다.

'이제 시작할 거야.'

연아는 고개를 끄덕였다.

이제 시작이다. 다시 오지 않을 시절의 여행에 취해, 잠시 이 여행의 진짜 목적을 잊고 있었다. 모두가 술기운에 취해도 자신만은 술에 현혹되면 안 되는 시간이었다.

"야야, 우리 가져온 게임도 다 했는데, 그거 안 할래?"

450

호윤이 대수롭지 않은 말투로 아이들에게 제안했다.

"뭔데?"

다정과 수다를 떨던 윤새가 물었다.

"진. 실. 게. 임."

아이들은 서로의 눈치를 살피더니 하나둘씩 동의를 했다. 이맘때 나이라면 다들 궁금할 것이다. 누군가의 마음 깊은 곳에 어떤 비밀이 숨어 있는지.

그렇게 진실게임의 밤이 시작됐다.

시간의 계단 1

초판 1쇄 발행 2019년 2월 20일
초판 13쇄 발행 2024년 11월 15일

지은이 주영하
펴낸이 김선식

부사장 김은영
책임편집 최수아 **디자인** 김선민
웹툰/웹소설사업본부장 김국현
웹소설팀 최수아, 김현미, 여인우, 이연수, 장기호, 주소영, 주은영
웹툰팀 김호애, 변지호, 안은주, 임지은, 조효진
IP제품팀 윤세미, 설민기, 신효정, 정예현, 정지혜
디지털마케팅팀 지재의, 박지수, 신현정, 신혜인, 이소영
디자인팀 김선민, 김그린
저작권팀 이슬, 윤제희
재무관리팀 하미선, 김재경, 임혜정, 이슬기, 김주영, 오지수
인사총무팀 강미숙, 이정환, 김혜진, 황종원
제작관리팀 이소현, 김소영, 김진경, 최완규, 이지우, 박예찬
물류관리팀 김형기, 김선민, 주정훈, 김선진, 한유현, 전태연, 양문현, 이민운

펴낸곳 다산북스 **출판등록** 2005년 12월 23일 제313-2005-00277호
주소 경기도 파주시 회동길 490
전화 02-702-1724 **팩스** 02-703-2219 **이메일** dasanbooks@dasanbooks.com
홈페이지 www.dasan.group **블로그** blog.naver.com/dasan_books
종이 ㈜한솔피앤에스 **출력·인쇄** 민언프린텍㈜

ISBN 979-11-306-2086-2 (04810)
ISBN 979-11-306-2085-5 (SET)